Admiral der Sterne

von
Robert Feldhoff

Mit rasender Geschwindigkeit rückte der Planet näher. Die RICO bewegte sich noch mit mehr als der Hälfte der Lichtgeschwindigkeit. Damit waren wir schnell genug, um im Ernstfall sofort in den Hyperraum wechseln und fliehen zu können.

»Syntron!« forderte ich halblaut. »Was sagt die Ortung?«

»Das Trav-System ist sicher, Atlan«, antwortete der Bordrechner der RICO nüchtern. »Kein einziges Schlachtschiff des Kristallimperiums operiert im Trav-System.«

Das entsprach den Aussagen, die wir von unseren Informanten erhalten hatten. Trotzdem – der Imperator und seine Hintermänner wollten mich lieber heute als morgen tot. Für sie war ich nicht Atlan, der ehemalige Kristallprinz. Für sie war ich Atlan, der Verräter.

Selbst wenn ein Schiff des Imperiums sich sehen läßt, rief ich mir in Erinnerung, *was kann denn schon passieren?*

Die RICO war ein Modul des Großraumers GILGAMESCH und als solches schwer anzugreifen. Das Kristallimperium mußte schon eine halbe Flotte schicken.

Mein Blick fiel auf die Datumsanzeige. *2. August 1290 NGZ*. Nach altem terranischem Kalender entsprach das Jahr 1290 Neuer Galaktischer Zeitrechnung dem Jahr 4877 christlicher Zeitrechnung.

Ich erinnerte mich an die alten Zeiten, als Millionen von Transitionsschiffen den Kugelsternhaufen *Thantur-Lok* und die Umgebung durchkämmt hatten: damals, zu Arkons Blütezeit.

Narr! tönte mein Extrasinn. *Konzentriere dich auf die Gegenwart. Die alten Zeiten sind vorbei. Du agierst unter Zeitdruck.*

Das Kristallimperium mußte nur einen Tip bekommen, und das System würde innerhalb kürzester Frist von Schiffen wimmeln. Man konnte nicht auf die Verschwiegenheit von zwei Milliarden Planetariern bauen.

Damit entstand eine wenig angenehme Situation. Das Trav-System und seine Bewohner, die Traversaner, galten traditionell als schwierig. Obgleich Traversan zum Kristallimperium gehörte, verhielt sich Fürst Ligatem freundlich gegenüber Camelot – ein krasser Widerspruch, denn für das Imperium waren meine Freunde und ich Todfeinde ersten Ranges.

In Perry Rhodans Abwesenheit war ich der ranghöchste Camelot-Vertreter. Zudem hatte ich mehrfach gegen die Interessen des Kristallimperiums gehandelt, einige Male in Undercover-Missio-

Admiral der Sterne

zinierenden Kosmos führen – in die relative Vergangenheit der PERRY RHODAN-Serie.
Entworfen wurden die Romane des TRAVERSAN-Zyklus nach einer Grundlage von Robert Feldhoff; Rainer Castor lieferte die Hintergrund-Daten dazu. Beide Autoren schrieben auch bei diesem Zyklus mit. »Admiral der Sterne«, der erste Roman des vorliegenden Bandes, ist von Robert Feldhoff selbst, während »Sturm auf die PADOM« aus der Feder Hubert Haensels stammt. Mit »Die Rebellen von Traversan« gibt Peter Terrid seinen Einstand in den Zyklus, und Rainer Castor zeigt in »Der Fürst von Camlo«, welche profunden Kenntnisse er über das alte Arkon-Imperium besitzt.
Schon jetzt kann ich Ihnen viel Lesevergnügen mit diesem Zyklus wünschen: Spannung und Action gibt es darin ebenso wie Exotik und den vielgerühmten »Sense Of Wonder«, der gute Science Fiction auszeichnet.

Klaus N. Frick
PERRY RHODAN-Redaktion

Vorwort

Liebe Leserinnen, liebe Leser,

würde man eine Umfrage unter den beliebtesten Helden der Science Fiction starten, käme ein Mann sicher »ganz weit nach vorne«: Atlan, der unsterbliche Arkonide, in der PERRY RHODAN-Serie die wichtigste Hauptperson neben dem terranischen Raumfahrer selbst.
Seine weißen Haare und seine roten Augen faszinieren ebenso wie die Erfahrung aus Tausenden von Jahren – Atlan ist nämlich ein sogenannter Unsterblicher, den ein Zellaktivator ewig jung hält und der deshalb seit über zehntausend Jahren lebt.
Seit Karl-Herbert Scheer im Jahr 1962 den ersten Roman mit Atlan veröffentlichte, ist der weißhaarige Arkonide in seiner Beliebtheit nur noch gewachsen. Sicher trugen seine Abenteuer mit zum immensen Erfolg der PERRY RHODAN-Serie bei, von der seit 1961 über eine Milliarde Romane verkauft wurden.
Atlan ist dabei ein Bindeglied für die Jahrtausende menschlicher Geschichte: Geboren wurde er auf dem Planeten Arkon als Kristallprinz, als Sohn eines Herrschers über ein gigantisches Sternenreich, das 50.000 Planeten umfaßte. Doch 8000 Jahre vor Beginn der christlichen Zeitrechnung strandete Atlan auf der Erde, mußte sich in all den Jahrtausenden unter »Barbaren« behaupten. In dieser Zeit wurde er zum Wegbegleiter zahlreicher historischer Gestalten, war beim Bau der Cheops-Pyramide ebenso dabei wie bei der »Entdeckung« Amerikas und versuchte stets, die Menschheit zu fördern und zu beschützen.
Dieser Beschützer der Menschheit blieb Atlan auch in all den Jahren der Expansion, als die Menschen von der Erde – die sich nun Terraner nannten – mit ihren großen Raumschiffen in das unendliche All vorstießen. Er betrat wieder den Boden seiner alten Heimat, blieb aber stets der Erde verbunden. So wurde er zum Begleiter der fiktiven Menschheitsgeschichte in die ferne Zukunft, als die man PERRY RHODAN verstehen kann.
Der TRAVERSAN-Zyklus, von dem Sie jetzt den ersten Band in den Händen halten, spielt im 13. Jahrhundert Neuer Galaktischer Zeitrechnung, also Ende des fünften Jahrtausends »unserer« Zeitrechnung. Zu viel im voraus möchte ich Ihnen gar nicht verraten, was Sie erwartet. Nur so viel: Dieser Roman wird Sie in einen fas-

Genehmigte Exklusivausgabe für Weltbild Verlag GmbH, Augsburg, 1999

Redaktion: Sabine Bretzinger / Klaus N. Frick
Einbandgestaltung: Agentur Zeuner, Ettlingen
Gesamtherstellung: Graphischer Großbetrieb Pößneck
Printed in Germany 1999
ISBN 3-8289-0243-X

Admiral der Sterne

nen. Kein Wunder, daß ich in diesem Teil der Milchstraße ein gehaßter Mann war – der jedoch in vielen Kolonien einen hohen Stellenwert genoß.

Ich wollte nicht, daß Traversan durch mich in Schwierigkeiten geriet. Die Frage war nur, ob es sich noch verhindern ließ. Am liebsten wäre ich inkognito erschienen, ohne die RICO im Hintergrund. Die Anwesenheit des Schiffes war jedoch eine Notwendigkeit. Traversan barg einen archäologischen Schatz von höchster Bedeutung. Ich hielt es für denkbar, daß eine gewisse militärische Rükkendeckung nötig sein würde. Die vergessene Technologie, die ich auf Traversan zu finden hoffte, mußte unbedingt Camelot zugute kommen.

»Atlan!« hörte ich die drängende Stimme des Ersten Piloten. »Soll ich den Landeanflug einleiten?«

»Nein ... Warte noch. Ich denke nach.«

Travs Stern war 12.002 Lichtjahre von Arkon entfernt, lag am Rand des Brysch-Sektors und galt als wirtschaftlich unbedeutend. Das Große Imperium der Vergangenheit hatte sich ebensowenig um Traversan geschert wie das Kristallimperium der Gegenwart. Die Ortung zeigte mir eine gelbe Durchschnittssonne mit insgesamt elf Planeten und nicht weniger als 155 Monden.

Traversan, der vierte Planet, durchmaß etwas mehr als 14.000 Kilometer und wies eine Schwerkraft von 1,15 Gravos auf. In 25 Stunden rotierte die erdähnliche Welt einmal um ihre Achse. Von den zahlreichen Monden kreiste nur ein einziger um Traversan – *Travs Nachtauge*. Der Himmelskörper barg schwere Festungsanlagen. Er war ein wichtiges militärisches Zentrum des Systems.

Ich erinnerte mich, daß ich Traversan niemals betreten hatte, auch in den alten Zeiten nicht. Fürst Ligatem, der Herrscher des Planeten, war mir nur aus der Datenbank bekannt.

Das rotierende Hologramm in der Zentrale der RICO zeigte Details der Oberfläche: fünfzig Prozent Ozean, drei Kontinente, die Hauptstadt Erican lag in den klimatisch gemäßigten Zonen der Nordhalbkugel. »Zoomt mir diese Stadt heran!« bat ich.

Statt einer Antwort erhielt ich ein neues Hologramm. Erican erschien nicht als realistische Aufnahme – das war auf die Entfernung unmöglich –, sondern als Ergebnis einer syntronischen Simulation. Rings um die Stadt breitete sich ein Industriegürtel aus. Siebzig Kilometer vom Stadtkern entfernt erstreckte sich ein Raumhafen.

Besonders fiel mir jedoch ein *Krater* ins Auge, der von den Datenbanken der RICO als sogenannter Himmelskrater bezeichnet wurde. Der Krater mußte durch eine furchtbare Explosion vor sehr langer Zeit entstanden sein.

Vergeude nicht deine Zeit, mahnte der Extrasinn, die Stimme in meinem Kopf. *Wenn sie da unten wirklich eine uralte Geheimstation der Meister der Insel entdeckt haben, dann ist jede Sekunde kostbar.*

Ich erhob mich ruckartig. »Die RICO bleibt im Orbit«, verkündete ich. »Transmitter bereitmachen! Ich werde auf den Planeten hinunterspringen.«

1.

Vergangenheit
5772 v. Chr. / 12.402 da Ark

Der Stolz von Traversan

Nert Kuriol da Traversan machte sich klar, daß in dieser Stunde das Schicksal seines Volkes entschieden wurde. Er war 89 Arkonjahre alt und damit kein junger Mann mehr. Aber er war jung genug, um Angst vor dem Tod zu empfinden.

Mit Sorgfalt legte er seine Raumrüstung an. Wenn er seinem Feind gegenübertrat, dann wollte er angemessen gekleidet sein, seinem Stand entsprechend. Er war der Baron von Traversan, ein *Nert,* und er wollte seinem Besucher zeigen, daß er Stolz besaß.

»Einen Spiegel!« kommandierte er barsch.

Zwei Bedienstete hielten ihm ein Kristallglas vor, das einen hochgewachsenen Mann in blauschwarzem Panzer zeigte, mit weißblondem wallendem Haar und einem kurzgestutzten, silbrigen Vollbart. Der polierte Harnisch zeigte eingeätzte Szenen aus der Mythologie der She'Huhan-Sternengötter. Ein knielanger Cape-Umhang ergänzte das Bild, hellblau mit da-Traversan-Wappen in Gold und Silber.

»In Ordnung«, entschied er, eine Spur milder gestimmt als noch Sekunden zuvor. »Also! Wo ist Pyrius Bit?«

»Der Sonnenkur wartet nebenan auf der Schattenterrasse, Erhabener.«

»Wie lange schon?«

»Eine halbe Stunde. Er wirkt bereits sehr ungeduldig.«

Ein feines Lächeln stahl sich in Kuriols Gesicht. »Das scheint mir zwar keineswegs lange genug – aber nun denn.«

Nert Kuriol da Traversan durchschritt die Wandelhalle, die zur sonnenabgewandten Seite des Palastes führte. Er hätte gern seine

Tochter dabeigehabt, Prinzessin Tamarena, die jeden Gedanken erahnen konnte, oder Irakhem, den höchsten Kommando-Offizier des Systems. Er wollte jedoch nicht, daß Pyrius Bit ihn für schwach hielt. Alles hing davon ab, ob er eine Stärke vortäuschen konnte, die Traversan in Wahrheit nicht besaß. Psychologie ... eine letzte, kaum reale Möglichkeit.

Kuriol öffnete die Tür. In seinem Blick stand eine kaum verhohlene Verachtung; exakt jenes Maß, von dem er sich einen Vorteil erhoffte.

»Pyrius Bit. Wie schön, Euch zu sehen.« Seine Stimme troff vor Sarkasmus.

»Ich grüße Euch ebenfalls, Kuriol. Und ich hoffe, Ihr habt die richtige Entscheidung getroffen. Nicht diesen ...«, Bit schien nach Worten zu suchen, »... diesen *Unsinn*, den man mir übermittelt hat.«

Nert Kuriol da Traversan registrierte, daß Pyrius Bit die ihm zustehende Anredeform *Erhabener* verweigerte. Über Höflichkeit ließ sich streiten; Kuriol entstammte immerhin einem alten Adelsgeschlecht. Dafür war Bit von Imperator Reomir IX. zum *Kur*, zum Verwalter, des Brysch-Sektors erhoben worden. Und dazu gehörte auch der Planet Traversan. Da er außerdem ein Sonnenträger war, was einem hohen militärischen Rang entsprach, nannte er selbst sich Sonnenkur Pyrius Bit.

Kuriol musterte den fetten, kleinen Mann voller Abscheu. Er war ein degenerierter Adliger der übelsten Sorte, vollgestopft mit Drogen und ungesunder Nahrung, genußsüchtig und ohne Rückgrat. Vor dem Gesetz des Imperators besaß Pyrius Bit jedoch die Befehlsgewalt. Wenn es sein Wille war, Traversan zu ruinieren, dann stand das Recht auf seiner Seite.

Kuriol hätte die Richter des Imperiums anrufen können. Bevor aber auf dem fernen Gerichtsplaneten Celkar ein Urteil gefallen war, würde sein Volk in Hunger leben. Der alte Nert von Traversan hatte viel gesehen; doch er war fest entschlossen, eine solche Katastrophe niemals zuzulassen. Arkonidische Kugelraumer hatten die halbe Milchstraße unterworfen. Es war nicht *recht*, wenn im Schatten der stählernen Riesen Elend regierte.

»Eure Entscheidung, Kuriol!« drängte Pyrius Bit. »Ich muß es wissen!«

»Meine Entscheidung steht fest. Ich sehe keinen Grund, meine Aussagen zu korrigieren.«

»Der Imperator fordert zusätzliche dreißig Prozent Steuern. Traversan muß bezahlen. Daran kann niemand etwas ändern.«

»Wir bezahlen dieses Geld nicht. Traversan ist nicht arm. Aber dann werden wir es sein.«

»Nert Kuriol ... Ihr wollt Euer Volk doch nicht mit dieser entsetzlichen Naivität in den Tod treiben?«

Traversan verfügte über neunzig militärisch gerüstete Raumschiffe. Pyrius Bit konnte dagegen jederzeit das Doppelte mobilisieren; außerdem brauchte er nur den Imperator um Hilfe zu rufen. Das ferne Arkon pflegte einen rüden Umgang mit seinen Kolonien. Kuriol hatte Widerstand schon oft im Feuer der Impulskanonen ersterben sehen.

Der alte Nert gab sich einen Ruck, dann erklärte er: »Es bleibt dabei. Wir werden unsere Abgaben nicht um diesen Satz erhöhen.«

»Euch sind doch die Konsequenzen klar?« Pyrius Bit drehte sich wie zufällig um und blickte auf die Trichtertürme und Parklandschaften der Hauptstadt Erican hinaus. Hinter den modern anmutenden Zentrumsvierteln ragten drei Kugelgebirge auf: die 500-Meter-Schlachtkreuzer der Fusufklasse, mit denen Bit gekommen war. Als Demonstration der Macht benutzten sie nicht den siebzig Kilometer entfernten Raumhafen, sondern standen direkt am Stadtrand.

»Natürlich kenne ich die Konsequenzen. Ihr dürft Euch dessen gewiß sein. Und nun geht. Ich werde Euch nicht aufhalten.«

Nert Kuriol hatte einen Moment lang daran gedacht, den Sonnenkur festzusetzen. Mit ihm als Geisel hätte er vielleicht noch einmal verhandeln können. Doch er war ein Mann von Ehre, ein *Traversaner,* und er wußte, daß er im Namen seines Volkes handelte.

Pyrius Bit wurde plötzlich wütend. »Kuriol! Ich befehle Euch ...«

Der alte Nert holte aus. Er versetzte dem fetten, unfähigen Kerl, der vor ihm stand, eine schallende Ohrfeige.

Bit verstummte. Sein Gesicht wurde so weiß wie sein Haar. Seine Augen fingen vor Erregung an zu tränen.

»Nert Kuriol«, stammelte er fassungslos. »Das hat Folgen.«

2.

Gegenwart
2. August 1290 NGZ

Die Meister der Insel

Bericht Atlan:

»Endlich!« empfing mich Fürst Ligatem da Traversan mit unwilliger Stimme. Er war ein Mann mittleren Alters, gewiß von hoher

Bildung und gutem Charakter, im Augenblick jedoch sichtbar angespannt. Die Hände hielt er tief in den Taschen seines grünen Mantels vergraben. Es schien mir, als habe er sie zu Fäusten geballt.

Sein Blick fixierte mich. »Du bist tatsächlich Atlan. Man trifft nicht jeden Tag Berühmtheiten dieser Klasse. Bist du wirklich mehr als dreizehntausend Jahre alt?«

»Natürlich.«

»Dann hast du die Imperatoren des alten Reiches alle noch persönlich kennengelernt?«

»Zumindest einige«, schränkte ich ein.

Das Thema war mir nicht angenehm, und der Fürst schien das zu spüren. Ligatem führte mich durch den Palast bis auf eine Ausichtsplattform. Von hier überblickte ich halb Erican; unter anderem den Himmelskrater im Westen der Stadt, der sich als dicht besiedeltes Gebiet erwies.

»Unser Ziel ist die Yssods-Wüste«, erklärte Ligatem. »Dort wurde die Station entdeckt.«

»Um was für eine Station handelt es sich genau?«

»Du siehst es bald«, blockte Ligatem meine Frage ab. »Allerdings ist eine gewisse Vorsicht nötig. Wir haben bereits siebzehn Tote zu beklagen. Mehr müssen es nicht werden.«

Ein undefinierbarer Seitenblick des Fürsten traf mich. »Leider haben auch deine Camelot-Wissenschaftler nichts bewirkt. Deswegen haben wir einen *Unsterblichen* zu Hilfe gerufen. Wir hoffen, daß du uns entscheidende Hinweise liefern kannst. Du hast die Meister der Insel selbst getroffen, Atlan. Wir kennen sie nur aus den Geschichtsbüchern.«

Ligatem winkte einen Gleiter heran, ein komfortables, offenbar gepanzertes Fahrzeug für längere Strecken. Bald rasten wir mit hoher Geschwindigkeit über die Trichtertürme der Stadt, südlich in Richtung Yssods-Wüste.

Er hält dich anscheinend für eine Art Wunderheiler, kommentierte mein Extrasinn.

Soll er, antwortete ich trocken. *Ligatem wird das Gegenteil früh genug merken.*

Wir überquerten einen unbewohnten Landstrich. Kaum eine Pflanze gedieh, offenes Wasser entdeckte ich nirgendwo. Kein Wunder, daß bis dato niemand die Station entdeckt hatte.

Es dauerte eine knappe Stunde, dann sah ich zwischen den Felsen ein ausdehntes Lager liegen. Ligatem landete das Fahrzeug am Rand der kleinen Zeltstadt.

»Ich habe ein schlechtes Gefühl«, hörte ich den Fürsten sagen, bevor er ausstieg. »Ich weiß, daß es naiv klingt, aber – wir dürften dies hier nicht tun. Es steht uns nicht zu.

Ich begrüßte die Archäologen, Historiker und Hochenergie-Techniker, deren Gesichter ich von Camelot kannte. Die Leitung hatte Cinthia Taubenflug übernommen, eine dunkelhaarige Terranerin, die seit etwas mehr als zehn Jahren in den Diensten von Camelot stand.

Gemeinsam mit Ligatem führte mich Cinthia durch die Fundstätte. Die Station bestand aus fünf eiförmigen, vierzig Meter hohen Kuppeln. Die seltsamen Gebilde durchmaßen an der Basis zwanzig Meter. Sie waren gleichschenklig fünfeckig angeordnet und schimmerten rötlich. Sie hatten eine ausgesprochen seltsame, rauh scheinende Oberfläche.

Angenommen, die Station war wirklich ein Produkt der Meister der Insel, dann mußten die Gebäude mindestens fünfzigtausend Jahre alt sein.

»Diese Wände«, murmelte ich unbehaglich, »sie sehen aus wie Sandstein.«

»Sandstein?« fragte Cinthia zurück. Sie schien einen Moment lang ernsthaft nachzudenken. »Ich denke, wir können das guten Gewissens verneinen. Es dürfte sich um ein exotisches Metall handeln. Aber das ist nur eines von mehreren Rätseln. Sämtliche Einrichtungen hier erscheinen beispielsweise energetisch vollkommen inaktiv. Andererseits weisen gewisse Details darauf hin, daß einige Geräte dennoch aktiv sein müssen.«

»Erklärung?«

»Keine. Ich gebe zu, daß wir das noch nicht verstehen. Unser technologisches Niveau steht theoretisch sehr hoch über allem, was hier in der Yssods-Wüste existiert. Auf der anderen Seite kommen wir an den größten Teil der Geräte nicht heran, mit allen Tricks nicht. Die Erbauer der Station haben sie so perfekt isoliert, daß man die Leistung nur bewundern kann.«

Ich sagte: »Die Erbauer – das führt uns gleich zum Kern. Was bringt euch auf den Gedanken, es könnten die Meister der Insel gewesen sein?«

Cinthia lächelte. »Du glaubst doch nicht, wir rufen dich umsonst, Atlan?«

Sie führte mich einmal halb um die Anlage. Der Abstand von Kuppel zu Kuppel betrug fünfzig Meter. Es war ein Fußmarsch von einigen Minuten.

»Wir könnten natürlich auch direkt zwischen den Kuppeln hindurchgehen«, erklärte die Archäologin. »Aber Ligatem hat es vielleicht schon erwähnt, wir hatten hier bereits Todesopfer. Die Anlage war von versteckten Thermokanonen beschützt, als sie gefunden wurde. Wir wissen nicht, ob wir alle entdeckt und ausgeschaltet haben. Deshalb meiden wir überflüssige Wege am *Altar* entlang und natürlich unnötige energetische Vorgänge.«

Cinthia geleitete mich vor eine Platte, die aussah wie eine altägyptische Schrifttafel. Die Schriftzeichen besaßen einen eigentümlichen, seltsam vertrauten Charakter. Ich musterte die Zeichen sorgfältig.

Andromeda, konstatierte mein Extrasinn unhörbar. *Erinnere dich an die Lemurer und die Meister der Insel. Das hier ist alt. Sehr, sehr alt. Cinthia hatte recht.*

Mein photographisches Gedächtnis ließ mich den Sinn jener uralten Schriftzeichen erfassen:

Die Hoffnung geht nicht verloren.
Das Glück kann man zwingen.
Die Zeit muß nicht ein Gegner sein,
wenn du sie zu deinem Freund
machen kannst.

»Was bedeutet das?« wollte ich wissen.

»Eigentlich war das unsere Frage an dich, Atlan!« meinte Cinthia Taubenflug.

»Zumindest handelt es sich um einen uralten Dialekt. Damals stand das Reich der Lemurer vor der Vernichtung durch die Haluter. Diese Schrifttafel wurde vermutlich zu einem Zeitpunkt geschrieben, als auch die Sonnentransmitter entstanden. Maximal tausend Jahre danach.«

Ich dachte eine Weile über die Zeilen nach. Dann zuckte ich mit den Schultern, eine typisch menschliche Geste, die ich mir im Lauf der Jahrhunderte unter Terranern angewöhnt hatte.

»Ist das der Altar, von dem du gesprochen hast?« fragte ich.

»Keineswegs«, meinte sie lakonisch. »Der steht weiter hinten.«

»Zeig ihn mir«, forderte ich sie auf.

Cinthia führte mich in die Mitte der Anlage, zwischen den Kuppeln hindurch. Ich registrierte, daß Fürst Ligatem jenseits der Kuppelgrenze zurückblieb.

Er fürchtet sich, wisperte mein Extrasinn. *Ligatem da Traversan ist kein Dummkopf und kein Feigling. Du solltest das ernst nehmen.*

Soll ich wieder nach Hause fliegen? fragte ich unwillig.

Vielleicht wäre das klüger. Cinthia hat ausgesagt, daß ihre Geräte die Geheimnisse der Station nicht enträtseln können. Niemand gibt sich eine solche Mühe, wenn es nicht unbedingt notwendig ist; wenn die Geheimhaltung nicht einen wichtigen Sinn macht. Gehe besser davon aus, daß in der Station noch unentdeckte Gefahren lauern.

Versteckte Waffensysteme?

Kaum anzunehmen, daß es so einfach ist.

Cinthia zeigte auf einen schmucklosen, aus blankem Fels gehauenen Stein. »Der Altar«, sagte sie. »Wir haben ihn natürlich nur aus einer Laune so genannt. Seine wahre Funktion dürfte mit Religion nichts zu tun haben.«

Die obere Fläche war eine Plattform. Sie durchmaß acht Meter und wirkte im Gegensatz zu den Seiten wie glattpoliert. Ich fühlte mich an ein gigantisch vergrößertes Mikroskop erinnert, und der Altar diente als Objektträger.

»Der Altar befindet sich exakt im geometrischen Zentrum der Anlage«, erläuterte die Archäologin. »Wir haben das nachgeprüft. Und es gibt keine weiteren Schriftzeichen. So etwas wie eine Funktion ist nicht erkennbar.«

Von Westen fegte ein Windstoß durch die Anlage. Die Luft trug den typischen verbrannten Duft der Wüste mit sich. Sandkörner fingen sich in meinem Haar. Unwillkürlich hielt ich einen gewissen Abstand zum Altar ein. Mit den Meistern der Insel hatte ich schlechte Erfahrungen gemacht. Plötzlich wünschte ich mir, ich hätte einen SERUN mitgenommen und nicht diese Standard-Kombination.

»War das jetzt alles, Cinthia?« fragte ich.

»Natürlich nicht. Dafür hätten wir dich nicht nach Traversan gerufen. Unser Problem sind die fünf Kuppeln. Wir konnten nur eine öffnen. Und das, obwohl wir mit den modernsten Apparaturen graben. Wir können nicht einmal sicher feststellen, ob die Kuppeln hohl oder massiv sind. – Ich meine, wäre es wirklich Sandstein, dann könnten wir das Material bis auf einzelne Moleküle genau abbilden. Aber hier – gar nichts.«

Als wir gegen die Meister der Insel gekämpft hatten, war von deren Technik nichts geblieben. Die kümmerlichen Reste hatten sich andere einverleibt. Mit einemmal sah es so aus, als bekämen wir hier eine zweite Chance.

Cinthias Auskunft nährte meine geheime Hoffnung. Wenn es sich wirklich um eine Station der Meister handelte, dann bargen die Kuppeln möglicherweise ein wertvolles technologisches Erbe: Multiduplikatoren, um nur ein Beispiel zu nennen.

Camelot hätte damit den letzten Schritt getan, hin zur führenden Techno-Macht der Milchstraße. Umgekehrt konnten die Geheimnisse der Anlage aber auch Imperator Bostich zum mächtigsten Mann der Galaxis erheben.

»Ich will diese eine offene Kuppel sehen.«

»Dahinten ist der Eingang.« Cinthia führte mich zu einer Art Schott, das man nicht nebeneinander, sondern nur hintereinander passieren konnte.

»Auf welche Weise habt ihr den Zugang entdeckt?« wollte ich wissen.

Cinthia lachte leise; ein Geräusch, das sich in der Wüste dumpf und kraftlos anhörte. »Ich weiß, daß das schwer zu glauben ist, aber die Tür stand offen. Als wir es merkten, mußten wir zuerst tonnenweise Flugsand beseitigen. – Sieh es dir selbst an, Atlan!«

Die Kuppel war praktisch leer.

Nicht leer, korrigierte mein Logiksektor, *sondern ausgeräumt. Das ist ein Unterschied.*

Der eiförmig aufragende Innenraum barg eine Fülle von Regalen. Einige zeigten Schrammen, andere wiesen deutlich sichtbar Standspuren sehr schwerer Gegenstände auf.

»Habt ihr irgendwelche Fundstücke von ihrem Platz entfernt, Cinthia?«

»Nein. Es gab keine Fundstücke.«

In der Kuppelmitte gähnte ein Loch im Boden. Es handelte sich um ein Luk, das den Weg nach unten freigab.

»Besitzt deine Kombination einen Antigrav?« hörte ich Cinthia fragen.

»Natürlich. Antigrav, Funkgerät und Schutzschirmprojektor.« Ich klopfte auf meinen Gürtel. »Aber was ist mit Licht?«

»Keine Sorge. Es sind überall Lampen angebracht.«

Wir ließen uns schwerelos durch das Loch nach unten tragen. Die Archäologin führte mich durch einen Kammerkomplex. Jedes der Gewölbe, die man von hier aus erreichen konnte, erwies sich als leer.

»Wir glauben, daß hier unten alles mit altlemurischer High-Tech vollgestopft war. Wo das Zeug hin ist? Keine Ahnung ... Warte, Atlan! Dahinten ist ein kleiner Hangar, in dem wohl ein Kleinraumschiff untergebracht war. Wir haben Verbrennungen an den Wänden entdeckt, vermutlich Spuren eines Korpuskulartriebwerks. Natürlich ist auch dieser Hangar leer geräumt. – Und übrigens, von oben läßt sich das Kavernensystem ortungstechnisch nicht nachweisen. Wir können das Phänomen nicht erklären. Normalerweise orten wir Hohlräume wie diesen auf ein halbes Lichtjahr Entfernung.«

Typisch für die Meister, wisperte mein Extrasinn. *Uneinheitlich entwickelte Technologie. Auf der einen Seite ein rückständiges Korpuskulartriebwerk, auf der anderen Seite Zeitmaschinen und Sonnentransmitter.*

»Tatsache ist, daß uns vier der fünf Kuppeln verschlossen bleiben. Wir hoffen, daß du uns helfen kannst, Atlan. Wir haben nicht ewig Zeit. Traversan ist arkonidisches Territorium. Wir können nur auf den Faktor Geschwindigkeit setzen.«

Cinthia führte mich hinauf ans Tageslicht. Unwillkürlich kniff ich die Augen zusammen. Travs Stern leuchtete so kräftig wie Sol um die Mittagszeit, grell und kaum erträglich.

Mein Blick fiel zum zweiten Mal auf den Altar. Und diesmal ignorierte ich die instinktive Scheu, die mich eben noch bewogen hatte, Abstand zu halten. Wie in Trance bewegte ich mich auf die Plattform zu. Es war, als habe ein suggestiver Einfluß Macht über mein Handeln erlangt; dies war natürlich ausgeschlossen, da ich durch den aktivierten Logiksektor nicht psionisch beeinflußt werden konnte.

»Atlan? – Atlan! Was ist mit dir?«

Ich nahm Cinthias Stimme als ein leises, entferntes Wispern wahr. Dabei stand sie nur wenige Meter hinter mir.

Bleib stehen, Narr!

Ich schenkte dem inneren Aufschrei keine Beachtung. Der Altar konnte nicht gefährlich sein. Die Archäologen hätten es sonst längst herausgefunden.

Halt, Arkonide! Cinthias Leute hätten nicht einmal die Kavernen gefunden, hätte die Tür nicht offengestanden! Du weißt nichts über dieses Objekt!

Kurz vor Erreichen des Altars verzögerte ich meinen Schritt. Einen Meter weiter, das ahnte ich plötzlich, und eine unsichtbare Grenze wäre überschritten. Travs Stern brannte von hinten in meinen Nacken. Ich spürte eine Hand auf meiner Schulter – es war Fürst Ligatem! –, die ich jedoch abschüttelte.

Mit einem weiten Satz sprang ich auf die Plattform. Nichts geschah. Die Bedenken der anderen schienen mir mit einemmal kindisch, und ich konnte im nachhinein nicht erklären, weshalb ich anfangs eine solche Scheu empfunden hatte.

Da erscholl eine Stimme: »Na Maghan! Na Tha'genem par atha ke!«

Ich erstarrte. Mit allen Sinnen versuchte ich, den Ursprung der Worte festzustellen. Doch die Stimme schien von überall zugleich zu kommen. Ich ahnte, daß der Altar selbst die Schwingungsmembran eines gigantischen Lautsprechers war.

»Na Maghan! Na Tha'genem par atha ke!«

Die Sprache war Alt-Tefroda, das sich von der alten lemurischen Sprache kaum unterschied. Ich *kannte* den Dialekt! Gehört hatte ich ihn ausschließlich in Situationen allerhöchster Lebensgefahr,

Fürst Ligatem und Cinthia fingen an zu schreien. Sie stießen Worte aus, deren Sinn ich nicht verstehen konnte. In ihr Geschrei mischte sich ein umfassendes Dröhnen, das aus den Tiefen der Wüste entsprang.

Es dauerte drei, vier weitere Sekunden, dann verstand ich nichts mehr außer dem Satz in Alt-Tefroda: »Na Maghan! Na Tha'genem par atha ke!«

Unwillkürlich übersetzte ich: »Maghan! Schaltung Sternentau wurde soeben aktiviert!«

Die Botschaft wurde endlos wiederholt. Was bei allen Göttern war unter *Schaltung Sternentau* zu verstehen? Den Ausdruck *Maghan* kannte ich jedoch gut; die Meister der Insel hatten sich damals so titulieren lassen. Aus nicht nachvollziehbaren Gründen hatte mein Sprung auf den Altar einen uralten Mechanismus aktiviert.

Eben wollte ich wieder auf den Boden zurück, wollte den Mechanismus zum Halten bringen, da sackte Cinthia vor meinen Augen leblos zusammen.

Flieh, Narr!

Es war zu spät. Mir wurde klar, daß ich mich nicht mehr bewegen konnte.

3.

Vergangenheit
5772 v. Chr. / 12.402 da Ark

Sieg?

Ein gellender Signalton riß Kommandeur Irakhem aus dem Schlaf. Er war sich darüber im klaren, daß damit der Anfang vom Ende eingeleitet wurde. Salziges Tränensekret überströmte seine Wangen; ein Zeichen der übermächtigen Erregung, die ihn erfaßte.

Mit einem Satz war er aus dem Bett. Er aktivierte das Visiphon. Daß sein weißes Haar wirr in alle Richtungen hing, nur nicht in den Nacken, kümmerte ihn nicht. Er diente dem Nert und seiner Heimat Traversan. Sein persönliches Erscheinungsbild hatte zurückzustehen, jedenfalls für den Augenblick.

Auf der anderen Seite salutierte ein Orbton. Irakhem kannte ihn als Offizier von niedrigem Rang. Er kannte alle Offiziere in seinem Umfeld, die meisten mit Namen. An der Galaktonautischen Akademie hatte man ihn gelehrt, wie man Untergebene führte: Es war wichtig, durch scheinbare Kleinigkeiten stets Überlegenheit zu dokumentieren.

Mit 23 Jahren war Irakhem viel jünger als der Orbton. Dennoch wurde er als Befehlshaber der Traversan-Flotte von allen anerkannt. Er war der einzige Kapitän zweiter Klasse des Systems. Kapitäne erster Klasse – oder gar Admiräle! – hatte es auf den Welten von Travs Stern nie gegeben.

»Also! Was ist geschehen, Orbton?«

Du kennst doch die Antwort, Narr! kritisierte sein aktivierter Logiksektor. *Es ist Pyrius Bit!*

Irakhem hätte beinahe laut geantwortet. Ärgerlich biß er auf seine Unterlippe. Er mußte sich an die Stimme in seinem Inneren, die zu allem und jedem Kommentare abgab, erst noch gewöhnen. Der Logiksektor verschaffte ihm Überlegenheit. Die ARK SUMMIA wirkte wie ein innerer, stets gegenwärtiger Schulmeister.

»Also?« wiederholte er scharf. »Ich erwarte deine Auskunft, Orbton!«

»Nun, ich ... ich dachte ... Jawohl!« Der Mann schien verwirrt, wahrscheinlich über Irakhems Verhalten. »Ein Verband von Imperiumsschiffen, Erhabener! Sie sind kurz jenseits der zehnten Planetenbahn aus dem Hyperraum gestürzt. Der Transitionsschock hat eine unserer Beobachtungsstationen vernichtet. Zwanzig Männer sind dabei gestorben.«

Kommandeur Irakhem preßte die Lippen zusammen. Transitionen innerhalb eines Systems galten als lebensgefährlich und wurden selten vorgenommen. Zum Ethos der Raumfahrer gehörte, grundsätzlich das planetengebundene Leben nicht zu gefährden. Ausnahmen gab es auch im Kriegsfall nicht.

Wer spricht von einem Krieg? ergänzte sein Logiksektor. *Traversan wird nicht mehr sein als eine blutige, bestenfalls tragische Randnotiz der Geschichte.* Irakhem ignorierte die Stimme.

Er fragte knapp: »Welchen Kurs fliegen die Imperiumsschiffe?«

»Sie halten Kurs Traversan, Erhabener!«

»Anzahl?«

»Wir haben noch Orterprobleme durch den Transitionsschock. Unsere Geräte müssen neu kalibriert werden. Die Anzahl der Schiffe werde ich Euch bald nennen können, Pal'athor. Habt einige Minuten Geduld.«

Pal'athor – Zweiplanetenträger. Er lachte bitter. Der militärische Rang, den er in jungen Jahren erreicht hatte, würde ihm nichts mehr nützen. Auf der Prüfungswelt Alassa hatte er die ARK SUMMIA absolviert. Er besaß seinen aktivierten Extrasinn seit diesem Tag, so wie die hochgestellten Adligen und erhabenen Flottenkommandeure.

Irakhem fühlte einen brennenden Ehrgeiz. In wenigen Jahren, so die Planung, hätte er die Weiterbildung zu einer höheren Offizierslaufbahn in Angriff genommen. Das Volk von Traversan hätte voller Stolz auf seinen ersten Admiral geblickt; und den meisten Stolz von allen hätte Nert Kuriol da Traversan empfunden, Irakhems väterlicher Förderer. Und nun war alles vorbei. Bevor es noch richtig begonnen hatte.

»Wann wird der Imperiumsverband eintreffen, Orbton?«

»Unveränderte Sublichtwerte vorausgesetzt, in sieben Stunden.«
»Nehmen wir an, sie beschleunigen maximal?«
»Dann schaffen sie es in fünf Stunden«, bekundete der Mann irritiert. »Aber warum sollten sie das tun, Erhabener? Sie würden doch nur unnötig ihre Triebwerks-Stützmasse verschwenden.«
Irakhem warf dem Mann einen scharfen Blick zu. »Wenn wir etwas nicht verstehen, so heißt das nicht, daß es nicht geschehen kann.«
Die Gesichtszüge des Offiziers wurden starr. »Ich verstehe, Kommandeur.«
»Gut. Nachrichten werden bitte unverzüglich an mich weitergereicht. Ich werde mich in spätestens fünfzehn Minuten an Bord meines Flaggschiffs einfinden. Danke.«
Irakhem schaltete das Visiphon ab. Fünf Stunden, das ließ ihm noch etwas Zeit. Er konnte seine Vorbereitungen treffen. Nicht, daß er einen großen Sinn darin gesehen hätte; aber es lag nicht in der Mentalität der Traversaner, aufzugeben. Pyrius Bit konnte sie vernichten. Er würde den Sieg allerdings sehr, sehr teuer erkaufen.
Irakhem erwartete seinen Tod. Ob der Tod heute schon kommen würde oder ob er mit Intelligenz und Kampfmoral das Ende noch einmal verzögern konnte, das war noch unklar.
Der Kommandeur duschte kurz. Er kaute Konzentrate, trank Wasser mit einem belebenden Langzeitaufputscher, dann band er sein Haar mit einer Spange aus Arkonstahl im Nacken zusammen. Zur blaugrauen Standarduniform wählte er einen dunkelroten Umhang.
Einen Moment lang überlegte er, ob er Nert Kuriol von dem nahenden Verband in Kenntnis setzen mußte. Dann aber sagte er sich, daß der Fürst von Traversan dieselben Informationen besaß wie er selbst; wenn nicht die besseren. Kuriol war der eigentliche Oberkommandierende der Streitkräfte von Traversan, Irakhem nur sein Stellvertreter.
Irakhem trat ins Freie, hinaus auf eine der Palast-Terrassen. Ein Antigrav-Strahl erfaßte ihn und zog ihn schwerelos in die Luft. Der Leka-Diskus, ein LE-20-05 für den interplanetarischen Shuttle-Verkehr, katapultierte ihn binnen weniger Minuten zum siebzig Kilometer entfernten Raumhafen.
Irakhem starrte nicht ohne Wehmut durch die Luken hinab. Erican, die Hauptstadt des Planeten ... eine Perle des Brysch-Sektors. Würde er jemals zurückkehren? Und wenn er heimkehrte, würde es Erican noch geben?
Auf dem Raumhafen standen sechs Schiffe; sechs von den neunzig, die Traversan besaß. Jedes einzelne stellte ein riesengroßes, unüberwindliches Gebirge aus modernster Technik dar. Sie trugen die stärksten Energiekanonen, die man sich vorstellen konnte, die schnellsten Positroniken, die besten Transitionstriebwerke.

Ihre Kugelzellen bestanden aus beschußverdichtetem Arkonstahl, dem nachweislich stabilsten Baumaterial der Galaxis. Und Irakhem sah die sechs Einheiten nur als ionisierte, auseinanderdriftende Gaswolken vor sich.

Narr! Kannst du deinen Puls noch fühlen? Oder bist du schon tot?

Irakhem antwortete lautlos: *Ich habe keine Hoffnung.*

Wenn eine Schlacht auf der Kippe steht, dozierte der Extrasinn, *wird diejenige Partei gewinnen, die durch positives Denken rechtzeitig ihre mentalen Kräfte gestärkt hat.*

Irakhem fand, daß das ein wertvoller Hinweis war. Der Logiksektor hatte recht. In den furchtbaren Schlachten gegen die Methanatmer hatte Irakhem manche aussichtslose Situation überstanden. Solange er lebte, besaß er eine Chance.

Ein zweifellos verrückter Teil seiner selbst machte sich bemerkbar; er hegte mit einemmal die vollständig irrationale Hoffnung, irgend etwas Unvorhergesehenes möge eintreten.

»Pal'athor!« Ein Orbton kam eilig von der Seite heran.

Irakhem fixierte den Mann kurz. »Was gibt es?«

»Pal'athor, wir sind in wenigen Sekunden wieder vollständig ortungsfähig. Die Kalibrierungen sind abgeschlossen.«

»Danke.«

Irakhem starrte gespannt auf den Orterschirm, der ihm vorerst nicht mehr als ein schematisches Abbild des Trav-Systems zeigte. Dann flackerten der Reihe nach glimmende rote Punkte auf. Jeder der Punkte stand für einen Imperiumsraumer. Es waren insgesamt nicht mehr als zwölf.

Drei sehr helle Reflexe zeigten Schlachtkeuzer der Fusufklasse an, so groß wie die TRAVERSANS EHRE, die anderen neun waren Schwere Kreuzer von je 200 Metern Durchmesser.

Ihre Formation wies darauf hin, daß sie den drei Schlachtkreuzern als Flankenschutz dienen sollten. Sie flogen eindeutig in Gefechtsformation.

Nur zwölf, überlegte Irakhem.

Er fragte sich, ob das bereits der unerwartete Umstand war, den er sich erhoffte.

Die Impulstriebwerke erwachten mit einem urwelthaften Gebrüll zum Leben. Die Schiffe konnten noch so riesig sein, ihre Dämpfung noch so aufwendig, es war immer wieder dieselbe Sorte von Weltuntergang.

In diesem Fall handelte es sich um 18 getrennt steuerbare Aggregate. Im freien Raum konnten sie das Schiff mit 500 km/s^2 beschleunigen. Am Boden wären jedoch verheerende Schäden die Folge gewesen, was dem Startmanöver natürliche Grenzen setzte. Irakhem nahm seinen Platz in der Mitte der Zentrale ein. Er stand breitbeinig, als wolle er den Imperator grüßen, und starrte auf die Galerie der Panoramaschirme.

Die TRAVERSANS EHRE war ein Kugelraumer von einem halben Kilometer Durchmesser. Die Besatzung bestand aus sechshundert traversanischen Elite-Raumfahrern.

Von hier aus wurde die einheimische Flotte zentral befehligt. Irakhem verfügte über alle Möglichkeiten moderner arkonidischer Kommandotechnik: eine Fülle von Bildschirmen, größenvariabel und von einer Positronik angesteuert, dazu kamen Hologramme zur optimierten räumlichen Darstellung, Flußdiagramme, dreidimensionale Vektorgrafiken.

»Landestützen einfahren!« kommandierte er laut. Man konnte seiner Stimme nicht anhören, was er in Wahrheit dachte. »Antigravs auf einhundert Prozent Schwerkraftkompensierung schalten.«

Es dauerte wenige Augenblicke, dann hörte er die Meldung: »Landestützen eingefahren. TRAVERSANS EHRE startbereit.«

Einen Moment lang hing das Schiff schwerelos in der Luft. Die scheinbare Stille dauerte nicht lange an: Irakhem gab Befehl, in den Orbit durchzustarten.

Bis zum Eintreffen des Imperiumsverbands würde es eine halbe Stunde dauern. Bislang hatte kein Funkkontakt stattgefunden. Absicht und Identifikation waren strenggenommen also unklar. Geschwindigkeit und Kursvektor ließen jedoch darauf schließen, daß der Verband direkt von BRY 24 stammte, dem 87 Lichtjahre entfernten Stützpunkt der Sektorenflotte. Dort residierte Pyrius Bit.

Die TRAVERSANS EHRE schwenkte in einen weiten Orbit ein. Travs Nachtauge, der Mond ihrer Heimat, befand sich auf der anderen Seite des Planeten, noch einen halben Tag lang außer Reichweite. Für ein eventuelles Gefecht bedeutete das, der Mond konnte nicht als Deckung benutzt werden. Die oberflächengestützten Forts konnten nicht auf seiten der Traversaner in den Kampf eingreifen.

Irakhem hatte ohnehin nicht vor, es soweit kommen zu lassen. Keiner der Imperiumskreuzer durfte auf Feuerreichweite an Traversan oder Travs Nachtauge heran.

»Hyperkom-Verbindung herstellen«, ordnete er an. »Ich will den Kommandanten dieses Verbandes sprechen.«

Die zwölf Einheiten bremsten ab. Ihr Kurs war so berechnet, daß sie etwa über Traversan zum Stillstand kommen würden.

»Keine Antwort, Pal'athor!« meldete der Funkoffizier nach einer Weile.

Irakhem fluchte leise. Er befahl: »Sperrkordon bilden! Jedem gegnerischen Schlachtkreuzer ordnen sich fünfundzwanzig Einheiten zu. Der Geleitschutz wird damit automatisch gebunden. Fünfzehn Leichte Kreuzer sichern den Rückraum gegen durchgebrochene Einheiten ab! Ich will nicht, daß plötzlich ein verirrtes Imperiumsschiff über Erican auftaucht.«

Rings um die TRAVERSANS EHRE flammten die superschweren Schutzschirme auf; schimmernde Kugeln aus Energie, die mehrere Treffer aus Thermokanonen absorbieren konnten.

»Feindkontakt! Geschützreichweite für schweres Feuer in dreißig Sekunden!«

Irakhem ließ die Schiffe seines Verbandes abbremsen und auf Kurs Richtung Traversan bringen.

Wären sie auf Kollisionskurs geblieben, das Gefecht hätte nur wenige Sekunden gedauert. Das lag nicht in Irakhems Interesse. Um einen Imperiumsraumer abzuschießen – oder ihn wirksam aufzuhalten –, brauchte es mehr als ein paar Sekunden.

»Kurs synchronisiert!« meldete ein kosmonautischer Offizier. Ein anderer fügte hinzu: »Feuerpositronik klar!«

Irakhem schickte einen letzten Funkspruch los: »Pal'athor Irakhem im Namen von Nert Kuriol da Traversan. An nicht identifizierten Verband: Stoppen Sie, oder wir eröffnen das Feuer! Ich wiederhole: Wir eröffnen sonst das Feuer.«

Plötzlich flammte vor ihm ein Bildschirm auf. Irakhem schaute auf ein brutal wirkendes, breites Gesicht mit tief zerfurchter Stirn.

»Mein Leben für Arkon!« grüßte der Fremde vorschriftsmäßig. »Hier Vere'athor Tereagh! Geben Sie den Weg frei, Kapitän! Dies ist Territorium des Großen Imperiums und des Imperators Reomir IX. Sonnenkur Pyrius Bit sendet uns, um auf Traversan eine offizielle Strafaktion des Imperiums zu vollstrecken.«

Irakhem wußte, daß ein Vere'athor im Rang über ihm stand. Dennoch, seine Befehle stammten vom Kuriol, und Kuriol hatte sich mehr oder weniger deutlich vom Imperium losgesagt. Der Vere'athor war damit Irakhem gegenüber nicht mehr weisungsbefugt.

»Wir geben den Weg nicht frei, Vere'athor Tereagh.«

Der Fremde mit dem Schlägergesicht schien zu lächeln. »Dann tragen Sie die Konsequenzen, Pal'athor.«

Der Bildschirm erlosch.

Irakhem gab Befehl, die Pneumosessel aufzusuchen und sich anzuschnallen. Rotalarm gellte durch die TRAVERSANS EHRE. Auf den Projektorflächen der Panoramagalerie erschienen Irakhems neunzig Einheiten grün, Tereaghs Schiffe rot, und die Himmelskörper des Systems wurden als dreidimensionale Körper dargestellt.

Irakhem definierte eine Feuerlinie, zehn Lichtminuten von Traversan entfernt. Es dauerte nur wenige Sekunden. Er nahm Blickkontakt zu seinen wichtigsten Leuten auf. Der Feuerleitoffizier hatte seine Finger schon auf den Kontrollen liegen.

Als die roten Punkte die Linie überschritten, sagte Irakhem laut: »Schwere Thermogeschütze 1 bis 8, Feuer frei.«

Die Welt schien um ihn herum unterzugehen.

Man wußte auf der anderen Seite, daß die traversanische Flotte nicht über hochrangige Kommando-Offiziere verfügte. Ein einziger Pal'athor reichte nicht aus, um neunzig Schiffe sinnvoll zu befehligen. Tereagh schien das genau zu wissen, sonst hätte er nicht in so deutlicher Unterzahl den Angriff gewagt.

Die Impulstriebwerke rissen das Schiff vorwärts. Einige Gravos Restbeschleunigung schlugen durch, trotz der aktivierten Andruckabsorber. Die Thermokanonen nahmen mit furchtbarer, körperlich fühlbarer Gewalt ihre Arbeit auf. Vor dem Schlachtkreuzer, der ihnen am nächsten stand, kreuzten sich die Bahnen aus Energie.

Irakhem war aus irgendeinem Grund sicher, daß sich genau dort Vere'athor Tereagh an Bord befand.

Die Feueroffiziere korrigierten selbständig die Schußweite. Als sich die Bahnen ein zweites Mal kreuzten, erwartete Irakhem, den Schlachtkreuzer explodieren zu sehen. Aber nichts dergleichen geschah. Das Schiff war plötzlich fort. Es hatte sich mit einem unerwarteten Manöver nicht von der TRAVERSANS EHRE entfernt, sondern war nahe herangerückt!

Ein donnerndes Geräusch lief durch das Schiff. Irakhem fühlte sich herumgerissen und in die Gurte gepreßt. Dann erwiderten sie das Feuer.

»Auf die Nahortung achten!« brüllte er. »Sie sind an uns dran! Unsere Flankeneinheiten können nicht feuern, ohne daß wir getroffen werden!«

Vor Irakhems Augen platzte ein Bildschirm. Ein Splitterregen ergoß sich über die Zentrale.

»Schirmauslastung 120 Prozent!« hörte Irakhem einen Offizier schreien. »Steigend! 145 ... 150 ...!«

Wir müssen aus dem Feuer heraus, kommentierte sein Extrasinn nüchtern. *Eigene Treffer sind im Moment zweitrangig.*

Irakhem kommandierte: »Feuer einstellen! Eingesparte Energie auf die Schutzschirme leiten! Triebwerke volle Kraft Gegenschub!«

Noch einmal schien es, als gehe die Welt unter – als die Impulstriebwerke das riesenhafte Kugelschiff auf Gegenkurs rissen.

Irakhem sah den feindlichen Raumer in kurzer Entfernung auf dem Schirm erscheinen. Und im selben Augenblick eröffnete ihr Flankenschutz das Wirkungsfeuer. Der 500-Meter-Raumer der Fusufklasse, der eben noch um ein Haar ihr Ende herbeigeführt hätte, verging in einer lautlosen, optisch wunderbaren Explosion, die sechshundert Arkoniden der Gegenseite das Leben kostete.

»Pal'athor? Sind Sie in Ordnung?«

Er spürte, daß zwei Sorten Flüssigkeit seine Wangen hinabrannen. Die erste war das typisch arkonidische Tränensekret der Erregung, und die zweite war Blut. Er hatte eine Schnittwunde an der Stirn, durch die herumfliegenden Splitter des geplatzten Monitors.

»Gefechtsfähig!« erklärte er knapp. »Machen Sie sich keine Sorgen, Orbton.«

Irakhem versuchte, sich zu beruhigen. Solange er im Kopf nicht klar war ...

Den Luxus der Ruhe kannst du dir nicht leisten, Narr! Triff Entscheidungen! Du wirst damit leben müssen, daß du Fehler begehst!

Irakhem kniff die Lippen zusammen. Er versuchte, von nun an auf alles gefaßt zu sein. Wenn sie Glück hatten, war mit Vere'athor Tereagh der intelligenteste Gegner bereits tot.

Die Panoramagalerie zeigte Abschüsse und Opfer an. Bis zum jetzigen Zeitpunkt hatte der Feind – denn nichts anderes war dieser Verband vom Stützpunkt BRY 24 – zwei Schiffe verloren. Von Irakhems Verband waren dagegen nur noch ganze achtzig Schiffe übrig.

Er verstand mit einemmal, warum Tereagh sich eine Chance ausgerechnet hatte. Es war eine furchtbare Erkenntnis. Der Mangel an Kommando-Offizieren wirkte sich mit einem brutalen Blutzoll aus.

Irakhem verzichtete dennoch darauf, die Beiboote auszuschleusen. Ihr Einsatz stellte ein potentielles Opfer dar, das er als unnötig ansah; er war sicher, daß sie es noch schaffen würden.

Eine Raumschlacht war ein seltsames, schwer zu durchschauendes Ereignis. Zwei Schiffe gegeneinander antreten zu lassen erforderte bereits Fingerspitzengefühl. Die physikalischen Werte der Ortung in eine konkrete Vorstellung umzusetzen war eine Sache des Abstraktionsvermögens.

Drei Schiffe erforderten das Neunfache, vier Schiffe bereits das Sechzehnfache an Konzentration. So lehrte es die Galaktonautische Akademie – und Irakhem hielt diese Werte für eher untertrieben.

Neunzig Schiffe gegen zwanzig schien auf den ersten Blick ein leichtes Unterfangen zu sein. Aber das war es nicht. Pyrius Bit hatte einen Eliteverband geschickt. Die Schlacht dauerte zehn Minuten, und am Ende hatte Irakhem zwanzig unersetzliche Einheiten verloren. Von den Raumern der Gegenseite war nichts mehr übrig.

Die TRAVERSANS EHRE ging leicht beschädigt auf dem Raumhafen von Erican nieder. Irakhem betrachtete die Hülle aus beschußverdichtetem Arkonstahl, die ein Dutzend frische Narben davongetragen hatte. In einem offenen Gleiter wartete am Rand des Landefeldes eine hochgewachsene Gestalt. Nert Kuriol trug seine blauschwarze, mit Protectorschalen verstärkte Raumrüstung.

»Irakhem! Ich beglückwünsche Sie!« hörte er die sonore Stimme des Nert. »Ihr erster Sieg als Flottenführer!«

Irakhem kam mit hängenden Schultern heran. »Ihr wißt genau, Nert, daß das nicht der Wahrheit entspricht. Ich habe zwanzig Verluste erlitten.«

Kuriol sagte hart: »Niemand konnte es anders erwarten. Enttäuschen Sie mich nicht durch unrealistische Erwartungen. Ich erinnere mich, als ich selbst jung war ... Sie sind ein junger Heißsporn, Irakhem. Risikofreudig, fachlich kompetent, jedoch zwangsläufig nicht mit der taktischen und strategischen Erfahrung eines altgedienten Kommandanten ausgestattet.«

Die beiden Männer schwiegen eine Weile. Leka-Disken donnerten über sie hinweg; Mannschaftstransporter und Reparaturpersonal wurden zu den gelandeten Einheiten gebracht.

»Was ich nicht verstehe, Nert Kuriol: Was hat Pyrius Bit bewogen, uns nur zwölf Schiffe zu schicken? Mußte er nicht wissen, daß wir dieses Scharmützel gewinnen würden?«

»Zweifellos. Dem Sonnenkur bedeuten zwölf Schiffe nichts. Er kann sie verschmerzen. Bit hat die Mannschaften in den Tod geschickt, um vor dem Imperator eine um so bessere Legitimation zu besitzen. Nun *muß* er Traversan vernichten, er hat gar keine andere Wahl. Wenn es nachher noch Überlebende gibt, die auf dem Gerichtsplaneten Celkar Klage erheben könnten, dann haben sie ab jetzt keine Aussichten mehr auf juristischen Erfolg.«

Wieder herrschte Schweigen. Irakhem dachte an die Besatzungen der verlorenen Schiffe. »Die zweite Welle wird bald folgen«, sagte er.

»Ja, Pal'athor.«

»Dann werden sie uns vernichten.«

»Ja. Zweifellos.« Nert Kuriol da Traversan blinzelte in die tiefstehende Sonne. Seine schulterlange, wallende Mähne wurde von einem Windstoß aufgewirbelt. Er fügte hinzu: »Ich bin alt. Es ist ohne Belang. Aber vielleicht finden wir noch eine Möglichkeit, wie wir unsere jungen Leute retten können.«

»Ich kann nur ...«

»Warten Sie, Pal'athor!« Ein durchdringendes Geräusch drang aus Kuriols Cape. Der Fürst zog einen Interkom mit handtellergroßem Display hervor.

»Kuriol«, meldete er sich ungehalten. »Was gibt es?«

Irakhem konnte über Kuriols Schulter das verwirrte Gesicht eines Adjutanten erkennen. »Erhabener, ich habe eine seltsame Ortung zu melden! Wir fangen aus der Yssods-Wüste Signale auf, die für unsere Spezialisten nicht zu deuten sind!«

Kuriols Kopf ruckte herum.

Irakhem fühlte sich von den tiefroten Augen des alten Nert fixiert. »Kann es sein, daß doch einem Schiff des Gegners die Landung gelungen ist?«

»O nein!« entgegnete Irakhem im Brustton der Überzeugung. »Ausgeschlossen. Was immer da los ist, es hat mit unserem Gefecht sicher nichts zu tun!«

Der alte Nert dachte eine Weile konzentriert nach. Irakhem vermutete, daß er mit seinem Extrasinn stumme Zwiesprache hielt.

Dann kündigte Kuriol an: »Ich werde Prinzessin Tamarena schicken. Das Phänomen muß untersucht werden.«

»Ist das nicht zu ...« Irakhem unterbrach sich mitten im Satz.

»Zu gefährlich?« wollte Kuriol wissen. »Sie enttäuschen mich, Irakhem. Tamarena kann besser auf sich aufpassen als wir alle.«

4.

Gegenwart
2. August 1290 NGZ

Maghan!

Mein Blick ruhte auf der Frau, die vor dem Altar zusammengebrochen war. Cinthia schien zu sterben.

Unternimm etwas, Narr!

Ich versuchte, meine Hände zu bewegen. Doch die Lähmung reichte bis in die Fingerspitzen. Dasselbe mit den Füßen, den Nakkenmuskeln, nicht einmal die Lippen konnte ich öffnen.

Es war keine typische Paralyse; ansonsten wäre ich zusammengebrochen und hätte möglicherweise das Bewußtsein verloren. Ich vermutete einen unbekannten Einfluß, der auf normale Menschen so wirkte wie auf Cinthia. Für mich sah die Sache anders aus, ich war ein Unsterblicher.

Mein Zellaktivator pochte so stark, daß ich glaubte, die Ströme von Vitalenergie wie dicke Taue fassen zu können. Ohne den Chip in meiner Schulter, so machte ich mir klar, wäre ich innerhalb weniger Sekunden gestorben.

Aus den Augenwinkeln erblickte ich plötzlich eine Gestalt. Ein Arkonide in einem grünen Mantel näherte sich im Zeitlupentempo. Es war Fürst Ligatem! Im ersten Augenblick dachte ich noch, Ligatem wolle mich vom Altar ziehen.

Verschwinde! Du schaffst es nicht! versuchte ich zu rufen. Aber kein Wort kam über meine Lippen.

Dann bemerkte ich, daß der Blick des Fürsten in eine andere Richtung ging. Ligatem schaffte ein paar Meter. Dann sanken seine Arme hinab. Seine Hände öffneten sich, und er ging in die Hocke.

Als er wieder hochkam, hatte er die Archäologin im Griff. Der Fürst versuchte, die Frau wegzuschleppen. Meter für Meter kämpfte er sich vorwärts – während ich nur untätig zusehen konnte.

Ich bewunderte seine Willenskraft. Ligatem gab nicht auf, auch nicht, als er für Sekunden scheinbar entkräftet zu Boden ging. Die Zeitlupen-Flucht lief zunehmend zügiger ab. Mit jedem Meter Entfernung zum Altar gewann Ligatem an Tempo. Zum Schluß hob er Cinthia auf seine Schultern. Er trug sie wankend, aber rasch davon.

In meiner Sichtweite befanden sich lediglich noch Maschinen, keine Lebewesen mehr.

Ich war allein. Solange mein Aktivator arbeitete, konnte der lähmende Einfluß mich nicht töten.

Ich erkenne eine Querverbindung, wisperte mein Zellaktivator. *Die Stimme gerade eben wandte sich an einen Maghan. Die einzig anwesende Person auf dem Altar bist du, Arkonide. Ich nehme daher an, daß der Urheber der Stimme dich als einen Maghan identifiziert hat – als einen Meister der Insel.*

Was für ein Unsinn! entfuhr es mir lautlos. *Die Meister sind seit einigen tausend Jahren tot. Das letztemal, daß einer von ihnen diese Anlage betreten hat – wenn überhaupt! –, muß vor 50.000 Jahren gewesen sein!*

Der Extrasinn erklärte: *Eine wichtige Eigenschaft der Meister war ihre relative Unsterblichkeit. Die Maghane trugen Zellaktivatoren, so wie du! Und heute betrittst du diesen Altar, eine Stimme nennt dich Maghan, und alle anderen Personen außer dir werden in die Flucht geschlagen.*

Was willst du andeuten?

Du befindest dich nicht in Lebensgefahr, Arkonide. Diese Station hat dich automatisch als Meister der Insel identifiziert. Etwas

Wichtiges wird geschehen. Etwas, das sich Schaltung Sternentau nennt. Aber zuvor wird man mit dir Kontakt aufnehmen. Du darfst dich keinesfalls als Unbefugter zu erkennen geben. Sei ein Meister der Insel, wenn du leben willst.

Die Kuppeln in meinem Sichtfeld glommen plötzlich in einem dunklen, roten Licht. Im selben Moment verblaßte die gesamte Umgebung, die ich dahinter erkennen konnte. Die Felsen der Yssods-Wüste, der blaue Himmel von Traversan, das alles verschwand wie hinter einem Deflektorschirm. Die Anlage hatte sich anscheinend in ein Feld unbekannter Natur gehüllt.

Ich ballte die Hände – und es dauerte einige Momente, bis mir klar wurde, daß es eine willentlich gesteuerte Bewegung war. Ließ die Lähmung nach?

Im selben Augenblick spürte ich drei heftige Schläge an meiner Hüfte. Es wurde brennend heiß, wenn auch nur für Sekunden. Ich versuchte, den Kopf zu neigen. Meine Bewegungsfähigkeit war nicht weit genug wiederhergestellt, um einen Blick auf die Hüftregion zu erhaschen.

Das ist auch unnötig, sprach die Stimme in meinem Inneren sarkastisch. *Offensichtlich sind soeben dein Antigrav, das Funkgerät und der Schutzschirmprojektor explodiert. Deine gesamte technische Ausrüstung ...*

Was immer die Schaltung Sternentau bedeutete, es wirkte sich weder auf Geräte noch auf menschliches Leben ohne Aktivator besonders günstig aus. Das rote Leuchten der Kuppeln intensivierte sich.

»Maghan?«

Ich neigte den Kopf. Die Bewegung kostete mich alle Kraft.

»Maghan, hörst du mich?«

Es war dieselbe Stimme, die bereits den Satz *Na Maghan, na Tha'genem par atha ke* gesprochen hatte.

»Maghan, ich messe unzweifelhaft die Existenz eines Lebenspenders an. Um deine Identität weiß ich also.«

Es war anzunehmen, daß mit dem Ausdruck *Lebenspender* mein Zellaktivator gemeint war.

Ich faßte den Entschluß, der Stimme zu antworten: »Ich höre dich gut«, formulierte ich auf Alt-Tefroda. Die wenigen Worte kosteten mich sehr viel Kraft.

»Du wurdest aufgrund der Emissionen deines Lebenspenders als befugte Person identifiziert. Der Sternentau-Vorgang wurde automatisch eingeleitet.«

»Ich bin selbstverständlich befugt«, bestätigte ich matt, »allerdings bin ich nicht mit den Details der Schaltung Sternentau vertraut. Dieser Besuch diente lediglich einer Inspektion. Ich benötige deshalb sämtliche Informationen, die du mir nur geben kannst.«

Einen Moment lang hörte es sich so an, als ertöne eine Art Gelächter.

Du hast es höchstwahrscheinlich mit einem 50.000 Jahre alten Steuergehirn zu tun, behauptete die Stimme in mir. *Anzunehmen, daß es nicht mehr vollständig intakt ist.*

Eine irre Positronik?

Der Begriff scheint mir nicht sehr präzise, im Kern könnte er jedoch treffend sein.

Unruhig blickte ich mich um. Von der Wüstenumgebung war noch immer nichts zu sehen, und ein Gefühl sagte mir, daß sich dieser Zustand so einfach auch nicht ändern würde. Als die Stimme mir nicht antwortete, schlug ich vor: »Du könntest zunächst einmal erklären, wer du bist und wo du dich befindest.«

»Ich bin das Gehirn«, lautete die prompte Antwort. »Meine zentrale positronische Prozessoreinheit befindet sich in Kuppel D.«

»Wo ist Kuppel D?«

Eines der Sandsteingebäude schien einen Moment lang zu pulsieren. Doch ich war nicht sicher, ob meine Beobachtung den Tatsachen entsprach.

»Hör zu, Gehirn, es kommt darauf an, unsere unterschiedlichen Informationsstände abzugleichen. Ich will sichergehen, daß meine Anweisungen an dich auch adäquat umgesetzt werden können.« Kurz entschlossen fügte ich hinzu: »Ich muß sichergehen, daß meine Informationen über dich den Tatsachen entsprechen und vollständig sind. Der letzte Kontakt zwischen der Station und einem Maghan liegt immerhin sehr lange Zeit zurück.«

»Sehr lange ...«

Das Rechenhirn schien nachzudenken, obwohl ich wußte, daß das nicht möglich war. Selbst eine veraltete Positronik erledigte ihre Denkprozesse in einer Geschwindigkeit, bei der ein Arkonide so etwas wie eine Verzögerung nicht wahrnehmen konnte.

»Die Station wurde zum Zweck der Waffenbeschaffung von einem Maghan errichtet, dessen Namen ich nicht kenne. Er ließ sich als *Faktor* 7 ansprechen. Faktor 7 benötigte Waffenmaterial, das sich speziell gegen extrem resistente Lebensformen einsetzen ließ. Diese Lebensformen wurden als *Bestien* bezeichnet. Außerdem definierte Faktor 7 die Raumschiffe der Bestien als problematisch, da sie über sogenannte *Paratronschirme* verfügen.«

»Diese Station ist eindeutig nicht für die Waffenproduktion oder Forschung ausgelegt«, stellte ich fest. »Woher wollte Faktor 7 diese Waffen also nehmen?«

»Die Waffen sollten aus der Vergangenheit beschafft werden.«

Einen Moment lang stockte mir der Atem. Ich wußte genug über alle Experimente mit der Zeit, um mich plötzlich wie ein Mann an einem steilen Abgrund zu fühlen. Ich war noch nicht gefallen – aber es brauchte nur noch einen einzigen winzigen Stoß, einen Lufthauch.

»Wie ... wie weit in der Vergangenheit, Gehirn?«

»Als Zielzeit wurde X minus 1,2 Millionen Jahre definiert.«

Verdammt!

»Wie kommt dieser Wert zustande?«

»Faktor 7 verfügte über Anhaltspunkte, daß vor 1,2 Millionen Jahren in diesem Sektor der Galaxis ein schwerer Krieg stattgefunden hat. Nach Informationen des Maghans prallten zwei Parteien aufeinander, deren technologischer Standard sehr weit über dem heute üblichen Niveau gelegen haben muß. Mit den Waffen von damals, so Faktor 7, wäre die Vernichtung eines Paratronschirms entschieden leichter möglich als heute. Auch eine einzelne Bestie wäre dann leichter zu besiegen.«

Ich fragte mich, ob ich der Station reinen Wein einschenken sollte. Die Wahrheit war, daß die Meister der Insel längst nicht mehr existierten. Der Krieg gegen die *Bestien,* wie die Meister der Insel die Haluter genannt hatten, war längst zu Ende. Und die Lemurer, die diesen Krieg damals geführt hatten, waren aus der Milchstraße nach Andromeda ausgewandert, um den Halutern zu entkommen. Dort hatten die Meister der Insel die Macht übernommen.

Anzunehmen, daß eine ganze Weile nach der Machtübernahme in Andromeda ein Meister in die Milchstraße zurückgekehrt ist, erklärte der Extrasinn. *Diesen Krieg vor 1,2 Millionen Jahren gab es tatsächlich. Auch wir verfügen über einige rudimentäre Hinweise darauf. Der Meister ließ diese Station erbauen – und dann gab es offenbar Gründe, den Plan nicht weiterzuverfolgen. Versuche, diese Gründe herauszufinden, Arkonide!*

Ich fragte mich, ob ich wirklich alles richtig verstanden hatte. Doch meine Kenntnisse des Alt-Tefroda waren gut genug, um einen Irrtum auszuschließen.

»1,2 Millionen Jahre ...«, wiederholte ich fassungslos. »Das ist doch nicht möglich ...«

Das Stationsgehirn stimmte bei: »Du hast vollkommen recht – unmöglich. Allerdings befinden wir uns direkt auf dem Weg dahin. Unsere relative temporale Position liegt bei X minus 1440 Jahre. Der kritische Punkt wird bald erreicht sein.«

»Was für ein kritischer Punkt?«

»Der Punkt, an dem es gewöhnlich zur Katastrophe kommt. Die Fehlversuche Nummer 1 bis Nummer 37 haben das belegt.«

»Wie viele Versuche haben bisher funktioniert?«

»Keiner«, bekundete das Gehirn.

Da hörst du es. Hier sind schon die guten Gründe, die Faktor 7 hatte.

»Sofort alle Maschinen anhalten!« kommandierte ich. Nur um mich sofort zu verbessern: »Nicht anhalten, sondern umkehren. Wir müssen sofort zurück in die Gegenwart.«

»Das ist leider nicht möglich, Maghan«, antwortete das Gehirn mit einer hörbaren Spur von Bedauern.

»Aus welchem Grund nicht?«

»Seit meiner letzten Aktivierung sind 47.002 Jahre verstrichen. Aufgrund der langen Inaktivität haben Teile meiner Programmierung Schaden genommen. Darüber hinaus existieren einige maschinelle Schäden, die ich aus eigener Kraft nicht beheben kann.«

Ich versuchte, Punkt für Punkt vorzugehen.

»Was bedeutet *Schaden in der Programmierung?*«

»Wir werden Fehlversuch Nummer 38 vor dem Erreichen der Zielzeit nicht mehr beenden können. Ich kann keinen Programmabbruch herbeiführen.«

»Das heißt, eine Rückkehr ist erst möglich, wenn das Programm komplett ausgeführt wurde?«

»Oder wenn ein Programmabbruch von außen stattfindet. Allerdings handelt es sich dabei lediglich um eine theoretische Möglichkeit. Die Energiereserven reichen leider nicht bis zum Eintritt in die Zielzeit aus.«

Einen Moment lang weigerte ich mich, die Konsequenzen der maschinellen Logik zu durchdenken. Dann konnte ich mich nicht mehr wehren. Ich stieß einen erstickten Laut aus. Gern wäre ich nach vorn gesprungen, hätte mir Einlaß in die Kuppeln verschafft und den Programmabbruch selbst herbeigeführt. Das einzige, was ich zustande brachte, war ein kurzer Schritt nach vorne. Entkräftet holte ich Atem.

»Wir werden demnach in die Vergangenheit reisen, bis uns die Energie ausgeht?« vermutete ich.

»Das ist korrekt.«

»Und anschließend können die Anlagen der Station aus Mangel an Energie nicht mehr betrieben werden.«

»Ebenfalls korrekt.«

»Befindet sich eine Apparatur zur Produktion von Energie unter den Anlagen?«

»Nein. Aus emissionstechnischen Gründen konnte lediglich ein leistungsfähiges Speichersystem integriert werden.«

»Bedeutet das, wir werden in der Vergangenheit stranden?«

»Ja, Maghan. Fehlversuch Nummer 38 kehrt nicht mehr in die Gegenwart zurück. – Ich hoffe, du hattest eine komfortable Reise. Der Austritt aus dem Zeitsprung steht in wenigen Sekunden bevor.«

»Warte!« rief ich verzweifelt.

»Das geht leider nicht.«

Ich hatte selbst eine Expedition mit einem terranischen Nullzeitdeformator mitgemacht. Wir hatten die Technologie niemals wieder ausgegraben, nachdem sie einmal in der Versenkung verschwunden war. Und das aus gutem Grund: Jede Manipulation in der Vergangenheit konnte furchtbare Folgen für die Gegenwart nach sich ziehen.

Im Extremfall verhinderte eine scheinbar nebensächliche, in Wahrheit jedoch katastrophale Handlung die eigene Geburt. Die Wissenschaftler nannten solche Gedankenspiele ein Zeitparadoxon.

Niemand konnte wirklich vorhersagen, wie ein Aufenthalt in der Vergangenheit sich auswirken würde. Ein gängiges mathematisches Modell der Zeit ging von unendlich vielen parallelen Zeitströmen aus. Jede Manipulation erzeugte neue Zeitströme, neue Kausalitäten, neue Alternativen.

In diesem Fall kam ein spezielles Problem hinzu. Ich war nicht in der Lage, dieses Problem logisch zu lösen. Wahrscheinlich deshalb, weil es keine auch nur ansatzweise logisch klingende Lösung *gab:* Die Station stand seit etwa 50.000 Jahren mitten in der Yssods-Wüste. Was passierte, wenn der Zeitsprung über *weniger* als 50.000 Jahre in die Vergangenheit führte?

Wo ein Körper war, konnte kein zweiter sein – so lautete eine Grundregel der Physik. Banal, in meinem Fall unter Umständen jedoch tödlich. Wenn der Sprung beendet war, prallten die beiden Zeitmaschinen vielleicht aufeinander. Vielleicht wurde dieser ganze Zeitstrom auch ausgelöscht und mit ihm Perry Rhodan, die Terraner, dieser ganze Planet Traversan und überhaupt das ganze Universum.

Sieh nicht zu schwarz, Arkonide. Vielleicht passiert auch gar nichts. Vielleicht verdrängt eine Zeitmaschine die andere in den Hyperraum, bis normale Verhältnisse wiederhergestellt sind. Oder es entsteht tatsächlich ein paralleler Zeitstrom, der nach einigen hundert Jahren in den alten Strom zurückmündet.

Ich versetzte lautlos: *Von einem Logiksektor erwarte ich eine nüchterne Analyse. Keine Durchhalteparolen.*

Du wirst begreifen müssen, daß die Gesetze der Logik hier nur beschränkt anzuwenden sind.

Ärgerlich preßte ich die Lippen zusammen.

Ich war mir nicht einmal sicher, ob ich wirklich wissen wollte, was sich über meinem Kopf zusammenbraute. Wie es auch kam, ich konnte offensichtlich nichts am Ergebnis ändern.

Schwelge nicht in Selbstmitleid, Arkonide! kritisierte der Logiksektor hart. *Bereite dich lieber auf den Fall deines Überlebens vor.*

Noch einmal versuchte ich, einen Schritt zu tun. Aber auch diesmal kam ich nicht weit. Der Logiksektor hatte recht. Ich mußte Informationen sammeln, für den Fall, daß es am Ende von Fehlversuch Nummer 38 noch einmal weiterging.

»Gehirn, hörst du mich?« erhob ich die Stimme.

»Ja.«

»Dann beantworte mir noch eine Frage: In welcher Zeit werden wir stranden?«

»Das ist leicht. Es handelt sich voraussichtlich um das Jahr ...«

Die Stimme des Gehirns verstummte. Die Kuppeln hörten zu leuchten auf. Der Hintergrund, den ich die ganze Zeit vermißt hatte, tauchte wie aus einem sich hebenden Dunstschleier wieder auf. Es war immer noch die Yssods-Wüste. Einige Felsbrocken schienen anders zu liegen, als ich es in Erinnerung hatte. Aber das war auch schon alles.

In mir erwachte der Verdacht, daß ich auf eine noch unbekannte Weise hereingelegt worden war. Ich hatte den Eindruck, daß eine tödliche Gefahr drohte. Nur wußte ich nicht, welche.

Vergangenheit
5772 v. Chr. / 12.402 da Ark

»Seid ihr bereit?« schrie Prinzessin Tamarena.

»Jawohl, Erlauchte!« schrien die Soldaten zurück.

Ein kurzes Kommando nur, und sie würden in die Gleiter springen und die Galaxis für sie auseinandernehmen.

Ihre mandelförmigen, hellroten Augen erfaßten jede Kleinigkeit. Es schien unmöglich zu sein, daß ihr etwas entging, nicht einmal Ereignisse in ihrem Rücken. Die Prinzessin hatte das oft gezeigt. Ihre Auffassungsgabe galt als übernatürlich entwickelt.

Die einsam zugebrachten Jahre in einer Dagor-Abtei befähigten sie zu erstaunlichen Dingen. Im Zentralmassiv von Masskyr hatte sie gelernt, wie man die ungenutzten Ressourcen des Körpers und des Geistes zugänglich machte. Den Rest hatte ihr Vater sie gelehrt; Nert Kuriol verdankte sie kosmonautische Ausbildung und Kenntnisse in Truppenführung. Den meisten Arkoniden war sie weit überlegen, auch wenn sie es selten zeigte.

Ihr platinblondes Haar trug sie im halblangen Pagenschnitt. Sie hatte eine schlanke, hochgewachsene Figur, und sie wußte genau, daß sie eine attraktive Frau war.

In diesem Augenblick zählten jedoch andere Dinge: Nert Kuriol hatte sie nicht umsonst in die Wüste geschickt.

Tamarena trug eine klobige Kampfausrüstung. Dazu gehörten Protectorschalen aus Arkonstahl, die die Gelenke schützten, Energieschirm, Thermostrahler, Flugaggregat und Funkgerät. Sie musterte die schwer bewaffneten Männer ihres Greiftrupps: eine bestens ausgebildete, schlagkräftige kleine Einheit. Keiner von ihnen erlaubte sich bedeutungsvolle Seitenblicke.

Die Männer dachten nicht einmal an sie, jedenfalls nicht in dieser Weise. Tamarena wußte das genau.

Traversaner wie sie waren daran gewöhnt, erst zu schießen und dann zu fragen; aber auch das lag diesmal in ihrem Interesse. Was immer sich in der Yssods-Wüste abspielte, es geschah zu einer ausgesprochen ungünstigen, für alle Beteiligten höchst gefährlichen Zeit.

Von einer erhöhten Position aus starrten sie auf die fünf seltsamen Kuppeln hinab, die sich mitten in der Yssods-Wüste erhoben. Diese Kuppeln hätten eigentlich nicht existieren dürfen. Ihre Existenz stellte ein Rätsel dar. Wer hatte sie erbaut?

Sie waren nicht groß genug, um eine ernsthafte Gefahr für den Planeten Traversan bereitzuhalten. Was, wenn sich im Inneren Truppen des Stützpunktes BRY 24 befanden? Es konnten niemals genug sein, um damit Erican zu gefährden.

Tamarena glaubte nicht, daß sie es wirklich mit einem Hinterhalt des Sonnenkurs zu tun hatte. Eine Station dieser Art taugte nicht als Geheimdienstbasis. Was hätte Bit auf Traversan ausspionieren sollen, das er nicht bereits wußte?

Außerdem pflegten Einrichtungen der Geheimdienste sich nicht durch seltsame Wellenfronten zu verraten. Geheime Stationen *blieben* gewöhnlich auch geheim. Diese hier hatte dagegen ein wahres Leuchtfeuer abgestrahlt – ein Leuchtfeuer aus Energie, das allerdings seit wenigen Minuten erloschen war.

Die Meßgeräte, die sie mitführten, zeigten keine Ausschläge mehr. Es war, als habe die Station sämtliche energetischen Vorräte verbraucht. Dort unten lief nicht einmal mehr eine Batterie.

Tamarena besaß einen Spezialorter, der auf Mikrowellenbasis die Umgebung scannte. Künstliche Strukturen verrieten sich durch grade Linien, verdächtig plane Flächen, mathematisch berechenbare Krümmungen. Und obwohl sie die Station mit eigenen Augen vor sich sah, sprach der Orter nicht an. Auf eine nicht nachvollziehbare Weise wurde das Gerät getäuscht. Der Orter schien die Anlagen für eine normale Felsenformation zu halten.

Tamarena wollte soeben das Signal zum Angriff geben – da ließ ein seltsamer Eindruck sie innehalten. Sie kniff mißtrauisch die Augen zusammen. Da man sich auf die Geräte anscheinend nicht verlassen konnte, kam dem optischen Eindruck eine erhöhte Bedeutung zu.

»Was habt Ihr, Erlauchte?« fragte ein Mannschaftsdienstgrad des Greiftrupps, ein Arbtan. »Wir sollten so schnell wie möglich ... «

Tamarena schnitt ihm mit einer kurzen Bewegung das Wort ab.

Der Arbtan verstummte. »Da unten«, verkündete sie, »da unten ist ein Mann. Er hat soeben die erhöhte Fläche in der Mitte der Anlage verlassen.«

Die Mitglieder des Greiftrupps wandten sich tuschelnd um. Sie zeigten keine Überraschung. Daß die Tochter des Nert ihnen hoch überlegen war, wußten sie, auch wenn sie natürlich den *wahren Grund* nicht kennen konnten.

»Was nun?« fragte jemand in ihrem Rücken.

Tamarena entschied: »Wir beobachten ihn eine Weile. Dann holen wir ihn uns. Er bewegt sich ohne jede Vorsicht, er sucht keine Deckung. Anscheinend glaubt er sich völlig unbeobachtet, obwohl Traversan ein dicht besiedelter Planet ist. Ich will sehen, was er da unten treibt.«

»Es wäre sicherer, ihn gleich zu töten.«

»Zweifellos.« Prinzessin Tamarena starrte scheinbar ausdruckslos die weit entfernte Gestalt an, und in ihren Blick mischte sich jene fast schon übermenschliche Komponente, die alles und jedes zu durchdringen schien.

5.

Vergangenheit
5772 v. Chr. / 12.402 da Ark

Der Fremde von Traversan

Ich konnte mich wieder bewegen. Vorsichtig winkelte ich die Arme an. Ich hatte wieder Gefühl in den Fingerspitzen. Mein Gürtel war tatsächlich an drei Stellen zerfetzt. Meine technische Ausrüstung, schon vorher nicht besonders üppig, hatte ich vollständig eingebüßt. Dafür funktionierte der Aktivatorchip in meiner Schulter einwandfrei.

Meine Ohren nahmen kaum etwas wahr als das allgegenwärtige, nicht besonders laute Windgeräusch der Wüste. Es gab keine Stimmen, keine Maschinengeräusche. Nur meinen eigenen Atem – und den zu hören war mir immerhin eine große Beruhigung.

Ich zweifelte mittlerweile daran, daß tatsächlich ein Zeitexperiment stattgefunden hatte. Es gab nicht den geringsten Hinweis darauf, sah man von den Behauptungen der verrückten Positronik ab. Die Tatsache, daß ich noch am Leben war, schien eher das Gegenteil zu stützen.

Langsam drehte ich mich einmal um die eigene Achse. Mein photographisches Gedächtnis hatte ein genaues Abbild der Wüste aufgezeichnet. Im Detail ergaben sich zahlreiche Unterschiede; hier ein verlagerter Stein, dort eine neue Senke, außerdem war die Umgebung merklich rauher, urwüchsiger anzusehen als vorher. All diese Details konnten auch auf einen völlig anderen Vorgang zurückzuführen sein als ausgerechnet auf eine Zeitreise. Ich wußte nur nicht, auf welchen.

Ich hatte den Eindruck, daß ein verbrannter Geruch in der Luft lag. Der Wind trug sämtliche aerosolen Brandrückstände schnell davon. Wenn es einen Brand gegeben hatte, mußte er sofort wieder erloschen sein.

Mein zweiter Impuls war, davonzurennen und mich in Deckung zu begeben. Doch ich zwang mich, weiterhin mit sparsamen Bewegungen zu agieren. Ob dies eine ferne Vergangenheit war oder nicht, blieb dahingestellt – daß es sich um eine höchst eigenartige, wahrscheinlich gefährliche Lage handelte, in der ich mich befand, stand außer Zweifel.

Vorsichtig vollendete ich eine komplette Drehung um meine Achse. Nichts war zu sehen. In meine Glieder kehrte das Gefühl vollständig wieder zurück. Von nun an hielt ich mich für handlungsfähig. Ich kletterte vom Altar herab.

»Gehirn?« fragte ich mit halblauter Stimme.

Keine Antwort.

Wenn es stimmte, was die Positronik zuvor behauptete hatte, dann fehlte ihr die Energie. In dem Fall konnte sie keine Antwort mehr geben.

Ich näherte mich einer Kuppel. Es war eines der Gebäude, die Cinthia für verschlossen erklärt hatte. Nun aber stand der Eingang offen.

Der Extrasinn erklärte: *Es ist denkbar, daß sich ohne funktionierende Energieversorgung sämtliche Türen automatisch geöffnet haben. Und zwar dann, wenn die Verriegelung auf energetischen Feldern beruht.*

Ich lugte vorsichtig ins Innere. Falls es automatische Geschütze gab, so waren sie ebenso lahmgelegt wie das Stationsgehirn und die Türverriegelung.

Nach wenigen Sekunden gewöhnten sich meine Augen an die Dunkelheit. Ich besaß keine Lampe, also mußte ich mit dem spärlichen Licht auskommen, das durch den Türspalt fiel. Mein Blick fiel auf bullig wirkende, absolut unverständliche Gerätebatterien. Polierte Oberflächen wechselten sich mit fein gerasterten Strukturflächen ab. Armdicke Leitungen oder Rohre verbanden die Aggregate miteinander. Einige der Blöcke reichten bis zur Kuppeldecke, also vierzig Meter hoch, andere türmten sich wie wacklige Kartons übereinander.

Ich unternahm einen Rundgang. Mit den geeigneten Meßgeräten hätte ich zweifellos Stunden in der Kuppel zugebracht; mit nichts als den bloßen Händen schien mir ein weiterer Aufenthalt wenig sinnvoll.

Die nächste Kuppel unterschied sich kaum von der ersten, nur daß die Dichte der Aggregate weitaus höher lag. Dasselbe beim dritten Versuch – und Kuppel Nummer vier war jene, die ich bereits in Begleitung von Cinthia inspiziert hatte.

Die fünfte und letzte Kuppel brachte mir endlich so etwas wie einen Erfolg. Ich erkannte auf Anhieb die typischen Bauformen einer Positronik, und auch die wenigen Bedienungselemente schienen mir vertraut. Es handelte sich um Technik, wie die Meister der Insel sie verwendet hatten.

Hast du daran noch gezweifelt, Narr?

Die Positronik erwies sich als inaktiv. Keine der Schaltungen, die ich probeweise vornahm, bewirkte eine Veränderung. Die Kontrollen blieben dunkel. Ohne Energie war kein Zugriff auf die Systemsteuerung möglich.

Im hinteren Teil der Kuppel war die Orientierung besonders schwer; hierher gelangte kaum noch ein Lichtstrahl. Dennoch gelang es mir, die Speicherbatterien der Energieversorgung zu identifizieren.

»Da liegt also das Problem ...«, murmelte ich.

Angenommen, hier hat tatsächlich ein Zeitexperiment stattgefunden, begann der Logiksektor, *dann wirst du eine Möglichkeit suchen müssen, die Speicher wieder aufzufüllen. Sonst kannst du nicht in die Gegenwart zurückkehren.*

Ich fand, daß mein Extrasinn in seinen Folgerungen zu weit vorauseilte. Noch war die Theorie eines Zeitsprungs nicht bewiesen.

Wo sind dann Cinthia und die Archäologen?

Ich ignorierte die Stimme in meinem Inneren. Statt dessen vollendete ich den kleinen Rundgang. In einem besser einsehbaren Bereich der Kuppel stockte ich plötzlich; meine Nase nahm wieder den verbrannten Geruch wahr, wenn auch nur in Spuren.

Mir fiel eine Art Schnittstelle zwischen Positronik und Energieversorgung ins Auge. Ich bemerkte eine deutlich geschwärzte, rußige Stelle. »Da hat irgendwas geschmort!« erklärte ich triumphierend. »Na also!«

Narr! Das ist nichts, worüber du dich freuen solltest. Eine Beschädigung wäre ein schwerer Nachteil für dich.

Ich nahm mir eine halbe Stunde Zeit, mich im Gewirr der Schaltungen und positronischen Verknüpfungen zurechtzufinden. Ohne Energie war es sehr schwer, den Sinn der Konstruktion zu durchschauen, und es gelang mir auch nur in bescheidenem Maß. Am Ende der halben Stunden förderte ich jedoch ein Bauteil zutage, das deutlich beschädigt war. Es ließ sich von Hand aus seiner Halterung lösen. Wenn ich das Schaltmuster richtig durchschaute, dann wurde von hier aus die Energie in den Rest der Kuppelanlage geschleust. Im Augenblick der vollständigen Speicherentleerung mußte sich ein energetischer Überschlag ereignet haben.

Mit zusammengekniffenen Augen drehte ich das Objekt: Es schien sich um eine Art *Brillant* zu handeln, jedenfalls legte der Facettenschliff den Gedanken nahe. Trotz des Zwielichts erkannte ich ein rauchig-transparentes Violett mit schwärzlichen Einschlüssen. Die Einschlüsse deuteten auf beschädigte Stellen hin.

Es handelte sich um ein zentrales Bauteil. Ob es irgendwo in der Station so etwas wie ein Ersatzteillager gab, wagte ich zu bezweifeln. Vielleicht in den unterirdischen Bereichen; doch wie sollte ich die untersuchen, solange ich nicht über Licht, Werkzeug und Ortergerät verfügte?

Ich fand mich damit ab, daß die Angelegenheit kompliziert werden würde. In der Kuppel gab es für mich nichts mehr zu tun. Es schien mir logisch, zunächst die restlichen Umstände zu klären.

Nachdenklich bewegte ich mich in Richtung Ausgang. Das von Abermilliarden Sandkörnern gestreute Licht der Yssods-Wüste war blendend grell. Ich blickte in die Richtung, die ich für Norden hielt, und überlegte, ob es eine Möglichkeit gab, zu Fuß nach Erican zurückzugelangen.

Mein Extrasinn beurteilte den Plan als aussichtslos. Andererseits würde ich allein in der Wüste in kurzer Zeit verdursten, Zellaktivator oder nicht. Vielleicht gab es irgendeine andere Siedlung, die ich erreichen konnte?

Narr! Paß auf!

Ich stand sofort still. Mit allen Sinnen lauschte ich in die Wüste hinaus. Etwas war falsch, ich wußte nur nicht, was.

»Okay, Fremder!« ertönte plötzlich eine Stimme. »Das reicht jetzt!«

Am Rand meines Gesichtsfeldes gewahrte ich einen Schatten. Besser gesagt, eine Phalanx von Schatten, die sich alle leicht bewegten.

»Drehen Sie sich ganz langsam um! Besser, wenn Sie keinen Fehler machen!«

Die Stimme – sie sprach altertümliches Arkonidisch!

Nach dem Alt-Tefroda der Station immerhin eine nette Abwechslung, kommentierte der Extrasinn ironisch.

Daß auf einem Planeten des Kristallimperiums arkonidisch gesprochen wurde, war noch keine Sensation. Nur die alte Version alarmierte mich.

Es war ein weibliche Stimme, rauchig und dunkel. Sie gehörte keinesfalls Cinthia Taubenflug, sondern einer mir fremden Sprecherin. Die Stimme war von einem befehlsgewohnten, arroganten Ton geprägt, und ein nervöses Vibrieren verriet mir, daß mit der Sprecherin nicht zu spaßen war.

Einen Moment lang überlegte ich, mich mit einem raschen Sprung in Sicherheit zu bringen. Allerdings, eine andere Deckung als das Innere der Kuppel gab es nicht. Und daß ich mich ohne Lampe drinnen kaum zurechtfinden konnte, hatte ich eben bereits festgestellt. Es wäre dumm gewesen, in meiner Lage Kunststücke zu versuchen, deren Folgen ich nicht berechnen konnte. Dann folgte ich der Anweisung. Ich drehte mich langsam um.

Vor mir standen zwölf abenteuerlich ausstaffierte Gestalten. Es schien sich um Arkoniden zu handeln, den weißen Haaren und den roten Augen nach zu urteilen. Sie trugen arkonidische Raumrüstungen, deren Alter ich auf etwa zehntausend Jahre taxierte. Ich hatte lange nichts mehr gesehen, was so primitiv aussah. Auf mich wirkten sie wie dreidimensional animierte Museumskrieger.

Der Trupp starrte vor Waffen. Sie alle trugen Handstrahler in den Holstern an ihren Hüften. Jeder einzelne der Arkoniden hielt einen Thermostrahler auf meinen Kopf gerichtet. Das war der Nachteil an der Sache. Der Vorteil war, daß ich mir um den Wassermangel keine Gedanken mehr zu machen brauchte.

Nur eine einzige Gestalt präsentierte sich waffenlos: eine Frau, die in scheinbar entspannter Haltung einen Meter vor der Gruppe stand. Das Wappen auf ihrer Kleidung wies sie als Angehörige des Da-Traversan-Adels aus. Es war dasselbe Wappen, das auch Fürst Ligatem getragen hatte.

Die einzige Frau der Gruppe, erklärte mein Extrasinn. *Also muß sie die Sprecherin von eben sein.*

Sie war hochgewachsen und sehr schlank, soviel erkannte ich trotz ihres Kampfanzugs. Daß sie keine Waffe trug, besagte übrigens überhaupt nichts. Ich identifizierte die scheinbar entspannte Haltung als Dagor-Grundstellung. Mit anderen Worten, die Frau hatte keine Waffe nötig. Sie konnte sich auch so verteidigen. Wenngleich sie einem Dagor-Meister meiner Erfahrung vermutlich nicht gewachsen gewesen wäre; aber davon konnte die Frau nichts wissen.

Ihre selbstbewußte Haltung verriet mir, daß sie die Anführerin der Gruppe war. Nicht ohne Faszination musterte ich ihre mandelförmigen Augen, das reglose Gesicht, die überaus stolze Haltung, den platinblonden Pagenschnitt.

Narr! Sie ist eine Feindin!

»Ich begrüße Eure Erhabenheit in Demut«, erklärte ich, mit einem ironischen Seitenblick auf die gezückten Waffen.

Die Frau antwortete nicht. Die bewaffneten Kerle starrten mich ausdruckslos an, sie waren schußbereit.

»Mein Name ist Atlan. Und mit wem habe ich das Vergnügen?«

Die Frau musterte mich plötzlich mit einem durchdringenden Blick, wie ich ihn selten zuvor gesehen hatte. Sie schien jedes Molekül meines Körpers durchleuchten, jeden Gedanken in meinem Kopf scannen zu wollen.

Der Blick wurde wieder klar, anschließend zornig, zum Schluß sah sie mich an wie einen widerspenstigen Kriminellen.

»Bei den She'Huhan-Sternengöttern! Dieser Kerl ist nicht ...« Sie verstummte. Dann hob sie eine Hand.

Ich konnte sehen, wie eine der Gestalten den Finger krümmte. Den Strahl aus seiner Waffe sah ich nicht mehr kommen.

Gegenwart
2. August 1290 NGZ

Ligatem konnte sich nicht erinnern, jemals in seinem Leben einer solchen Qual ausgesetzt gewesen zu sein. Der Altar, auf dem Atlan stand, schien sich in das Zentrum eines peingefüllten Universums zu verwandeln.

Weg von hier! forderte der Extrasinn des Fürsten. *Du wirst die Schmerzen sonst nicht überleben!*

Auf dem Altar stand immer noch Atlan, der Mann von Camelot, so aufrecht wie zuvor. Ligatem begriff nicht, warum der Unsterbliche im Zentrum der Schmerzen immer noch am Leben war.

Der Fürst wußte, daß man es ihm nicht ansah, doch er war ein sportlich gestählter Mann. Was Atlan ertragen konnte, das mußte auch ihm möglich sein. Und er sah die Archäologin Cinthia ohne Bewußtsein vor dem Altar liegen. Ligatem war ein Mann von Ehre. Er allein hatte noch die Macht, ihr Leben zu retten.

Auch wenn er hinterher nicht hätte sagen können, wie es ihm gelungen war – er floh nicht vor der Strahlung, sondern im Gegenteil, er näherte sich. Als er Cinthia erreicht hatte, hob er ihren Körper auf und trug die Archäologin aus dem Bannkreis des Altars, in Richtung offene Wüste.

Je größer der Abstand zum Altar wurde, desto besser setzte er seine Kräfte ein. Am Ende rannte er fast, obwohl die Terranerin auf seinen Schultern lag. Er schaffte es im letzten Moment.

Als er die Grenze passiert hatte, die den Kuppelkreis von der Wüste trennte, geschah eine Katastrophe. Jedenfalls wurde der Vorfall im nachhinein so bewertet; obwohl ihm niemand hätte erklären können, was sich wirklich ereignete.

Die gesamte Anlage verschwand. Sie löste sich so spurlos auf, als habe sie sich in Luft verwandelt oder als sei sie mit unbekanntem Ziel fortteleportiert. Ligatem und die Frau wurden von Helfern auf die Beine gestellt. Camelot-Wissenschaftler in Schutzkleidung musterten den Fürsten mit wirren Blicken.

Einer der Archäologen sagte: »Fürst, wir hatten Funkkontakt mit Atlans Raumschiff. Die Wissenschaftler der RICO behaupten, sie haben ein seltsames energetisches Phänomen angemessen. Sie sagen, die Wellenfronten aus der Yssods-Wüste hätten Ähnlichkeit mit dem, was vor sehr langer Zeit die terranischen *Nullzeitdeformatoren* produziert haben.«

Ligatem räusperte sich, damit seine Stimme nicht zu belegt klang.

Dann fragte er: »Was habe ich unter einem Nullzeitdeformator zu verstehen?«

»Soweit ich weiß«, erläuterte der Archäologe, »handelt es sich um eine vergessene oder nicht mehr praktizierte Technologie der Terraner. Eine Art Zeitmaschine.«

Ligatem drehte sich ruckartig um. Er starrte auf den leeren Platz, an dem eben noch die fünf Kuppeln gestanden hatten. Sie waren immer noch verschwunden. Der Fürst ahnte, daß es auch so bleiben würde.

»Wir werden Atlan suchen«, kündigte er an.

»Wo, Fürst?«

Ärgerlich versetzte er: »Überall.«

6.

Vergangenheit
5772 v. Chr. / 12.402 da Ark

Die Prinzessin

Ich erwachte mit heftigen Kopfschmerzen. Ringsum herrschte entweder finstere Nacht, was angesichts von Travs Nachtauge unwahrscheinlich schien, oder mein Gesichtssinn funktionierte nicht.

Außerdem hatte ich Schwierigkeiten mit dem Gleichgewicht. Meine Körperposition war mir unklar, ich hatte keine Ahnung ob ich stand oder lag.

In meinem Kopf lachte der Extrasinn sarkastisch. *Narr! Stehen kommt wohl kaum in Frage.*

Im ersten Moment glaubte ich, mich immer noch in der Zeitmaschine zu befinden. Die Unbeweglichkeit, die ich nun erlitt, schien mir von derselben Sorte zu sein. Dann machte ich mir klar, daß ich einen Treffer aus einer Strahlwaffe erhalten hatte. Mit der Zeitmaschine hatte mein Zustand nicht das geringste zu tun.

Diese Frau fiel mir ein, die beeindruckend selbstbewußte Arkonidin an der Spitze des Kampfkommandos. Hatte *sie* auf mich schießen lassen? Es sah fast so aus. Ich war entweder verwundet und lag im Sand der Yssods-Wüste, sterbend, oder aber ...

Es handelt sich lediglich um die Folgen einer Paralyse, behauptete mein Extrasinn. *Du solltest zusehen, daß du schnell auf die Beine kommst.*

Ein greller Lichtstrahl drang in meinen Kopf. Ich hatte unwillkürlich die Augen einen Spaltbreit geöffnet. Auch wenn ich die Muskulatur nicht kontrollierte, die wiederkehrende Sehfähigkeit stellte ein gutes Zeichen dar. Ich kannte diesen Zustand gut. Die Arkoniden hatten mich mit einer schweren Dosis vollgepumpt.

Ein normales humanoides Wesen wäre längst nicht wieder bei Bewußtsein. Der Durchschnittsarkonide wäre unter 24 Stunden Ohnmacht und Lähmung nicht davongekommen. Ich dagegen besaß den Zellaktivator. Binnen weniger Stunden würde ich meine volle Bewegungsfähigkeit zurückerlangt haben. Meine Finger kribbelten. Ich versuchte, nicht zu zucken und jede sichtbare Bewegung zu vermeiden.

Wenn ich paralysiert war, so bedeutete das, daß ich mich in Gefangenschaft befand. Andernfalls hätte die schöne Arkonidin wohl meinen Tod befohlen, oder sie hätte mit mir gesprochen und mich gehen lassen.

Es war anzunehmen, daß irgendwer ein Auge auf mich hatte. Wenn es mir gelang, diese Person über meinen Zustand zu täuschen, konnte ich möglicherweise fliehen – oder etwas anderes tun, was mir sinnvoller erschien.

Die Frau trug das Da-Traversan-Wappen, erinnerte der Logiksektor mich. *Finde heraus, was das zu bedeuten hat.*

Du meinst ... Fürst Ligatem hat eine Tochter?

Nein! Nicht Ligatem! Warum hätte Ligatem eine Verwandte geheimhalten sollen? Warum hätte sie sich wohl mit diesen antiken Waffen und dem altertümlichen Schutzanzug verkleidet?

Ich konnte darauf keine Antwort geben. *Also, was willst du andeuten?* fragte ich unschlüssig.

Die Zeitmaschine war echt. Du versuchst, dich einer einfältigen Selbsttäuschung hinzugeben. Das hier ist nicht mehr die Gegenwart.

Ich hätte beinahe einen wütenden Laut ausgestoßen, so abfällig klang die mentale Stimme des Extrasinns. Doch ich erinnerte mich rechtzeitig daran, den Anschein von Paralyse zu wahren.

Meine Augen standen nur wenige Millimeter offen, gerade ausreichend für ein beschränktes Bild.

Ich lag nicht in der Wüste, sondern offensichtlich in einer geschlossenen Räumlichkeit. Wo sich dieser Ort befand, darüber konnte ich nichts aussagen. Die Kuppeln kamen nicht in Frage, es sei denn, daß es dort weitere verborgene Räume gab. Wahrscheinlich hatte man mich aus der Wüste heraustransportiert, vielleicht zurück nach Erican. Das Kunstlicht war sehr grell. Innerhalb meines beschränkten Gesichtsfeldes befanden sich ein Stuhl und ein Teil einer geschlossenen Tür. Aus meiner Sichthöhe ließ sich schließen, daß ich auf dem Boden lag.

Über einer Stuhllehne hing meine Kleidung, eine beigefarbene Kombination. Die Schuhe standen davor. Ich schloß daraus, daß ich nackt war. Die Arkoniden hatten mich ausgezogen.

Das verschlechterte unter Umständen meine Lage, denn bevor ich ernsthaft aktiv werden konnte, mußte ich mich ankleiden. Nicht allein aus Schutzgründen, sondern auch, um in einer mir unbekannten Umgebung nicht unnötig aufzufallen.

Ich hörte keine Geräusche. Mit erzwungener Ruhe ließ ich die Zeit verstreichen. Gymnastik hätte zweifellos die Regeneration beschleunigt, schon ein paar Schritte hätten sehr geholfen ... *Nein!* Es war schwer, die kribbelnden Glieder ruhig zu halten. Jene Körperpartien, aus denen die Lähmung gerade wich, zuckten manchmal unwillkürlich; es handelte sich um Reflexe des Nervensystems, die ich nicht unterdrücken konnte.

Nach zwei Stunden hatte ich das Gefühl, fit zu sein. Ich war mir sicher, daß ich aufstehen und gehen konnte.

Keine Minute zu früh – von jenseits der Tür hörte ich Schritte, schwere Stiefel auf Metallfußboden. Es waren mehrere Personen.

Die Tür sprang auf.

Liege still!

Jemand rüttelte an meiner Schulter. Ich schaffte es, meine Muskulatur absolut entspannt zu halten. Ein zweites Rütteln, diesmal heftiger, und ich hatte Mühe, mich nicht durch eine ausgleichende Bewegung zu verraten.

»Bewußtlos«, konstatierte ein Mann in bestem altarkonidischem Dialekt, wahrscheinlich ein Wächter. »Ich sagte doch, ich hab' den Kerl beobachtet. Über die Kameras! Voller Paralysetreffer, der liegt morgen noch so da wie jetzt!«

Eine Weile herrschte Schweigen. Und dann erklang ausgerechnet jene rauchig-dunkle Stimme, die mich schon beim ersten Mal so beeindruckt hatte:

»Von bewußtlos kann keine Rede sein. Dieser Mann ist zweifellos wach.«

»Wie könnte er nach einer vollen Dosis aus einem Paralysator jetzt schon wach sein, Erhabene?«

»Das weiß ich auch nicht.«

»Es ist nicht möglich!« beharrte der Wächter.

»Dennoch trifft meine Aussage zu.«

Ich sah die Arkonidin aus der Yssods-Wüste vor mir, die schlanke, durchtrainierte Gestalt, die mandelförmigen roten Augen und das ausdrucksvolle Gesicht. Sie hatte zuletzt mit schneidender Schärfe gesprochen, ihr Ton duldete keinen Widerspruch.

Still! Sie blufft! Es gibt nichts, wodurch du dich verraten hättest.

»Stehen Sie auf!«

Ich reagierte nicht.

»Sie stehen entweder auf, oder ich werde Sie dazu zwingen lassen.«

Durch die kaum geöffneten Augen sah ich einen Stiefel kommen. Ein scharfer Tritt traf mich in den Unterleib. Ich krümmte mich vor Schmerzen. Meine Tarnung war damit aufgeflogen.

Instinktiv nutzte ich die Bewegung, meine Rückenmuskulatur und die Beine unter Spannung zu setzen. Mit einem ansatzlosen Sprung kam ich hoch. Trotz Zellaktivator war ich bei nicht mehr als vierzig Prozent meiner Leistungskraft. Für den ersten Arkoniden reichte es noch; der, dem ich den Tritt verdankte. Der Kerl lag am Boden, bevor er begriff, was geschah. Den zweiten Mann besiegte ich ebenfalls mit einer schnellen Dagor-Trittkombination. Person Nummer drei stand jedoch an der Tür. Es war die Arkonidin. Und sie machte keine Anstalten zu fliehen.

Statt dessen wartete sie auf mich in der Grundhaltung der Dagor-Schule. Sie schien nicht erschrocken zu sein. Ihre hautenge Kombination in hellblauer Farbe erlaubte geschmeidige Bewegungen. Die Stiefel reichten bis zu den Knien hoch, sie liefen spitz zu und konnten zweifellos als wirksame Waffe eingesetzt werden.

Ich begriff, daß ich in meinem Zustand gegen sie keine Chance besaß. Mein Blick fiel auf den Thermostrahler, der neben einem der Männer zu Boden gefallen war.

»Versuchen Sie es, und ich breche Ihnen die Arme«, kündigte die Frau gelassen an.

Ich kalkulierte die Möglichkeiten durch, die mir zur Verfügung standen. Die Dagor-Angriffstechnik war mir wohl vertraut, wahrscheinlich besser als ihr. Der Verlauf eines Gefechtes ließ sich bis zu einem gewissen Grad vorausplanen. Egal was ich tat, das Resultat würde immer ein gebrochener Arm sein, bei großem Widerstand auch zwei. Ihre vermeintliche Drohung erwies sich als realistische Ankündigung.

Einige Sekunden lang starrten wir uns an. Die Männer am Boden regten sich bereits wieder. Am Ende sagte ich: »Ich gebe auf.«

»Gut. Wir werden ein Verhör durchführen.«

»Zuerst habe ich eine Frage!« sagte ich schnell.

Die Arkonidin hob die Augenbrauen, nicht ohne eine gewisse Belustigung. »Nur zu.«

»Welches Datum schreiben wir heute?«

Die Arkonidin sah mich sehr seltsam an. Dann antwortete sie: »Heute ist der 14. Prago des Tedar 12.402 da Ark.«

Ich fühlte mich wie vor den Kopf geschlagen. Das Datum war zwar noch lange kein Beweis; schließlich hätte die Frau sich jederzeit irgendein Datum ausdenken und mich damit belügen können. Die Hinweise, daß tatsächlich eine Zeitreise stattgefunden hatte, mehrten sich jedoch.

Ich begann, daran zu *glauben*. Das genannte Datum stimmte mit der Ausrüstung überein, die der bewaffnete Trupp in der Wüste getragen hatte. Auch der Dialekt schien zu passen.

Der terranische und der arkonidische Kalender unterschieden sich sehr stark voneinander. Es war nicht leicht, ohne Computer die Daten des einen Systems in das andere umzurechnen. Verschiedene Termine, das Datum meiner Geburt beispielsweise, konnte ich jedoch in beiden Kalendern ausdrücken. Das verschaffte mir einen Anhaltspunkt.

Der 14. Prago des Tedar 12.402 da Ark entsprach grob gerechnet einem Tag im März des Jahres 5772 vor Christi Geburt. Schaltung Sternentau hatte mich demnach zwischen zehn- und elftausend Jahre in die Vergangenheit geschleudert.

Ich machte mir klar, daß ich zu diesem Zeitpunkt *zweimal* existierte. Der eine Atlan hockte in einer Gefängniszelle auf dem Planeten Traversan – der andere schlief auf der Erde in seiner Tiefseekuppel.

Ich beschloß, die Zeitreise als Realität hinzunehmen. Eine andere Wahl blieb mir nicht. Es sei denn, ich wollte fest die Augen schließen, mich kneifen und hoffen, daß ich aus einem Traum erwachte. Ich lachte leise.

Die beiden Wachen, deren Thermostrahler auf meinen Kopf gerichtet waren, blickten mich finster an. Einer strich über das geronnene Blut in seinem Mundwinkel, Andenken an den Dagor-Tritt, mit dem ich ihn niedergestreckt hatte.

»Du da! Setz dich hin und halt dein Maul!«

Ich wollte ihn darauf hinweisen, daß ich bereits saß und kein Wort von mir gab. Es schien mir jedoch unnötig, mich auf einen Streit mit Gefängniswärtern einzulassen.

Statt dessen ließ ich die Vergangenheit Revue passieren. Mit arkonidischer Geschichte hatte ich mich häufig befaßt. Mein photographisches Gedächtnis hielt über das Jahr 12.402 da Ark zahlreiche Informationen bereit.

Damals hatten Millionen von Transitionsschiffen den Kugelsternhaufen Thantur-Lok durchflogen; das heutige M13. Kugelraumer über 800 Meter Durchmesser waren unbekannt, die fünfdimensionale Technik steckte noch in den Kinderschuhen.

Als die Menschheit noch in Einbäumen über das Wasser gerudert war, hatten die alten Arkoniden bereits die halbe Milchstraße unterworfen. Man bekriegte sich mit den Methanatmern, den furchtbaren Maahks, gegen die ich selbst noch als Admiral gekämpft hatte. Geschossen wurde mit Thermokanonen. Syntronische Rechner waren unbekannt, primitive Positroniken galten als die höchste technische Errungenschaft.

Die großen Maahk-Kriege waren im Jahr 12.402 noch nicht ganz beendet, allerdings herrschte eine Phase relativer Ruhe ohne wirklich große Schlachten.

Von der großen Expansion früherer Tage konnte keine Rede mehr sein. Der Hang zu Prunksucht und Dekadenz, der sich in Adelskreisen breitmachte, führte bereits in Riesenschritten auf den bevorstehenden Untergang zu.

Der Niedergang, der das arkonidische Volk in eine tagträumende Herde Vieh verwandeln würde, hatte noch nicht begonnen, stand allerdings kurz bevor.

Als Imperator jener Zeit kannte ich Reomir IX., einen wenig brillanten Mann ohne sonderliche Bedeutung in der arkonidischen Ahnentafel. Meine Erinnerung sagte mir, daß Reomir IX. in wenigen Jahren einem Giftanschlag seiner Gattin Siamanth zum Opfer fallen würde. Siamanth würde dafür hingerichtet werden, ein Kristallprinz namens Laschotsch die Macht übernehmen.

Über den Planeten Traversan in dieser Zeit wußte ich nichts. Dem Großen Imperium gehörten aktuell etwa 50.000 Kolonial- und Fremdvölkerwelten an. Niemand wußte über alle Arkonidenvölker Bescheid, auch ich nicht.

Mir war jedoch klar, daß im Jahr 12.402 das Große Imperium zunehmend von Degeneration durchzogen wurde. In den Randgebieten war dies noch nicht sehr deutlich sichtbar. Dafür waren Korruption, Verselbständigungstendenzen und kleinere Kolonialkriege bereits an der Tagesordnung. Anzunehmen, daß auch das Traversan des 12. Jahrtausends da Ark davon nicht verschont geblieben war.

Die Traversaner hatten immer schon als stolzer, separatistischer Teil des Imperiums gegolten. Dies traf für das aktuelle Kristallimperium ebenso zu wie für das Große Imperium der Vergangenheit.

Ein Geräusch riß mich plötzlich aus der Versunkenheit. Die Tür sprang auf, und diesmal kamen vier Personen herein. Ihre finsteren Mienen verhießen nicht viel Gutes.

Beide Wachen salutierten: »Für Traversans Ehre, Erhabener!« riefen sie.

Drei der Gestalten waren Leibwächter, martialisch ausstaffierte Typen mit wilden Gesichtern. Der Gruß der Gefängniswachen schien jedoch Person Nummer vier zu gelten. Es handelte sich um einen betagten, breitschultrigen Mann von beeindruckender Körpergröße und natürlicher Autorität. Seine schulterlang wallende Mähne fiel auf einen knielangen Cape-Umhang, der mit Bildern aus der She'Huhan-Mythologie verziert war.

Die Wachen hatten ihn als einen *Erhabenen* bezeichnet, also als einen Mann von hohem Stand. Mir fiel ein, daß auch die Frau aus der Wüste so bezeichnet worden war. Gehörten die beiden möglicherweise zusammen? Waren sie verwandt?

Narr! Siehst du nicht das Wappen?

Jetzt erst drang die kunstvolle Zeichnung eines aufgerichteten Traversan-Büffels an mein Bewußtsein. Es war das Da-Traversan-Wappen, dasselbe, das Fürst Ligatem getragen hatte, ebenfalls die Frau in der Wüste.

Der alte Mann setzte sich vor mir auf den Stuhl. Einige Sekunden lang fühlte ich mich von ihm gemustert. Ich erwiderte den Blick mit derselben Aufmerksamkeit, allerdings nicht unverschämt, sondern höflich.

Seine tiefen Krähenfüße fielen mir ins Auge. Die faltige Augenpartie zeugte von tiefer Sorge, die ihn oft erfüllen mußte. Der Mann hatte eine schmale, lange Nase und trug einen kurzen Vollbart. Seine Augen waren tiefrot, dunkler als die des Durchschnittsarkoniden.

»Mein Name ist Nert Kuriol da Traversan«, sprach der Mann plötzlich. »Wer sind Sie?«

Ich antwortete respektvoll: »Mein Name ist Atlan, Erhabener.«

Ein *Nert,* überlegte ich, eine Art Baron. Dieser Mann war der Herrscher des Planeten. Es mußte sich um einen Vorgänger des Fürsten Ligatem handeln.

»Wie sind Sie in die Yssods-Wüste gekommen? Was wollten Sie dort?«

Einen Moment lang überlegte ich, mir eine Geschichte einfallen zu lassen, die plausibler klang als die Wahrheit. Irgend etwas von einem Absturz, genauso gut schien mir eine Entführungsstory. Aber auch Lügen konnte eine knifflige Sache sein, wenn man nicht genügend über die wahre Lage wußte.

»Ich habe eine kurze Geschichte zu erzählen, die schwer zu glauben ist ...«

Nert Kuriol da Traversan lächelte, und die Krähenfußfältchen gruben sich tief in seine Augenwinkel. »Wir hören dir zu.«

Die Blicke der Arkoniden ruhten auf mir, in einer Mischung aus Neugierde und vorweggenommener Skepsis. Speziell die Augen der Frau fielen mir auf. Sie schaute beinahe glasig durch mich hindurch, ließ sich dennoch kein Detail entgehen.

»Ich komme aus der Zukunft. Genauer gesagt, aus einer Zukunft, die von dieser Zeit gut zehntausend Jahre entfernt liegt.«

Es wurde plötzlich still im Raum. Niemand atmete mehr.

Der Nert sah mich ausdruckslos an. Ob er schockiert war oder nicht, ob er die Auskunft für dummes Geschwätz hielt, ließ sich schwer erkennen. Ich an seiner Stelle hätte so reagiert.

»Weiter«, forderte er mich nach einer Weile auf.

»In der Zukunft bin ich eine Person von einiger öffentlicher Bedeutung. Meine Wissenschaftler riefen mich und mein Raumschiff RICO nach Traversan. Sie führten mich zu einer uralten Hinterlassenschaft, zu einer Anlage eines längst ausgestorbenen Volkes. Anfangs schienen alle Geräte, die wir entdeckten, ausgeschaltet zu sein – aber das erwies sich bald als Irrtum. Wir müssen irgendwie einen Fehler begangen haben. Jedenfalls wurde gegen meinen Willen ein technischer Vorgang ausgelöst, der mir bis jetzt noch nicht ganz erklärlich ist. Die fremdartigen Anlagen, von denen ich spreche, erwiesen sich als eine Zeitmaschine. Jedenfalls, wenn dies hier wirklich das Jahr 12.402 da Ark ist – wie man mir berichtet hat.«

Die Frau, die hinter dem Nert stand, versetzte feindselig: »Es ist nicht angebracht, meine Worte anzuzweifeln.«

Ich erwiderte: *»Muß* ich das nicht? Diese Zeitreisegeschichte ist für mich ebenso schwer zu glauben wie für Sie!«

Nert Kuriol hob die Hand. »Still! Ich will keinen Streit hören! Mich interessiert, wie die Sache weiterging.«

»Nun, die Anlage transportierte mich also in die Vergangenheit. Der Sturz durch die Zeit endete erst, als sämtliche Energiereserven zu Ende gingen. Ich durchsuchte die Station, und als ich gerade aufgeben wollte, da nahmen mich Eure Leute fest, Erhabener. Und Eure Helferin hier«, ich deutete auf die hochgewachsene Arkonidin hinter Kuriol, »... Eure Helferin ließ mich betäuben, bevor ich noch etwas sagen konnte.«

Die Augen der Arkonidin blitzten vor Zorn. Sie erklärte stolz: »Ich bin Prinzessin Tamarena da Traversan, Nert Kuriols Tochter! Bestimmt keine *Helferin.«*

Ich schwieg. Meine Geschichte war zu Ende.

Der alte Nert schien minutenlang über meine Worte nachzudenken. »Wir haben die Station durchsucht. Es gab dort keine Energie, keine Nahrung, kein Wasser, kein Fahrzeug. Ist Ihnen klar, daß Sie innerhalb kürzester Zeit dort verdurstet wären?«

»Ich fürchtete bereits ähnliches.«

»Sie verdanken dem Eingreifen meiner Tochter also Ihr Leben.«

»Das ist wahr.«

Die Stimme des Nert wurde plötzlich laut: »Also gut. Für die Rettung Ihres Lebens will ich nicht auch noch belogen werden. Die Wahrheit, Fremder, oder ich werde Sie exekutieren lassen!«

»Was ich sagte, *ist* die Wahrheit.«

»Wenn Sie nicht sprechen wollen: Auf dem Gerichtsplaneten Celkar haben sie eine besondere Technik entwickelt, die *infinite Todesstrafe*. Ich versichere Ihnen, man quält sich nirgendwo mehr beim Sterben.«

»Erhabener, ich habe nichts zu korrigieren und nichts zu bereuen.«

Die Fragen kamen nun wie aus der Pistole geschossen: »Warum hat Pyrius Bit Sie hierhergeschickt?«

Unbeeindruckt gab ich Anwort: »Ich kenne den Namen Pyrius Bit nicht.«

»Sollten Sie unsere Raumschiffe sabotieren? Die Forschungsstätten von Erican, den Palast?«

»Nichts dergleichen, Erhabener. Ich schwöre es bei Arkon.«

Kuriol verzog abschätzig die Mundwinkel. »Auf das Imperium sollten Sie lieber nicht schwören, Atlan! Arkon im Munde zu führen bringt Ihnen keinen Vorteil ein. Außerdem sollten Sie nicht glauben, daß Sie hier lebendig herausgeholt werden. Wenn die Hauptstadt fällt, dann geht auch dieses Gefängnis unter. Bevor Ihre sauberen Vorgesetzten Sie noch bergen können.«

Der alte Nert und ich, wir starrten uns eine Weile an. Ich war hilflos, er unversöhnlich.

Unter anderen Umständen wäre der Mann mir sympathisch gewesen. Er besaß Charisma und anscheinend einen messerscharfen Verstand. Ich mußte jedoch zugeben, daß die Wahrscheinlichkeit gegen mich stand. Ein Unfall der Art, wie ich ihn erlebt hatte, konnte einfach nicht passieren.

Kuriol nannte einige interessante Details, meinte der Extrasinn. *Traversan scheint sich im Krieg zu befinden. Der Name Pyrius Bit dürfte von Bedeutung sein. Außerdem fällt auf, daß der Nert schlecht über das Imperium spricht. Es ist davon auszugehen, daß derzeit gewisse Streitigkeiten ausgetragen werden.*

Ich dachte darüber nach. Der Hinweis des Logiksektors schien mir wertvoll. Welchen Ausgang Streitigkeiten zwischen dem Imperium und einer Kolonie zu nehmen pflegten, wußte ich genau. Und der Nert schien es ebenfalls zu wissen, wobei er mich mit den Streitigkeiten offensichtlich in Zusammenhang brachte.

Nert Kuriol schaute mich einige Zeit ratlos an. »Ich werde Sie nicht exekutieren lassen. Jedenfalls noch nicht gleich. Meine Militärärzte behandeln Sie zunächst mit Medikamenten, die die Wahrheit aus Ihnen herauspressen werden. Nur werden Sie hinterher leider nicht mehr bei Verstand sein, Atlan; und ich gebe zu, daß ich das bedauere.«

Kuriol schaute sich um und winkte den Wachen.

Doch die Frau aus der Wüste – Prinzessin Tamarena! – legte ihm schnell eine Hand auf die Schulter.

»Nicht, Vater!« bat sie. Ihre Miene wirkte plötzlich so entgeistert, als habe sie ein Gespenst gesehen. »Warte noch! Es ist nicht leicht zu glauben – *aber ich bin sicher, der Fremde vom fernen Camelot spricht die Wahrheit.*«

Ich schwieg wie vom Donner gerührt. Es war nicht die Tatsache, daß sie *für* mich sprach. Damit hatte ich insgeheim gerechnet, weil ich ihre Arroganz als Maske durchschaute. Vielmehr lag es daran, daß ich den Ausdruck Camelot niemals erwähnt hatte. Prinzessin Tamarena gab eine Information preis, die sie eigentlich nicht besitzen konnte.

7.

Vergangenheit
5772 v. Chr. / 12.402 da Ark

Der Stolz von Traversan

Nert Kuriol da Traversan musterte den Fremden lange und gründlich. Er hoffte, daß sein aktivierter Extrasinn ihm Hinweise gab. Kuriol gewann unwillkürlich den Eindruck, daß der andere ihm überlegen war. Einen solchen Gedanken hatte er in seinem Leben nicht sehr oft gehegt.

Atlan war ein sehr beeindruckender Mann. Obwohl er sich in einer wenig beneidenswerten Lage befand, machte er einen gelassenen, stets überlegten Eindruck. Diese Qualitäten besaßen nur ausgesuchte Leute.

Auf sein Gefühl konnte er sich verlassen; hätte er die Möglichkeit besessen, er hätte Atlan sofort in seine Dienste genommen. Und wäre es nur für die wenigen Stunden, maximal Tage gewesen, die bis zum Eintreffen der Strafexpedition übrigblieben. Dann mußte mit hoher Wahrscheinlichkeit auch Atlan sterben.

Ein zweites Mal ließen sie den Fremden seine Geschichte erzählen. Und diesmal, mit dem Wissen um die Wahrheit, klang der Bericht erstaunlich plausibel.

Kuriol fielen die Blicke auf, die Atlan mit seiner Tochter tauschte. Daß Tamarena einen Mann dieser Sorte offensichtlich interessant fand, schien dem Fürsten nicht ungewöhnlich. Tamarena war daran gewöhnt, mit fähigen, teils auch charismatischen Männern umzugehen; doch Männer von Atlans Sorte waren nicht oft darunter.

Kuriol bemerkte ihre Maske aus Überheblichkeit sehr genau. Aber auch Atlan reagierte auf sie; der Fremde schien irgend etwas an Tamarena höchst interessant zu finden.

Ist es nicht tragisch, kommentierte sein Extrasinn, *daß diesen beiden keine Zeit mehr bleiben wird?*

Kuriol hob die Hand. Er vermerkte mit einem Lächeln, daß die Blicke der zwei sich wieder ihm zuwandten.

»Ich habe eine Entscheidung getroffen«, sprach der Nert. »Atlan, Sie werden ab sofort freigelassen. Nach allem, was ich weiß, stellen Sie keine Bedrohung für uns dar. Sie können sich frei auf diesem Planeten bewegen.«

»Danke, Nert.«

Der hochgewachsene Fremde richtete sich aus seiner hockenden Position an der Wand langsam auf. Man mußte bedenken, daß er vor knapp sechs Stunden von einer Paralysatorsalve erwischt worden war.

Kuriol konnte nicht verstehen, weshalb er schon wieder auf seinen Beinen stand. Normalerweise hätte er bis zum kommenden Sonnenaufgang reglos auf dem Boden liegen sollen.

Atlan sagte: »Ich habe jedoch einige Bitten an Euch zu richten, Nert. Die Zeitmaschine, mit der ich gekommen bin, ist ohne Energie. Ich benötige Hilfe, um diese Energiereserven wieder aufzufüllen. Außerdem ist der Steuerchip beschädigt, mit dem die Energiezufuhr der Station geregelt wird. Ohne eine gut ausgerüstete Forschungswerkstatt kann der Chip höchstwahrscheinlich nicht wieder repariert werden.«

Kuriol zeigte bedauernd seine leeren Handflächen.

»Traversan wäre gewiß bereit, Sie bei dem Problem zu unterstützen. Aber das ist nicht möglich. Ich muß Ihnen leider die Mitteilung machen, Atlan, daß wir alle sterben werden. Wir erwarten stündlich eine Strafexpedition des Sonnenkurs Pyrius Bit, vom nahe gelegenen Flottenstützpunkt BRY 24 aus. Bit wird Traversan vermutlich vernichten lassen.«

Atlan ließ sich nicht anmerken, ob er schockiert war.

»Aus welchem Grund, Nert Kuriol?«

Er schien daran gewöhnt zu sein, selbst in der verfahrensten Lage noch einen Ausweg zu suchen.

»Ich möchte es als eine Frage der Ehre bezeichnen. Und eine finanzielle Frage, nicht zu vergessen. Die ganze Geschichte wäre jetzt zu lang. In diesen Stunden lasse ich den Planeten Traversan gegen einen Angriff aus dem All befestigen. Meine Anwesenheit ist an anderen Orten dringender erforderlich.«

»Wartet, Nert!«

Kuriol hatte sich bereits vom Stuhl erhoben. Der drängende Tonfall, in dem Atlan sprach, ließ ihn jedoch innehalten.

»Worauf, Atlan?«

»Ihr sagt, Traversan steht die Vernichtung bevor. Ich bin allerdings vollkommen sicher, daß das nicht geschehen wird.«

Der alte Nert machte eine wegwerfende, müde Geste. »Was für eine naive Vorstellung. Pyrius Bit wird unsere Provokationen niemals hinnehmen. Er hat vor einem halben Tag im Orbit von Traversan zwölf Schlachtschiffe eingebüßt.«

»Trotzdem!« beharrte der Fremde. »Ihr vergeßt wahrscheinlich, *daß ich aus der Zukunft* stamme. Oder Ihr habt den Gedanken noch nicht konsequent verarbeitet.«

»Vater!« rief Tamarena plötzlich. Sie faßte Kuriol aufgeregt an der Schulter. Ihre Augen fingen zu tränen an, Zeichen einer heftigen Erregung.

»Begreifst du, Vater, was er uns sagen will? Er kommt aus der Zukunft – das bedeutet, daß er die Vergangenheit kennt! Er *weiß,* wie die Schlacht um Traversan ausgegangen ist!«

Nert Kuriol sah dem Fremden aus der Zeitmaschine gerade ins Gesicht. »Stimmt das?«

»Bedauerlicherweise nein«, erklärte Atlan. »Ich konnte nicht wissen, in welche Lage ich geraten würde. Vor der Katastrophe habe ich mich mit der traversanischen Geschichte nicht beschäftigt. Allerdings habe ich Erican und die Yssods-Wüste gesehen, wie sie in zehntausend Jahren aussehen.«

»Nämlich wie?« fragte Kuriol scharf.

Der Fremde verkündete: »Ich sah einen blühenden Planeten. Das Große Imperium wird in den kommenden Jahrtausenden untergehen; es wird aufgehen im Vereinten Imperium, sich zeitweise auflösen und dann als Kristallimperium wiederauferstehen. Aber Traversan existiert immer noch. Hätte es einen verheerenden Krieg an der Oberfläche des Planeten gegeben, die Narben wären auch in zehntausend Jahren nicht verheilt.«

Nert Kuriol da Traversan empfand eine alles beherrschende Verwirrung. Das Große Imperium *konnte* nicht untergehen; in einer Million Jahren nicht.

Auf der anderen Seite hatte Prinzessin Tamarena die Echtheit des Zeitreisenden Atlan bestätigt. Und was Tamarena sagte, das mußte zwangsläufig die Wahrheit sein.

»Traversan ... geht nicht unter?«

»Keineswegs, Nert.«

»Wie sollen wir dann ...« Den Rest ließ er offen.

»Ich weiß nicht, wie die Krise aussieht, die Traversan erfaßt hat. Ihr sagt, Pyrius Bit ist ein Sonnenkur. Das bedeutet, daß das Imperium hinter ihm steht. Aber selbst wenn Bit mit hunderttausend Schlachtkreuzern des Imperiums kommt, er kann Traversan nicht vernichten. Die Geschichte beweist es.«

Nert Kuriol ließ sich auf den Stuhl sinken. Er hatte es nicht mehr eilig. Wichtiger als zehn Anweisungen mehr oder weniger schien ihm, präzise die Lage einzuschätzen.

»Ich benötige Ihre Hilfe, Atlan«, bekundete er. »Ich halte es für möglich, daß *Sie* der unvorhergesehene Faktor sind, der uns noch einmal rettet. Sie kommen aus der Zukunft. Mit Ihnen konnte niemand rechnen.«

Atlan dachte ein paar Sekunden lang angestrengt nach. Er schien auf eine innere Stimme zu horchen.

Kuriol hätte sich keineswegs gewundert, hätte der Fremde ebenso wie er oder Kapitän Irakhem einen aktivierten Logiksektor besessen.

»Ich würde gern helfen, Nert. Aus Gründen der Kausalität ist jedoch kein Eingreifen von meiner Seite möglich. Wie Ihr bereits sagtet, meine Anwesenheit ist *nicht vorgesehen.*«

»Erklären Sie das!«

»In dem Augenblick, da meine Handlungsweise die Vergangenheit ändert, könnte sich auch die Zukunft verändern. Im Klartext bedeutet das: Solange ich mich still verhalte, ist Traversan vor der Vernichtung sicher – weil die Geschichte immer ihren Gang geht. Wenn ich aber beginne, die Vergangenheit zu verändern, dann könnte das Traversan der Zukunft durchaus ein toter Planet sein. – Versteht Ihr mich? Ich muß mich nur still verhalten. Dann bin ich Eure Lebensversicherung, Nert.«

Kuriol versuchte, die Argumente des Fremden nachzuvollziehen.

Er hat recht! kommentierte sein Logiksektor. *Allerdings ist es nicht immer möglich, die Gesetze der Zeit in arkonidische Logik zu zwingen. Außerdem sagt Atlan lediglich aus, daß die Oberfläche dieser Welt intakt bleibt. Er sagt nichts über die Bevölkerung und unsere Raumschiffe.*

Kuriol gab sich einen Ruck. Seine Entscheidung fiel nicht aufgrund logischer Erwägungen, sondern durch einen zutiefst unlogischen, emotionalen Impuls.

»Ich bin nicht bereit, auf Ihre Hilfe zu verzichten, Atlan!« sprach er. »Sie werden mich als Berater in den Palast von Erican begleiten. Prinzessin Tamarena wird Ihnen als Adjutantin zur Verfügung stehen.«

Er drehte sich um und wollte die Zelle verlassen – da stoppte ihn ein Ausruf seiner Tochter.

»Vater!« protestierte sie. Tamarena hatte sich hoch aufgerichtet, sie war blaß geworden und starrte mit blitzenden Augen den Fremden an. »Ich werde nicht die Adjutantin dieses Mannes sein! Ich bin doch keine ... keine ...«

Sie schien nach Worten zu suchen.

»O doch, mein Kind! Ausnahmsweise wirst du tun, was dein Vater dir befiehlt. Atlan ist möglicherweise von entscheidendem Wert für uns. Und du bist die beste Helferin auf diesem Planeten, die ich ihm zur Seite stellen kann.«

Bericht Atlan

Die Prinzessin wartete mit verschlossenem Gesicht ab, bis alle anderen die Zelle verlassen hatten. Ich konnte ihren mühsam beherrschten Zorn dennoch sehen. Sie war stolz, es paßte nicht in ihr Weltbild, einem hergelaufenen Fremden als Helferin zu dienen.

Ich musterte sie voller Bewunderung. Sie war die beeindruckendste Frau, der ich seit einer sehr langen Zeit begegnet war.

Narr! Verliebe dich nicht in eine Prinzessin, die seit zehntausend Jahren tot ist!

»Also, Atlan«, brachte sie voller Verachtung hervor, »was willst du nun tun? Was sind deine ersten Wundertaten?«

Mir war klar, daß ich sie als *Erhabene* anzusprechen hatte. Als Tochter eines Nert besaß sie Anspruch auf einen ganzen Satz höflicher Ausdrucksformeln, die ich samt und sonders ignorierte. Schließlich hatte sie selbst mit dem Duzen angefangen, das im alten Arkon-Imperium alles andere als üblich war.

»Zuerst möchte ich mit dir reden, Tamarena.«

Ob sie den Mangel an verbalem Respekt registrierte oder nicht, war schwer zu erkennen. »Reden?« fragte sie heftig. »Würde es ein klarer Befehl nicht auch tun?«

Unwillig sagte ich: »Nein! Keine Befehle. Ich kann nichts für die Entscheidung deines Vaters. Ich erteile dir keine Befehle, sondern ich bitte dich um deine Unterstützung.« Ich verschwieg ihr mit Absicht, daß ich ein Unsterblicher war und daß ich so etwas wie eine Fremdenführerin durch die Vergangenheit eigentlich nicht benötigte.

»Unterstützung – bei was?« wollte sie wissen. In ihre Stimme legte sie einen kräftigen Schuß Verachtung.

»Wenn ich das selbst wüßte! Mir ist die Lage auf Traversan völlig unbekannt. Nach wie vor bin ich der Meinung, daß ich euch durch Untätigkeit am besten helfe.«

»Dann bleibe untätig«, erwiderte sie ungerührt.

»Ja. Aber zuerst möchte ich dir eine Frage stellen.«

»Welche?«

Sie tat, als wolle sie meine Zelle verlassen und auf den Korridor hinaustreten.

»Du hast mich als Fremden von Camelot bezeichnet.«

Tamarena blieb plötzlich stehen. Sie drehte sich um und fixierte mich aufmerksam. Ich glaubte, in ihrem Blick wieder jenen alles durchdringenden Ausdruck zu sehen, der mir zuvor bereits aufgefallen war.

»Und?«

»Camelot wird erst in zehntausend Jahren entstehen«, setzte ich sie nüchtern in Kenntnis. »Du kannst von Camelot also nichts wissen. Ich habe den Ausdruck nicht genannt, aber du kanntest ihn. *Woher?*«

»Du wirst dich getäuscht haben«, wich die Prinzessin mir unbehaglich aus.

»Nein. Tamarena, bist du eine Telepathin?«

Ich hörte ihr lange zu. Die Prinzessin sprach von einer abgelegenen Dagor-Abtei in der Masskyr-Hochebene, von Jahren der Isolation, ohne Kontakt zur Außenwelt, von schonungslosen Lektionen für Körper und Geist. Bei einer Meditations-Schulung hatte sie ihr telepathisches Talent entdeckt. Die Gabe war im geheimen ausgebildet und gefördert worden.

Ich erinnerte mich, daß parapsychische Fähigkeiten im Großen Imperium nicht so selten vorgekommen waren; jedenfalls nicht wie in der Gegenwart, die kaum einmal Mutanten hervorbrachte.

Tamarenas Geschichte schien mir nachvollziehbar. Die extremen Anforderungen der Dagor-Schule forderten alle Reserven, die ein Wesen besaß. So auch die Telepathie – sofern sie vorhanden war.

»Ich weiß genau, Atlan, daß dein Extrasinn durch die ARK SUMMIA aktiviert ist«, berichtete sie. »In einem solchen Fall sind die Gedanken einer Person für Telepathen nicht erreichbar. Allerdings hast du zweimal für wenige Augenblicke deinen Monoschirm vernachlässigt. Ich hatte jeweils einen kurzen Einblick. Daher weiß ich, daß du wirklich aus der Zukunft kommst – oder daß du es zumindest selbst glaubst! – und daß du dich selbst als einen *Cameloter* bezeichnest.«

»Was noch?«

»Sonst nichts.«

Die Prinzessin machte plötzlich einen schuldbewußten Eindruck. Es schien ihr peinlich zu sein, daß sie in meinen Gedanken geschnüffelt hatte.

Mein Logiksektor behauptete lautlos: *Sie lügt.*

Der Meinung bin ich auch, erwiderte ich unschlüssig. *Aber was kann sie sonst noch wissen? Und warum gibt sie es nicht zu?*

Offensichtlich deshalb, weil ihr Wissen auf einen noch unbekannten Aspekt der Lage einen wichtigen Einfluß hätte. Vielleicht will sie noch abwarten, ob sich für sie ein Vorteil ergibt.

Das wunderschöne Gesicht der Prinzessin riß mich aus der Versunkenheit. Sie war näher an mich herangerückt.

»Ich könnte dir Erican zeigen«, bot sie an. »Willst du unsere Hauptstadt sehen? Manche sagen, es ist die Perle des ganzen Raumsektors.«

»Ich bin höchst interessiert. Aber zuerst habe ich Durst und Hunger. Exakt in dieser Reihenfolge, beides nicht zu knapp.«

Sie führte mich hinaus in den Korridor, dann meinte sie schnippisch: »Ich weiß wirklich nicht, ob das Servieren einer Mahlzeit in meiner Adjutantentätigkeit eingeschlossen ist ...«

Über Erican ging soeben die Sonne auf. Es war ein wunderbares Schauspiel aus gleißendem, beinahe überirdisch scheinendem Licht. Die Tautropfen, die sich im Lauf der Nacht auf den Dächern und in den Gewächsen abgesetzt hatten, streuten millionenfach Reflexionen ins Halbdunkel der Stadt.

Erican befand sich in einer gemäßigten Klimazone des nördlichen Kontinents, 1300 Kilometer von der weiter südlich gelegenen Yssods-Wüste entfernt. Trichterbauten und Parklandschaften bestimmten die Landschaft. Im Gegensatz zum fernen Arkon, das ich sehr gut kannte, fanden sich hier jedoch dicht besiedelte Wohngebiete, die beinahe an ihre terranischen Gegenstücke erinnerten.

»Einen Rundflug gefällig?« fragte Prinzessin Tamarena.

»Gern!«

Sie ließ den Gleiter hoch in den blauen Himmel über dem Palast steigen. Es handelte sich um ein offenes Modell ohne Kanzel, nur mit einer Panzertroplonscheibe gegen den Zug, und der Flugwind ließ meine Haare in alle Richtungen flattern.

Tamarena steuerte den Gleiter auf eine Flughöhe von etwa einem halben Kilometer. In einem weiten Bogen umkreiste sie den Palast, dann hielt sie westwärts Richtung Stadtrand.

Zu einem beachtlichen Teil stimmte das Erscheinungsbild der Stadt mit dem überein, was ich zehntausend Jahre später gesehen hatte; gemeinsam mit Fürst Ligatem, von einer Terrasse des Palastes aus.

Mein Blick fiel auf die Stelle, an der sich der *Himmelskrater* hätte befinden sollen. Statt der zwanzig Kilometer durchmessenden Senke, an die ich mich gut erinnerte, erblickte ich einen Park. Und statt der dichten Besiedelung zählte ich nicht mehr als ein Dutzend Trichterbauten. Der Park schien eine Art Erholungszentrum zu sein. Im Mittelpunkt des Geländes ragte ein Gebäudekomplex auf, den ich anhand eines charakteristischen Parabolspiegels als ein Observatorium identifizierte.

Tamarena wies mich mit lauter Stimme auf verschiedene Sehenswürdigkeiten hin. Die zentrale Energiestation, weit hinter dem Park gelegen, einige Kilometer östlich das Viertel der Adligen, daneben eine Ausbildungsakademie für Wissenschaftler.

An mehreren Stellen der Stadt flammten halbkugelförmige Kraftfeldkuppeln auf. Erican wurde auf einen Angriff aus dem Orbit vorbereitet. Die Glocken aus Energie wurden durchgemessen, justiert und wieder abgeschaltet. Im Ernstfall boten sie Schutz gegen Angriffe aus der Luft. Sie konnten binnen zehn Sekunden hochgefahren werden. Bis es allerdings soweit war, liefen die Projektoren im Stand-by-Betrieb, was eine enorme Energieersparnis zur Folge hatte.

Aus der Höhe waren die Anstrengungen, die am Boden unternommen wurden, schwer zu bewerten. Ich wußte jedoch, wie die Arkoniden des Großen Imperiums sich zu sichern pflegten: Die Maahk-Kriege hatten mehr als einen Planeten verwüstet, eine Erfahrung, die aus dem Gedächtnis des Volkes nicht so leicht zu tilgen war.

Tamarena steuerte in einem weitem Bogen westlich. Am Stadtrand waren kaum noch Trichterbauten und Parks zu sehen. Statt dessen erblickte ich weitläufige Gebäudekomplexe. An machen Stellen reichten Transportschächte tief in die Erde.

»Das sind unsere Industriegebiete!« erklärte sie mit lauter Stimme gegen den Flugwind. Ich hörte deutlich ihren Stolz heraus. »Du wirst nirgendwo im Brysch-Sektor einen Planeten finden, der ähnlich hoch entwickelt ist.«

»Ich dachte, Traversan lebt von seiner Landwirtschaft?«

»Das ist auch richtig. Aber als reichste Welt des Sektors ist Traversan praktisch Selbstversorger, industriell und agrartechnisch. Traversan besitzt sogar eine eigene Raumflotte! Sie wird von Kapitän Irakhem geführt. Du wirst Irakhem möglicherweise noch kennenlernen. Er ist ein sehr fähiger junger Offizier. Der ranghöchste des Systems.«

»Kommandeur der Flotte?« fragte ich. »Ein Admiral?«

»Kein Admiral«, erklärte sie tonlos. »Ein Pal'athor, Kapitän zweiter Klasse.«

»Das scheint mir nicht sehr viel zu sein.«

»Bis heute hat es immer ausgereicht. Irakhem ist noch sehr jung. Der Pal'athor steht noch ganz am Anfang seiner großen Karriere.«

Ich machte mir klar, daß jener Mann namens Irakhem für die Rettung des Planeten zuständig sein würde. Wie ein junger Kerl das anstellen sollte, wußte ich nicht, doch die Geschichte bewies, daß er es irgendwie geschafft haben mußte.

Nicht sein Rang war ausschlaggebend, sondern sein Talent. Auf der anderen Seite wußte niemand besser als ich, daß bestimmte Fähigkeiten mit einer bestimmten Ausbildung verbunden waren. Ich erinnerte mich sehr genau, wie schwer es war, den Sprung zum Admiral zu schaffen. Ein Pal'athor konnte im Grunde keine Flotte führen.

Die Prinzessin zwang den Gleiter in eine enge Kurve, deren Wucht mir beinahe den Atem raubte.

Sie will dich nur beeindrucken, Arkonide.

Und das gelingt ihr auch vorzüglich, antwortete ich dem Logiksektor, innerlich lachend.

Sie deutete auf einen mächtigen Kugelraumer, eine 500 Meter durchmessende Einheit, die auf dem siebzig Kilometer entfernten Raumhafen gelandet war.

»Das ist die TRAVERSANS EHRE, Irakhems Flaggschiff. Sobald die Strafexpedition von BRY 24 angekommen ist, wird das Schiff starten. Und dann werden wir es niemals wiedersehen. Es sei denn ...«

»Vergiß es!« antwortete ich barsch. »Ich weiß genau, was du andeuten willst. Aber diese Art Hilfe kann ich euch nicht geben. Ich besitze keine Raumflotte, und ich bringe keine Wunderwaffen mit!«

Sie warf mir vor: »Du denkst nicht einmal nach, wie du uns helfen kannst!«

»Völlig richtig. Weil es nichts nachzudenken gibt!«

Ich warf einen Seitenblick auf die Prinzessin. Ihr platinblondes Haar war wesentlich kürzer geschnitten als meines, so daß ich ihr Gesicht gut erkennen konnte. Die Lippen waren zusammengepreßt.

»Das reicht!« rief ich ärgerlich. »Ende des Rundflugs.«

Die Prinzessin drehte den Gleiter in der Luft, gab Gegenschub und hielt mit hoher Geschwindigkeit auf den Palast zu.

»Tamarena!«

»Was?«

Ich deutete auf den Park westlich des Stadtkerns, an dem sich in zehntausend Jahren der Himmelskrater befinden würde. Vor meinem inneren Auge sah ich einen Moment lang den Himmel über

Traversan erglühen; ich sah eine feindliche Flotte über Erican; und ich sah eine Bombe, die zu Boden fiel.

»Gibt es für diesen Park einen Namen?«

»Wir nennen ihn den Garten der Sonne. Mein Vater hat darin das größte Observatorium des Brysch-Sektors errichten lassen. Die Forscher reisen zum Teil mehr als hundert Lichtjahre weit, um hier zu arbeiten.«

»Dieses Gebiet muß evakuiert werden«, hörte ich mich sagen. »Sieh zu, daß vor dem großen Gefecht niemand im Garten der Sonne zurückbleibt.«

Tamarena sah mich merkwürdig an, so als habe sie ein seltenes Tier vor sich. Sie sagte nichts, sondern steuerte den Gleiter wortlos zum Palast zurück.

Mein Extrasinn kommentierte sarkastisch: *Der erste wirklich schwere Fehler, Arkonide! In diesem Moment hast du zum ersten Mal in größerem Ausmaß die Vergangenheit verändert.*

Den ganzen Tag lang blieb es ruhig. Im Palast des Nert wurde stündlich mit dem Eintreffen eines schlagkräftigen Verbandes gerechnet.

Fürst Kuriol erklärte mir die Lage. Demnach verfügte Arkons Statthalter, der Sonnenkur Pyrius Bit, über zweihundert Kriegsschiffe. Für einen Sektor mit 212 besiedelten Planeten war das keine hohe Zahl. In einem Zeitalter zunehmender Unruhe ließ sich mit weniger als einem Schiff pro besiedelten Planeten kein sicherer Friede garantieren.

Imperator Reomir IX. erhielt aus dem Brysch-Sektor allerdings vergleichsweise geringe Steuerabgaben, so daß eine größere Flottenpräsenz nicht lohnend war.

Schon Arkons alte Ökonomen haben mit spitzer Feder gerechnet, bemerkte mein Logiksektor. *Dies könnte sich zu deinem Vorteil auswirken.*

Man mußte außerdem bedenken, daß die Flotte der Traversaner offiziell zum Imperium gehörte. Traversan verfügte über arkonidische Technik; die Kapitäne waren auf der Galaktonautischen Akademie von Arkon III ausgebildet; der Pal'athor namens Irakhem unterstand im Normalfall nicht nur Kuriol, sondern dem Flottenzentralkommando.

Reomirs Strategen hatten nicht damit kalkuliert, daß sich Traversan gegen den Statthalter von BRY 24 wenden würde. Das, was man auf der Erde den *menschlichen Faktor* nannte, hatte man offensichtlich vergessen. Kein Wunder bei einem Imperium, das 50.000 Kolonial- und Fremdvölker in sich vereint.

Niemand hatte mit einem Statthalter namens Pyrius Bit gerechnet, den ich zwar nicht kannte, der aber keinerlei diplomatisches Geschick zu besitzen schien. Und niemand hatte geglaubt, daß der Stolz von Traversan größer war als die Angst vor imperialen Truppen.

Die halbe Nacht verstrich ereignislos. Ich legte mich schlafen, und ich konnte nichts dagegen tun, daß in meinen Träumen Prinzessin Tamarena eine erhebliche Rolle spielte. Die Berührung ihrer Hände elektrisierte mich. Sie trug ein weißes Gewand, das mehr entblößte als verhüllte, und sie bewegte sich an meiner Seite durch einen dunklen Wald, der nicht enden wollte.

Mit ihren Augen berührte sie meine Seele. Die Kraft ihrer Gedanken flößte mir eine umfassende Ruhe ein. Jede ihrer Bewegungen präsentierte Eleganz. Sie besaß den Stolz des arkonidischen Adels, doch sie trat nicht als degenerierte Schlange auf, sondern als eine fähige Frau, die mir gewachsen war.

Kurz vor Einbruch des Morgengrauens gellte eine Alarmsirene. Die Traumbilder platzten wie Seifenblasen. Der Wald existierte nicht, und die Prinzessin war nicht bei mir, sondern weilte irgendwo im Palast.

Ich war sofort wach. Der Bildschirm neben meinem Lager flammte auf. Am anderen Ende erkannte ich das Gesicht des Nert: Kuriol mußte die Nacht hindurch gewacht haben.

»Atlan! Es ist soweit!« Kuriols Gesicht war blaß, und seine Stimme zitterte gerade so sehr, daß ein Mann wie ich es heraushören konnte. »Pyrius Bit hat eine Flotte geschickt. Ich erwarte Sie im Kommandosaal. Prinzessin Tamarena wird Sie in wenigen Minuten abholen.«

Kuriols Gesicht verblaßte, der Nert hatte abgeschaltet.

Die Strategen der anderen Seite mußten sich ausgerechnet haben, wann Erican im Schlummer lag. Danach hatten sie ihren Zeitplan ausgerichtet. Der Schockeffekt war auf diese Weise größer, auch wenn es zu einem echten Überraschungsangriff natürlich nicht kommen konnte.

Zwischen der Ankunft und dem Erreichen des Ziels mit Unterlichtgeschwindigkeit verstrichen in der Regel einige Stunden. Der Gegner hatte immer noch Zeit, sich zu formieren.

Stellte sich nur die Frage nach dem Kräfteverhältnis. Es konnte 2 zu 1 sein oder 1000 zu 1, abhängig davon, ob Pyrius Bit Hilfe von Arkon angefordert hatte.

Irakhem war gerade eingeschlafen, als der Alarm ertönte. Es war das durchdringendste Geräusch, das die billige Bauart der Flottenlautsprecher erlaubte; buchstäblich geeignet, um Tote zu wekken und Schlafende aus einem noch so tiefen Traum zu reißen.

Seine Kabine an Bord der TRAVERSANS EHRE schien ihm plötzlich wie eine dunkle, muffige Gefängniszelle. Er streifte seine Uniform über und stürmte auf den Korridor hinaus. Endlich! Irakhem hatte die Spannung kaum noch ausgehalten.

Das Laufband auf dem Hauptkorridor trug ihn zum zentralen Antigravschacht. Eine Gruppe von Arbtanen blockierte seinen Sprint. Er stieß sie beiseite und katapultierte sich förmlich in die abwärts führende Röhre. Flüche und Verwünschungen folgten ihm – bis die Arbtane erkannten, wem sie da soeben begegnet waren, und abrupt verstummten.

An ihrer Bestrafung besaß er kein Interesse. Die Männer hatten nichts falsch gemacht, sondern lediglich im Weg gestanden. Irakhem war sich darüber im klaren, daß er seinem Ruf als ungeduldiger Heißsporn auf diese Weise Nahrung gab. Aber besser das, als am Ende zuviel Zeit zu verlieren.

Der Schacht trug ihn wenige Stockwerke weit. Eines der Privilegien, die er genoß, war die relative Nähe seiner Unterkunft zur Zentrale. Kommandanten mußten rasch an Ort und Stelle sein.

»Pal'athor! Hier!«

Irakhem wandte sich direkt zum Ortungsstand. Der leitende Orbton winkte ihm aufgeregt.

»Nun?« fragte er knapp.

Der Ortungsoffizier ließ ein großformatiges Display erscheinen. Irakhem erkannte eine unüberschaubare Anzahl roter Punktreflexe am Rand des Trav-Systems. Er spürte, wie einen Moment lang die Farbe aus seinem Gesicht wich. Seine Augen fingen zu tränen an; bei Arkoniden ein sicheres Indiz übermäßiger Erregung.

»Wie viele sind es?«

»Nicht so viele, wie es scheint, Pal'athor! Wir haben exakt hundert Einheiten gezählt.«

»Schlachtschiffe der Imperiumsklasse?«

»Keine«, behauptete der Orbton. »Dafür orten wir dreißig 500-Meter-Schlachtkreuzer der Fusufklasse. Der Rest entfällt auf vierzig Schwere Kreuzer und nochmals dreißig Leichte Kreuzer.«

Irakhem fühlte sich auf der einen Seite erleichtert; Pyrius Bit hatte nicht seine ganze Streitmacht geschickt, sondern nur etwas mehr als die Hälfte. Auf der anderen Seite wußte er, daß die Erleichterung völlig irrational war. Denn sie würden diesen hundert Einheiten zweifellos unterliegen.

Er vergaß nicht eine Sekunde lang, daß er mit neunzig Schiffen gegen nur zwölf Einheiten von Pyrius Bit angetreten war. Trotz der Unterlegenheit hatte der Verband des Sonnenkurs zwanzig Raumer von für Traversan mit in den Untergang genommen. Diesmal sah das Verhältnis anders aus: siebzig Schiffe für Traversan, hundert für den Sonnenkur.

Nach allem, was er über Pyrius Bit wußte, saß der aufgeschwemmte Fettsack sicher in seinem Stützpunkt auf BRY 24. Die Kastanien ließ er von anderen aus dem Feuer holen.

Irakhem trat in die Mitte der Zentrale. Er blickte die Männer an, die seine Besatzung bildeten, vom Feuerleitstand bis zu den Spezialisten an der Positronik. Aus zahlreichen Augen las er Entschlossenheit, aber auch Furcht. Beides konnte er gut verstehen.

Im Gefecht würde nur noch die Entschlossenheit übrigbleiben.

»Kraftwerke hochfahren!« ordnete er an.

Ein Vibrieren im Infraschallbereich schüttelte den Raumer durch. Irakhem spürte es bis in seine Schädelknochen.

»Impulstriebwerke in den Leerlauf schalten!«

Irakhem schwang sich in den Kommandantensessel auf der Empore in der Mitte der Zentrale. Er überlegte, weshalb Bit wieder nicht seine ganze Streitmacht geschickt hatte, sondern nur die Hälfte.

Nicht, daß die hundert Schiffe nicht genug gewesen wären; doch der Sonnenkur hätte leicht tausend Schiffe zusätzlich vom Imperator erhalten können.

Pyrius Bit stand möglicherweise unter Druck. Vielleicht wollte er nicht zugeben, daß er mit seinen Schwierigkeiten im Brysch-Sektor nicht allein fertig wurde. Oder er wollte nicht riskieren, daß das Flottenzentralkommando einen zusätzlichen Admiral schickte.

Dann wäre Bit seine Befehlsgewalt los gewesen. Grund genug, dachte Irakhem, die Sache allein zu regeln. Hinzu kam eine weitere Überlegung. Pyrius Bit konnte nicht sicher sein, daß die Flotte von Traversan sich offen zum Kampf stellen würde.

Bit rechnet offenbar mit einem Gegenangriff, bestätigte sein Logiksektor. *Wenn er BRY 24 vollständig entblößt, ist er bei einem Racheakt ein toter Mann. Deshalb behält er die Hälfte seiner Flotte zurück.*

Irakhem kommandierte: »Startmanöver durchführen! Position im Orbit ansteuern!«

In der TRAVERSANS EHRE brach höllischer Lärm los. Das Schiff erhob sich auf den Strahlen seiner Impulstriebwerke.

Irakhems Blick wanderte zur Panoramagalerie, die wie durch ein Fischaugenobjektiv die abtauchende Hauptstadt Erican zeigte. Er machte sich klar, daß er nicht wiederkehren würde. Sie alle würden innerhalb der nächsten zwanzig Stunden ihr Leben verlieren.

Und dann kam Traversan an die Reihe. Irakhem hoffte, daß die Flotte des Sonnenkurs es bei der Vernichtung der aufständischen Einheiten belassen würde; vielleicht noch ergänzt durch die Vernichtung des Palastes, durch die Auslöschung des Da-Traversan-Adels und seiner Familienmitglieder.

Der Planet selbst würde vielleicht noch einmal davonkommen, auch wenn die Wahrscheinlichkeit dafür nicht sehr groß schien.

Irakhem formierte seine Kräfte eine Lichtstunde jenseits der Planetenbahn. Kurz darauf kam ein Funkspruch herein. Irakhem sah auf dem Schirm das Bild eines unscheinbaren, kahlköpfigen Mannes mit verkniffenen Augen erscheinen. Er trug die Uniform der Imperiumsflotte. Seine albinotisch roten Augen zeigten, daß er ein reinrassiger Arkonide war, trotz des fehlenden Haupthaars.

»Vere'athor Troimus ruft unbekannten Befehlshaber. – Vere'athor Troimus ruft ...«

»Hier Pal'athor Irakhem. Traversanische Raumflotte.«

Der Kahlköpfige setzte einen väterlichen Blick auf. »Pal'athor, ich überbringe den Kapitulationsbefehl von BRY 24. Sobald sich die Familie des Nert und die Kommando-Offiziere in Pyrius Bits Hand befinden, wird der Sonnenkur seine neuen Bedingungen nennen.«

Irakhem antwortete höflich: »Es tut mir leid, Vere'athor, Ihr Ersuchen ablehnen zu müssen. Wir ziehen es vor, zu kämpfen.«

Der väterliche Ausdruck in Troimus' Gesicht verschwand, statt dessen erblickte Irakhem nur noch Zorn.

»So sei es denn, Pal'athor! Welch eine Verschwendung!«

Die Flotte von BRY 24 näherte sich mit fünfzig Prozent der Lichtgeschwindigkeit. Damit verbuchte Troimus bereits den ersten strategischen Vorteil; denn Irakhem mußte nicht nur seine eigene Flotte schützen, sondern in erster Linie den Planeten Traversan gegen durchgebrochene Einheiten sichern.

Bewegten sich zwei Schiffe mit halber Lichtgeschwindigkeit aufeinander zu, dann betrug die heiße Gefechtsphase nur drei oder vier Sekunden. Davor und danach waren die Kontrahenten außer Schußreichweite.

Irakhem konnte sich ausrechnen, daß drei oder vier Sekunden zuwenig waren. In dieser Zeit konnte er die Flotte von BRY 24 nicht aufhalten. Troimus würde mit seinen Einheiten unbehelligt Traversan erreichen – und konnte nach Vernichtung des Planeten in aller Ruhe die Verteidigerflotte auslöschen.

Irakhems Schiffe nahmen Fahrt auf. Sie beschleunigten auf knapp dieselbe Geschwindigkeit wie Troimus' Verband und achteten darauf, zusätzlich dieselben Kursvektoren zu halten. Der Abstand zwischen beiden Flotten zehrte sich zusehends auf.

»Zeit bis Feuerreichweite?« fragte er laut.

Der Orbton an der Positronik antwortete: »Neunzig Sekunden, Pal'athor!«

Zehn seiner Schiffe sandte er einige Millionen Kilometer weit voraus, allesamt Leichte Kreuzer. In die eigentliche Schlacht konnten sie damit nicht eingreifen. Ihre Aufgabe bestand darin, eventuell durchgebrochene Einheiten aufzuhalten, bevor sie Traversan erreichten.

Irakhem konnte sich den Verlust im Grunde nicht leisten. Seine Streitmacht reduzierte sich so von siebzig auf sechzig Einheiten. Auf der anderen Seite konnte er Traversan nicht preisgeben – Vorteil Nummer zwei für Troimus.

Zwanzig Lichtminuten vor Erreichen der Planetenbahn kam es zum Zusammenstoß. Troimus hatte seine Flotte in dreißig kleine Gruppen gegliedert. Jeweils ein Schwerer und ein Leichter Kreuzer flankierten einen 500-Meter-Schlachtkreuzer der Fusufklasse. Ein Verband von zehn Schweren Kreuzern hielt sich abseits vom Kampfgeschehen in sicherer Entfernung.

Anzunehmen, daß Troimus von dort das Kommando führt, behauptete sein Extrasinn.

Damit hatten beide Seiten gleich viele Einheiten aus der Schlacht herausgelöst. Vor- und Nachteile waren egalisiert.

Irakhem befahl: »Sperrkordon halten! An alle Einheiten: Bei Kernschuß-Reichweite der schweren Impulskanonen automatisch Feuer eröffnen! Erste Raketensalve mit selbstlenkenden Köpfen ausschleusen!«

Es dauerte zehn Sekunden. Irakhem prüfte, ob er an seinen Kontursessel geschnallt war.

»Kanonen 1 bis 8 – feuerklar!«

Er nickte den Männern am Feuerleitstand zu.

In der TRAVERSANS EHRE brach ein Inferno los. Innerhalb eines Atemzuges sah er die Schutzschirmauslastung auf den Rekordwert von 190 Prozent klettern. Die Zahl, so irreal sie schien, bedeutete eine sehr konkrete Lebensgefahr. Es konnte jeden Augenblick zu Ende sein.

Ein Blitz schlug von der einen Seite der Zentrale zur anderen. Aggregate fingen zu kohlen an. Am Rand seines Blickfeldes schrien Techniker unverständliche Wortfetzen.

»Gegenschub!« brüllte er. »Schirme verstärken!«

Irakhem erinnerte sich an die erste Schlacht um Traversan, als er gehofft hatte, daß irgendein wie auch immer gearteter Zufall sich zu ihren Gunsten auswirken würde.

Es wird allmählich Zeit für das Wunder, dachte er.

Sein Logiksektor stimmte zu: *Der Meinung bin ich ebenfalls.*

Bericht Atlan

Im Kommandosaal des Palastes von Erican versammelten sich zwei Dutzend Personen. Die Blicke aller waren an die Wand gerichtet, auf eine rotierende Holographie, die in komfortabler 3-D-Sicht das

Kampfgeschehen abbildete. Allerdings waren keine Fachleute dabei; die Raumfahrer des Systems befanden sich oben, jenseits des Orbits, in einer zum sicheren Untergang verurteilten Abwehrflotte.

Ich schaute in gefaßte Gesichter. Meiner Versicherung, daß den Personen am Boden nichts geschehen konnte, wurde kein Glauben geschenkt. Selbst Nert Kuriol schien mit dem Leben abgeschlossen zu haben. Ich empfand Verständnis für die Leute; an ihrer Stelle hätte ich kaum anders reagiert.

In diesem Augenblick wurde das Feuer eröffnet. Das Hologramm explodierte in einer Orgie aus fehlerhaft dargestellten Strahlschüssen und Schiffsbewegungen. Für die Abbildung eines komplexen Kampfgeschehens war es nicht geeignet. Von hier konnten lediglich sehr grobe strategische Entscheidungen getroffen werden.

Ich war sicher, daß der Kapitän 2. Klasse Irakhem über eine sehr viel differenziertere Sicht der Dinge verfügte. Schließlich hatte ich oft genug selbst in einer Schlacht das Kommando geführt.

Meine Augen fingen zu tränen an. Am Boden waren wir machtlos, wir konnten nichts tun außer zusehen.

Kapitän Irakhem beging seinen ersten Fehler, als er die Raketenwaffen gleich zu Anfang einsetzte. Im Feuersturm der ersten Sekunden erreichte kaum ein Viertel sein Ziel. Damit hatte er sich einer wichtigen taktischen Waffe beraubt, ohne einen Vorteil daraus zu ziehen.

»Atlan!«

»Ich höre«, sagte ich tonlos.

Neben mir stand plötzlich Tamarena. Die Prinzessin trat hilflos von einem Fuß auf den anderen, und sie starrte mit einer Spannung auf das Hologramm, als wolle sie jede Sekunde persönlich in die Kämpfe eingreifen.

»Du darfst das nicht zulassen«, drängte sie mich. »Da oben sterben mit jedem explodierenden Schiff Hunderte von Menschen!«

»Ich kann nichts daran ändern, Tamarena.«

Sie ballte die Hände und starrte mich an, als sei die Schlacht jenseits des Orbits meine Schuld. Mit hilflosem Zorn drehte sie sich um.

Fürst Kuriol trat an meine Seite, und er legte eine Hand auf meine Schulter. »Nehmen Sie es ihr nicht übel«, sagte er. »Sie kennt Irakhem sehr gut. Ihn und noch einige andere Traversaner in der Flotte.«

Ich versuchte zu erklären: »Erhabener, ich habe niemals für die Sicherheit der Raumschiffe garantiert. Ich habe nur gesagt, Traversan wird unversehrt bleiben!«

»Das weiß ich.«

»Man hätte die ganzen Schiffe in ein anderes System verlegen sollen!«

»Und Traversan ohne Schutz lassen?«

»Es existiert auch so kein Schutz!« platzte es aus mir heraus. »Die Schiffe da oben sind Kanonenfutter, Nert!«

Kuriol entgegnete nichts darauf. Er winkte seine Tochter heran und versuchte, sie zu beruhigen.

Sie denkt gar nicht daran, behauptete mein Extrasinn. *Paß auf diese Frau auf. Sie ist zu jeder Kurzschlußreaktion imstande.*

Nebenbei behielt ich Tamarena im Sichtfeld. Der Hauptteil meiner Aufmerksamkeit galt allerdings der Schlacht.

Ich erkannte, daß Irakhem sich nicht ungeschickt anstellte – gemessen an seiner Qualifikation als Pal'athor. Die vielen kleinen Fehler fielen mir jedoch ins Auge, selbst angesichts des schlecht auflösenden Hologramms.

Dies war das Jahr 12.402 da Ark. Zehntausend Jahre vor der Gegenwart, in die ich gehörte. In dieser Zeit war ich ein Fremdkörper, und ich machte mir immer wieder klar, daß jede Handlung meinerseits für die Gegenwart eine Katastrophe bedeuten konnte. Jeder Fehler konnte dazu führen, daß der Zeitstrom gespalten wurde. In *meine* Zeit konnte ich dann niemals wieder zurückkehren.

Tamarena riß sich von Kuriol los. Sie baute sich so nahe vor mir auf, daß ich ihren Atem auf meiner Haut spürte: »Atlan! Ich bitte dich noch einmal um Hilfe! Wir dürfen die Flotte von Traversan nicht untergehen lassen!«

»Für mich ist es längst Vergangenheit!« erwiderte ich rauh. »Ich darf kein Zeitparadoxon auslösen!«

»Du bist ein Feigling!« warf sie mir vor.

Ihr Gesicht hatte jede Farbe verloren.

»Was stellst du dir vor? Was soll ich konkret tun?« fragte ich sie. »Ich bin nur ein einzelner Mann! Ich habe keinen schwarzen Zylinder und keine Zaubertricks. Ich kenne nur die Zukunft, das ist alles. Und ich sage euch: Traversan überlebt! Solange ich mich still verhalte! Solange die Kausalität gewahrt bleibt.«

»Bitte!« drängte sie.

»Wenn ich die Nerven verliere, dann ist alles in Frage gestellt. Dann kann es sein, daß eure Heimat untergeht. Wenn ich eingreife, ist alle Sicherheit dahin, weil man sich auf den Lauf der Geschichte nicht mehr verlassen kann.«

»Du kannst das nicht ernst meinen, Atlan!«

»Stehe ich etwa selbst nicht hier unten? Ich weiß, was passiert, wenn die imperiale Flotte über Traversan erscheint. Dann sterbe auch ich.«

Ich blickte in ihre Augen – von denen ich eine Stunde zuvor noch so intensiv geträumt hatte. In ihren Zügen erkannte ich blanke Ablehnung.

»Diese Männer sterben!«

»Ich ... ich kann nichts daran ändern!«

Etwas in ihren Zügen veränderte sich mit einemmal. »Du bist wirklich nur ein Schwätzer«, sagte sie abfällig. »Und ich, ich dachte schon ...«

Kuriol griff nach ihrem Arm. »Tamarena.«

Doch die Prinzessin riß sich los, mit einem heftigen Ruck, der den weitaus größeren Nert beinahe ins Straucheln gebracht hätte.

Anklagend streckte sie die Hand aus.

»Vater! Ich habe seine Gedanken gelesen! Da ist noch etwas, das ich bis jetzt nicht preisgegeben habe. Dieser Mann ...«, ihr Finger zeigte direkt auf mich wie auf einen Angeklagten, »dieser Mann ist ein *Admiral!* Er ist ein erfahrener Flottenkommandant! Er könnte Irakhem und die anderen jederzeit retten!«

Von einer Sekunde zur anderen trat Stille ein. *Das war es also,* flüsterte mein Extrasinn.

Irgend etwas hat sie verheimlicht, und jetzt ist es heraus. Sie wollte dir wohl Gelegenheit geben, dich selbst zu offenbaren.

Ich blickte in betretene Mienen.

Kuriol fragte: »Ist das wahr, Atlan?«

»Ja, Erhabener. Aber ich versichere Euch, daß es nichts an den Gegebenheiten ändert.«

Der alte Nert schwieg eine Weile. Dann ließ er die Schultern hängen und sprach: »Ich verstehe Sie.«

Tamarena stieß einen wütenden Schrei aus. »Du hörst dies, Vater – und du tust nichts?«

»So ist es.«

Die Prinzessin preßte die Lippen zusammen. Ich konnte sehen, daß sie in diesem Augenblick einen Entschluß faßte. Aber ich hatte nicht den Schimmer einer Ahnung, um was es sich handelte.

Bevor jemand reagieren konnte, war sie bereits auf dem Weg zum Ausgang. Tamarena stürmte auf den Korridor hinaus. Wir anderen blieben im Kommandosaal zurück. Ich tauschte einen hilflosen Blick mit Nert Kuriol.

Das Hologramm präsentierte immer neue Szenen der Schlacht im Weltraum. Irakhems Fehler wirkten sich langsam, aber sicher aus. Traversan besaß nur noch eine kurze Gnadenfrist.

Aus den Augenwinkeln sah ich eine Ordonnanz. Der Mann eilte herbei und flüsterte etwas in Kuriols Ohr. Ich ahnte, daß es etwas mit der Prinzessin zu tun hatte. »Tamarena?« fragte ich den Nert ahnungsvoll.

»Ja. Im Dachhangar des Palastes stehen ein paar schnelle Leka-Disken. Sie hat einen davon bestiegen.«

Ich spürte, wie mein Mund trocken wurde. »Hat sie irgend etwas gesagt, wo sie hinfliegen wollte?«

Der alte Nert deutete wortlos nach oben. Ich wußte es auch so. Prinzessin Tamarena war auf dem Weg zur Schlacht.

8.

Vergangenheit
5772 v. Chr. / 12.402 da Ark

Der Admiral von den Sternen

Narr! Behalte die Nerven! Die Stimme meines Extrasinns war mir völlig egal.

»Was wirst du nun tun, Atlan?«

Ich hörte mich sagen: »Ich folge ihr. Wo stehen diese Leka-Disken?«

Kuriol ließ mich von demselben Adjutanten, der die Nachricht überbracht hatte, nach oben geleiten. Es dauerte viel zu lange. Der Mann war langsam wie eine Schnecke, aber ohne Führung konnte ich nicht zu den Hangars kommen.

Der Adjutant öffnete eine Tür. Vor mir standen hochkant vier jener Diskusschiffe, aus denen die Terraner in späteren Jahrtausenden die legendären Space-Jets entwickelt hatten. Sie alle trugen die blauen Da-Traversan-Wappen. Eines der Startgeschirre war leer – Tamarenas Maschine.

»Benötigen Sie einen Piloten?«

Ich stieß ihn unfreundlich beiseite. »Ganz sicher nicht. Sehen Sie zu, daß Sie aus dem Hangar kommen.«

Ich legte einen Alarmstart hin, wie ihn der ehrwürdige Palast des Nert nie zuvor erlebt hatte. Der Gedanke, Tamarena könnte im Orbit sterben, brachte mich um den Verstand. Der Lauf der Vergangenheit und der Zukunft kümmerte mich nicht mehr. Ich wollte nur noch, daß die Schlacht endete und daß ich hinterher aus einer Schleuse ihre Gestalt auftauchen sah.

Narr.

Ich antwortete nur: *Du wiederholst dich.*

Irakhem sah die Schiffe untergehen, eines nach dem anderen, und er konnte nichts daran ändern. Viele Gesichter, die er kannte, und so viele Namen, die er nie mehr hören würde. Nicht einmal bei der Trauerfeier; denn innerhalb der nächsten Stunde würde er zweifellos bei den Toten sein.

Einer der Schweren Kreuzer wollte die Flucht ergreifen. Irakhem konnte es verstehen. Im entscheidenden Moment kehrte das Schiff jedoch in die Reihen zurück. Einen Moment lang beobachtete Irakhem seinen Kurs: Es geriet zwischen die Fronten und wurde von feindlichem Kreuzfeuer erwischt.

Mit versteinertem Gesicht sah der Pal'athor die Vernichtung an. Und dann geschah etwas, womit niemand hatte rechnen können. Aus dem Chaos, das niemand außer Irakhem und seinem Feind Troimus überschaute, tauchte ein Leka-Diskus auf. Das Ziel der kleinen Einheit war die TRAVERSANS EHRE.

Irakhem sah bereits den Glutball einer Detonation vor sich. Doch dann kam alles anders. Der Leka-Diskus schaffte es bis in den Hangar – und zum Vorschein kam eine Person, die er niemals an diesem Ort hätte sehen wollen. Es war Prinzessin Tamarena.

Irakhem war viel zu sehr Stratege, als daß er die Gunst des Augenblicks nicht erkannt hätte. »Verbreitet die Nachricht an alle Schiffe der Traversan-Flotte«, wies er seine Funkoffiziere an.

Die Ankunft der Prinzessin, so hoffte er, würde einen Ruck durch die Truppen gehen lassen. Wenn der Nert seine Tochter schickte, dann mußte es Hoffnung geben.

Diese Hoffnung ist eine Lüge, erklärte sein Extrasinn trocken.

Irakhem starrte die schöne Prinzessin in einer Mischung aus Ärger und Freude an.

Das weiß ich, sagte er lautlos. *Aber diese Lüge verschafft uns vielleicht eine halbe Stunde.*

Ich ließ den Palast in einem verrückten Manöver unter mir zurück. Die Kontrollen schienen mir so vertraut, als hätte ich gestern erst am Steuer eines solchen Fluggefährtes gesessen. Dabei war es mehr als zehntausend Jahre her.

Ich flog den Diskus allein – ohne Syntron, mit minimaler Hilfe der Positronik. Binnen weniger Sekunden erreichte ich die höheren Schichten der Atmosphäre. Auf dem Orterschirm sah ich einen Kugelraumer auftauchen. Es war ein feindliches Schiff, ein Leichter Kreuzer von 100 Metern Durchmesser. Auf eine noch unbekannte Weise mußte es dem Abwehrriegel entgangen sein, der Traversan umgab.

Ich wußte ziemlich genau, was das bedeutete. Wenn es dem

Kreuzer gelang, zum Palast durchzustoßen, waren Kuriol und die anderen tot. Die Kraftfeldkuppel würde ihnen gegen schiffsgestützte Thermowaffen wenig nützen.

Da stießen zwei weitere Kreuzer aus den Wolken hervor. Sie nahmen das durchgebrochene Schiff aufs Korn.

Bevor ich Gelegenheit fand, etwas zu unternehmen, war das Gefecht bereits vorbei. Der Leichte Kreuzer erhielt mitten im Landeanflug auf Erican zwei verheerende Treffer. Sein Schutzschirm brach zusammen, ein Fangschuß verwandelte die gesamte rechte Flanke in schmelzenden Arkonstahl. Über der Region, die als Garten der Sonne bekannt war, stürzte der Kreuzer ab.

Die hundert Meter durchmessende Kugel entwickelte eine kinetische und energetische Wucht, die sich mit dem Einschlag diverser Atombomben vergleichen ließ. In der Kompressionsphase wurde das Gestein, das unter dem Garten lag, auf ein Drittel seines gewöhnlichen Volumens gestaucht. Der Druck erreichte millionenfache Atmosphärewerte. In der Phase darauf, der physikalischen Druckentlastung, wurden Schmelz- und Trümmergesteine aus einem sich bildenden Hohlraum ausgeworfen.

Vom Observatorium blieb nichts übrig. Ein Inferno kam über die Stadt. Über Erican brachen mehrere Kraftfeldkuppeln zur gleichen Zeit zusammen.

Ich war sicher, daß die Trichterbauten von furchtbaren Erdbeben heimgesucht wurden. Wahrscheinlich verlor jedes freistehende Gewächs im Stadtgebiet seine Blätter.

Der Orterschirm zeigte einen Krater von zwanzig Kilometern Durchmesser an. Ich hoffte, daß Tamarena auf meinen Hinweis das Areal hatte evakuieren lassen. Vor meinem inneren Auge sah ich den dicht besiedelten Himmelskrater, zehntausend Jahre in der Zukunft; und ich fragte mich, ob mein Eingreifen in die Schlacht um Traversan nicht letzten Endes doch *vorgesehen* war.

Mittlerweile hatte ich mehrfach in den Zeitstrom eingegriffen, wenn auch nur in Details. Vielleicht existierte eine Schicksalsmacht, die mich dazu ausersehen hatte, den Lauf der Geschichte in die richtige Richtung zu lenken.

Aufmerksam horchte ich in mein Inneres. Der Extrasinn zog es vor, meine Gedanken ohne Kommentar verhallen zu lassen. Wie rücksichtsvoll von ihm ...

Der Leka-Diskus schoß durch die oberen Atmosphäreschichten in den freien Weltraum. Mit bloßem Auge war nichts von der Schlacht zu erkennen. Nur die Ortergeräte verrieten dem geübten Auge, was sich an welchem Ort ereignete.

Ich forderte Peilimpulse an. Es dauerte keine zehn Minuten, dann erblickte ich vor mir ein scheinbar antriebslos treibendes, von einem starken Schutzschirm umgebenes Raumschiff. Es war die TRAVERSANS EHRE. Ein Blick auf die Außenhülle zeigte, daß die 500-Meter-Einheit der Fusufklasse unter schwerem Feuer gelegen hatte. Die Panzerung aus Arkonstahl hatte jedoch dem Überfall standgehalten.

»Leka-Diskus mit Pilot Atlan bittet um Aufnahme!«

Vor mir öffnete sich eine Strukturlücke im Schirm. Ein Traktorstrahl zog mich mit brutaler Wucht ins Innere, in einen halb zerstörten Hangar.

Alarm gellte durch das Schiff. Ich schnallte mich los. Durch den Hangar stürmte ich Richtung Ausgang. Im letzten möglichen Augenblick erreichte ich den Korridor, dann schleuderte ein mittleres Beben mich an die Decke und zum Boden zurück. Ich konnte froh sein, daß ich keine Knochenbrüche davontrug.

Bis zur Zentrale dauerte es fünf Minuten. Aus dem Antigravschacht rollte ich mitten in den Saal. Ich war der einzige, der nicht angeschnallt war; und brach deshalb als einziger zusammen, als einige Gravos Beschleunigung von den Andruckabsorbern nicht abgefangen wurden.

Auf dem Kommandostand sah ich Prinzessin Tamarena sitzen. Ich war erleichtert, sie gesund zu sehen. Mein Herz fing zu klopfen an, und allein ihr Anblick ließ mich glauben, daß ich ein berechtigtes Risiko einging.

»Atlan!« rief sie. »Ich dachte nicht mehr, daß du kommen würdest!«

»Das dachte ich selbst nicht.«

Wir schauten uns in die Augen. Aber der Moment dauerte nicht lange. Die Prinzessin wandte sich dem hochgewachsenen jungen Mann zu, der in der Uniform eines Pal'athor neben ihr hockte, im Kommandantensessel.

»Das ist er, von dem ich dir erzählt habe, Irakhem! Das ist Atlan. Der Mann aus der Zukunft.«

Der junge Mann starrte mich an, als wolle er mein Innerstes bloßlegen. Er umklammerte so fest die Lehnen seines Sessels, daß die Knöchel weiß hervortraten.

»Was wollen Sie hier, Atlan?« fragte er scheinbar kalt.

»Ich habe die Absicht, das Kommando über Traversans Flotte zu übernehmen.«

Irakhem kämpfte mit sich. Hilflos schaute er auf mich, dann wieder zurück auf die Panoramagalerie, die ein furchtbares Bild des Untergangs zeichnete.

»Also gut. *Admiral* – wir warten auf Ihre Befehle.«

Ich atmete auf. »Verlieren wir keine Zeit. Irakhem, Sie waren auf der Galaktonautischen Akademie?«

»So ist es!«

»Dann verlassen Sie nun den Kommandositz. Begeben Sie sich

nach vorn und übernehmen Sie den Pilotenstand. Dort werden Sie dringender gebraucht.«

»Das werde ich ganz bestimmt nicht tun ...«

Tamarena versetzte ihm einen heftigen Stoß.

Pal'athor Irakhem preßte die Lippen zusammen. Er sprang vom Podest und erreichte mit wenigen Sprüngen die Reihe der Pilotensitze.

Die Methoden der Akademie waren mir bekannt. Mit ihm an der Steuerung fühlte ich mich erheblich wohler.

Die Prinzessin schenkte mir einen unergründlichen Blick. Ich hatte keine Zeit, mich ihr zu widmen, auch wenn sie mir einen Moment lang als der wichtigste Mensch im Universum erschien. Ich hatte eine Schlacht zu gewinnen. Und das, so verriet mir der erste flüchtige Blick, war ein Ding der Unmöglichkeit. Irakhem hatte zu viele Fehler gemacht.

»Hologramme und Schirmflächen vergrößern!« ordnete ich an. »Abbildungen auf höchste Detailstufe.«

Die Orter der TRAVERSANS EHRE stellten eine Fülle von Informationen zur Verfügung. Zu den Flußdiagrammen und dreidimensionalen Vektorgrafiken kam ein Verfahren, das den wahrscheinlichen Zustand meiner Einheiten ermittelte. Intakte Einheiten wurden grün eingefärbt, beschädigte blau, manövrierunfähige Schiffe erhielten die Farbe Gelb zugeordnet. Grün war kaum zu sehen, Blau dagegen sehr häufig.

Die Schiffe des Feindes behielten ihre rote Kennfarbe. Allerdings hatte die Positronik eine Vielzahl von Treffern aufgezeichnet, auch auf seiten des Gegners. Ich ließ die Summe der Treffer als Index unterhalb der roten Reflexe einblenden. Vor meinen Augen entwickelte sich ein komplexes Bild.

»Kein Arkonide kann das mehr überschauen!« flüsterte Tamarena.

»Ein Admiral muß es können. Die Summe der Details gibt stets den Ausschlag.«

Unsere Streitmacht bestand nicht mehr aus siebzig Schiffen wie zu Anfang, sondern war auf 45 Einheiten geschrumpft. Zehn meiner Schiffe hatten nichts anderes zu tun, als Traversan gegen durchgebrochene Feinde zu schützen. In den eigentlichen Kampf griffen sie zu keiner Zeit ein. Die Geschichte lehrte mich jedoch, daß es zu einem weiteren Durchbruch nicht mehr kommen würde; ich konnte also guten Gewissens auf die letzte Sicherung verzichten.

Vere'athor Troimus, der Führer der Gegenseite, hatte lediglich zwanzig Verluste zu beklagen. Er verfügte noch über achtzig Einheiten – wobei auch er zehn Raumer aus der Schlacht herausgenommen hatte.

Schwere Schläge erschütterten die TRAVERSANS EHRE. Eine Sekunde lang fiel in der Zentrale die Beleuchtung aus, und in der Dunkelheit glomm allein noch die Galerie der Panoramaschirme. Ich erkannte zwei Schlachtkreuzer der Fusufklasse, die uns unter Feuer genommen hatten.

»Irakhem!« brüllte ich gegen den Lärm. »Regeln Sie das allein!«

Der Pal'athor an den Kontrollen machte eine bejahende Geste. Ich versuchte, mich geistig mit seinen Maßnahmen nicht zu befassen.

»Schirmauslastung 120 Prozent!« hörte ich einen Offizier schreien. »Steigend!«

Die TRAVERSANS EHRE beschleunigte mit maximalen Werten, verzögerte, schüttelte die Schlachtkreuzer ab. Ein Verband Schwerer Kreuzer kam uns von hinten zu Hilfe. Die Thermogeschütze feuerten im Salventakt, positronisch synchronisiert mit den übrigen Einheiten.

Ich entwickelte meinen ersten Plan. »Die zehn Schiffe über Traversan werden abgezogen!« kommandierte ich. »Eingliedern in die Kampfverbände!«

»Admiral! Das ist nicht ... «

»Befolgen Sie meine Befehle!« donnerte ich.

Der Orbton, der mich in eine Diskussion hatte verwickeln wollen, hastete wortlos davon. Es dauerte nicht sehr lange. Ich hatte nicht die Absicht, dem Untergang tatenlos zuzusehen. Wenige Minuten später verfügte ich über sämtliche Einheiten.

Biete dem Gegner einen Köder an! empfahl der Logiksektor. *Und dann schlage zu!*

Vere'athor Troimus versuchte, zwei Lichtminuten von Traversan entfernt eine permanente Kampfzone zu schaffen. Bei permanentem Feuer, wenn sich alle Schiffe stets in Schußreichweite befanden, wog die zahlenmäßige Überlegenheit der imperialen Flotte besonders schwer.

Irakhem schickte mir einen warnenden Blick. Ich nickte unmerklich; als Zeichen, daß ich die Gefahr erkannt hatte.

»Atlan«, drängte Tamarena. »Wir brauchen Distanz, sonst geht es zu schnell!«

»Keineswegs. Wir benötigen einen Köder für den Feind.«

»Müssen wir denn selbst dieser Köder sein?«

»Etwas anderes haben wir nicht.«

Troimus ließ eine große Kugelschale aus Raumschiffen bilden. Alle Einheiten vom Stützpunkt BRY 24 hielten denselben Anstand zueinander. Ich ließ es zu, daß die Kugelschale meine Flotte komplett umschloß. Keines meiner Schiffe konnte sich mehr an einen

Ort bewegen, an dem es *nicht* unter Feuer stand. Troimus dachte wahrscheinlich, daß er jetzt gewonnen hatte.

»Atlan!« drängte Tamarena.

»Still!«

Ein Orbton meldete: »Schutzschirmauslastung 90 Prozent. Steigend! – 100 Prozent. 110! Energiereserven für Antriebssysteme werden abgezapft!«

Ich ordnete an: »Feuer aussetzen bis auf Widerruf! *Keine* Einheit schießt, es sei denn im absoluten Notfall! Dreierformationen bilden! Jeweils ein Schlachtkreuzer im Zentrum! Zwei kleinere Einheiten rücken in nächste Nähe auf!«

Meine Flotte gruppierte sich um. Keines der Schiffe unternahm einen Ausbruchsversuch. Ein Schwerer Kreuzer und ein Leichter Kreuzer schoben sich bis auf wenige hundert Meter Entfernung an die TRAVERSANS EHRE heran. Troimus' Flotte hielt ihre Formation.

Der Extrasinn flüsterte: *Man fühlt sich anscheinend siegessicher. Gut für dich und Traversan.*

Was nach einem taktischen Vorteil für das Imperium aussah, hatte in Wahrheit ganz andere Folgen. Gewiß, jede traversanische Einheit lag unter Dauerfeuer. Allerdings waren an diesem Feuer nur fünfzig Prozent der Imperiumsflotte beteiligt. Alle anderen Schiffe sicherten den leeren Raum, den ich durch unser Zusammenrücken freiwillig preisgegeben hatte.

Meine Schiffe dagegen befanden sich in bester Schußposition. Rechnerisch herrschte in diesem Moment ein Gleichgewicht der Kräfte.

»An alle Einheiten! Die Positronik der TRAVERSANS EHRE übermittelt in diesem Augenblick eine Liste von zwölf Schlachtkreuzern der Fusufklasse. Diese Einheiten sind nach unseren Informationen absolut feuerklar, aber möglicherweise durch sehr viele Wirkungstreffer *angeschlagen.«*

Ich betrachtete die Kugelwolke, die aus knapp siebzig roten Punkten gebildet wurde. Zu jedem Reflex gehörte der Trefferindex. Ich hatte die zwölf Schlachtkreuzer mit den höchsten Werten herausgesucht.

»Auf Kommando synchronisiertes Punktfeuer!« ordnete ich an. »Die Verbände bleiben zusammen! Flüchtige Einheiten werden nicht verfolgt!«

Ich wartete einige Sekunden ab, dann sagte ich laut: *»Jetzt!«*

Die TRAVERSANS EHRE tat einen gewaltigen Satz. Alle Energie, die die Reaktoren hergaben, wurde in die Impulstriebwerke geleitet. Kurzzeitig brachen die Schirme zusammen, versagende Andruckabsorber preßten mich in den Kommandosessel.

Die Panoramagalerie zeigte einen jener 500-Meter-Riesen –

exakt das Schiff, das ich für unseren Verband als Ziel ausgewählt hatte. Es dauerte wenige Sekunden. Dann blähte sich der Schlachtkreuzer zu einer sonnenhellen, explodierenden Masse auf.

»Nächstes Ziel!« donnerte ich. »Einen Schweren Kreuzer wählen! Bevor Troimus schaltet!«

Irakhem und die Piloten der Flankenschiffe leisteten ganze Arbeit. Nach weniger als zwanzig Sekunden trieben drei weitere Glutbälle durch den Weltraum.

Mit tränenden Augen beobachtete ich mein Hologramm. Als das Manöver beendet war, hatte Troimus 33 Einheiten verloren – ich dagegen keine einzige.

Tamarena starrte mich an wie eine Erscheinung. Ich hatte keine Zeit, mich um sie zu kümmern.

Troimus löste die Kugelschale auf. Der Vere'athor begriff soeben, worauf er sich eingelassen hatte. Das neue Verhältnis lautete *35 zu 37* für Troimus – nicht mitgerechnet die zehn Schiffe, die der Feldherr der Gegenseite aus der Schlacht genommen hatte.

Allerdings verfügte Traversan über eine deutliche Übermacht an Schlachtkreuzern der Fusufklasse.

Er wird jetzt persönlich eingreifen, sagte mein Extrasinn voraus.

Ich antwortete lautlos: *Damit rechne ich. Der zweite Köder wird bereits vorbereitet.*

Troimus' Reserve nahm Fahrt auf. Ich zog meine Schiffe weiter zusammen – und entblößte bewußt eine Schneise, die direkt auf Traversan gerichtet war. Ob der Vere'athor reagieren würde, war schwer zu sagen. Anfangs schien mein Plan ins Leere zu gehen. Dann aber nahm exakt jener Verband aus zehn Schiffen Fahrt auf. Die Impulstriebwerke sorgten für hohe Beschleunigung, typisch für die 200 Meter durchmessenden Schweren Kreuzer.

»Verfolgen!« ordnete ich mit kalter Stimme an. »Sämtliche Leichten Kreuzer aus den Verbänden ausscheren!«

Die Leichten Kreuzer besaßen keine große Kampfkraft. Aber sie verfügten über Beschleunigungswerte, die den Schweren Kreuzern noch überlegen waren.

»Es ist zu spät, Admiral!« rief Irakhem mit bleichem Gesicht. »Wir können sie vor Traversan nicht mehr erreichen.«

»Das wollen wir auch gar nicht«, belehrte ich ihn.

Irakhem schnappte nach Luft, sagte aber nichts mehr.

Die Schweren Kreuzer näherten sich Traversan. Die Leichten Kreuzer rückten nahe heran, bewirkten aber nichts außer einer bogenförmigen Kurskorrektur des Gegners.

Das hatte ich vorausgesehen. Der korrigierte Kurs führte nahe an *Travs Nachtauge* vorbei, dem Mond von Traversan. Als Troimus' Schiffe den mondnächsten Punkt ihrer Bahn erreicht hatten, feuerten die Bodenforts.

Es dauerte keine dreißig Sekunden. Von der Flanke kamen die Leichten Kreuzer heran. Troimus wurde zwischen den Fronten zerrieben. Keiner der Schweren Kreuzer kam davon.

»Admiral!«

»Atlan, ich ...«

»Das ist unmöglich!«

Ich blickte in fassungslose Gesichter. »Damit haben wir ihren Vere'athor erwischt«, verkündete ich laut. »Aber es ist noch nicht zu Ende.«

Wir stellten uns zum entscheidenden Kampf. Noch immer war das Verhältnis der Kräfte 35 zu 37. Doch die andere Seite hatte keine kompetente Führung mehr. Traversan verfügte außerdem über zwei Drittel aller Schlachtkreuzer, die sich noch im Kampf befanden.

Noch einmal verfolgte ich das bewährte Konzept: Angriff auf die schwächsten Raumer, gezielte Reduzierung der feindlichen Feuerkraft. Keine Einheit ging mehr verloren. Zumindest nicht auf meiner Seite.

Die erste Welle nahm der Flotte des Imperiums weitere sieben Schiffe. Die zweite sollte entscheidend sein; im Augenblick der Begegnung schleusten sämtliche Kreuzer ihre Beiboote aus.

Mit einer scheinbar vielfachen Übermacht schlugen wir die Reste der Imperiumsflotte in die Flucht. Es waren nicht mehr als zwanzig Schiffe, teils schwer beschädigt.

»Wir müssen sie verfolgen!« schrie Irakhem vom Pilotenstand. »Dann kriegen wir sie alle!«

»Nein.«

»Aber ... *Admiral!*«

»Es bleibt beim Nein. Das Imperium kann uns morgen schon tausend Schiffe schicken. Eine Verfolgung wäre kein taktischer Vorteil in diesem Krieg, sondern nur noch Mord.«

Irakhem wollte etwas sagen. Dann aber verstummte er. Mit schiefgelegtem Kopf schien er auf eine innere Stimme zu lauschen, und ich vermutete, daß er ebenso wie ich über einen aktivierten Logiksektor verfügte.

»Ich bitte um Entschuldigung, Erhabener«, brachte er über die Lippen. »Ich sehe meinen Fehler ein.«

Die Schlacht war vorüber. Ich hörte niemanden jubeln.

Vergangenheit
5772 v. Chr. /
18. Prago des Tedar 12.402 da Ark

An der Seite Kuriols trat ich ins Freie. Es war kühl geworden. Die Terrasse erlaubte einen weiten Blick über die Stadt Erican.

»Kein schönes Bild, Nert.«

»Das ist wahr. Diese Stadt funkelte einmal wie ein Edelstein.«

»Es wird wieder so sein. Ich habe es gesehen. In zehntausend Jahren.«

Erican versank in einem ungewissen Abendschimmer. Die Zerstörungen, die der Absturz des Kreuzers angerichtet hatte, waren nicht zu übersehen.

»Ich habe Ihnen zu danken, Atlan. Ohne Ihr Eingreifen wäre mein Volk jetzt tot. Traversan würde nicht mehr existieren. Wenn ich etwas zum Ausgleich für Sie tun kann, lassen Sie es mich wissen.«

Ich hatte Kuriol bereits den defekten Steuerchip mit der Bitte übergeben, seine Experten darauf anzusetzen. Denn ohne den Chip konnte meine Zeitmaschine nicht funktionieren. Kuriol hatte außerdem versichert, er werde die Speicherbatterien der Anlage füllen und warten lassen.

Die Gestalt des alten Nert, sonst so aufrecht, schien mir einen Moment lang hinfällig und schwach. Er trug sein blaues Cape mit der martialischen Zeichnung der She'Huhan-Sternengötter, und doch wirkte er verletzlicher denn je.

»Danken Sie mir noch nicht, Erhabener. Noch ist nicht klar, wie wir die Krise bewältigen sollen.«

Der Kopf des alten Nert ruckte nach oben. »Sie verwenden den Ausdruck *wir,* Atlan?«

»Ja. Mir ist jetzt klar, daß ich nicht einfach verschwinden und Traversan sich selbst überlassen kann. Und das aus zwei Gründen: Erstens ist meine Zeitmaschine vorerst noch ohne Energie, ich muß also warten. Zweitens ist die *Balance der Kräfte* zerstört.«

Aufmerksam blickte der Nert mich an. »Was wollen Sie damit andeuten?«

»Bislang konnten wir uns darauf verlassen, daß Traversan ganz *automatisch* gerettet wird. Die Geschichte beweist es ja. Aber nun habe ich als fremdes Element entscheidend eingegriffen. Ob ich einen Fehler begangen habe oder nicht, mag dahingestellt sein.«

Ich dachte an die Prinzessin, und meine innere Stimme sagte mir, ich habe völlig richtig gehandelt. Auch wenn es egoistisch war, auch wenn eine Emotion den Ausschlag gegeben hatte.

»Nun muß ich für Traversan geradestehen«, verkündete ich. »Ich muß aktiv dafür sorgen, daß die Geschichte ihren Gang geht. Wer weiß? Vielleicht kehre ich sonst in meine Gegenwart zurück, und die Methanatmer haben den Krieg doch noch gewonnen.«

Kuriol lachte dröhnend. »Das steht wohl nicht zur Debatte, Atlan. Aber ich verstehe Ihre Überlegungen.«

Wir schauten eine Weile schweigend über die Stadt. Travs Stern zeigte sich als roter Flammenrand, als verglimmendes Licht über einem Horizont aus Wohntrichtern und verbrannten Parks.

»Die nächste Strafexpedition wird nicht lange auf sich warten lassen«, sagte ich. »Nert, wir müssen die *Initiative* ergreifen.«

Ich drehte mich und schaute zur anderen Seite, auf die Mauern des Palastes und zum dunklen Himmel, an dem Travs Nachtauge gerade aufgegangen war. Ich fragte mich, ob Prinzessin Tamarena bereits eingeschlafen war.

9.

Gegenwart
6. August 1290 NGZ

Epilog

Fürst Ligatem ließ seine Leute nach Atlan und der Station der Meister suchen, endlose drei Tage lang. Die Spezialisten der RICO gruben einen halben Quadratkilometer Gelände in der Yssods-Wüste um, ohne eine Spur, ohne eine konkrete Hoffnung.

Ligatem ließ sie gewähren. Leute wie Atlan durfte man nicht verloren geben; sie waren unsterblich, und irgendwie haftete ihnen ein seltsamer Nimbus des *Unzerstörbaren* an.

Am vierten Tag trat das Ereignis ein, welches alle Probleme potenzierte. Aus dem Hyperraum fiel eine Flotte von Kugelraumern. Es handelte sich um hundert Einheiten, schwer bewaffnete Kampfschiffe des Kristallimperiums. Bostich und seine Schergen hatten von der Krise Wind bekommen.

»Was sollen wir tun, Fürst?« fragte ein Minister. »Die RICO ist noch im Orbit. Und sie werden ohne Atlan nicht verschwinden.«

Ligatem zögerte kurz mit der Antwort. Die RICO war schwer anzugreifen, der Kommandant verfügte über alle Wunder der Camelot-Technik. Und das schien auch die andere Seite zu wissen; die Zeiten, da man Imperiumssoldaten blindlings in den Tod geschickt hatte, waren lange vorbei.

Ligatem hoffte, daß die Flotte des Kristallimperiums stillhielt. »Wir müssen auf Zeit spielen«, bekundete er. »Ich hoffe, daß wir Atlan noch finden werden.«

Auf Zeit spielen. Buchstäblich.

Sturm auf die PADOM

von
Hubert Haensel

Irgend etwas hatte mich aufgeschreckt; ich glaubte ein leises, gepreßtes Atmen wahrzunehmen. Jemand stand in der Dunkelheit meiner Kabine und starrte mich an. Unwillkürlich spannte ich die Muskeln an. Der Raum war gesichert; niemand konnte, ohne Alarm auszulösen, eindringen – zumindest niemand außer Prinzessin Tamarena oder ...

Mach dich doch nicht zum Sklaven deiner Hormone! dröhnte die Stimme des Extrasinns unter meiner Schädeldecke. *Laß die Augen zu, verliebter Narr! Atme gleichmäßig weiter!*

Wie lange hatte ich geschlafen? Kaum länger als eine halbe Stunde, denn immer noch steckte eine bleierne Schwere in meinen Gliedern. Ich erinnerte mich, geträumt zu haben. Von der siegreich beendeten Raumschlacht und der Gefahr, daß ich durch mein Eingreifen vielleicht die Zukunft verändert hatte. Ich gehörte nicht hierher, nicht in diese Zeit, in der das Große Arkon-Imperium den Zenit seiner Macht bereits überschritten hatte und der Degeneration entgegendämmerte. In meinen Gedanken entstand das Bild eines Schattens, der gekommen war, um mich ins Jenseits zu befördern.

Begreifst du endlich? Das wird kein Liebesabenteuer.

Schlagartig hellwach, zog ich langsam die Beine an.

Drei Schritte vor dir ...

1.

Die Lider nur leicht geöffnet, verwünschte ich die Dunkelheit. Der Eindringling hatte die automatische Beleuchtung manipuliert. Ein verhaltenes Rascheln erklang. Diesmal glaubte ich erkennen zu können, wie ein Arm in die Höhe ruckte, und – war da nicht ein eisiges metallisches Blitzen? Der Vibratorklinge entging ich lediglich, weil ich mich abrupt zur Seite wälzte.

Kein Laut der Überraschung, nichts – mein Gegner reagierte mit der tödlichen Präzision eines Roboters. Seine Hand krallte in mein Gesicht, die Finger bohrten sich in die Augen. Gleichzeitig stieß er wieder zu. Doch ich war abermals schneller. Mein Ellenbogen krachte in einem abwehrenden Dagorgriff gegen seinen Brustkorb.

Obwohl der Angreifer nach wie vor nur ein Schemen in der Finsternis war, spürte ich, daß er taumelte. Jedoch mußte sein Zurückweichen einen anderen Grund haben als meinen Abwehrschlag, denn besonders hart hatte ich ihn nicht getroffen.

Sieh dich vor!

Die Warnung des Extrasinns kam zu spät. Siedendheiß schrammte der Dolch über meinen Arm, und sofort fühlte ich es warm und klebrig auf der Haut. Blut quoll mit jedem Pulsschlag aus der verletzten Ader.

Ich bekam das Handgelenk des Angreifers zu fassen und zerrte ihn, seinen eigenen Schwung ausnutzend, nach vorne. Dumpf war sein Aufprall auf der Wand, doch er federte sofort zurück. Diesmal rammte mein Ellenbogen in seine Magengrube.

Der Dolch klirrte zu Boden. Eher zufällig trat ich die Klinge zur Seite. Zugleich zerrte ich dem Unbekannten die Arme auf den Rükken und drückte ihn auf die Koje.

»Wer sind Sie?«

Keine Antwort. Er rang nach Luft, als hätte er nicht mehr die Kraft, sich zur Wehr zu setzen – doch zweifellos wartete er nur auf eine Chance, mich zu überrumpeln. Ich packte fester zu. In meinem verletzten Arm tobten Höllenfeuer. Ich schwitzte und fror gleichzeitig, und aus allen Poren perlte plötzlich eisiger Schweiß.

»Warum wollten Sie mich töten?«

Der Boden schien sich mir entgegenzuwölben. Sekundenlang empfand ich ein seltsames Schwindelgefühl, danach war alles wieder wie zuvor.

Vergiftungssymptome! stellte der Logiksektor fest. *Die Klinge war präpariert.*

Es fiel mir schwer, mich zu konzentrieren, quälende Übelkeit stieg in mir auf. Mein Griff lockerte sich, doch ein warnender Aufschrei des Extrasinns entriß mich der beginnenden Lethargie. Bevor der Unbekannte sich herumwälzen konnte, preßte ich ihn mit meinem ganzen Gewicht auf die Koje.

»Wer hat Sie ... geschickt?« Stockend kam die Frage über meine Lippen.

Ein kaum verständliches Gurgeln antwortete mir. Nur bruchstückweise reimte ich mir zusammen, was ich da eben gehört hatte. Die Erkenntnis traf mich wie ein Schlag. Im ersten Moment war ich versucht, meinen Gegner niederzuschlagen. Aus Wut und maßloser Enttäuschung.

Warum tust du es nicht, Barbar? Spöttischer hätte die Bemerkung des Extrasinns nicht sein können.

Ich biß die Zähne zusammen und versuchte mit einem Kopfschütteln, die gräßliche Benommenheit zu vertreiben. Siedendheiß jagte jeder Herzschlag das Blut durch die Adern, und trotz der beruhigenden Impulse des Aktivatorchips kämpfte ich bereits gegen eine beginnende Ohnmacht.

»Wer ...?« herrschte ich meinen Gegner an. »Die Wahrheit, oder ich ...«

»Die Prinzessin ...«, stieß der Kerl hervor. »Prinzessin Tamarena!«

Er schien förmlich unter mir zu explodieren. Ich spürte seine Reaktion, aber ich reagierte zu langsam. Sein Schädel traf mein Gesicht, ein Tritt in die Magengrube schleuderte mich rückwärts.

Tamarena, hallte ein schreckliches Echo durch meine Gedanken. Obwohl ich sie erst seit wenigen Tagen kannte, schien sie eine der Frauen zu sein, die mir altem Arkoniden durchaus gefährlich werden konnten.

Liebe und Tod lagen schon immer nah beieinander. Der Kommentar des Extrasinns war bissig wie immer.

Ein Schatten sprang mich an. Vergeblich riß ich die Arme zur Abwehr hoch. Gemeinsam stürzten wir zu Boden und wälzten uns ineinander verkrallt herum. Zwei kräftige Hände umklammerten meinen Hals. Ich bekam keine Luft mehr. Mein Aufbäumen und der Versuch, den Gegner abzuschütteln, blieben wirkungslos.

Er lachte heiser. »Sie sterben als erster, Has'athor. Und nach Ihnen wird Traversan seine gerechte Strafe erhalten.«

Has'athor nannte er mich, einen Admiral Vierter Klasse und Einsonnenträger. Er unterschätzte mich. Es ist wahrlich beruhigend, mit solchem Wissen in den Tod zu gehen.

Vor meinem inneren Auge explodierten Sonnensysteme. Alles in mir schrie danach, tief und lang anhaltend einzuatmen. Ich konnte es nicht. Dabei schnappte ich wohl nach Luft wie ein Fisch auf dem Trockenen, aber die Finger des Gegners lagen wie Schraubzwingen um meine Kehle. Meine Sinne begannen zu schwinden.

Viel zu selten hatte ich mir Gedanken über den eigenen Tod gemacht. Wer wie ich die relative Unsterblichkeit besitzt, der denkt nicht so häufig darüber nach. Mit der Empfindlichkeit einer Mimose müßte ich sonst nach Jahrtausenden auf die eigene körperliche Unversehrtheit achten und die Unsterblichkeit nur noch als Fluch und Behinderung empfinden.

Kämpfe, du Narr! Oder wir sterben beide!

Der Aufschrei des Extrasinns, zum ersten Mal seit langem von Panik erfüllt, reißt mich aus der Lethargie. Aber den stahlharten Griff kann ich nicht abschütteln, ich ...

... fühle, verzweifelt um mich tastend, einen kühlen Gegenstand unter meiner Hand. Es ist der Griff der Vibratorklinge. Schon auf dem Grat der Bewußtlosigkeit balancierend, zerre ich die Waffe hoch und stoße zu.

Ein gurgelnder Aufschrei beweist, daß ich getroffen habe. Jäh weicht die Last von mir. Keuchend, hustend und nach Luft ringend wälze ich mich auf die Seite. Der Dolch ist mir schon wieder entglitten, aber das spielt keine Rolle mehr. Wie flüssiges Feuer tobt der Sauerstoff durch meine Lungen. Ich glaube innerlich verbrennen zu müssen und atme dennoch hastig ein, bis ich hustend und mit dem schalen Geschmack von Blut auf den Lippen ins Leben zurückfinde.

»Sie sterben trotzdem«, keucht der Unbekannte.

Egal wie ich ihn verletzt habe, falls noch Gift an der Klinge war, und das dürfte der Fall gewesen sein, kann er mir kaum noch gefährlich werden. Vielleicht rettet schnelle medizinische Hilfe sein Leben.

»Sie entkommen mir nicht«, bringt er stoßweise hervor.

Ich komme schwankend auf die Beine, versuche das Gefühl zu ignorieren, daß die ganze Welt sich rasend schnell um mich dreht.

»Wir werden gemeinsam zur Hölle fahren, Has'athor ...«

Ich mache einen Schritt, dann einen zweiten – der Kabinenboden wird zur Achterbahn. Er springt mir entgegen und fällt sofort wieder rasend schnell zurück und läßt mich, mit den Armen rudernd, scheinbar im Nichts hängen. Mein Gleichgewichtssinn ist völlig aus den Fugen geraten.

Ein wirres Lachen erklingt. Als es abrupt abbricht, fällt ein Gegenstand zu Boden und rollt einige Meter weit. Trotz meiner Benommenheit höre ich das Geräusch fast überdeutlich. Ein düsterrotes Glimmen entsteht in der Dunkelheit ... und beginnt zu blinken.

Das ist eine Thermoladung, die ihre Energien freisetzen wird, sobald das Blinken endet. Ich weiß nicht, auf welche Verzögerung sie eingestellt ist. Vielleicht sind es nur wenige Sekunden ...

Alles dreht sich und wogt auf und ab. Ich stolpere, spüre eine Wand, habe dennoch das Gefühl, mich im Kreis zu bewegen. Wie viele Sekunden geht das schon? Eine Ewigkeit.

Du hast Zeit, Atlan – genügend Zeit.

Seltsam, aber ich glaube dem Extrasinn nicht.

Du fürchtest dich? Irgendwie ist mir diese Feststellung eine Genugtuung.

Unsinn, antwortet er.

Endlich, das Schott. Aber es öffnet sich nicht. Zum zweitenmal schlage ich auf die positronische Verriegelung. Das Blinken hat aufgehört. Unerbittlich wie das Auge eines Dämons starrt das rote Glühen mich an.

Viel zu langsam gleitet die stählerne Wand auf. Ein schmaler

Spalt entsteht. Noch bevor ich mich hindurchzwängen kann, zündet die Thermoladung in einer blendenden Lichtfülle. Schützend reiße ich die Arme hoch, aber das alles verbrennende Feuer ist überall. Ich fühle mich emporgewirbelt und spüre noch die sengende Hitze auf der Haut ...

... dann erlischt jede Wahrnehmung.

Ich höre Stimmen. Sie kommen näher. Mehrere Personen reden von Vergeltung. Unsicherheit schwingt in ihren Worten mit, aber auch unbeugsamer arkonidischer Stolz. Vorübergehend gebe ich mich der Illusion hin, zu Hause zu sein.

Du bist ein unverbesserlicher Narr. Der Extrasinn will mich provozieren, aus welchem Grund auch immer. *Dies ist nicht deine Gegenwart, ebensowenig deine Vergangenheit – und das Tai Ark'Tussan, das Große Arkon-Imperium, wird dir deine Verdienste um Traversan bestimmt nicht in barer Münze vergelten.*

»Keon'athor Atlan ist aus dem Koma erwacht!« erklingt ein überraschter Ausruf. »Die Gehirnströme zeigen endlich annähernd normale Werte.«

»Könnt Ihr mich verstehen, Admiral?« Jemand beugt sich über mich und prüft die feste Verbindung etlicher Sensoren mit meiner Haut. »Es ist wie ein Wunder, daß Ihr überlebt habt. Der Attentäter benutzte ein tödlich wirkendes Gift. Im allgemeinen führt es innerhalb weniger Minuten zum Verlust der psychischen Kontrolle. Der Zusammenbruch aller Körperfunktionen und damit der Tod tritt nach knapp einer Stunde ein.«

»Wir vermuten, daß der Attentäter Ihnen unter der Einwirkung des Giftes Informationen entlocken wollte, Admiral Atlan«, fuhr eine zweite Stimme fort. »Kannten Sie den Mann?«

Sie wissen, daß du die Frage verstanden hast, raunte der Extrasinn. *Deine Gehirnströme und der Hautwiderstand verraten es ihnen.*

Wissen Sie auch, daß ich erfahren habe, wer hinter dem Attentat steht? fragte ich ebenso lautlos zurück.

Glaubst du diese Lüge? Sie sollte dich verunsichern.

... und falls nicht?

Das nachfolgende Schweigen war bedeutungsvoll.

Welches Spiel spielten die Traversan-Arkoniden, nachdem ich ihnen die Kastanien aus dem Feuer geholt hatte? War ich für sie nichts anderes als eine Garrabo-Figur, die man beliebig hin und her schob? Die Saat des Zweifels war aufgegangen und keimte, doch ich durfte nicht zulassen, daß sie weiter wuchs und um sich griff.

Ich schlug endlich die Augen auf. Hologramme ringsum vermittelten den Eindruck einer sonnenüberfluteten Planetenlandschaft. Nur die Bildschirmgalerien und die inmitten einer Hügelkette deplaziert wirkenden medizinischen Geräte störten den Eindruck. Ein Meer von Khasurn, dem kelchförmigen arkonidischen Riesenlotos, bewegte sich sanft im Wind. Zwei Mediziner hantierten in meiner Nähe.

Du vertraust ihnen demnach immer noch, stellte der Logiksektor fest.

Was stört dich daran?

Nichts, großer Arkonidenhäuptling, rein gar nichts.

Daß ich ungefähr drei Stunden ohne Besinnung gewesen war, erfuhr ich, als Tamarena da Traversan erschien. Die Prinzessin war ernsthaft besorgt. Ihre rauchig-dunkle Stimme zitterte, und die hellroten Augen hatten viel von ihrem Glanz verloren. Dafür zeichneten sich dunkle Ringe unter den Lidern ab.

»Es ist für mich unbegreiflich, Atlan. Traversan steht tief in deiner Schuld, das wissen wir alle. Dennoch sind wir nicht einmal fähig, deinen Schlaf zu bewachen. Zwei Sicherheitskräfte wurden heimtückisch ermordet.«

Sie versucht, deine Gedanken zu lesen.

Ich hab's bemerkt.

Der Blick ihrer mandelförmigen Augen war wieder ausdrucksstärker geworden. Mittlerweile wußte ich um Tamarenas telepathische Fähigkeiten; doch meine Abschirmung konnte sie nicht durchdringen, wenn ich es nicht wollte. Selbst im geschwächten Zustand hielt mein mentaler Schirm.

»Nert Kuriol braucht sich meinetwegen nicht zu sorgen«, wehrte ich ab.

»Das tut er aber.« Mit einer heftigen Bewegung streifte Tamarena ihr halblanges platinblondes Haar zurück. »Niemand hat mit einem Spion des Tai Ark'Tussan in den eigenen Reihen gerechnet. Deine Kabine ist ausgeglüht. Wir haben den verkohlten Leichnam des Attentäters geborgen oder vielmehr das, was von ihm übrig ist. Seine Identifizierung ist für uns lebenswichtig.«

Ich nickte und versuchte, mich aufzurichten. Aber Tamarena drückte mich sanft, doch unwiderstehlich zurück. Obwohl ich mich noch schwach fühlte, schob ich ihre Hand zur Seite und setzte mich am Rand der antigravgestützten Liege auf.

Nachdenklich ruhte der Blick der Prinzessin auf mir. »Andere wären an dem Gift gestorben«, sagte sie leise. »Du scheinst nicht einmal unter den Folgen zu leiden.«

»Mir geht es gut.« Ich stand langsam auf und streifte die Kleidungsstücke über, die für mich bereitlagen. Die Schnittwunde am Oberarm war mit Bioplasma verklebt, ebenso einige verbrannte Hautfetzen. In ein bis zwei Tagen würde alles narbenfrei abgeheilt sein, dafür sorgte schon der Zellaktivator. »Unkraut vergeht nicht«, fügte ich hinzu.

»Bitte?«

Ich ignorierte ihren verblüfften Blick ebenso wie das amüsierte Kichern des Extrasinns. Natürlich wohnten zwei Seelen in meiner Brust, die arkonidische, aber auch eine terranische, die in Jahrtausenden gewachsen war. Terra war meine zweite Heimat – daß ich irdische Redewendungen benutzte, war für mich selbstverständlich, darüber zerbrach ich mir schon lange nicht mehr den Kopf.

»Wieso wußtest du von dem Gift?« stellte ich die Gegenfrage.

»Vielleicht eine Vorsehung der She' Huhan«, antwortete einer der Mediziner, nachdem die Prinzessin ihn mit einem kaum merklichen Nicken dazu aufgefordert hatte. »Die brennende Kabine, Ihre blutende Armwunde, Admiral – und so gefährlich das Gift auch ist, seine Molekülgruppen sind mit einem Standardtest zu identifizieren. Sie müssen jetzt ruhen ...«

»Ich bin weder krank noch gebrechlich«, fuhr ich auf, »und darüber wünsche ich keine Diskussion.«

Sollte er meine robuste Konstitution ruhig den She'Huhan, den arkonidischen Sternengöttern, zuschreiben. Der Zellaktivator war und blieb mein persönliches Geheimnis.

Zweieinhalb Stunden später ging die Sonne über der Hauptstadt Erican auf. *Travs Nachtauge,* der einzige Mond des Planeten, hing als riesiger, rot schimmernder Ball dicht über dem Horizont. Seine gewaltige Größe entsprang aber einzig und allein einer optischen Täuschung, hervorgerufen durch Lichtbrechung und den nahezu waagerechten Standort.

Die holographische Wiedergabe der erwachenden Stadt war trügerisch, sie gaukelte eine Ruhe vor, die es nicht gab. Unter der scheinbar friedlichen Oberfläche brodelte es – wir hatten eine Schlacht gewonnen, nicht jedoch den Krieg.

Nert Kuriol da Traversans Falten in den Augenwinkeln waren tiefer geworden, überhaupt wirkte sein Gesicht heute eingefallen wie nach einer langen Nacht ohne Schlaf. Mit zwei Fingern massierte er seine Nasenwurzel – aber noch schwieg er. Und keiner der Anwesenden wagte es, vor ihm das Wort zu ergreifen.

Wir hatten uns im kleinen Konferenzraum neben der Hauptzentrale des Flaggschiffs eingefunden, das immer noch auf dem Raumhafen von Erican stand. Der Nert war erst vor wenigen Minuten an Bord gekommen. Zu seiner Linken saß die Prinzessin, ihm gegenüber der Kapitän 2. Klasse Irakhem, Kommandeur des Flaggschiffs und zugleich ranghöchster Offizier von Traversan. Neben ihm Eshveran on Keithy, Kapitän 3. Klasse und Irakhems Stellvertreter als Befehlshaber der Flotte, sowie Lesantre, der Chef des planetaren Geheimdienstes.

Lesantre war gemeinsam mit dem Nert und zwei schwer bewaffneten Uniformierten eingetroffen, die mittlerweile vor dem Konferenzraum Wache standen – Staffage oder Notwendigkeit, ich würde es vermutlich sehr schnell erfahren.

Prinzessin Tamarena blickte aufmerksam in die Runde. Nur meine Gedanken konnte sie nicht erfassen. Immerhin hatte ich mehr Vertrauen in ihre telepathischen Fähigkeiten als in die hochdekorierten Wachen vor dem Schott.

»Für Traversans Ruhm und Ehre«, begann der Nert. Mit knappen Worten drückte er seine Bestürzung über den heimtückischen Anschlag auf mein Leben aus und zugleich seine Freude, mich nahezu unverletzt zu sehen. Floskeln zwar, aber ehrlich gemeint.

Gegen Nert Kuriol da Traversan wirkte der Geheimdienstchef mit seinen nur 1,75 Metern Größe untersetzt. Ich hatte inzwischen erfahren, daß er einst mit Kuriol auf diesen Planeten gekommen war und den Geheimdienst aus dem Nichts heraus aufgebaut hatte. Lesantre wirkte gelegentlich brutal, er war aufbrausend, doch auf jeden Fall loyal. Auch jetzt betonte er wieder, tief in Nert Kuriols Schuld zu stehen, ohne jedoch Details preiszugeben.

»Keon'athor Atlan«, er wandte sich mit einer angedeuteten Verbeugung an mich, »ich habe alles unternommen, damit der erschreckende Vorfall ein einmaliges Geschehen bleibt. Außerdem konnten wir den Attentäter bereits aufgrund einer genetischen Analyse identifizieren. Sein Name war Tomaren – ein illegitimer Sproß aus der Verbindung des Patriarchen der unbedeutenden Tomar-Sippe mit einer Essoya, einer Nichtadeligen.«

Ein Springerabkömmling also. Anzunehmen, daß er es auf Traversan zu einigem Reichtum und Ansehen gebracht hatte.

»Tomaren erschien vor wenigen Monaten, kurz nach den ersten Unstimmigkeiten mit Sonnenkur Pyrius Bit«, fuhr Lesantre fort. »Inzwischen sehen wir das nicht mehr als Zufall, damals jedoch erbrachten unsere Nachforschungen nichts Nachteiliges. Und daß er sich die Bürgerrechte auf Traversan erkaufte ...«

... war vermutlich mit einer beachtlichen Zahlung verbunden gewesen. Ich hörte nur noch mit halbem Ohr hin. Tomaren hatte allein gearbeitet. Jeder seiner Schritte innerhalb der letzten fünf Tage war inzwischen peinlich genau nachvollzogen worden. Er hatte während dieser Zeit keine Möglichkeit gehabt, einen versteckten Funkspruch an den Sonnenkur abzusetzen. An Bord des Flaggschiffs war er durch Bestechung gelangt, der betreffende Thos'athor, ein Offiziersanwärter also, hatte seine Verfehlung bereits zugegeben und sah seiner strengen Bestrafung entgegen.

»Der Anschlag war wohl nur ein Vorgeschmack des Kommenden«, sagte Nert Kuriol bedeutungsschwer. »Der nächste Angriff auf Traversan wird bald erfolgen.«

»... also müssen wir dem Sonnenkur zuvorkommen!« platzte Irakhem heraus. »Bevor er weitere Flotten in Marsch setzt.«

Irakhem forderte das mit der Risikofreude des jungen Heißsporns, der er nun mal war. Er war fachlich durchaus kompetent, jedoch keineswegs mit der taktischen und strategischen Erfahrung ausgestattet, die sich altgediente Kommandanten in oftmals schmerzvollen Jahren erworben hatten. Einen gesicherten Sektoral-Stützpunkt anzugreifen war ein Selbstmordunternehmen, vor allem, wenn dies mit einer zahlenmäßig unterlegenen Flotte geschah und die Besatzungen gerade mal auf zwei leidlich überstandene Gefechte zurückblickten.

»Sie scheinen einen Präventivschlag nicht gutzuheißen, Admiral Atlan«, stellte Eshveran on Keithy richtig fest. »Was ist Ihrer Ansicht nach zu unternehmen?«

»Die Parteien sollten Friedensverhandlungen führen.«

Alle starrten mich an, als hätte ich soeben behauptet, die Methanatmer stünden mit einer Flotte ihrer Walzenschiffe nur wenige Lichtstunden vor Travs Stern.

Bist du verrückt? protestierte der Extrasinn. *Traversan hat sich nicht nur gegen den Sonnenkur aufgelehnt, sondern damit auch gegen den Imperator, und das zieht früher oder später Kreise.*

Der Sonnenkur wird sich hüten, sein Versagen vorschnell preiszugeben.

Alle redeten durcheinander. Mein Hinweis auf Verhandlungen hätte beinahe die Grenzen ihrer Welt zum Einsturz gebracht. Niemand auf Traversan zog ernsthaft in Erwägung, der Sonnenkur könnte nach einer entsprechend dotierten Entschädigung zur Tagesordnung übergehen. Für den Statthalter des Brysch-Sektors ging es jetzt vor allem darum, das Gesicht und zugleich seine Macht zu wahren.

Nur Tamarena schwieg. Sie musterte mich abwartend, als wisse sie genau, daß mein letztes Wort noch nicht gesprochen war.

»Wir müssen BRY 24 angreifen!« verlangte Irakhem. »Ob mit oder ohne Atlan, uns bleibt keine andere Wahl.«

»Welche Chance hätten Sie, Pal'athor, eine solche Offensive zu überleben?« fragte ich ihn, nicht ohne Ironie in der Stimme.

»Keine schlechte«, antwortete der Kommandeur. »Das hoffe ich zumindest. Wir haben viel von Ihnen gelernt, Atlan.«

»Viel vielleicht, aber ganz sicher noch nicht genug.« Mit einer knappen Handbewegung wischte ich jeden Protest vom Tisch. »Was, glauben Sie, geschieht, wenn sich Ihre Schlachtschiffe BRY 24 nähern?«

Eshveran on Keithy verkrampfte die Hände ineinander. Um

seine Mundwinkel zuckte es verhalten. Dennoch hielt er meinem forschenden Blick stand und preßte nach einigen Sekunden trotzig die Lippen aufeinander.

»Unsere Mannschaften werden kämpfen«, behauptete Lesantre bitter. »Sie wissen, daß es für Traversan nichts anderes mehr geben kann als Sieg oder Untergang.«

»Wem nutzen tote Helden?« fragte ich.

Alle starrten mich an. Tamarena versuchte sich zum wiederholten Mal mit ihren telepathischen Fähigkeiten an mir.

Balzgehabe! dröhnte die Stimme des Extrasinns durch meine Gedanken. *Warum spannst du sie auf die Folter, alter Arkonide? Doch nur, um Tamarena zu imponieren. Dabei solltest du über das Alter pubertärer Emotionen längst hinaus sein.*

Ich zerbiß eine deftige Verwünschung zwischen den Zähnen. Nein, nicht daß ich mich ertappt gefühlt hätte ...

Der zweite Frühling ist angebrochen, würde dein Freund Perry jetzt sagen. Jahrtausende liegen zwischen Tamarenas Welt und deiner Zeit, Beuteterraner. Was erwartest du? Eine Liebesnacht mit Tamarena als Dank für die Rettung Traversans ...?

Sei still! herrschte ich den Extrasinn an.

»Keines unserer Schiffe wird sich Brys Stern weiter als bis auf wenige Lichtstunden nähern können, ohne abgeschossen zu werden«, hörte ich mich sagen. »Um ans Ziel zu kommen, brauchen wir ein Raumschiff mit Territorial-Kennung.«

Die einfachsten Methoden waren häufig die wirkungsvollsten. Ich mußte mich wundern, weshalb keiner vor mir auf diese Idee gekommen war. Immerhin zeigten die Ortungen deutlich die Überreste der Raumschlacht: treibende Wracks überall zwischen den elf Planeten des Traversan-Systems. Die unbeschädigten Einheiten der Heimatflotte befanden sich im Einsatz, um Überlebende aufzuspüren und zu bergen. Alle übrigen Schiffe hatten die Werften aufgesucht. Es sah wahrlich nicht gut aus mit unserer Verteidigungskraft. Schon deshalb mußten wir dem Sonnenkur zuvorkommen.

»Ich gehe davon aus, Admiral Atlan«, sagte der Nert anerkennend, »daß Sie bereits einen Plan haben. Verfügen Sie über Pal'athor Irakhem und sein Flaggschiff. Ich bin überzeugt, egal was Sie tun werden, Sie tun es zum Wohle von Traversan.«

Er erhob sich und gab damit zu verstehen, daß er die Unterredung als beendet betrachtete. Es war nun meine Aufgabe, ein geeignetes gegnerisches Schiff zu finden.

2.

Eben noch hatten die Meßwerte Anlaß zur Hoffnung gegeben – nun war der Patient tot, innerhalb von Sekunden unter großen Schmerzen gestorben. Blut quoll aus seinen Mundwinkeln, und die Augen blickten in fiebrigem Glanz starr zur Decke empor. Eine stumme Anklage lag in diesem Blick, zugleich auch ein Hauch von Erleichterung. Haggar on Teska hatte den Tod als Freund empfangen, wahrscheinlich sogar als Erlösung.

Einer der besten Triebwerkstechniker innerhalb der Sektoralflotte hatte sein Leben in einer unsinnigen Schlacht verloren. Arkoniden kämpften gegen Arkoniden und zerfleischten sich gegenseitig, anstatt ihre Kräfte dem gemeinsamen Gegner, den Maahks, zu widmen.

Zögernd schob Oros die Injektionsphiole in die sterilisierende Hülle zurück. Der Tote brauchte keine *Droge* mehr, die seinen Körper vorübergehend schmerzunempfindlich machte und die letzten Reserven mobilisierte.

Ein Name mehr in den Verlustdateien, an den sich schon in wenigen Jahren niemand mehr erinnern würde. Oros' Lippen bebten in ohnmächtigem Zorn. Zu viele brauchten Hilfe und Versorgung; von den vierhundert Männern und Frauen der Besatzung hatten mehr als einhundertachtzig die Strafexpedition gegen Traversan mit dem Leben bezahlt. Der 200-Meter-Kreuzer PADOM war ein Wrack, von Hüllenbrüchen und Energieeinschlägen schwer in Mitleidenschaft gezogen, aus eigener Kraft vorerst nicht mehr manövrierfähig.

Mit einem heftigen Kopfschütteln versuchte der Mediziner, den brennenden Schweiß und die Tränen aus den Augenwinkeln zu vertreiben. Verbissen kämpfte er um das Leben der Verwundeten, von denen viele großflächige Verbrennungen erlitten hatten. Doch vielleicht tauchte das Wrack der PADOM ausgerechnet in dieser Sekunde in die Atmosphäre eines der Planeten ein, um wie ein Meteor in den dichteren Luftschichten zu verglühen. Ohne Kontrolle über den Antrieb ...

Die zentrale Energieversorgung war ausgefallen. Nur ein Notkonverter arbeitete noch, ausreichend für die medizinische Station und einige wenige lebenserhaltende Funktionen ...

Oros drückte die Augen des Toten zu und zog ihm das bleiche Laken über das Gesicht. *Tai Ark'Tussan, wohin des Wegs?* – diese Frage stellte er sich nicht erst seit heute. Man mußte schon mit Blindheit geschlagen sein, übersah man die vielen kleinen verräterischen Zeichen, die einer verderblichen Selbstzufriedenheit und Lethargie das Wort redeten. Längst fehlten die Kraft und die Aufbruchsstimmung früherer Imperatoren. Das Große Arkon-Imperium war satt und träge geworden, ein Tempel der Macht, dessen Säulen zunehmend knirschten.

Spitze, abgehackte Schreie ließen Oros herumfahren. Noch ehe er den Regenerationstank erreichte, in dem eine junge Frau mit dem Tod rang, verstummte sie wieder. Achtzig Prozent ihrer Haut waren verbrannt und hätten längst abgetragen werden müssen, doch für eine Operation fehlte die notwendige Energie. Außerdem hatte die Frau hohe Strahlendosen abbekommen; ihr Ableben war nur mehr eine Frage weniger Stunden.

Zwei nahezu bloßliegende Augen starrten Oros an, als er sich über den Plasmatank beugte und die Zufuhr des Anästhetikums erhöhte. Das halbe Gesicht war bis auf die Knochen verschmort, ein grauenvoller Anblick.

»Sie ist so gut wie tot«, erklang eine befehlsgewohnte Stimme aus Richtung des Schottes. »Also kümmern Sie sich nicht um die Frau, sondern bringen Sie endlich die Simulanten wieder auf die Beine!«

Der Mediziner war jäh zusammengezuckt. Im letzten Moment unterdrückte er die Regung, Haltung anzunehmen und dem Kapitän 1. Klasse Luceiver seine Achtung zu bezeugen – ohnehin eine Farce angesichts des dutzendfachen Leids ringsum.

»Ich habe keinen Wunsch ausgesprochen, sondern einen Befehl«, dröhnte der Kapitän.

»Niemand kann dem Tod Vorschriften machen, Vere'athor Luceiver; obwohl ich wünschte, es wäre anders.«

Verächtlich spuckte der Kapitän aus. Dann wischte er sich aufreizend langsam mit dem Handrücken über die Lippen. In seinen düsterroten Pupillen brannte ein verzehrendes Feuer. Mit 1,82 Metern war er eine Handbreit kleiner als der Mediziner, dafür aber fülliger, ein Bündel aus Muskeln und Energie. Seine von der Raumstrahlung gegerbte, rissig wirkende Haut kontrastierte hart mit dem schlohweißen Haar, das er im Gegensatz zur Tradition nur fingerlang trug.

Steif schritt Luceiver zwischen den Medoliegen hindurch. »Aufstehen!« herrschte er einen der offensichtlich leichter Verwundeten an. »Im Bereich des Ringwulstes brauche ich jede Hand, die zupakken kann!«

»Tamatos darf sich nicht bewegen«, wagte Oros zu widersprechen. »Eine Tritium-Vergiftung ...«

Um Luceivers Mundwinkel erschien eine tiefe Falte des Mißfallens. »Sehen Sie schwerwiegende Verletzungen?« stieß er hervor. »Der Mann ist verwendungsfähig. Ich hoffe nicht, daß Sie anderer Meinung sind.« Das klang lauernd und drohend zugleich.

Der Mediziner schien ein kurzes Stoßgebet zu allen Sternengöttern zu schicken; seine Stimme vibrierte hörbar, als er antwortete: »Mit allem Respekt, Vere'athor, aber der berstende Stützmassetank hat fünf unserer besten Techniker in den Tod gerissen, und nur Tamatos ...«

»Wieviel Zeit brauchen Sie, um die Vergiftung zu neutralisieren?«

Der Mediziner setzte zu einer Antwort an, zog es dann aber doch vor, betreten zu schweigen.

»Also ist er ohnehin so gut wie tot«, folgerte Luceiver. »Alle werden sterben, falls es nicht gelingt, die PADOM wieder in einen kampffähigen Zustand zu versetzen! Ich erwarte Ihre Schützlinge innerhalb von fünf Minuten zum Dienst, Sie eingeschlossen. Noch befinden wir uns im Kriegszustand – und das wird sich auf absehbare Zeit nicht ändern.«

Luceiver war ein Schinder, einer der Kapitäne, die glaubten, ihre Macht jeden Tag neu unter Beweis stellen zu müssen. Ohne ihn wäre es an Bord der PADOM vielleicht sogar erträglich gewesen. Immerhin war der 12.000 Lichtjahre von Arkon entfernte Brysch-Sektor ein strategisch unbedeutender Sternhaufen, der nicht einmal die Methans wirklich interessierte. Allein schon die Präsenz der Sektoralflotte genügte, potentielle Gegner auf Distanz zu halten – das heißt, bis vor kurzem war es so gewesen, doch inzwischen hatte die Schieflage ein bedrohliches Ausmaß angenommen.

Der Reihe nach deutete Luceiver auf vier Patienten. »Ich erwarte Sie umgehend in Sektion 14, auf dem Torpedodeck. Aufräumarbeiten. – Noch Fragen, Oros?«

Offenbar zögerte der Mediziner zu lange mit der Antwort, denn Luceivers Rechte schnellte vor und packte ihn am Uniformaufschlag.

»Sie sollten meine Großherzigkeit schätzen, Oros«, herrschte er den Mediziner an. »Was, glauben Sie, weshalb ich Sie nicht zu den Konvertern schicke? Weil ich dort Kerle brauche, keine Waschlappen.«

Mit einer unwilligen Bewegung stieß er Oros zur Seite. Daß die haßerfüllten Blicke des jungen Mediziners ihn wie Dolche in den Rücken trafen, bemerkte er nicht mehr, als er mit dröhnenden Schritten die Krankenstation verließ.

Im ersten Augenblick, als Oros den Raumanzug schloß und den Helmfunk aktivierte, schlug eine Vielzahl von Stimmen über ihm zusammen. Flüche, Verwünschungen, Befehle – er wurde mitten in die Hektik der Reparaturarbeiten hineingeworfen. Diese fieberhafte Aufregung war so ganz anders als die gedämpfte Stimmung innerhalb der medizinischen Abteilung. Erst nach einer Weile besann er sich darauf, die Empfindlichkeit des Helmfunks neu zu justieren. Plötzlich waren da nur noch die Stimmen seiner Schützlinge, ganz nahe und überdeutlich zu verstehen.

»Wir schaffen das schon, Oros, und wenn nicht ...«

Eben dieses *wenn nicht* erfüllte ihn mit Unbehagen. Seine Aufgabe war es, Leben zu erhalten, nicht sinnlos zu opfern.

Ihr seid mit Schmerzmitteln und Psychopharmaka vollgepumpt! wollte er ihnen entgegenschreien. *Die Euphorie wird nur von kurzer Dauer sein, und danach kommt der Zusammenbruch, dann werden die Schmerzen unerträglich.*

»Kommen Ihre Leute voran, Oros?« dröhnte Luceivers Stimme aus dem Funkempfang. »Ich erwarte Ergebnisse – so schnell wie möglich. Also vergessen Sie Ihre verweichlichten medizinischen Methoden und benutzen Sie Ihren Verstand.«

Der Mediziner ballte die Hände, aber er schluckte die Verwünschung unausgesprochen hinunter. Vor ihm fraßen sich die Flammen der atomaren Schneidbrenner durch das Gewirr aus geborstenem, verdrehtem Arkonstahl. Spärlich erhellten die Helmscheinwerfer die Szene.

Nur minimale Schwerkraftwerte herrschten in diesem Bereich des Schiffes. Das Laufen mit den Magnetsohlen war ungewohnt. Inmitten der Träger und ausgeglühten Wandsegmente hangelte sich Oros vorwärts. Teils war der Stahl unter der Einwirkung des gegnerischen Thermobeschusses geschmolzen und zu mitunter scharfkantigen Formen wieder erstarrt.

Dem Kapitän ging es nicht darum, diesen Bereich des Schiffes wieder mit Atmosphäre zu fluten, er wollte einzig und allein die blockierten Abschußschächte der Torpedos funktionsfähig wissen.

... für noch mehr Leid, schoß es Oros durch den Sinn.

Maccom – seine Brustplatte war doppelt gebrochen, und ein Knochensplitter hatte die Lunge durchbohrt – hustete gequält. Die Enge im Raumanzug und die Bewegung waren noch Gift für ihn. Maccom wußte das ebenso wie Oros, aber den Kapitän interessierte das nicht. Luceiver erwartete, daß seine Mannschaft funktionierte. Oft genug schien er zu glauben, daß er Roboter vor sich hatte und keine Wesen aus Fleisch und Blut.

Ein Aufschrei ... Oros sah einen Scheinwerfer durch das Gewirr taumeln, aber nicht Maccom hatte in dem stählernen Labyrinth den Halt verloren, sondern einer der anderen. Jede abrupte und unkontrollierte Bewegung in der Hoffnung, sich abzufangen, gab dem Körper eine andere, noch heftigere Drehung.

Fast in Reichweite erlosch die scharf gebündelte Glut des atomaren Schneidbrenners. Fünf oder sechs Meter höher hing die Gestalt im Raumanzug reglos zwischen den Verstrebungen. Wie Dornen ragten geborstene Stahlenden in die Höhe.

Von seinem neuen Standort aus bekam das Leck in der Außenhülle für Oros eine andere Dimension: Eine sternenlose Schwärze schien das Schiff gefangenzuhalten. Sekundenlang starrte der Mediziner nach draußen, bevor er weiter in die Höhe kletterte.

Ein stechender Schmerz raste durch seine Finger, als ein kantiger Metallsplitter den Handschuh durchbohrte. Abrupt riß Oros die Hand zurück – und erstarrte entsetzt, denn die rötlich aufwallenden Blasen verrieten die ausströmende Luft.

Alles, was er jemals über Schäden an Raumanzügen gehört hatte, wirbelte durch seine Gedanken, ein buntes Kaleidoskop längst vergessen gewähnter Belehrungen. Er war Mediziner, kein Raumfahrer, hatte sich nie vorstellen können, in eine solche Situation zu geraten. Zu perfekt schien alles in der Flotte des Imperiums; es war ein in Jahrtausenden eingefahrener Mechanismus ...

Nur wenige Augenblicke dauerte es, bis der mit seinem Blut vermischte Schaum zu einer rosafarbenen Dichtfolie verhärtete. Allein das rasende Hämmern in der Wunde und das Gefühl, die Finger kaum mehr bewegen zu können, blieben.

Die Helmscheibe des reglos zwischen den Streben hängenden Mannes war mit Erbrochenem verschmiert, er selbst vielleicht inzwischen erstickt, auf jeden Fall aber bewußtlos. Mühsam versuchte Oros, sich den Bewußtlosen über die Schulter zu wuchten. Um Hilfe zu leisten, mußte er den Helm öffnen, aber das war im Vakuum der Halle unmöglich.

Erst jetzt bemerkte er den faustgroßen Robotspion, der knapp zwei Meter vor ihm schwebte. Kein Zweifel, Luceiver benutzte die autarken Sonden, um seine Mannschaft zu überwachen.

»Lassen Sie die Toten ruhen, Oros!« dröhnte die Stimme des Kapitäns aus dem Helmempfänger.

»Tamatos ist nicht tot. Aber er stirbt, wenn ich ihm nicht rasch helfen kann.«

»Ich sage, er ist tot«, erklang es mit eisiger Kälte. »Die Torpedos sind wichtig, nichts sonst. Also führen Sie Ihre Aufgabe aus, die Verteidigungsbereitschaft wiederherzustellen.«

Der Mediziner ertappte sich dabei, daß er gehetzt nach einem Stück Stahl suchte, mit dem er die Sonde zerschmettern konnte. Nur leider würde ihm das nicht weiterhelfen. Niemand hatte es bislang geschafft, diesen Schinder Luceiver zur Rechenschaft zu ziehen.

»Bei Arkon, beschäftigen Sie sich nicht mit Unnützem, Oros.«

»Ein Leben ist nichts Un...« Der Mediziner brach mitten im Satz ab, weil die Funkverbindung schon nicht mehr bestand. Einen Augenblick lang war er versucht, lautstark das Schicksal zu verfluchen, das ihn zum Handlanger eines unmenschlichen Kapitäns gemacht hatte.

Luceiver war ein Mann wie Arkonstahl, kalt und unnachgiebig; innerhalb weniger Jahre hatte er sich zum Kapitän 1. Klasse emporgearbeitet, und es hieß nicht umsonst, daß Leichen seinen Weg pflasterten. Gemunkelt wurde sehr viel, aber nur hinter vorgehaltener Hand und auch nur dann, wenn Luceiver lichtjahreweit entfernt weilte.

Die Nähe der Sonde empfand er als bedrohlich. Vielleicht fällte in dem Moment der Kapitän ein Urteil über ihn: Zwangsarbeit auf einer der Bergwerkswelten im Randgebiet des Imperiums. Das war gleichbedeutend mit einem Todesurteil. Über die Zustände auf diesen Welten kursierten schlimme Gerüchte. Bedrohlicher als an Bord der PADOM konnte das Leben dort auch nicht sein.

In der Schwärze des Alls zeichneten sich wieder Sterne ab, die Sichel eines Planeten wanderte langsam vorbei. Offenbar drehte sich die PADOM langsam um ihre Achse. Wie weit mochte der Planet entfernt sein? Eine Million Kilometer, kaum mehr. Falls das Wrack bereits vom Schwerefeld angezogen wurde, blieb der Besatzung nicht mehr viel Zeit, dem drohenden Absturz zu entgehen.

Nur von den eigenen hastigen Atemzügen und dem monotonen Klicken der Magnetsohlen begleitet, hangelte Oros sich nach unten. Endlich spürte er ein schwaches Lebenszeichen von Tamatos. Der Mann hatte den Arm bewegt, und seine Finger öffneten und schlossen sich, als suchte er verzweifelt nach einem Halt.

»Sie müssen durchhalten, Tamatos, dann bringe ich Sie hier raus.«

Wie ein lästiges Insekt umschwirrte ihn die Sonde. »Hau ab!« brüllte Oros. »Laß mich in Ruhe!«

Kurz darauf hatte er wieder sicheren Boden unter den Füßen. Da lagen Metallverstrebungen, aus dem Chaos herausgeschnitten und an der Wand gestapelt. Zögernd ließ Oros seine Last von der Schulter gleiten, dann umklammerte er ein meterlanges breites Stahlstück und wirbelte es hoch. Der Schwung ließ ihn den Halt verlieren und versetzte ihn in der annähernden Schwerelosigkeit in eine drehende Bewegung. Doch er traf – der Widerstand, als der Stahl gegen die Sonde schmetterte, war deutlich zu spüren.

Die Welt drehte sich, stand plötzlich kopf. Um sich abzufangen, ließ Oros das Stück Stahl los, das sich wie ein Geschoß zwischen die Verstrebungen bohrte.

Die Magnetsohlen griffen wieder. Die Arme wie haltsuchend ausgebreitet, klebte Oros an einer bizarr verformten Wand und sah schräg über sich ein faustgroßes, funkensprühendes Etwas, das rasend schnell rotierte und dabei von einer Stichflamme zerrissen wurde.

Maccom und die anderen hatten das unmöglich Scheinende geschafft und den Zugang zum Torpedoschacht freigelegt. Der gegnerische Strahltreffer hatte das Magazin um Haaresbreite verfehlt, dabei jedoch die positronische Steuerung verschmort und die Verbindung zur Feuerleitzentrale gekappt. Falls die PADOM sich erneut verteidigen mußte, konnten die Torpedos nur an Ort und Stelle abgefeuert werden.

Ein Wartungsschacht konnte als Einstieg benutzt werden. Die Röhre, eigentlich halbtransparent, war durch den Energieausfall nahezu undurchsichtig geworden. Lediglich schemenhaft war zu erkennen, wie Maccom sich darin langsam vorwärts arbeitete. Mehrfach kam es zu Entladungen von Speicherenergie, die sein Raumanzug jedoch mühelos ableitete.

Urplötzlich ein Aufschrei, dem ein gequältes Keuchen folgte.

»Was ist los, Maccom?«

»Nichts. Es ... geht schon wieder.«

Die gesamte Innenwand der Röhre flackerte jetzt in grellen Farben. Es hatte den Anschein, als wolle sie gleich zu pulsieren beginnen.

»Die Abschußsequenz ist labil«, keuchte Maccom. Er war der Torpedospezialist, deshalb hatte er gehen müssen. »Ich messe Kriechströme an, aber ich weiß nicht, woher sie kommen.«

Wieder ein Aufschrei.

»Ich ... kann den Arm nicht mehr bewegen.«

»Nur den Arm?«

»Auch meine Beine ... sind taub.«

»Kommen Sie zurück, Maccom!«

»Drei Meter noch, dann habe ich die Schalt... Bei allen Geistern, Oros, ich habe kein Gefühl mehr für meinen Körper.«

»Nicht mehr bewegen, Maccom, hören Sie! Ihr Rückenmark ist geschädigt. Ich lasse Sie da rausholen.«

»Der Vere'athor will das nicht, Oros, ich muß meine Arbeit tun. Wenn Sie ... Ich schaff's nicht, ich kriege den Arm nicht mehr vor.«

Mit einer unwilligen Handbewegung scheuchte Oros die anderen Männer zur Seite und schwang sich selbst in den Durchstieg. Nie zuvor hatte er sich in einem Wartungsschacht befunden. Bunte Schlieren huschten über die Wände und weckten in dem Mediziner die Assoziation von Verdauungsbewegungen. Mit ruckartigen Bewegungen stemmte er sich vorwärts. Aber das fiel ihm schwerer als erwartet.

»Das Transportsystem arbeitet nicht«, stöhnte Maccom. »Halt finden Sie nur in den Wandvertiefungen.«

Kurz darauf hatte Oros Maccoms Füße vor sich.

»Ich versuche, Sie halbwegs erschütterungsfrei nach draußen zu ziehen. Bewegen Sie sich möglichst wenig.«

»Danke für den guten Rat, Wunderheiler. Glauben Sie, ich ließe mich von Ihnen hier rausholen, wenn ich noch in der Lage wäre, wenigstens auf allen vieren zu kriechen?« Das klang sarkastisch. Weitaus weniger aggressiv fügte Maccom hinzu: »Sie kriegen mich doch wieder hin, oder?«

»Mit ein paar Halbleiterchips und nachgezüchteten Nervensträngen bestimmt.«

Allmählich lernte Oros, sich in der Wartungsröhre zu bewegen. So schlimm, wie er anfangs geglaubt hatte, war es gar nicht. Das Gefühl beklemmender Enge wich sogar einer Art wohliger Geborgenheit. Dies war ein eigenes Reich, ein Ruhepol fernab der hektischen Betriebsamkeit an Bord eines jeden Raumschiffs. Und irgendwie schien es dem Mediziner, als hätte Luceiver hier jede Macht verloren.

Fahle Elmsfeuer huschten über seine Fingerspitzen, ein deutliches Zeichen des gestörten Energiehaushalts am Ende der Röhre. Oros ignorierte die flackernden Erscheinungen, die in unregelmäßigen Abständen entstanden und wie Nebel verwehten. Zehn Minuten brauchte er, um Maccom nach draußen zu schaffen.

»Wie geht es Ihnen?«

»Gut«, log der Techniker, und Oros wußte, daß er log. Er brauchte nur in das verzerrte Gesicht zu sehen, um zu wissen, woran er war.

»Sie erklären mir jetzt, was ich zu tun habe, Maccom. Anschließend werde ich eine Antigravtrage beschaffen und Sie zur Operation bringen, ob das Luceiver paßt oder nicht. Aber ein gelähmter Mann kann keine Wunder vollbringen.«

»Worauf warten Sie dann noch, Oros?« stieß Maccom hervor. »Um so eher bin ich wieder auf den Beinen.«

»Bilden Sie sich nicht ein, daß Sie von heute auf morgen ...«

»Ich weiß, ich werde Wochen brauchen. Gerade deshalb sollten Sie sich beeilen.« Maccom lachte gequält und brach mit einem krampfhaften Husten ab. »Ist schon gut«, stieß er schwer atmend hervor. »Ich bin ein Wrack – genau wie die PADOM.«

Geschmeidig glitt Oros voran. Zwei Sicherheitssperren, die verhindern sollten, daß Techniker versehentlich in eine Abschußsequenz hineingerieten, lagen noch vor ihm. Die erste Kontrolle hatte Maccom bereits deaktiviert, die zweite reagierte nicht mehr.

»Sie müssen die Schaltung überbrücken, Oros. Lösen Sie die Verschlußkappe und ...«

»Welche?«

»Sie haben drei Sensorpunkte vor sich.«

»Nein.«

»Sehen Sie die Kapazitätsanzeige, Oros?«

»Das Hologramm?«

»Richtig.« Maccoms Husten wurde zu einem qualvollen Nach-Atem-Ringen. Offenbar hatte der Knochensplitter in seiner Lunge weitere Zerstörungen angerichtet. »Das Holo aktiviert sich, sobald Sie ...«

»Schon geschehen. Und weiter?«

»Die Anzeige für die Abschußfreigabe ...« Maccoms Stimme erstarb in einem dumpfen Wimmern. Augenblicke später krächzte er nur noch: »Oros, Sie dürfen nur weitergehen, solange die Torpedos im Arsenal liegen ...«

»Woran erkenne ich ...?«

»... mittlere Sensor ...« Würgend brach Maccom ab. Augenblicklich meldete sich einer der anderen Männer: »Er spuckt Blut. Hören Sie, Oros? Was sollen wir tun?«

»Ich komme zurück.«

»Nein!« Schneidend scharf Maccoms Ausruf. »Wir ... brauchen die Torpedos ... Der mittlere Sensor, dann ...«

Das Hologramm wechselte, es zeigte erst die nach außen verriegelte Abschußröhre, danach die in ihren Halterungen liegenden Torpedos. Sechs Stück waren es noch: schlanke, blauschwarze Fische, ausgerüstet mit Triebwerkssätzen, die sie innerhalb kürzester Zeit auf halbe Lichtgeschwindigkeit beschleunigten. Oros wußte das auch erst seit kurzem. Er hatte sich erst nach dem Start von BRY 24 mit den Waffensystemen vertraut gemacht.

Maccom kämpfte mit einem neuen Erstickungsanfall.

»Umschalten ... auf manuelle ... Steuerung ... Kode eingeben, Oros: Er lautet ... Tai Ark'Tussan.«

Der Mediziner brauchte längere Zeit, um die entsprechenden Sensorfelder zu finden. Halb auf dem Rücken liegend, tippte er über sich den Kode ein. Nichts geschah.

»Ich schaffe es nicht, Maccom. Vielleicht liegt es an der ungenügenden Energieversorgung.«

»Wiederholen Sie ... den Vorgang!«

Verbindung zur Feuerleitzentrale unterbrochen, flammte ein Schriftband auf. *Manuelle Aktivierung wird bestätigt. Bislang ruhender Aktivierungsimpuls hat Vorrang – bitte Vorrangschaltung löschen. Zündung erfolgt in zehn Sekunden.*

»Bei allen Göttern, Maccom, was heißt Vorrangschaltung?«

... sieben Sekunden.

Die holographische Wiedergabe wechselte, blendete auf einen im Abschußkanal liegenden Torpedo um. Offenbar war die Kommandostruktur Sekunden vor dem geplanten Abschuß durch den gegnerischen Treffer unterbrochen worden. Die manuelle Manipulation ließ nun die Speicherdaten wirksam werden.

... fünf Sekunden.

»Wie lösche ich die Vorrangschaltung? Maccom!«

Ein ersticktes Röcheln war das letzte, was der Mediziner im Helmfunk hörte. Von aufwallender Panik getrieben, schlug er wahllos auf die Sensorfelder. Der Schacht war verschlossen. Sobald der Torpedo startete ...

Blendende Lichtflut hüllte ihn ein. Oros hatte noch den Eindruck einer heranschießenden Flammenwand. Sein Raumanzug hielt den entfesselten Gluten nur Sekundenbruchteile stand, dann löschte die Sonnenhitze Oros' Denken aus.

3.

Die Zahl der Ortungen war längst Legion, aber immer noch erschienen wie hingezaubert neue Reflexe auf den Schirmen. Ausgebrannte Wracks tauchten aus den Ortungsschatten der großen Planeten auf, von mehreren Monden wurden Notrufe abgestürzter Beiboote empfangen. Kurzum: Innerhalb des Traversan-Systems herrschten nach wie vor Aufruhr und eine nie gekannte Hektik.

Fünfunddreißig Schiffe der Heimatflotte hatten die Raumschlacht unbeschädigt überstanden. Ihre Besatzungen waren unermüdlich im Einsatz, um Überlebende zu bergen oder Havaristen vor einem schlimmeren Schicksal zu bewahren. Dabei war abzusehen, daß Tage vergehen würden, bis ein halbwegs umfassendes Bild der Situation vorlag.

Gelegentlich flammten neue Gefechte auf, Geplänkel, verglichen mit dem, was hinter den Mannschaften lag. Diese Vorkommnisse bewiesen, daß selbst die angeschlagenen Imperiums-Raumer eine nicht zu unterschätzende Gefahr bedeuteten. *Für Arkons Ruhm und Ehre* und den eigenen Platz in der Geschichtsschreibung waren zu allen Zeiten Kommandanten zu Märtyrern geworden, die ihre Besatzungen mit sich in den Tod gerissen hatten. Der Absturz eines einzigen Schlachtschiffs im Westen der Hauptstadt hatte einen hohen Blutzoll unter der Bevölkerung gefordert.

Irakhems Flaggschiff überquerte soeben die Umlaufbahn des siebten Planeten. Ein Trümmerfeld lag vor uns; den Massewerten nach zu schließen, die Überreste eines 200-Meter-Kugelraumers.

»Empfangen Identifizierungskode!« kam die Meldung aus der Funkzentrale.

»Position?«

»Peilung läuft. Die Abgabeleistung ist schwach, möglicherweise nur der Notsender eines Raumanzugs.«

Grimmig biß Irakhem die Zähne aufeinander, als er sich mit knappen Schaltungen das Ortungsbild auf sein Pult holte.

»Funkkennung bestätigt eigenes Objekt. Die Distanz beträgt viereinhalb Millionen Kilometer. Energiepegel unter der Nachweisgrenze.«

»Neuer Kurs!« bestimmte Irakhem. »Funkzentrale: Koordinatensatz überspielen!« Er warf mir einen flüchtigen Blick zu und bedachte dann Tamarena mit einer entschuldigenden Geste.

Der Widerspruch kam von gänzlich anderer Seite. Lesantre, der Geheimdienstchef, war an Bord geblieben; seine knurrig-krächzende Stimme klang in dem Moment unangenehmer, als ich sie je empfunden hatte.

»Wir verlieren unnötig Zeit«, schimpfte er. »Der Sonnenkur wird nicht zögern, die Niederlage zu vergelten. Was wir suchen, ist ein Schiff der Sektoralflotte, keine Leiche in einem Raumanzug.«

»Wir wissen nicht, ob der Betreffende tot ist«, protestierte Irakhem. »Ich lasse keinen Verwundeten oder Sterbenden im Stich.«

»Damit erweisen Sie Traversan einen schlechten Dienst, Pal'athor.«

»Lassen Sie es gut sein, Lesantre«, sagte ich. Mit dem Erfolg, daß er mich entgeistert anstarrte. Seine Absicht, den Kommandanten und die Prinzessin gegeneinander auszuspielen und das Wohl und Wehe Traversans über alles zu stellen, war ab dem Moment zum Scheitern verurteilt, in dem ich mich als Außenstehender einmischte. Lesantre mochte zwar immer wieder betonen, tief in Nert Kuriols Schuld zu stehen, das änderte aber nichts daran, daß er wie viele andere Geheimdienstleute auch ein undurchsichtiges Spiel trieb.

»Ich würde nicht anders handeln als Irakhem«, stellte ich fest.

Die Prinzessin fühlte sich dadurch veranlaßt, den Geheimdienstchef zurechtzuweisen. »Sie haben gehört, wie Admiral Atlan die Angelegenheit sieht«, sagte sie scharf. »Ich wünsche keine weitere Diskussion.«

Das Flaggschiff verzögerte. Unzählige Ortungsreflexe ringsum, ausgeglühter Arkonstahl; auf dem großen Panoramaschirm erschienen sie wie ein mattes Sternenmeer. Jedes dieser Details wurde von der Positronik hinsichtlich Masse und Energieabstrahlung analysiert, aber es gab nichts, was eine Überprüfung wert gewesen wäre.

»Objekt erfaßt!« wurde endlich gemeldet.

Die Traktorstrahler griffen in den Raum hinaus. Sekunden später erschien eine reglose Gestalt im Erfassungsbereich der Optiken.

»Nach wie vor kein Funkkontakt. Der Notruf ist abgebrochen.«

Eine Direktschaltung ließ uns in der Zentrale hautnah miterleben, wie der Schiffbrüchige an Bord geholt und nach dem Druckausgleich aus seinem Raumanzug herausgeschält wurde.

Ob der Mann nur bewußtlos war oder bereits tot, konnten wir nicht erkennen. Erst als ein Medoroboter eine Injektion ansetzte, hatte es den Anschein, daß er überleben würde.

»Immerhin kein Soldat des Imperiums«, sagte Lesantre mit eigenwilliger Betonung.

»... den wir ebenfalls nicht seinem Schicksal überlassen hätten«, bemerkte Tamarena scharf.

Der Geheimdienstchef zuckte nur mit den Schultern. »Einige tausend gut ausgebildete Männer und Frauen haben ihr Leben für Traversan gegeben«, erwiderte er bitter. »Es spielt heute keine Rolle mehr, ob einer mehr oder weniger überlebt – was wir brauchen, sind Material und Schiffe, auf denen wir unsere Soldaten wieder in den Kampf schicken können. Andernfalls stehen wir auf verlorenem Posten.«

Er hat recht, wandte mein Extrasinn ein, bevor ich zu einer heftigen Erwiderung ansetzen konnte. *Willst du ihm seine Überzeugung vorwerfen?*

Habe ich das gesagt?

Aber du denkst daran.

Das ist wohl ausschließlich meine Angelegenheit.

Aus der Medostation kam wenig später die Mitteilung, daß der Soldat außer Lebensgefahr war. Er hieß Kindonan und hatte auf dem Schweren Kreuzer TSOOL Dienst getan. Die TSOOL galt als Totalverlust.

Einige Tage der Regeneration würde Kindonan allerdings benötigen; er hatte Erfrierungen davongetragen und war wohl für kurze Zeit fast ohne Sauerstoff gewesen. Wenn wir ihn nur fünf Minuten später an Bord geholt hätten, wären irreparable Hirnschäden zurückgeblieben.

»Die Anzugenergie reicht für mehrere Tage«, schnaubte Lesantre. »Der Idiot muß alles mit seinem Notruf verbraucht haben.«

»... ohne den wir ihn nicht gefunden hätten«, widersprach die Prinzessin.

»Wenn nicht wir, dann vermutlich ein anderes Schiff.« Lesantre, der zuletzt unruhig vor dem Panoramaschirm auf und ab gelaufen war und mich mit seinem Verhalten an ein gefangenes Tier erinnert hatte, verließ ohne weiteren Kommentar die Zentrale. Tamarena blickte ihm hinterher, bis sich das Schott wieder geschlossen hatte. Um ihre Mundwinkel grub sich ein eigenartiges Zucken ein.

Lesantre gibt sich härter, als er ist. Er hat Probleme, die er sich nicht eingestehen will.

»Atlan«, sagte Tamarena in dem Moment, »geh mit ihm nicht zu hart ins Gericht.«

»Ich verstehe nicht.«

»Lesantres Bruder war Offizier auf der TSOOL. Unmittelbar nach der ersten Schlacht gegen die zwölf Imperiums-Raumer haben sie sich bis aufs Blut gestritten. Weil Marelius vor jeder weiteren Eskalation warnte.«

»Und nun fühlt Lesantre sich verantwortlich?«

»Marelius wollte den Dienst quittieren. Lesantre hat ihn deswegen mit der Waffe bedroht und ihn bezichtigt, er trete die Familienehre in den Schmutz.«

Ich brauchte die Prinzessin nicht zu fragen, woher sie ihre Kenntnisse bezog. Telepathische Fähigkeiten waren mitunter von Segen, aber keineswegs immer.

Der 19. Prago des Tedar 12.402 da Ark neigte sich allmählich dem Ende entgegen, als wir auf einem der Monde ein abgestürztes Imperiumsschiff orteten. Die Taster lieferten zwar nur den Aufriß eines Ultraleichtkreuzers mit 60 Metern Durchmesser, aber wie Reginald Bull bei einer solchen Gelegenheit sagen würde: »Einem geschenkten Gaul schaut man nicht ins Maul.«

Der Gedanke an Bully erinnerte mich daran, daß ich in die Vergangenheit verschlagen worden war, ins Jahr 5772 v. Chr. irdischer Zeitrechnung. Zu jenem Zeitpunkt hatte ich mich bereits im Tiefschlaf auf der Barbarenwelt Larsaf III befunden, die später unter dem Namen Terra einige Bekanntheit erlangen sollte.

Vielleicht ...

Das wirst du nicht tun, Barbar, protestierte der Extrasinn. *Ein solches Spiel mit dem Feuer ist äußerst gefährlich!*

Misch dich nicht ein!

Du weißt, daß du ganz schlechte Karten hast. Du bist dir niemals selbst begegnet.

Irgendwann ist immer das erste Mal.

Es reizte mich, Larsaf III anzufliegen und in meine Unterwasserkuppel hinabzutauchen. Rico würde mich zweifellos einlassen und den anderen Atlan, meinen Zeitzwilling ...

Narr!

Deutlicher konnte der Logiksektor nicht sagen, wie er solche Pläne einschätzte. Lachend wandte ich mich wieder dem Hauptschirm zu. Irakhem bedachte mich mit einem verwunderten Blick.

Vielleicht hielt er mich in dem Moment für verrückt – es war mir schlichtweg egal.

Der Mond entpuppte sich als atmosphärelose Geröllwüste. Er war ein unregelmäßiger Brocken mit wenig mehr als 800 Kilometern größtem Durchmesser. Traversan hatte hier eine kleine wissenschaftliche Station unterhalten – von den Kuppelbauten zeugten nur noch bizarre Fragmente.

Der Imperiumsraumer war nahe der zerstörten Anlage abgestürzt. Im scharfen Widerstreit von Licht und Schatten zeigte die Optik eine aufgerissene, in einer Schlucht verkeilte Kugel.

»Das sieht nicht allzu gut aus«, sagte ich abwartend, als Irakhem mir einen fragenden Blick zuwarf.

Distanz noch dreißigtausend Kilometer. Die Energieortung bewegte sich innerhalb eines engbegrenzten Spektrums. Dort unten wurden im Augenblick weder Schutzschirmprojektoren noch Waffen versorgt. Keine Anzeichen von Überlebenden.

Die Ortung lieferte neue Aufrisse des Ultraleichtkreuzers und projizierte sie nebeneinander auf den Hauptschirm. Aber gerade die Details, auf die es ankam, waren durch die Felsen unserem Zugriff entzogen. Die Simulation reichte von lediglich schwachen Hüllenbrüchen bis hin zu massiven Zerstörungen im untenliegenden Ringwulstbereich.

»Unser Anforderungsprofil könnte erfüllt sein«, stellte Irakhem fest. »Voraussichtlich kein langwieriger Reparaturaufwand. Schiffe dieser Klasse finden überwiegend in Kurierflügen und Aufklärungseinsätzen Verwendung, denn sie sind schnell und wendig. Ich lasse einen Landungstrupp ausschleusen.«

»Warum nicht einfach eine Sonde?«

Irakhem nickte zögernd. »Wenn Sie das für ausreichend halten, Admiral.«

»So ist es«, sagte ich.

Minuten später sahen wir die ersten Bilder von der Unterseite des 60-Meter-Schiffes. Ein massiver Fels hatte sich schräg in den Rumpf gebohrt und ihn wie ein Keil gespalten. Damit war jede weitere Mühe vergebens – die Werften auf Traversan würden zu lange benötigen, um die Stabilität wiederherzustellen, von den vermuteten inneren Schäden ganz zu schweigen. In diesem Bereich lagen Projektoranlagen und Konverterbänke. Überhaupt erschien es mir wie ein unglaublicher Zufall, daß der Raumer nicht in einer gewaltigen Explosion vernichtet worden war. Seine Besatzung hatte sich jedenfalls rechtzeitig abgesetzt – das geöffnete Hangarschott und die leeren Ankerplätze ließen keinen anderen Schluß zu.

»Kampfroboter!« rief jemand.

In der Bildwiedergabe waren zwei klobige Kolosse erschienen, danach brach das Bild übergangslos zusammen.

»Wir müssen davon ausgehen, daß die Sonde ...«

»Natürlich wurde sie vernichtet«, brauste Irakhem auf. »Zielerfassung für zwei Torpedos! Weder das Wrack noch die Roboter sind für uns von Wert.«

Während tief unter uns auf engbegrenztem Raum Explosionen aufflammten und miteinander verschmolzen, beschleunigte das Flaggschiff mit Kurs auf den nächststehenden, den achten Planeten. In dem Sektor hatte unsere Flotte nicht nur zwei Staffeln gegnerischer Einmannjäger, sondern auch den Angriff dreier 500-Meter-Schlachtkreuzer erfolgreich abgewehrt. Im nachhinein hatte die Auswertung aller Schiffsbewegungen ergeben, daß hier die Bildung eines imperialen Brückenkopfes vorbereitet worden war – zu einem Zeitpunkt, als die Flotte des Sonnenkurs bereits mit schweren Verlusten zu den ersten Rückzugsgefechten angesetzt hatte.

Die Jägerwracks waren über einen Raumkubus von beinahe zwanzig Lichtsekunden Seitenlänge auseinandergedriftet. Hier draußen, in der Randzone des Systems, hatten unsere Schiffe – *Fühlst du dich tatsächlich schon heimisch, Admiral?* spottete der Extrasinn –, hatten *unsere* Schiffe überraschend zugeschlagen und kaum eigene Verluste hinnehmen müssen. Deshalb operierten Nert Kuriols Einheiten derzeit noch an anderen Brennpunkten des Geschehens.

Im Ernst, Flottenhäuptling: Nert Kuriol da Traversan wäre über einen standesgemäßen Stammhalter sicher hoch erfreut.

Schweig! herrschte ich den Extrasinn an. Sofort kontrollierte ich meine gedankliche Abschirmung. Prinzessin Tamarena mußte nicht unbedingt meine intimsten Gedanken kennen.

Barbaren konnten noch nie ihre Gefühle im Zaum halten.

Es gab Augenblicke wie diesen, da bereute ich, in der ARK SUMMIA meinen Extrasinn aktiviert zu haben.

Seit beinahe zwanzig Minuten spürte ich, wie Tamarena mich taxierte, wie ihr Blick jede Handbreit meines Körpers abtastete, während das Flaggschiff im wahrsten Sinne des Wortes mit Schleichfahrt durch das Sonnensystem kroch. Ohne zwingende Notwendigkeit ging kein Kapitän das Risiko einer Transition im planetennahen Raum ein, schon gar nicht in einem von Wrackteilen unterschiedlichster Größe übersäten Sektor. Die Gefahr einer Kollision bei der Rematerialisation durfte nicht unterschätzt werden; infolgedessen beanspruchte die Berechnung exakter Sprungkoordinaten mehr Zeit als der Flug im Unterlichtbereich. Von den vielen kleinen Rematerialisierungsschocks, denen Mensch und Material ausgesetzt wurden, ganz zu schweigen.

Nimm Tamarena einfach mit!

Alles hatte ich erwartet, jeden spöttischen Kommentar, aber nicht das. Oder trat der Logiksektor schlichtweg die Flucht nach vorne an und wollte mich vor vollendete Tatsachen stellen?

Auf gewisse Weise war ich froh, daß Ortung und Funk nahezu gleichzeitig die Position eines havarierten Leka-Diskus meldeten. Offenbar hatten seine Ortungen unsere Annäherung erfaßt, denn seit nicht einmal zwei Minuten wurde ein Notruf auf Normalfrequenz empfangen.

Auf unsere Antwort erhielten wir nach knapp vier Minuten eine Bestätigung. Demnach war der Diskus von Strahltreffern schwer beschädigt worden. Ausfall des gesamten Antriebs und der Hyperfunkanlage; die Schirmfeldprojektoren waren infolge der Überlastung zusammengeschmolzen, entzogen den Speicherbänken aber immer noch Energie.

Von der vierköpfigen Besatzung hatten nur zwei Mann überlebt. »Wir können die Zentrale nicht verlassen«, meldeten sie. »Der Sauerstoff reicht noch für mehrere Stunden, aber die Temperatur sinkt unter den Gefrierpunkt ab.«

»Sind Sie verletzt?«

Die Rückmeldung traf diesmal schon nach drei Minuten ein.

»Garhim hat Knochenbrüche und Verbrennungen erlitten, er liegt im Fieber. Wenn nur dieses verdammte Wrack nicht wäre ...«

Unsere Kursberechnungen hatten bereits ergeben, daß der Leka-Diskus in etwa einer Stunde mit dem Wrack eines großen Kugelraumers kollidieren würde. Beide Schiffe bewegten sich in stumpfem Winkel aufeinander zu.

»Wir nehmen Sie in etwa zehn Minuten an Bord«, versprach Irakhem. Im selben Atemzug wandte er sich an mich: »Was halten Sie von dem Schlachtkreuzer, Atlan? Er könnte für unsere Zwecke geeignet sein.«

Wir waren noch zu weit entfernt, um uns ein wirkliches Urteil bilden zu können. In der Vergrößerung wurden jedoch immer weitere Schäden sichtbar.

Der Kreuzer mußte dem Feuer mehrerer traversanischer Einheiten ausgesetzt gewesen sein. Die Hüllenbrüche und die nachfolgenden Explosionen, die ganze Decks aufgerissen hatten, waren nicht zu übersehen. Vermutlich gab es nur sehr wenige Sektionen ohne Vakuumeinbruch.

Die Positronik generierte ein eindeutiges Schadensprofil. Demnach hatten Strahltreffer die polare Geschützkuppel zur Explosion gebracht. Über vier Hauptdecks reichte der Explosionskrater, doppelte Wände aus Arkonstahl waren wie Papier aufgerissen und nach außen gebogen.

Weitgehend skelettiert wirkte der Bereich der Mannschaftsräume und Labors. Eine Torpedosalve hatte Krater um Krater in das Schiff hineingestanzt und dann die Reste miteinander verschmolzen. Fast die gesamte obere Rumpfhälfte war wohl nur noch mit Mühe zu betreten.

Explodierende Beiboote hatten auch die Hangars über der Bodenschleuse aufgerissen. Zwei ausgefahrene und infolge einer Kollision halb aus dem Rumpf herausgerissene Landebeine klafften auseinander wie die Giftzähne einer zupackenden Viper.

Langsam schüttelte ich den Kopf. Selbst ein Heer von Arbeitsrobotern würde Wochen benötigen, den Kreuzer in einen halbwegs passablen Zustand zu versetzen.

»Denken Sie noch einmal darüber nach, Admiral«, schlug Irakhem vor. »Der gesamte Ringwulstbereich und damit wohl auch die dahinter liegenden Maschinenräume weisen keine Schäden auf. Verlorengegangene Kommandostrukturen lassen sich vergleichsweise schnell erneuern, vor allem wird der Sonnenkur keinen Argwohn hegen, wenn wir mit dem Schiff vor BRY 24 materialisieren.«

»Falls der Kahn nicht vorher auseinanderbricht.«

Irakhem ließ Anzeichen beginnender Nervosität erkennen. »Woran liegt es, Admiral Atlan, daß unsere Vorstellungen so unterschiedlich sind?«

»An meiner Erfahrung«, antwortete ich knapp.

Der eine oder andere Mann der Besatzung konzentrierte sich plötzlich nur noch auf seine Arbeit. Dafür lauschten sie jedoch um so intensiver, was ich ihrem Kommandanten vorzuwerfen hatte. Vielleicht gönnten sie Irakhem die Abfuhr, möglicherweise sahen sie aber auch in mir den Störenfried, der seine Pflicht erfüllt hatte und nun nicht mehr gebraucht wurde.

»Wir sind uns einig, Atlan, daß wir dem nächsten Schritt des Sonnenkurs zuvorkommen müssen.«

Ich nickte nur. »Wie lange wollen Sie also noch suchen und kostbare Zeit verlieren?«

»Bis ich das Schiff gefunden habe, das ich für geeignet halte.«

Irakhem war ein Heißsporn, risikofreudig und durchaus kompetent, ihm fehlte einzig und allein die Erfahrung. Der Stolz, mit dem er seine Standarduniform und den obligatorischen dunkelroten Umhang trug, machte dieses Manko auch nicht wett. Mir schien es, als hielte er kurz Zwiesprache mit seinem Extrasinn, dann deutete er eine knappe Ehrenbezeigung an.

»Ich vertraue Ihnen, Admiral.«

»Das habe ich auch nicht anders erwartet.« Diese Erwiderung konnte ich mir nicht verkneifen.

Spötter, kommentierte mein zweites Ich.

In dem Moment schrie Tamarena warnend auf.

»Nicht einschleusen! Den Traktorstrahl abschalten! Sofort!«

Es gab wohl niemanden in der Zentrale, der die Prinzessin in dem Augenblick nicht völlig entgeistert angestarrt hätte. Ich nicht ausgenommen.

Ein kleiner Monitor auf einem der untergeordneten Plätze ließ erkennen, daß der wracke Leka-Diskus soeben in einen der oberen Hangars gezogen wurde. Von meiner Position aus konnte ich die Wiedergabe einigermaßen gut einsehen. Der zuständige Offizier hatte seine Schaltungen beendet.

»Die Aktion war ein Bilderbuchmanöver, erhabene Prinzessin«, meldete er. »In fünfzig Sekunden ist der Hangar mit Atmosphäre geflutet und ...«

»Brechen Sie ab!«

Er verstand nicht. Aber da war ich bereits neben ihm und griff in seine Schaltungen ein. Er war viel zu überrascht, um sich dagegen zur Wehr zu setzen.

Mehr als zur Hälfte hatte sich das Hangartor bereits geschlossen. Die wuchtigen Stahlplatten reagierten nicht sofort auf meine Schaltungen, glitten noch mindestens zwei Meter weiter aufeinander zu, bevor sie sich langsam wieder öffneten.

Was immer Tamarena zu ihrer Warnung veranlaßt hatte, sie war bestimmt nicht grundlos erfolgt. In dem Moment war ich überzeugt davon, daß wir uns mit dem Diskus ein faules Ei an Bord geholt hatten.

Meine Schaltungen polten endlich den Traktorstrahl um. Der Diskus schwebte bereits in der Mitte des Hangars, aber noch war das Tor nicht wieder weit genug geöffnet. Alarm gellte durch das Schiff. Irakhem riegelte die an den Hangar angrenzenden Decks hermetisch ab.

Immer noch war zuwenig Platz zwischen beiden Schotthälften. Wenn ich den Diskus jetzt hindurchbugsierte, dann mußte er auseinanderbrechen ...

Die Kommunikation war automatisch auf Interkom umgelegt worden. Verwirrt hallte die Stimme des Schiffbrüchigen durch die Zentrale: »Weshalb werden wir wieder ausgeschleust? Was ist geschehen?«

»Ein Notfall«, antwortete Irakhem. »Ihnen wird eine andere Position zugewiesen.«

»Ich verstehe nicht.«

Tamarena gab mir ein Zeichen, daß der Mann in der Tat nicht wußte, was geschah. Es war immer noch eine kleine Ewigkeit bis zur vollständigen Öffnung des Hangars. Ich hatte das unbestimmte Gefühl, nicht länger warten zu dürfen. Der Diskus schien über die Seite abzukippen und auf dem Hangarboden aufzuschlagen, aber schon im nächsten Moment schrammte er am Tor entlang, und ...

... die Explosion erfolgte mit einer solchen Heftigkeit und Intensität, daß selbst die Positronik nicht rechtzeitig reagierte und die Filter zu spät vorschaltete.

Ein Blitz schien meine Schädeldecke zu spalten. Ich sah nur noch lodernde Glut und spürte, wie sie mein Innerstes verbrannte. Es waren Schreie ringsum, die im Heulen des Alarms untergingen. Dazwischen erschollen Befehle, die kaum jemand befolgte.

Mühsam blinzelnd versuchte ich, mehr zu erkennen als nur immer neue, ineinanderfließende Feuerbälle. Erst allmählich begannen sich dunklere Schemen abzuzeichnen, Konturen, die sich ruckartig bewegten, sobald ich mich auf sie konzentrierte.

Schadensmeldungen trafen ein. Ich verstand nicht einmal die Hälfte von dem, was die erregte Stimme herunterrasselte. Augenblicke später der dumpfe Donner einer neuen Explosion. Irgendwo im Bereich der Polkuppel, so glaubte ich zu erkennen.

»Notfallsequenz!« meldete der Bordrechner. »Schirmfeld wurde aktiviert. Ausfall der Projektoren im Bereich des oberen Ringwulsthangars. Ich wiederhole: Notfallsequenz! Schirmfeld wurde aktiviert ...«

Tränen schossen mir in die Augenwinkel. Erste Schatten schälten sich wieder aus dem Lodern hervor und verdichteten sich langsam zum gewohnten Bild der Zentrale.

Neue Lichtblitze, inzwischen gedämpft durch die Filter. Das Flaggschiff lag unter schwerem Torpedobeschuß. Auch zwei Dreimannzerstörer attackierten uns, konnten wegen ihrer starr eingebauten Impulskanonen aber jeweils nur wenige Schüsse anbringen und mußten dann abdrehen.

Schirmfeldbelastung 42 Prozent. Geschwindigkeit 20 Prozent Lichtgeschwindigkeit, steigend.

Irakhem hatte die Feuerleitkontrollen auf sein Pult umgelegt. Zwei unserer Impulsgeschütze feuerten, als die Zerstörer erneut aus unterschiedlichen Richtungen angriffen. Im Salventakt hämmerten die tödlichen Energien in den Weltraum hinaus, positronisch auf den Schirmen sichtbar gemacht. Innerhalb von Sekundenbruchteilen wurde der Vorhaltewinkel kleiner – und dann eine verwehende Glutwolke, glühende Fragmente, die irrlichternd auseinanderstrebten und zum Teil in unserem Schutzschirm verglühten.

»Sie hatten recht, Atlan«, rief Irakhem unvermittelt, »der Schlachtkreuzer ist für uns nicht geeignet!«

Mit knapp zwanzigtausend Kilometern Distanz raste das Flaggschiff an dem Wrack vorbei. Nur wenige Sekunden lang feuerten unsere Geschütze, aber die Einschläge konnten wir deutlich sehen. Atomare Gluten leckten über den 500-Meter-Torso, schnitten tief in seine Eingeweide hinein und ließen ihn innerhalb von Sekunden auseinanderbrechen. Dutzende kleiner Explosionen entlang den Bruchstellen vollendeten das Werk der Zerstörung.

»Keine Rettungsboote in der Ortung!« wurde gemeldet.

Wir hatten zum Glück nur wenige nennenswerte Schäden zu verzeichnen. Einige Antennensysteme und Projektoren im Außenbereich waren zerstört. Ein Hangar war ausgeglüht, und der erste Torpedoeinschlag hatte einen Hüllenriß verursacht.

Es war nicht auszudenken, was der explodierende Diskus im Schiffsinneren angerichtet hätte. Die Gegner mußten das Beiboot mit hochbrisantem Material vollgepackt und die Überlebenden mittels Psychostrahlern gefügig gemacht haben.

Aus einer Vorahnung heraus hatte Tamarena versucht, die Gedanken der vermeintlich Geretteten zu erfassen. Sie war mißtrauisch geworden, als die empfangenen Mentalimpulse *nur* den Ruf nach Hilfe hatten erkennen lassen. Er mußte tief in ihre Psyche eingebrannt gewesen sein.

»Eines ist mir klargeworden«, stieß Irakhem zähneknirschend hervor. »Die Soldaten des Imperiums sind für jede Gemeinheit gut. Aber wir brauchen ein Schiff – und wir bekommen es.«

Seine Entschlossenheit steckte an. Dieses Jetzt-erst-recht-Gefühl war genau das, was Traversan brauchte. Das war arkonidischer Stolz, wie ich ihn kannte, nicht die bestechliche Dekadenz des imperialen Adels, der sich in fetter Selbstzufriedenheit suhlte.

Recht so, Barbar, rüttle das Große Imperium wach, zeige allen, welche Folgen die kommende Lethargie haben wird –und es wird nie einen notgelandeten Kreuzer auf dem irdischen Mond geben. Aber vielleicht einen potentiell unsterblichen Imperator. Nur: Was wird aus dem anderen Atlan, dem, der auf Larsaf III im Tiefschlaf liegt?

Spare dir deinen Zynismus! gab ich in Gedanken zurück.

Na also, Barbar. Du wirst nachdenklich, und dir fehlen die Argumente. Versuche gar nicht erst, deine innere Zerrissenheit vor mir zu verbergen. Vergiß Tamarena und kehre in deine Zeit zurück.

Das hier ist auch meine Zeit.

Ich atmete tief ein und hielt die Luft an. Ich versuchte dabei vergeblich, mich zu konzentrieren und den Extrasinn in die Schranken zu weisen. Daß die Prinzessin mich besorgt musterte, nahm ich erst nach einer Weile wahr.

4.

Es war still geworden in der Zentrale der PADOM. Jeder wartete darauf, daß sich die deutlich spürbare Anspannung mit einem gewaltigen Knall entlud.

»Ich erwarte, daß Sie meine Befehle ohne Diskussion ausführen, Orbton Puaka!« Schneidend scharf kam jedes Wort über Kapitän Luceivers Lippen. »Unsere Kampfbereitschaft hat oberste Priorität. Erst dann können wir darangehen, die letzten Lecks zu schließen. Ich habe mich keineswegs unklar ausgedrückt, Puaka.«

»Bei allem Respekt, Vere'athor, das habe ich ebenfalls nicht.«

Eine steile Falte erschien auf Luceivers Stirn. Er hatte die Brauen zusammengekniffen und ließ seinen Ersten Offizier in diesem Moment bereits tausend Tode sterben.

»Allein während der letzten halben Stunde haben wir elf Leute verloren«, beharrte Puaka. »Ich kann nicht zusehen, wie unsere Überlebenden verheizt werden.«

Hatte Luceiver eben noch seine Aufmerksamkeit ausschließlich den brachliegenden Funktionen zweier Konsolen gewidmet, so wirbelte er nun auf dem Absatz herum. Das knapp zwanzig Zentimeter lange und fingerdicke Metallrohr, das er in der Linken hielt, verlängerte sich blitzartig; das vordere Ende traf den Ersten Offizier mitten auf die Brust.

Puaka versteifte sich. Die skurrile Waffe verschoß winzige Ladungen eines äußerst unangenehm wirkenden Nervengiftes. Eine Uniform allein war für diese Moleküle kein Hindernis.

Luceiver verzog die Mundwinkel zu einem triumphierenden Grinsen. Die *Rute* wanderte höher, drückte hart gegen das Kinn des Ersten Offiziers und zwang ihn, den Kopf zu heben.

»Sie müssen Räson lernen, Puaka.« Die Stimme war jetzt lauter. Aber für alle, die eine Auseinandersetzung erwartet hatten, kam sie mit einem freundschaftlichen Unterton.

Die Stimmung des Kapitäns konnte in Sekundenschnelle umschlagen. Eben noch aufbrausend und mit der Waffe zur Hand, war er im nächsten Augenblick die Sanftmut in Person. Weitaus gefürchteter war der zunächst verständnisvoll erscheinende Kapitän, der vielleicht schon einen Atemzug später sein Gegenüber über die Klinge springen ließ.

Puaka wich nicht zurück. Obwohl seine Nackenwirbel knackten. Denn das hätte Luceiver als Schwäche ausgelegt. Der Kapitän liebte es nicht, wenn jemand Schwäche zeigte. Daß sein Erster Offizier ihn um knapp eine halbe Handspanne überragte, behagte ihm ebensowenig. Körperlich fühlte Luceiver sich dem breitschultrigen, muskulösen Mann ohnehin unterlegen.

Die Haltung war alles andere als angenehm. Puaka fühlte, wie ihm der Schweiß aus allen Poren brach.

»Sie wirken blaß, Puaka. Ist Ihnen nicht gut? – Warum reden Sie nicht lauter?« Luceivers herausforderndes Grinsen gefror übergangslos zur Grimasse. »Gut«, stieß er hastig hervor. »Gut, gut, gut.« Er lachte heiser. »Sie zeigen Rückgrat, Puaka. Respekt.« Sein rechter Mundwinkel zuckte nervös und entblößte vier Zähne, in die er das Abbild von Methanatmern hatte eingravieren lassen – für jedes von ihm vernichtete Walzenschiff der Methans ein Zahn. »Ich bin ganz Ohr. Also wiederholen Sie, was Sie von mir wollen.«

Ein rascher Blick in die Runde. Dem Ersten Offizier war klar, daß er keine Unterstützung zu erwarten hatte. Dumos war anwesend, der Dritte Offizier, und Chefingenieur Zereid – von beiden wußte er, daß er sich auf sie verlassen konnte. Allerdings standen ihnen zwei Angehörige von Luceivers Leibgarde gegenüber, und mit den Naats legte man sich besser nicht an.

»Muß ich Ihrem Gedächtnis auf die Sprünge helfen, Orbton Puaka? Sie sprachen von Verwundeten ...«

»... die in der Medostation besser aufgehoben wären.«

»Ich habe anders entschieden!«

»Vor zwei Stunden gab es deshalb sechs Tote bei einem der Torpedoschächte. Von den neuen Schäden ganz zu schweigen.«

Für einen Augenblick sah es so aus, als wolle der Kapitän seinem Ersten Offizier an die Kehle gehen. Dann schüttelte er sich nur.

»Das ist nicht meine Schuld. Mir fehlen die Leute, weil die Traversaner die halbe Mannschaft getötet haben. Und Ihre mitleidige Ader, Puaka, die schmieren Sie sich sonstwohin. Mit 112 Männern und Frauen kann ich das Schiff nicht kampffähig halten, ich brauche auch die 86, die vorgeben, verletzt zu sein. Wenn Sie keinen besseren Vorschlag haben, stopfen Sie die Lecks mit den Leichen aus. Und jetzt gehen Sie mir aus den Augen, und führen Sie meine Befehle aus!«

Den letzten Satz brüllte der Kapitän mit sich überschlagender Stimme. Er war am Ende seiner Beherrschung angelangt; er war nicht nur ein Choleriker, sondern auch ein Psychopath. Seine Ausbrüche fürchtete jeder an Bord. Aber Luceiver hatte Rückendekkung; irgendein hohes Tier, nur wenig unter dem Sonnenkur stehend, protegierte ihn. Anders war es nicht zu erklären, daß erst vor Monaten zwei Offiziere spurlos verschwunden waren, die es gewagt hatten, die Selbstherrlichkeit des Kapitäns anzuprangern. Offiziell hieß es, beide seien in einen anderen Sektor versetzt worden, doch hinter vorgehaltener Hand ging das Gerücht von kaltblütigem Mord um. Ein Naat aus Luceivers Leibgarde sollte alle Spuren beseitigt haben.

Zähneknirschend und mit unbewegter Miene vollführte Orbton Puaka die vorschriftsmäßige Ehrenbezeigung, drehte auf dem Absatz um und verließ die Zentrale.

»Erfolgsmeldungen, Puaka, ich will Erfolgsmeldungen!« rief Luceiver schrill hinter ihm her.

Endlich glitt das Schott zu. Für einen Augenblick hielt der Erste Offizier inne. Er atmete tief durch und wischte sich den Schweiß aus den Augen. Zwei Techniker kamen ihm aus einem Seitenkorridor entgegen. Sie waren ölverschmiert, mit blutig aufgeschürften Händen.

»Mitkommen!« herrschte er sie an.

In ihren Augen stand Resignation zu lesen. Und völlige Erschöpfung. Was sie jetzt brauchten, war Schlaf, fünfzehn, zwanzig Stunden lang.

Nur ein müdes Kopfschütteln antwortete Puaka. Aber darauf konnte er keine Rücksicht nehmen. Solange die PADOM im freien Fall zwischen den Planeten hing, bot sie den Traversanern ein leichtes Ziel. Kurzerhand zerrte er beide Männer mit sich zum nächsten Treppenschacht. Nach dem Ausfall der Primärenergie waren die Wege um ein vielfaches länger geworden.

»Wir müssen das Schiff wieder flugfähig machen!« herrschte er die Techniker an. »Es sei denn, Sie ziehen es vor, im Feuer der Rebellen zu sterben.«

Hauptdeck 10 war ein schwarzer, von schwerem Qualm durchzogener Irrgarten. Wie eine undurchdringliche Wand trotzte der Dunst den Scheinwerfern und verschluckte die Lichtausbeute schon nach wenigen Metern.

Die Luftumwälzung arbeitete nicht. Energieschirme aus tragbaren Projektoren bildeten vorläufig noch Zugangsschleusen an neuralgischen Punkten, doch allzulange konnten diese Felder nicht aufrechterhalten werden.

Dumpf klickten die Magnetsohlen über den Boden, dessen dämpfender Belag sich längst blasenwerfend ablöste. Jeder Schritt wirbelte in der Schwerelosigkeit neue Partikel auf.

Puaka wußte nicht, wie viele der überlebenden Techniker inzwischen in dem Konglomerat der Konverterhallen und Generatoren im Einsatz waren, Luceiver hatte die Zahl verschwiegen. Der Sauerstoffanteil in der Luft betrug weniger als acht Prozent, ohne Raumanzug konnte niemand in diesem Bereich arbeiten. Die Analyse erbrachte zudem einen hohen Gehalt an Schwefelwasserstoffen, Kohlendioxid und giftigen Chlor- und Blausäureverbindungen. Dies war nicht gerade eine besonders angenehme Umgebung.

Obwohl ausgerechnet dieses Deck keinen direkten Treffer erhalten hatte, bestimmten anhaltende Schwelbrände das Bild. Über die Versorgungsschächte fraß sich die Glut tiefer ins Schiff vor. Auch dort waren Löschmannschaften unterwegs, die von den Einstiegspunkten aus ihr Leben aufs Spiel setzten.

Die Empfindlichkeit des Helmfunks hatte der Erste Offizier auf ein Minimum zurückgeregelt. Solange sich aus den von Störungen überlagerten Flüchen und Verwünschungen kein einheitliches Bild ergab, waren die Meldungen der anderen eher hinderlich als hilfreich.

Ein unregelmäßig pulsierendes blaues Leuchten schälte sich aus dem Dunst heraus: einer der Zwischenverteiler, die normalerweise wartungsfrei arbeiteten und unmittelbar von der Leitzentrale aus angesteuert wurden. Nachdem der Datenfluß zusammengebrochen war, hatte die Positronik den Verteiler abgeschaltet.

Der Ionenfluß in den halbtransparenten Röhren der Speicherverbindungen emittierte das kalte blaue Licht. Es zeichnete harte Schatten und verwandelte die Gesichter der Männer hinter den Helmscheiben in dämonische Fratzen.

»Die Isolierungen heizen sich auf. In spätestens fünf bis sechs Stunden wird das Plasma die Absperrungen durchbrechen, dann helfen uns auch die Raumanzüge nicht mehr.«

»Abschotten«, hatte Puaka dem Kapitän vorgeschlagen, war damit jedoch auf taube Ohren gestoßen. Luceiver wollte die komplette Versorgung wiederhergestellt wissen, mit halben Sachen gab er sich nicht zufrieden.

»Natürlich kann der Plasmadurchbruch auch eher erfolgen«, stellte einer der Techniker fest. »Wenn die Pulsation weiterhin unregelmäßig bleibt ...«

»Wann?«

»Der instabile Zustand kann jederzeit umschlagen.«

»Sagen Sie mir, was ich tun muß!« Als Offizier hatte Puaka eine umfassende Ausbildung genossen und war durchaus in der Lage, technische Details zu regeln. Unter normalen Umständen. Ein kritisches System, wie er es augenblicklich vor sich hatte, erforderte jedoch spezielle Kenntnisse.

»Der Puls wird durch eine unbekannte Störung verursacht. Vermutlich liegt die Ursache in der Peripherie ...«

»Worauf warten Sie dann noch?«

»Es gibt angenehmere Arten, sich umzubringen, Orbton.«

»Wenn Sie nicht gehen, werde ich es versuchen«, sagte Puaka. »Wir können mittels Bildübertragung und ...« Mitten im Satz entsann er sich, daß die Wirbelfelder außerhalb der Wartungsröhren Funk nicht zuließen.

»Außerdem«, betonte der zweite Mann, »sind Sie der einzige an Bord, der Luceiver die Stirn bieten kann. Die Mannschaft braucht Sie, Orbton Puaka.«

»Das ist Unsinn. Ich ...«

Die Techniker hatten sich bereits abgewandt und kletterten eine der Notleitern empor, die zur unteren Brücke führten. Normalerweise waren in diesem Bereich Transportfelder aktiv.

Puaka folgte den Männern. Aus der Höhe wirkte der pulsierende Ionenstrom noch weitaus bedrohlicher. Hier zeichnete die kalte Lichtflut ein beklemmendes Bild, in dem selbst massige Aggregate mit jedem Aufleuchten ihren Standort zu verändern schienen. Matt das blaue Leuchten spiegelnde Konsolen reihten sich im Halbrund aneinander. Geisterhafte Entladungen huschten über die Schaltpulte.

Die beiden Toten lagen am Aufgang zur oberen Wartungsbrücke. Ein Mann und eine Frau in der Uniform des Wartungstrupps. Überschlagsenergien schienen sie getötet zu haben. Ihre Hände und ebenso die Arme waren bis über die Ellenbogen hinauf verbrannt, auch ihre Gesichter wiesen tiefe Narben auf. Die Frau lag verkrümmt auf den Laufgittern, während der Mann es noch bis zur Leiter geschafft hatte; halb in der Bewegung erstarrt, hing er zwischen den ersten Sprossen.

Puakas Blick wanderte nach oben. Hier war der Qualm nicht mehr ganz so dicht. Der Scheinwerfer leuchtete die fünf Meter höher liegende, nur wenig mehr als ein Drittel des Hallenrunds umlaufende Galerie gut aus.

Die Aggregate dort oben wirkten rußgeschwärzt, teilweise ausgebrannt. Noch immer züngelten Flammen auf. Allem Anschein nach hatten die automatischen Löschvorrichtungen versagt.

»Die Speicherkupplungen ...« Einer der Techniker deutete nach oben. »Das ist es. Die beiden vom Wartungstrupp wollten nicht vor den Überschlagsenergien fliehen, sie wollten die Kupplungen instand setzen. Nur haben sie es nicht mehr geschafft. – Warten Sie, Orbton, bleiben Sie hier.«

Puaka hangelte sich bereits nach oben. Flammen schlugen ihm entgegen, als er einen der Handlöscher aus der Halterung riß und begann, den Schwelbrand in den Konsolen zu bekämpfen. Sekundenlang schien die Glut sogar neue Nahrung zu finden, doch dann erloschen die einzelnen Brandherde flackernd.

»Sie riskieren viel, Orbton. Sie konnten nicht wissen, ob die Laufgitter unter Spannung stehen.«

Achtlos warf der Erste Offizier den geleerten Handlöscher zur Seite. Er versuchte ein spöttisches Grinsen, was ihm jedoch gründlich mißlang. »Kann man ein größeres Risiko eingehen, als an Bord der PADOM Dienst zu tun? Wäre mir vor Monaten schon klar gewesen, was ich heute weiß, ich hätte mich auf irgendeine unbedeutende Welt im unerforschten Gebiet versetzen lassen.«

»Dazu ist immer noch Zeit.«

Puaka schüttelte den Kopf. »Das dürfte zumindest momentan einige Probleme bereiten.«

»Wegen der Kupplung? Das ist Lehrstoff der Grundausbildung. Innerhalb von zwanzig Minuten haben wir unsere Arbeit erledigt, Orbton – aber dann will ich nur noch schlafen. Verstehen Sie? Ganz tief schlafen.«

Die positronische Verriegelung des Kupplungstunnels reagierte nicht auf den eingegebenen Kode. Aber für Fälle wie diesen, in denen die Peripheriesysteme ohne Energie waren, gab es eine zweite, rein mechanische Absicherung.

Minuten vergingen, bis die Lamellen des Einstiegs sich langsam ineinanderschoben. Der Tunnel durchmaß knapp einen Meter; von Flanschen unter der Decke gehalten, verlief er inmitten einer Vielzahl von Transportröhren und Kabelschächten hinüber zum Zwischenverteiler. Ungefähr nach fünfzehn Metern, also exakt in der Mitte der Distanz, kreuzte die Ringverbindung, die eine Parallelschaltung sämtlicher Verteiler ermöglichte. Die Bezeichnung Kupplung drückte das Zusammenspiel der Energieflüsse nur äußerst unvollkommen aus, hatte sich in der Sprache der Techniker aber so eingebürgert.

Hin und wieder huschten im Kreuzungsbereich flackernde Entladungen über die Röhren. Zivilisten wurden bei einer Besichtigung der Maschinenräume meist bleich, Raumfahrer achteten schon nicht mehr auf die statischen Entladungen, die winzigste Staubpartikel in der Luft verbrannten.

Kühlspiralen, zur Mitte hin enger verlegt, wanden sich um den Tunnel. Ein Hauch von Reif schimmerte auf ihrer Oberfläche, das Problem mancher supraleitfähiger Materialien.

Bequem zu passieren waren diese Tunnel ähnlich den engen Wartungsschächten nicht. An der oberen Wölbung verlief ein Transportband mit Haltegriffen, nur mußte man sich bei Totalausfällen eben mühsam über Kopf daran entlangziehen.

Die Funkverbindung fiel schon nach den ersten Metern aus. Nur noch in matten Umrissen war der Techniker hinter der Wandung zu erkennen.

»Haben Sie nie daran gedacht, Luceiver seines Amtes zu entheben, Orbton?«

Puaka glaubte, sich verhört zu haben, aber dann erkannte er in den Augen seines Gegenübers, daß die Frage ernst gemeint war. »Ich will das nicht gehört haben«, wehrte er ab.

»Doch, das haben Sie, Orbton.« Ein tiefes Seufzen folgte. »Sie wissen auch, daß viele an Bord ähnlich denken, inzwischen wohl die meisten. Ihr Schweigen, Puaka, ist schon eine Art Antwort.«

Kopfschüttelnd wandte sich der Erste Offizier ab. »Ich bin nicht der richtige Mann dafür.«

Er ging nur drei oder vier Schritte beiseite – sie retteten ihm das Leben. Irgend etwas mußte schiefgelaufen sein. Ein Glutball entstand plötzlich im Kreuzungsbereich der Röhren, eine lodernde, brodelnde Energiewolke, die sich wie mit tausend Spinnenfingern ausweitete. In einer wahren Kettenreaktion, einer Vielzahl winziger Explosionen, barst das System.

Das alles geschah innerhalb eines einzigen Augenblicks. Dennoch registrierte der Erste Offizier jedes Detail und konnte sich auch hinterher daran erinnern, als wäre vor ihm ein Film in Zeitlupe abgelaufen.

Noch ehe der Explosionsdonner zu hören war, rollte eine Feuerwalze heran. Ein gellender Schrei hallte aus dem Helmfunk wider – daß er selbst diesen Schrei ausgestoßen hatte, erkannte Puaka erst später.

Die Druckwelle schleuderte ihn gegen die Balustrade, hob ihn darüber hinweg und wirbelte ihn mit sich. Begriffe wie oben oder unten verwischten in diesem Chaos, in dem jedes bewußte Denken ausgelöscht wurde. Ein greller Schmerz tobte durch seinen Körper, als er schwer aufschlug. Im nächsten Moment wurde er von der zurückflutenden Woge erfaßt.

Einige Sekunden lang mußte er bewußtlos gewesen sein, denn als er die Augen öffnete, waren die Flammen erloschen. Nur unter der Decke brannten noch Teile der Versorgungsröhren. Meterlange Bruchstücke lösten sich, donnerten aus der Höhe herab und zerplatzten beim Aufprall. Kreischend durchbohrte ein armlanger Stahlsplitter das Steueraggregat, neben dem Puaka kauerte. Erst in dem Moment bemerkte er, daß die künstliche Schwerkraft, die wieder eingesetzt hatte, nicht ganz den gewohnten Wert hatte, doch nach den Stunden der Losgelöstheit als deutliche Last zu spüren war.

Hatte das Hochfahren der Schwerkraftgeneratoren den neuen Zwischenfall ausgelöst? Das änderte jedoch nichts an den Tatsachen. Der Techniker im Kupplungsbereich konnte die Entladung nicht überlebt haben. Auch der andere Mann reagierte nicht auf Puakas Rufe.

Die Strahlenanzeige am Handgelenk des Raumanzugs begann sich zu verfärben. Harte Gammastrahlung wurde freigesetzt. Puaka taumelte, als er wieder auf die Beine kam und zu laufen begann. Nur Sekunden später stürzten weitere Bruchstücke aus der Höhe herab und zerschellten hinter ihm.

Wieder rief der Erste Offizier über Funk nach den Technikern. Bis er über den Toten stolperte, der mit aufgerissenem Raumanzug und entsetzlich entstellt in der Nähe des Ausgangs lag. Die Druckwelle hatte ihn voll erwischt.

Puaka verließ den abgeriegelten Sektor, als die Strahlung bereits begann, die Schutzschicht des Anzugs zu durchschlagen.

»Entseuchung vornehmen!« keuchte er noch, bevor er ohnmächtig zusammenbrach.

Das Erwachen kam übergangslos. Es war mit Schmerzen verbunden und dem Empfinden würgender Übelkeit. Stimmen erklangen aus weiter Ferne – leise im einen Augenblick, im nächsten zum Donnerhall anschwellend.

»Was ist geschehen? Reden Sie endlich!«

Eiserne Schraubstöcke schlossen sich um seine Schultern und schüttelten ihn. Die Übelkeit wurde stärker.

»Geben Sie dem Orbton eine zweite Injektion. Wenn er dabei draufgeht, ist es sein Pech. Ich brauche ihn *jetzt* handlungsfähig, nicht erst in einer halben Stunde.«

Puaka spürte das Prickeln einer Hochdruckinjektion. Siedendheiß schoß das Blut danach durch seinen Körper, gefolgt von einem unkontrollierten Zucken der Gliedmaßen. Kräftige Fäuste drückten ihn zurück, aber gleich darauf übergab er sich würgend.

»Das reicht«, donnerte Kapitän Luceiver. »Ich will Ihren Bericht, Puaka!«

Erinnerungsfetzen ohne jeden Zusammenhang ... Die Explosion ... Alles wirbelte durcheinander, auch Luceivers verzerrte Visage ...

»Injizieren Sie ihm noch eine dritte Dosis!«

»Das wird ihn umbringen, Kapitän.«

»Seine Schuld, nicht meine. Nicht wahr, Puaka? Sie wissen, daß Sie versagt haben.« Luceivers Rechte zuckte vor, verkrallte sich im Haaransatz des Ersten Offiziers und zwang ihn, den Kopf zu drehen. »Sehen Sie mich an, Puaka, wenn ich mit Ihnen rede – das ist das mindeste an Respekt, das ich erwarte. Ich höre.«

Immer noch tobte das Feuer durch seine Adern, aber das Aufputschmittel entfaltete allmählich die beabsichtigte Wirkung: Puaka begann zu reden; stockend erst, dann flüssiger. Gleichzeitig begann er sich umzusehen und entdeckte nur kalten Stahl ringsum. Der trübe Schein der Notbeleuchtung sollte Hoffnung vermitteln, doch Puaka empfand genau das Gegenteil. Zögernd stemmte er sich in die Höhe.

»Sie haben hoffentlich nicht erwartet, daß ich Sie in die Medostation verlege?« herrschte Luceiver ihn an. »Ich würde Sie sofort wieder in den Maschinenraum schicken, wenn ich nicht auf Sie angewiesen wäre; Sie müssen mir die Mannschaft bei Laune halten. Also werden andere gehen, um den Zwischenverteiler stillzulegen.«

»Die Strahlung ...«

»Was schert mich die verdammte Strahlung? Wissen Sie, Puaka, warum Sie es nie bis zum Kapitän bringen werden? Sie sind ein Weichling.«

»Schicken Sie wenigstens Roboter, Vere'athor!«

»Die kann ich erst recht nicht entbehren. Keinen einzigen.«

Das war Irrsinn. Puaka starrte den Kapitän ungläubig an. Unter seiner Schädeldecke dröhnte das Blut wie ein gigantischer Wasserfall. Er wollte reden, doch seine Zunge klebte plötzlich schwer am Gaumen.

»Eine überschießende Reaktion«, hörte er den Mediziner sagen.

»Stirbt er?«

»Vielleicht.«

Luceiver war zum Schatten geworden, der jäh über ihm aufwuchs. »Zwei Männer zu mir!« hörte Puaka den Befehl, dumpf und grollend und keinen Widerspruch duldend.

Der Erste Offizier der PADOM wuchs schier über sich hinaus. Rasend hämmerte sein Herz, er rang nach Atem und glaubte zeitweise, ersticken zu müssen. Dennoch schaffte er es, auf die Beine zu kommen. Schwankend stand er da, mühsam an einer Wand Halt suchend, und alles um ihn her war in wirbelnder Bewegung gefangen. Langsam stieß er sich ab, taumelte weiter ... den Mediziner, der ihn zurückhalten wollte, beachtete er nicht.

»Na also, Puaka, es geht doch«, dröhnte die Stimme des Kapitäns. »Tun Sie Ihre verdammte Pflicht.« Dann brüllte er noch im selben Atemzug: »Wo bleiben die Leute für den Verteiler?«

»Schicken Sie Roboter, Vere'athor!« drängte Puaka erneut, mit schwerem Zungenschlag. »Die Strahlung ...«

Luceiver beachtete ihn nicht mehr.

Schritte näherten sich. Es waren die Naats der Leibgarde. Sie brachten zwei Verwundete. Die Männer trugen nicht einmal Raumanzüge.

»Das dürfen Sie nicht tun, Vere'athor«, keuchte Puaka. »Sie dürfen die Verwundeten nicht in den Tod schicken.«

Ein knapper Wink des Kapitäns genügte, und die beiden Gardisten nahmen den Ersten Offizier zwischen sich. »Meine Geduld mit Ihnen, Puaka, hat irgendwann ein Ende«, stieß Luceiver hervor. »Hindern Sie mich also nicht daran, alles für die Sicherheit des Schiffes Erforderliche zu unternehmen.« Den Naats befahl er, Puaka in die Zentrale zu schaffen und, falls er sich widersetzte, ihn einzusperren.

Zwanzig Minuten später folgte Luceiver. Die Notbeleuchtung war nur wenige Augenblicke zuvor deaktiviert worden und hatte einer fast gewohnten Normalität Platz gemacht.

»Die Energieversorgung ist wiederhergestellt«, verkündete der Kapitän. »Augenblicklich werden die Speicherbänke beschickt. Allerdings warne ich vor zu großer Euphorie. Die Reparaturen konnten weitestgehend nur provisorisch vorgenommen werden. Ich erwarte, daß jeder nach wie vor sein Bestes gibt und bereit ist, mit seinem Leben für das Schiff einzustehen.«

»Wie viele Männer und Frauen mußten sterben?« fragte Dumos, der Dritte Offizier, zögernd.

»Mein Schiff fällt nicht in die Hände des Feindes«, dröhnte Luceiver. »Ich ergebe mich nicht, niemals.« Nach mehreren hastigen Atemzügen fügte er hinzu: »Bedauerlicherweise gab es weitere Opfer. Aber sie gingen freiwillig in den Tod.«

Ächzend ließ er sich in den Kommandantensessel sinken und brüllte seine Befehle. Alles war wie immer, als hätte es nie einen Angriff gegeben, der die PADOM in ein halbes Wrack verwandelt hatte.

Die Ortungen waren nach wie vor ausgefallen, was daran lag, daß ein Großteil der in der Außenhülle befindlichen Sensoren weggebrannt worden war. Auch die Feuerleitzentrale schwieg, obwohl die interne Kommunikation endlich wieder möglich war. Dies lag am permanenten Ausfall aller Richtcomputer, der allein mit Bordmitteln nicht oder nur teilweise zu beheben war.

Luceiver bebte, als er die Meldungen entgegennahm. Die Situation bei dem einzigen verbliebenen Beiboot, das mit schwachen Geschützen ausgestattet war, erwies sich weiterhin als unklar.

Endlich waren die Kameras der Außenbeobachtung neu installiert. Die Übertragung auf dem Panoramaschirm war nicht von bester Qualität, doch sie genügte für eine schlagartige Ernüchterung. Der funkelnde faustgroße Stern im Zentrum des Schirms war zweifellos ein traversanisches Schlachtschiff. Es näherte sich der PADOM auf Kollisionskurs.

5.

Wir vergeudeten unsere Zeit. Der zweite große Raumer war ebenfalls ein Wrack, von Strahlschüssen zernarbt und bis in sein Innerstes aufgerissen. Hier gab es wohl nichts mehr, was irgendwie von Interesse hätte sein können.

»Haben wir Hinweise auf Überlebende?«

»Keine, Atlan. Das Wrack ist taub, ohne jede Spur von Energie. Sauerstoff war anfangs vielleicht noch in einigen Räumen vorhanden, aber nur die Zentrale dürfte wirklich hermetisch abgeriegelt worden sein.«

Ich setzte zu einer Antwort an, doch Irakhem schüttelte den Kopf. »Keine Reaktion auf unsere Funkanrufe«, stellte er fest. »Dabei sollten den Eingeschlossenen wenigstens die Sender der Raumanzüge zur Verfügung stehen.«

Er änderte bereits den Kurs, tiefer in das ausgedehnte Trümmerfeld hinein und dem dritten Schlachtkreuzer entgegen, der zumindest in der Ortung einen durchaus passablen Eindruck hinterließ.

Das unstete Flackern des Panoramaschirms hatte seine Ursache in den vielen kleinen im Schutzschirm verglühenden Wrackteilen, und das, obwohl die TRAVERSANS EHRE nur mit einer Schleichfahrt von zweieinhalbtausend Kilometern in der Sekunde dahindümpelte.

Knapp zwanzig Minuten würden vergehen, bis wir das angepeilte Schiff erreichten. Unter diesen Umständen war es eine willkommene Abwechslung, daß wir einen nahezu unbeschädigten Jäger orteten.

Zwei Leka-Disken starteten, um die in eineinhalb Lichtsekunden Entfernung treibende Maschine aufzubringen. Eine Koppelung an die visuellen Systeme beider Beiboote übertrug die gesamte Aktion in die Bordkommunikation des Flaggschiffs.

Der fünfzehn Meter lange, torpedoförmige Jäger mit den für Atmosphäreneinsätze konstruierten Stummelflügeln erwies sich in der Tat als nahezu unversehrt. Ein Streifschuß hatte lediglich die Pilotenkanzel aufgeschmolzen und die vordere Sichtscheibe an den Rändern skurril wieder erstarren lassen. Die optische Vergrößerung zeigte den Piloten, eine junge Frau, hinter den Kontrollen. Ihr Helm war, vielleicht von einem schweren Gegenstand getroffen, mehrfach gesplittert. Sie war nicht sofort gestorben, sondern allem

Anschein nach qualvoll erstickt. Sie hatte nicht die geringste Chance gehabt, ihr Leben zu retten.

»Wir holen den Jäger an Bord«, sagte Irakhem. »Warum sollten wir Material vergeuden, das sich so leicht instand setzen läßt?«

»Tut mir leid!« rief Prinzessin Tamarena dazwischen, und das Vibrieren in ihrer Stimme ließ ihre Erregung erkennen, »aber die Piloten dürfen den Jäger erst nach weiterer Überprüfung abfangen.«

Sie hatte – was angesichts des sich irregulär ausdehnenden Trümmerfeldes eigentlich überflüssig war – die Telemetriedaten ausgewertet. Sie überspielte das Ergebnis, das noch Korrekturen durch den Hauptrechner unterlag, in seiner Eindeutigkeit aber nicht mehr beeinträchtigt wurde, auf das Kommandantenpult.

Irakhem zuckte mit den Schultern. Er hatte noch nicht erkannt, worauf die Prinzessin hinauswollte. Völlig klar war mir das auch nicht, wenngleich ich die Abweichungen mühelos aus den Abbildungen herauslas.

Der gemeinsame Kursvektor beider Jägerstaffeln und der drei Großraumschiffe hatte auf das innere Sonnensystem und die dort versammelte Hauptstreitmacht der Traversaner gezielt. Das Gros der Wracks driftete nach wie vor in diese Richtung. Lediglich die mittlerweile von den beiden Disken aufgebrachte Maschine entfernte sich, gegen zehn Uhr versetzt, in Richtung Ekliptik.

Eine Gesamtübersicht der inneren Planeten bestätigte meine spontane Vermutung. In wenig mehr als einer Lichtminute Distanz würde der Jäger Traversans Umlaufbahn kreuzen und danach in einer langgezogenen Parabel in die Sonne stürzen.

»Das Objekt dreht als Folge des Strahltreffers um die Längsachse«, erklärte Tamarena fachmännisch. »Dadurch wurde der ursprüngliche Kurs leicht verändert.« Sie machte eine bedeutungsvolle Pause, die sie zu einer erneuten Abstimmung mit dem Bordrechner nutzte. »Dieser Jäger hatte eindeutig Traversan als Ziel. Und nun frage ich mich, warum nur eine derart kleine Maschine? Für einen Angriff war sie völlig ungeeignet.«

»Unter den gegebenen Umständen hätte der Jäger unsere Raumabwehr unterlaufen und in die Atmosphäre eindringen können«, folgerte Irakhem. »Unsere Schiffe waren durch die Angreifer gebunden. Vielleicht sollte der Spion Tomaren in Sicherheit gebracht oder eine zweite Person abgesetzt werden.«

»Dafür käme dann nur die Pilotin selbst in Betracht. Nein, Irakhem, zumindest diese zweite Möglichkeit halte ich für unwahrscheinlich. Andererseits würde das Scheitern den Anschlag auf Admiral Atlan erklären.«

»Mit Verlaub, Prinzessin«, wandte ich ein, »nichts davon erklärt, weshalb Sie die Bergung abbrechen ließen.«

»Eine Beinahe-Explosion in einem unserer Hangars genügt, um mißtrauisch zu werden.«

»Erlauchte.« Irakhem flüchtete sich in Anredeformeln, um seinen – wenn auch durchaus berechtigten – Widerspruch in Worte zu kleiden. Immerhin war die Zentralebesatzung Zeuge, und es ziemte sich nicht, eine Höhergestellte wie Prinzessin Tamarena unverblümt auf Denkfehler hinzuweisen. »Selbst vollgepackt mit hochbrisantem Sprengstoff hätte der Jäger keinen auch nur annähernd so großen Schaden anrichten können wie der abgestürzte Raumer.«

»Sie verzeihen, Pal'athor.« Ich bediente mich der Vorrangschaltungen des Kommandantenpultes und stellte die Funkverbindung zu den beiden Leka-Disken wieder her. »Ich wünsche einen ausführlichen Energiescan des Jägers. Besonders im Niederfrequenzbereich.«

»Suchen wir nach etwas Bestimmtem, Keon'athor Atlan?«

Aufgrund meiner nur knappen Bestätigung wagte der Pilot nicht, noch einmal nachzufragen. Irakhem schwang mitsamt seinem Sessel herum und musterte mich nachdenklich. Ich konnte förmlich sehen, wie intensiv es hinter seiner Stirn arbeitete. Er ahnte, worauf ich hinauswollte, aber zugleich weigerte er sich, das Ungeheuerliche anzuerkennen.

»Atlan, du ...« Prinzessin Tamarena besann sich gerade noch darauf, daß wir nicht allein waren. »... Sie machen mir angst mit Ihren Andeutungen.«

»Wenn es so ist, dann tut mir das leid, Erhabene.«

Sie rümpfte die Nase und starrte mich ungehalten an. Aber nur für einen Augenblick, dann lächelte sie schon wieder.

Willst du Tamarena gewinnen, du Narr, oder dir ihren Ärger zuziehen?

Was interessiert es dich? gab ich in Gedanken ebenso süffisant zurück.

»Fast alle Systeme des Jägers arbeiten fehlerfrei«, kam die Meldung herein. »Keine Überladung der Speicherbänke. Andererseits orten wir ein niederfrequentes Echo, dem wir keine Bedeutung zuordnen können. Der Impuls kann nur auf kurze Distanz angemessen werden, Amplitudenabstand achteinhalb Sekunden. Wie lauten Ihre Befehle, Keon'athor?«

»Lassen Sie den Jäger nicht aus den Augen! Wir melden uns wieder.«

Irakhem hatte verstanden. In ungläubigem Entsetzen schüttelte er den Kopf. »Zwei Milliarden Leben, Atlan. Ich will nicht glauben, daß der Sonnenkur einen solchen Vergeltungsschlag geplant hat.«

»Die Fakten sprechen dafür. Vielleicht glaubte er sogar daran, daß die Bevölkerung noch weitgehend hätte evakuiert werden können. Im allgemeinen vergehen Tage, bis der Atombrand alles vernichtet.«

»Hätte einer der Herren die Güte, mich über ihre Hypothesen aufzuklären?« Geheimdienstchef Lesantre hatte es bislang verstanden, sich unsichtbar zu machen. Nun begehrte er auf.

»An Bord des Jägers befindet sich eine Arkonbombe«, sagte ich. »Sie ist aktiviert und sollte zweifellos auf Traversan gezündet werden.«

Lesantre war und blieb ein knallharter Geheimdienstmann, der alles Unangenehme in sich hineinfraß, um es von Nert Kuriol fernzuhalten. Trotzdem begann es heftig um seine Mundwinkel zu zukken.

Prinzessin Tamarena wechselte die Farbe. Der jähen Blutleere in ihrem Gesicht folgte die Zornesröte. Händeringend schaute sie mich an, und ihr Blick war ein einziger stummer Aufschrei. Ihre militärische Ausbildung war in dem Moment ebenso vergessen wie die Dagorschulungen im Zentralmassiv von Masskyr.

Nichts anderes als ein unwahrscheinlicher Zufall, ein Streifschuß nur, hatte die größte für Traversan denkbare Katastrophe verhindert. Die Arkonbombe war die wohl schrecklichste Waffe, die Wissenschaftler meines Volkes jemals entwickelt hatten. Ihre Zündung entfachte einen unlöschbaren Atombrand aller Elemente ab einer bestimmten Ordnungszahl. Sooft diese Bombe früher schon eingesetzt worden war, hatte ihre Justierung mit der Ordnungszahl 10 begonnen. Damit waren alle Elemente des Periodensystems ab dem Edelgas Neon im Kernbrand vernichtet worden. Für jeden Planeten bedeutete dies das unwiderrufliche Todesurteil.

Mein Entschluß stand fest. Ich stellte die Verbindung zu den Leka-Disken wieder her.

»Nehmen Sie den Jäger in Schlepp und kommen Sie zurück. Aber kein Einschleusmanöver. Ich komme an Bord und werde versuchen, die Aktivierung der Arkonbombe rückgängig zu machen.«

»Atlan«, beinahe flehentlich klang Tamarenas Ausruf. »Warum zünden wir die Bombe nicht im leeren Raum?«

»Weil man eine solche Waffe nicht sinnlos aus der Hand gibt.«

»Sinnlos ...?« schnappte die Prinzessin ohne jede Rücksicht auf die Etikette. »Du sagst wirklich sinnlos, ist das alles?«

»So ist es«, bestätigte ich und schickte mich an, die Zentrale zu verlassen. Ich wollte im Hangar sein, wenn die Disken mit ihrer brisanten Fracht eintrafen. Zu meiner Überraschung erhob sich auch Lesantre und folgte mir.

»Erlauben Sie mir, daß ich Sie begleite, Keon'athor«, bat er. »Die Arkonbombe stellt einen unschätzbaren Gewinn für Traversan dar. Außerdem könnte ich Ihnen behilflich sein. Ich weiß ebenfalls, wie man mit einer solchen Bombe umgeht.«

Du wolltest der Prinzessin sagen, daß die Arkonbombe zu keinem Zeitpunkt wirklich eine Gefahr für Traversan bedeutet hat. Weshalb hast du es nicht getan?

Ich lag in meiner neuen Kabine und starrte in die Dunkelheit des Raumes. Dabei lauschte ich den vielfältigen Geräuschen, die ein Raumschiff der Imperiumsklasse trotz aller Isolierungen auszeichneten. Wie lange hatte ich das vermißt? Fast erschien es mir, als hätte ich endlich, nach endloser Suche, ein Stück Heimat wiedergefunden.

Das leise Lachen des Extrasinns, dem solche Empfindungen fremd waren, ignorierte ich.

Weshalb hast du es nicht getan? wiederholte mein zweites Ich geraume Zeit später.

Weil ich vielleicht falsche Hoffnungen wecken würde, antwortete ich.

Du kennst Traversan aus der Zukunft.

Aber ich weiß nicht, ob mein Eingreifen den Zeitlauf schon verändert hat. Ich habe keine Möglichkeit, das festzustellen.

Was geschehen soll, das geschieht, orakelte der Extrasinn. *Beständig ist allein die Veränderung.*

Die Hände im Nacken verschränkt, lag ich auf meiner Koje und versuchte, ausnahmsweise nicht an Prinzessin Tamarena zu denken, sondern eine Mütze voll Schlaf zu erwischen. Daß wir die Arkonbombe an Bord geholt hatten, lag einen ganzen Tag zurück. Der 22. Prago des Tedar 12.402 da Ark würde in wenigen Minuten anbrechen. Auf einer kleinen und unbedeutenden Welt in einem ebenfalls unbedeutenden System, am Rand der Galaxis gelegen, entsprach dieses Datum einem Tag im April 5772 vor Christi Geburt, in einer Zeitrechnung, die erst noch erfunden werden mußte. Ich wollte es nicht wahrhaben, aber ich sehnte mich danach, Larsaf III anzufliegen ... trotz aller denkbaren Risiken. Tamarena würde das wohl nicht verstehen. Aber was wußte sie denn schon von mir?

»Atlan!«

Erst als sich das Flüstern wiederholte, wandte ich den Kopf. Alle Schläfrigkeit war schlagartig wie weggewischt. Hell schimmerte Tamarenas platinblondes, halblang im Pagenschnitt getragenes Haar. Das schmal-ovale Gesicht mit den mandelförmigen Augen, deren Blick so klar war wie ein strahlender Bergsee, aber auch geheimnisvoll wie ein Schwarzes Loch, zeichnete sich nur vage ab. Stoff raschelte und fiel zu Boden.

Tamarena kam langsam näher. Sie hatte den Umhang von den Schultern gleiten lassen und trug nur noch ihre hautenge, hellblaue Kombination in den Farben von Traversan.

»Laß das Licht abgeschaltet«, raunte sie, als ahnte sie meine nächste Bewegung. »Es würde den Zauber des Augenblicks zerstören.«

Ich roch ihr dezentes Parfüm und spürte die Nähe ihres Körpers. Wie lange hatte ich keine Frau mehr besessen? Chroniken sagten mir nach, kein Kostverächter gewesen zu sein, aber niemand lebt fast dreizehn Jahrtausende im Zölibat.

Langsam öffnete Tamarena den Magnetsaum ihrer Kombination. Ich ahnte ihre Bewegung mehr, als daß ich sie wirklich erkennen konnte, und ebenso langsam beugte sie sich über mich. Zart wie der Flügelschlag eines Schmetterlings war ihr Kuß ...

... und wie brutal und unwirklich war dagegen der durchdringende Summton des Interkoms. Ruckartig fuhr ich hoch und nahm das Gespräch entgegen, ohne die Optik zu aktivieren. Nicht jeder mußte sofort erfahren, daß die Prinzessin bei mir Entspannung suchte.

Pal'athor Irakhem war der Anrufer. »Atlan, möglicherweise haben wir endlich das Schiff gefunden, nach dem wir Ausschau halten.«

Ich nickte knapp, ohne mir bewußt zu werden, daß Irakhem mich nicht sehen konnte.

Du bist verwirrt, Barbar, spottete der Extrasinn.

»Ich komme«, sagte ich seufzend und beugte mich zur Seite – doch Tamarena war verschwunden. Es war wohl doch nur ein schöner Traum, mehr nicht.

Aber psychologisch höchst interessant, bemerkte der Extrasinn. *Liebst du Tamarena, oder begehrst du sie nur?*

Während ich unter der Dusche stand, versuchte ich, an wichtigere Dinge zu denken. Mehrmals hatten wir schon geglaubt, das richtige Schiff für unsere Zwecke gefunden zu haben, und waren doch jedesmal enttäuscht worden.

Du begehrst die Prinzessin. Würdest du dich sonst selbst zum Narren machen? Sag ehrlich, wann hattest du zuletzt solche Träume?

Manchmal wünschte ich, mein Logiksektor wäre nie aktiviert worden.

6.

Wie erstarrt stand der Kapitän 1. Klasse Luceiver im Zentrum des Zentralerunds. In diesem Moment ähnelte er einer kantigen, aus grobem Stein gehauenen Skulptur. Der unbekannte Steinmetz schien jedoch vergessen zu haben, seinem Werk mehr als nur einen Ausdruck von Grimm und Bitterkeit mitzugeben. Urplötzlich erwachte diese düstere Statue zum Leben.

»Ein Traversan-Schiff«, schnaubte Luceiver. »Diese Bastarde sehen in uns leichte Beute. Aber sie irren sich ... sie irren sich gewaltig ... sie werden sich blutige Köpfe holen ...«

Schwer warf er sich in seinen Sessel. Die Finger hämmerten über die Kontrollen, doch nur ein Bruchteil der angestrebten Schaltungen wurde aktiviert. Wütend fuhr er gleich darauf herum, seine Finger gruben sich tief in die Lehnen ein. »Was stehen Sie noch da?« herrschte er die Offiziere und Techniker an. »Gefechtsbereitschaft ist angeordnet.«

»Verzeiht, Vere'athor«, begann der Zweite Offizier Morracom, »aber ...«

»Wir kämpfen oder gehen unter. Und ich weiß, daß jeder sein Bestes geben wird.« Ein verächtlicher Zug umfloß Luceivers Mundwinkel. »Die Rebellen dürfen nicht triumphieren. Niemals.«

»Unser Schiff ist nur mehr ein Wrack und ...«

»Davon will ich nichts wissen!« brauste der Kapitän auf.

»Ein Schlachtschiff nähert sich«, wandte nun auch Puaka ein. »Wenn wir uns nicht ergeben, wird es uns mit einer einzigen Salve aus dem All fegen.«

So umfangreich Luceivers Wortschatz auch sein mochte, das Wort *ergeben* gehörte nicht dazu. Für einen Augenblick verschlug es ihm die Sprache. Ausgerechnet sein Erster Offizier wagte es, eine solche Forderung auszusprechen. Das war Hochverrat.

Zwölf Personen befanden sich in der Zentrale, aber nur der Kapitän und seine Naat-Leibgardisten sowie die drei Offiziere trugen Waffen. Weder der Chefingenieur noch die Techniker hätten den Hauch einer Chance gehabt, einzugreifen. Gerade deshalb mußte der Zweite Offizier von allen guten Geistern verlassen sein, als er sich endgültig weigerte, den Befehl auszuführen.

»Kapitän, in Anbetracht der gegebenen Umstände ...«

»Wir befinden uns im Krieg. Mit allen Konsequenzen.« Gefährlich leise kam Luceivers Feststellung über seine Lippen.

»... bin ich gezwungen ...« Der Zweite Offizier zuckte zusammen, für einen Augenblick schien er verwirrt zu sein, fuhr sich ächzend mit der Hand über die Stirn. Ein Tropfen Blut klebte an seinen Fingern. Dem Ausdruck der Verwunderung folgte ein halb ersticktes Röcheln. Dann begann er unkontrolliert zu zittern.

Luceiver musterte ihn mit einem Ausdruck größter Verachtung. Alles war so schnell gegangen, daß keiner der Umstehenden richtig begriffen hatte, was geschehen war, als Morracom zusammenbrach. Lautlos hatte die Rute eine Ladung verschossen.

Demonstrativ schnippte der Kapitän ein imaginäres Stäubchen von seiner Schulter. »Zweifelt noch jemand meine Autorität an? – Dumos? Glauben Sie, ich weiß nicht, wie verbohrt Sie sind? Oder Zereid? Ihnen werfe ich vor, die nötigen Instandsetzungen verschleppt zu haben. Lassen Sie Ihre Untergebenen bluten. Denn nur dann schaffen die Kerle Höchstleistungen.«

Angewidert verzog er die Mundwinkel, als der Zweite Offizier von krampfartigen Anfällen geschüttelt wurde.

»Schafft mir diese Jammergestalt aus den Augen!« herrschte er seine Gardisten an. »Und Sie, Orbton Puaka, haben Sie auch ein Problem?« Ungeduldig drosch er mit der Rute in seine linke Handfläche.

»Nein, Vere'athor«, sagte Puaka.

»Ich verstehe nicht.«

»Ich habe kein Problem.«

»Worauf warten Sie dann noch? Ich will die Traversaner vor uns im Staub liegen sehen.«

»Vere'athor, vielleicht ...«

»Raus!« brüllte der Kapitän mit sich überschlagender Stimme. »Raus hier, oder ich lasse alle Zauderer standrechtlich erschießen!«

Das Traversan-Schlachtschiff hatte seinen Kurs und die Geschwindigkeit der PADOM angepaßt. In einer geschätzten Entfernung von wenig mehr als fünfzig Kilometern hing es, selbst mit bloßem Auge deutlich erkennbar, vor dem üppigen Sternenhintergrund.

Bis auf die unaufschiebbaren Arbeiten an Konvertern und Speicherbänken hatte Luceiver alle Reparaturen einstellen lassen und die Mannschaft zu den Geschützen beordert. Rund ein Drittel aller Impuls-, Thermo- und Desintegratorgeschütze war durch Treffereinwirkung zerstört oder zumindest schwer beschädigt worden. Für alle anderen bestand keine Verbindung mehr zur Feuerleitzentrale.

Das betraf sowohl die Zielerfassung und Justierung als auch die Koordinierung des Feuertakts. Um einen gegnerischen Schutzschirm zu durchbrechen, genügte es eben nicht, einfach auf den Feuerknopf zu drücken. Luceiver schien genau das vergessen zu haben.

Orbton Puaka fragte sich verzweifelt, wie es möglich sein sollte, einem Schlachtschiff der Traversaner unter diesen Umständen mehr als nur Nadelstiche zu verpassen. Vielleicht, wenn es gelang, den Gegner zu überraschen ... Aber sobald dieser das Feuer erwiderte, würde von der PADOM nicht viel mehr bleiben als ein Haufen verwehender Atome. Nach wie vor gab es keine Möglichkeit, die eigenen Schutzschirme zu aktivieren, nicht einmal mit einem Bruchteil der Nennleistung.

Vorübergehend hatte der Erste Offizier mit dem verlockenden Gedanken gespielt, Luceiver endlich seines Amtes als Kapitän zu entheben. Aber wieder hatte er, wie schon so oft zuvor, nicht den Mut dazu aufgebracht. Luceiver ahnte zweifellos, was in seinem Ersten Offizier vorging, dazu gehörte kein besonders ausgeprägtes Einfühlungsvermögen, das der Vere'athor ohnehin nie unter Beweis stellte. Manche Gesten und Andeutungen war längst nichts anderes mehr als Provokationen – Luceiver versuchte inzwischen herauszufinden, wann für Puaka die Schwelle zum Handeln erreicht oder gar überschritten war, und dann würde er an ihm genauso ein Exempel statuieren wie eben erst an seinem Zweiten Offizier. Luceiver liebte solche zynischen Beweise seiner Macht.

Und Puaka spielte immer wieder mit. Flüchtig hatte er sich ablenken lassen. Ein Schatten raste auf ihn zu. Quasi im allerletzten Moment warf er sich zur Seite. Die zentnerschwere Verriegelung krachte neben ihm zu Boden.

»Sind Sie wahnsinnig geworden?« brüllte Puaka los. Die Männer, die oben auf der Brennkammer hantierten, hatten den Zwischenfall verursacht. Am liebsten hätte er sie einzeln heruntergezerrt und für ihren Leichtsinn zur Rechenschaft gezogen; gerade noch rechtzeitig entsann er sich, daß keiner von ihnen im Umgang mit den Thermogeschützen ausgebildet war.

Eine Geste der Entschuldigung von oben. War sie ehrlich gemeint? In stummer Wut preßte Puaka die Lippen aufeinander. Die Stimmung in der Mannschaft wurde mit jeder Stunde schlechter. Kämpfen wollten die wenigsten noch. Sie sahen keinen Sinn mehr darin, ein Wrack zu verteidigen. Einige spielten sogar mit dem Gedanken, sich den Traversanern zu ergeben. Die anderen wollten nur noch die Schäden am letzten Beiboot beheben und zum Flottenstützpunkt zurückkehren.

Lautlos bewegte der Drehkreisel die mächtige Kanone. Das Geschütz war zwanzig Meter lang, bei einer Höhe von sechs Metern.

»Die Kühlaggregate sind einsatzbereit!«

»Pumpsysteme klar!«

Endlich kamen die einzelnen Meldungen. Puaka fragte sich, wie unter solchen widrigen Umständen mehr als zwei bis drei Schüsse abgegeben werden konnten, von einem Salventakt ganz zu schweigen.

Abgesehen davon machte die Eigendrehung der PADOM eine Nachführung erforderlich. In spätestens zehn Minuten würde zumindest für dieses Geschütz das traversanische Schlachtschiff aus dem Erfassungsbereich verschwinden. Es war Wahnsinn, unter solchen Umständen ein Gefecht in Erwägung zu ziehen.

»Sind die Geschützstellungen der oberen Halbkugel endlich bereit?« dröhnte Luceivers rauhe Stimme im Helmempfang. »Die Energieversorgung wird in achtzig Sekunden geöffnet. Feuern auf meinen Befehl!«

Puaka war der einzige seiner Gruppe mit Erfahrung in der manuellen Geschützbedienung. Trotzdem nahm er nur zögernd in dem pneumatischen Konturensitz Platz und ließ sich von der Automatik zu den Hauptkontrollen emportragen. Die vorhandene Energie reichte gerade aus, um das Teleskopfernrohr und die Zielerfassung zu koppeln und mit den Monitoren zu verbinden. Fünf Grad Abweichung waren es momentan. Schon der erste Schuß würde also weit am Gegner vorbeigehen.

Das Überraschungsmoment war das einzige Plus auf Luceivers Konto. Solange die Energieversorgung nicht stand, liefen gegnerische Scanversuche ins Leere. Und Puaka war überzeugt davon, daß die Traversaner sogar ein Wrack wie die PADOM vor einer weiteren Annäherung erst exakt abtasteten.

Die Mehrzahl der Geschütze bezog ihre Energie aus den zentralen Speicherbänken. Nur einige wenige Thermokanonen waren autark und verfügten über einen eigenen Fusionsreaktor, was an Bord von Raumschiffen keineswegs den Standard bedeutete.

»Beginn der Energieversorgung wird verschoben!« brüllte Luceiver.

Im ersten Moment argwöhnte Puaka neu aufgetretene Schwierigkeiten, doch fast gleichzeitig entdeckte er in der Zielerfassung die Veränderung. Ein Hangar hatte sich im Rumpf des traversanischen Schlachtschiffes geöffnet. Kein Zweifel, die Rebellen schleusten ein Beiboot aus.

7.

Pal'athor Irakhem hatte die TRAVERSANS EHRE weitgehend zum Stillstand gebracht. Nur mit äußerst geringer Restfahrt drifteten wir noch auf den Schweren Kreuzer zu.

Dieses Schiff schien für uns tatsächlich der erhoffte Glücksfall zu werden. Fernab des Gros der geschlagenen Flotte driftete es dem achten Planeten entgegen. Äußerlich war der Kreuzer ein Wrack, doch die Schäden würden sich wohl innerhalb weniger Tage beheben lassen. An mehreren Stellen war der Rumpf durch Explosionen aufgerissen worden. Die Distanz betrug noch knapp hundert Kilometer.

»Wir legen an und schicken eine Notbesatzung an Bord«, bestimmte Irakhem. »Vielleicht schaffen wir es, das Schiff aus eigener Kraft nach Traversan zu fliegen. Der gesamte Ringwulstbereich scheint unbeschädigt zu sein.« Nachdenklich schaute er zu mir auf. »Was meinen Sie, Keon'athor Atlan? Einhundert Mann sollten genügen, um den Kahn sicher zu landen.«

»Für einen Flug unter Minimalbedingungen zweifellos«, bestätigte ich.

Ein zufriedenes Lächeln huschte über Irakhems Gesicht. Endlich hatten wir gefunden, wonach wir suchten. Er schien darauf zu brennen, Sonnenkur Pyrius Bit bald selbst gegenüberzustehen.

Irakhem beugte sich über den Interkom und schaltete auf Rundruf: »Pal'athor Irakhem spricht. Ein Teil der Mannschaft wird sich an Bord des imperialen Kreuzers begeben ...«

Überrascht schaute er sich zu mir um, als ich ihm die Hand auf die Schulter legte. »Das ist verfrüht«, wehrte ich ab. »Ich gehe davon aus, daß sich in dem Schiff noch dem Imperator treue Besatzungsmitglieder aufhalten.«

Sich angesichts eines vermutlich weitgehend luftleeren Wracks zur Unvorsichtigkeit verleiten zu lassen war ein Fehler, der einem erfahrenen Kommandanten nicht unterlaufen durfte. Irakhem nickte zögernd.

»Es ist sicherer, zuerst ein bewaffnetes Erkundungskommando an Bord zu schicken. Ich bin einverstanden, Keon'athor.«

Er ließ einen Leka-Diskus startklar machen. Während zehn Soldaten den Hangar aufsuchten, driftete das Flaggschiff weiterhin dem Wrack entgegen. Die Entfernung halbierte sich noch einmal. Die Ortungen zeigten nur unwesentliche neue Details.

Der Zwischenfall ereignete sich, als auch ich schon nicht mehr damit gerechnet hatte. Bis auf drei Kilometer hatte der Diskus sich dem Schiff bereits genähert, als die Energieortungen jäh hochschnellende Werte zeigten. Der Alarm wurde automatisch ausgelöst.

Mit bloßem Auge waren die lichtschnellen Thermoschüsse kaum wahrzunehmen. Erst nachträglich konnte aufgrund der Ortungsdaten ermittelt werden, daß drei Geschütze gleichzeitig den 35-Meter-Diskus unter Feuer genommen hatten.

Mit verheerender Gewalt wurde der im Aufbau befindliche Schutzschirm des Diskusses durchschlagen und eine atomare Kettenreaktion ausgelöst. Die Männer des Erkundungskommandos hatten keine Chance, den lodernden Gluten zu entkommen.

Sekundenlang stand eine neue, sich aufblähende Sonne im Raum. Ebenso schnell verblaßte sie. Zurück blieben nur verwehende Energieschleier.

Irakhem reagierte schnell und zielstrebig. Der Feuerschlag hatte nicht nur den Diskus vernichtet und zehn Leben gekostet – der Pal'athor der traversanischen Flotte fühlte sich durch diesen Überfall in seiner Ehre getroffen.

Mit aller Härte hätte er zurückschlagen und mit zwei oder drei Breitseiten das Wrack vernichten können. Daß Irakhem trotz seiner Hitzköpfigkeit genau das nicht tat, sprach für ihn. Vielmehr ließ er zwei weitere Beiboote starten.

Das Flaggschiff hatte sich mittlerweile in seinen Schutzschirm gehüllt. Auch die Diskusse aktivierten ihre Schirmfelder. Nur ihnen schlug heftiges Abwehrfeuer entgegen, doch wirkte es schlecht koordiniert.

Das ist schizophren, kommentierte der Logiksektor. *Wer läßt auf Beiboote schießen und hofft, daß das Mutterschiff das Feuer nicht erwidert?*

Ich wußte es nicht, aber ich war überzeugt, daß wir es erfahren würden. Vielleicht ahnte unser Gegner, daß wir das Wrack übernehmen wollten. Dann kämpfte er im wahrsten Sinne des Wortes mit dem Rücken zur Wand.

Unsere Diskusse näherten sich bis auf wenige Dutzend Kilometer der 200-Meter-Kugel. Irakhem wollte Daten sammeln. Die Messungen würden Rückschlüsse auf die Energiereserven des Gegners ermöglichen. Vereinzelt baute das Wrack jetzt Segmente hyperenergetischer Abwehrfelder auf. Doch sie waren lückenhaft und hätten im Falle eines Falles kaum Schutzwirkung besessen. Mir erschien das jedoch wie ein zweites kleines Puzzleteil: Wir hatten es mit einem Gegner zu tun, der nicht kampflos aufgeben würde. Wahrscheinlich war der Kommandant eher dazu bereit, sich selbst und seine Leute mit dem Wrack zu vernichten, als den Rebellen einen Triumph zu gönnen. Das machte ihn doppelt gefährlich und rückte ihn in die Nähe eines Psychopathen.

Bewunderst du ihn nicht ein klein wenig wegen seiner Konsequenz?

In der Tat. Wer immer auf dem 200-Meter-Kreuzer das Kommando führte, bewies unbeugsamen Stolz. Aber das gab ihm nicht das Recht, seine Besatzung nach einer ohnehin verlorenen Schlacht noch in den Tod zu treiben.

Ich achte seinen Stolz, beantwortete ich die Frage des Extrasinns, *aber nicht, daß er seiner Besatzung keine Chance läßt, sich zu ergeben.*

»Es sieht so aus, als würde Traversan vom Pech verfolgt«, seufzte die Prinzessin. Besorgnis schwang in ihrer Stimme mit, aber auch ein Hauch von Bewunderung. »Ein halbes Wrack widersetzt sich unserem Flaggschiff.«

»Es ist nur eine Frage der Zeit, Erhabene, bis wir den Widerstand gebrochen haben.«

»Genau das wollte ich von Ihnen hören, Atlan.« Aufmerksam studierte sie die Grafiken, die der Bordrechner ausspuckte und die alle Messungen und Ortungsdaten der letzten fünf Minuten vereinten. Die gegnerische Verteidigung war hauptsächlich im Bereich des Mittelschiffs aktiv. Allerdings sah es so aus, als würden die Geschütze nicht ihren vollen Wirkungskreis abdecken.

»Siehst du ... sehen Sie das?« Tamarenas Finger huschten über die Monitoren und deuteten auf mehrere Sequenzen von Standbildern, in denen Thermo- und Desintegratorschüsse positronisch nachbereitet waren. »Hier ist es offensichtlich. Und dort, das zweite Bild läßt es ebenfalls deutlich erkennen: Jedes Geschütz hat seinen eigenen Wirkungsbereich. Ich würde sagen, der maximale Öffnungswinkel beträgt zwischen 35 und 50 Grad.«

Sie hatte recht. Ein Diskus war beim Anflug auf den Ringwulstbereich von zwei Energieschüssen getroffen worden. Die Schirmfeldbelastung hatte 85 Prozent betragen. Anstatt jedoch aus dem Kurs auszuscheren, hatte der Pilot die Flugrichtung unverändert beibehalten. Die Fehler in der Geschütznachführung waren Augenblicke später deutlich geworden, denn die Belastungswerte sanken auf unter 40 Prozent.

»Keine Automatik verliert ein Ziel bei dieser geringen Geschwindigkeit und dem gleichbleibenden Kursvektor aus der Nachführung«, stellte Tamarena mit Nachdruck fest. »Es sei denn, die Feuerleitpositroniken arbeiten fehlerhaft oder sind vollständig ausgefallen.«

»Euer Vater kann stolz auf Euch sein, Erhabene.« Irakhem nickte. »Ich neige ebenfalls zu der Annahme, daß die Geschütze von Hand geschaltet werden.«

»Dann dürfte es ein leichtes sein, das Abwehrfeuer zu umgehen und einen oder mehrere Stoßtrupps auf dem Wrack abzusetzen. Was glauben Sie, Irakhem, wie schnell kommen wir drüben voran?«

Das Mienenspiel des Kapitäns 2. Klasse war ein Wechselbad aus Überraschung und Ablehnung. »Nein, Prinzessin«, sagte er abwehrend, »bei allem Respekt. Nicht *wir.* Für Sie wäre es ein zu großes Risiko, an einem Stoßtrupp teilzunehmen ...«

Tamarena winkte heftig ab. »Reden Sie nicht von Gefahren, Irakhem. Wenn es sein muß, erteile ich Ihnen den Befehl, mir eine Kampfausrüstung zu beschaffen.« Sie lächelte schon wieder und bedachte den Kommandanten mit dem siegessicheren Blick, mit dem eine ältere Schwester ihren Bruder aussticht. »Ich denke doch, wir haben uns verstanden.«

»Wir beide ...«, begann Irakhem, aber diesmal hinderte ich ihn daran, seinen Satz zu Ende zu bringen.

»Natürlich werde ich die Prinzessin begleiten«, sagte ich. »Deshalb ist Ihr Platz weiterhin an Bord des Flaggschiffs, Pal'athor. Für den Notfall brauchen wir jemanden, auf den wir uns verlassen können.«

Ihm war anzusehen, wie wenig ihm diese Regelung gefiel. Aber es wäre töricht gewesen, sich gegen die Prinzessin oder den Admiral aufzulehnen.

Bilde dir ja nichts darauf ein, Barbar, wisperte der Extrasinn. *Würdest du Tamarena auch folgen, falls sie ohne Raumanzug von Bord springt?*

Während des Anflugs auf den Kreuzer saß Tamarena mir gegenüber. Die schwer zu beschreibende Faszination, die ich vom ersten Augenblick unserer Begegnung an in ihrer Nähe spürte, die aber zweifellos nichts mit ihren telepathischen Fähigkeiten zu tun hatte, schien noch intensiver geworden zu sein. Zweifellos hatte die militärische Ausbildung Tamarenas Energie und ihr Selbstbewußtsein geprägt, Intelligenz und Eigensinn waren ihr aber schon in die Wiege gelegt worden. Niemand, selbst ihr Vater nicht, konnte die Prinzessin von etwas abhalten, das sie sich in den Kopf gesetzt hatte.

Wir waren zwanzig Personen im Frachtraum des kleinen Leka-Diskus. Die Aufgabe eines jeden von uns war mit wenigen Worten klar umrissen: Sobald wir auf dem Kreuzer Fuß gefaßt hatten, galt es, unsere Position auszubauen und zu sichern und rasch bis zur Zentrale vorzudringen. Auf erbitterte Gegenwehr hatten wir uns eingestellt; gleichzeitig mit uns würden zwei weitere Landetrupps an Bord gehen und die Kräfte der Verteidiger aufsplittern.

Unser Diskus wurde schwer getroffen. Doch wir waren durch und flogen im toten Winkel der Geschütze über den zernarbten Rumpf hinweg, bevor unser Schutzschirm Ausfallserscheinungen zeigte. Ohne die entsprechende Meldung des Piloten hätten wir die Treffer nicht einmal zur Kenntnis genommen.

PADOM hieß das Schiff, der Schriftzug war schon beim ersten optischen Kontakt gut zu lesen gewesen. Leider befanden sich in den traversanischen Datenbänken keine Informationen, die uns Hinweise auf den Kapitän oder die Führungsmannschaft gegeben hätten.

»Aussteigen!« Tamarena lächelte mir zu. Sie nickte knapp und klemmte sich einen Raketenwerfer unter den Arm.

Sekunden später waren wir draußen, schwebten knapp dreißig Meter über dem aufgerissenen Rumpf der PADOM. Matt schimmerte der Stahl im Widerschein der Sterne, nur die Restlichtverstärkung in der Helmscheibe ließ Einzelheiten erkennen.

Etwa zwanzig Meter durchmaß das Leck, das ein explodierender Sprengkörper gerissen hatte. Die ersten von uns drangen in das Schiff ein. Tamarenas telepathische Fähigkeit war in einer Situation wie dieser Gold wert. Schon deshalb hatte ich nicht darauf bestanden, daß sie in der Sicherheit des Flaggschiffs zurückblieb.

Sieh die Dinge lieber von der richtigen Seite, wisperte der Extrasinn. *Du hättest die Prinzessin niemals dazu bewegen können, auf die Teilnahme an diesem Kommando zu verzichten.*

Aus dem Schatten des verwüsteten Decks brachen Flammenzungen hervor, gleichzeitig hallte der Todesschrei eines Mannes aus dem Helmempfang. Halb geblendet durch die noch aktivierte Restlichtverstärkung, sah ich, daß Tamarena ihren Raketenwerfer abfeuerte. Die Projektile detonierten im Hintergrund und richteten weit größere Zerstörungen an, als es ihrer Sprengkraft nach zu erwarten gewesen wäre.

»Der Zugang war vermint!« brüllte jemand.

Tamarena beschleunigte mit kurzen Schüben ihres Tornisteraggregats. In dem Moment ließ ich mich mitziehen. Vergessen war meine Absicht, sie weitgehend aus möglichem Kampfgeschehen herauszuhalten. Eher erschien es mir, als suchte diese Frau die Herausforderung. Wollte sie beweisen, daß sie mir ebenbürtig war?

Die Minen hatten einen Mann getötet.

»Größte Vorsicht!« warnte ich. »Das ist ein Befehl.« Am Arm hielt ich Tamarena zurück. »Und das gilt für alle.«

»Nicht für die Tochter des Nert Kuriol da Traversan«, erwiderte sie spitz.

»In besonderem Maße für Euch, erhabene Prinzessin. Andernfalls lasse ich Sie auf das Flaggschiff zurückbringen.«

»Das werden Sie nicht tun, Atlan, weil Sie mich brauchen. Und seien Sie versichert, ich kann sehr wohl auf mich aufpassen.«

Ihr Vater hatte versäumt, sie rechtzeitig übers Knie zu legen. Für einen Moment öffnete ich meinen Monoschirm, und Tamarenas Gesichtsausdruck sprach Bände. Genau diesen Gedanken hatte sie aufgeschnappt.

Wir befanden uns ein Deck über der medizinischen Abteilung. Vor allem kleinere Lagerräume bestimmten das Bild. Ein einziger Hauptkorridor führte von hier aus tiefer in das Schiff. Die ringförmig angelegten Seitengänge waren überwiegend Sackgassen.

»Keine weiteren Sprengsätze«, wurde gemeldet. »Der Zugang zum Hauptkorridor ist wie erwartet durch ein Energiefeld verschlossen. Dahinter dürften annähernd normale Druckverhältnisse vorhanden sein.«

Unsere Ausrüstung war darauf abgestellt. Schon wurde daran gearbeitet, den Energieschirm zu neutralisieren und eine zweite Sperre mit mehreren Metern Distanz entstehen zu lassen. Der auf diese Weise entstehende Schleuseneffekt würde einen Druckabfall verhindern.

»Fertig, Keon'athor Atlan.«

Acht Soldaten drangen gemeinsam mit Tamarena und mir in den Hauptkorridor vor. Die Laufbänder waren stillgelegt. Die Notbeleuchtung, ohnehin äußerst sparsam, erlosch nun vollständig.

»Sie kommen«, warnte die Prinzessin.

Augenblicke später wurden wir vom Ende des Korridors aus beschossen, der nach ziemlich genau vierzig Metern auf eine Galerie mündete. Die Temperaturen schnellten in die Höhe. Trotzdem ließ Tamarena ihren Helm geöffnet.

»Ein gewisser Orbton Puaka glaubt, daß er uns in der Falle hat«, rief sie mir zu. »Er will Kampfroboter einsetzen.«

Der Korridor war fünf Meter breit. Ich hastete auf die andere Seite hinüber. Vor und neben mir schlugen Thermoschüsse ein. Dann hatte ich die Deckung einer Einmündung erreicht. Gleichzeitig erschienen zwei Roboter, kantige Konstruktionen mit jeweils zwei Waffenarmen.

»Orbton Puaka«, rief ich über Funk, »ziehen Sie die Blechbüchsen zurück. Oder glauben Sie wirklich, sie könnten uns aufhalten?«

Keine Antwort. Die Roboter marschierten weiter. Es waren massige, humanoide Kolosse, knapp zweieinhalb Meter groß und mit dem Gewicht von etlichen Tonnen. Massierte Strahlschüsse schlugen ihnen entgegen und brachten ihre Schirmfelder zum Aufleuchten.

»Orbton Puaka«, wiederholte ich. »Sie verteidigen ein Wrack. Ist Ihnen das bewußt?«

»Wer sind Sie? Woher kennen Sie meinen Namen?«

»Beides ist unwichtig. Übergeben Sie uns die PADOM. Im Gegenzug garantiere ich Ihnen und Ihren Leuten körperliche Unversehrtheit.«

»Selbst wenn ich wollte ...« Puaka schwieg wieder.

»Punktbeschuß auf den rechten Roboter!« kommandierte die Prinzessin. »Kopfhöhe!«

Sie wußte, welches Risiko sie einging. Dennoch verließ sie ihre Deckung. Den Raketenwerfer im Anschlag, jagte sie in schneller Folge Projektil um Projektil den nur noch fünfzehn Meter entfernten Robotern entgegen. In die Explosionen der schweren Geschosse mischten sich mehrere Strahlbahnen.

Die Hitze begann unerträglich zu werden. Ich schloß meinen Helm und schoß ebenfalls. Der Schutzschirm der Kampfmaschine brach zusammen. Doch die erwartete heftige Detonation blieb aus. Lediglich der kantige Schädel wurde von einer grellen Stichflamme aufgerissen. Der Orientierung beraubt, krachte der Roboter gegen die Wand, ruckte herum ... Aus den Waffenarmen brachen erneut Thermostrahlen hervor, fluteten den Korridor entlang und brandeten zurück. Doch da hatte Tamarena endlich mit einer einzigen fließenden Bewegung ihren Helm nach vorne geklappt und verriegelt, während sie gleichzeitig, immer noch in der Nische eines Schottes kauernd, den Raketenwerfer in der Ellenbeuge hielt und Schuß um Schuß den Gang hinunterjagte.

Die Detonation des ersten Roboters war ohrenbetäubend, glühende Bruchstücke wurden zu tödlichen Geschossen.

Aufpassen!

Ein Schatten wuchs vor mir auf. Der zweite Roboter. Obwohl Strukturrisse sein Schirmfeld trübten, brannte sich der Blick der düster glühenden Sehzellen an mir fest.

Zwei flirrende Abstrahlmündungen richteten sich gedankenschnell auf mich. Ich konnte mich schnell zur Seite werfen, doch die Maschine würde meiner Bewegung mit tödlicher Präzision folgen.

Innerhalb von Sekundenbruchteilen schloß ich mit dem Leben ab. Bedauern, daß es so hatte kommen müssen? Vielleicht. Aber ich hatte mein Leben gelebt, hatte in dreizehntausend Jahren alle Höhen und Tiefen ausgekostet ...

Nur zögernd registrierte ich, daß der Kampfroboter in der Bewegung erstarrt zu sein schien. Und daß das Glühen seiner Sehzellen langsam erlosch.

Mit einem Schuß aus nächster Nähe hatte Prinzessin Tamarena die Positronik des Roboters ausgeschaltet. »Willkommen im Leben, Keon'athor«, lachte ihre Stimme im Helmempfang.

»Danke.« Was hätte ich in dem Moment sonst sagen sollen?

»Schon gut«, gab sie zurück.

Der Hauptkorridor brannte an mehreren Stellen. Inzwischen ging die einzige spärliche Helligkeit von den Glutnestern aus, alle Leuchtelemente waren zerborsten. Zwei Mitglieder unseres Stoßtrupps hatten schwere Verbrennungen erlitten. Sie wurden so gut wie möglich versorgt, konnten wegen der Schäden an ihren Raumanzügen aber nicht zum Flaggschiff zurückgebracht werden.

Das Abwehrfeuer war spärlicher geworden. Uns gegenseitig Deckung gebend, drangen wir im Laufschritt weiter vor und erreichten unbehelligt die Einmündung zur Galerie. Über drei Decks erstreckte sich die vor uns liegende Halle. Sie durchmaß etwa vierzig Meter. Im Zentrum verlief die Röhre eines großen Lastenantigravs. Daß die Galerie den oberen Abschluß bildete, verschaffte uns den Vorteil eines besseren Überblicks, während wir uns für die Verteidiger auf den unteren Etagen noch im toten Winkel befanden.

Drei Soldaten hatten sich gegenüber verschanzt. Mit den auf Paralysemodus justierten Kombistrahlern schalteten wir einen von ihnen aus, an die anderen kamen wir aber nicht mehr heran. Erst als Tamarena den Raketenwerfer einsetzte, gab es auf unserer Ebene keine Gegner mehr.

Seit dreißig Minuten befanden wir uns auf der PADOM. Die anderen Stoßtrupps hatten sich ebenfalls festgesetzt und ihre Brükkenköpfe abgesichert, nur lagen ihre Positionen nicht so nahe bei der Zentrale.

Irakhem schickte weitere Männer herüber. Als eine fünfzehnköpfige Verstärkung eintraf, konnten wir endlich darangehen, die unteren Decks zu erobern.

Die Deflektorschirme halfen nur kurzfristig, als unsere Männer und Frauen sich im Schutz der Unsichtbarkeit über die Brüstung schwangen. Bevor sie den Boden erreichten, schlug ihnen schon gezieltes Abwehrfeuer entgegen.

Drei Tote und zwei weitere Verwundete kostete es uns, die Medoabteilung zu erobern. Aus dieser Position heraus die gesamte Halle einzunehmen war dann jedoch nur mehr eine Frage der Zeit.

»Ich habe die Gedanken dieses Puaka wiedergefunden«, ließ Tamarena mich wissen. »Er ist nahe daran, seine Bewaffneten zurückzuziehen, um weitere Opfer zu vermeiden. Aber er weiß auch, daß er dann auf verlorenem Posten steht. Kapitän Luceiver wird eher die eigene Besatzung erschießen, als nur einen Schritt zurückzuweichen. Puaka scheint ihn abgrundtief zu hassen.«

Ich überlegte nicht lange. Und der Logiksektor pflichtete mir bei. Falls es gelang, dem Ersten Offizier den Rücken zu stärken, hatten wir eine gute Chance, die Kämpfe zu beenden.

Ich benutzte den Interkom der Medoabteilung, um eine Verbindung zur Zentrale herzustellen. Der Bildschirm blieb dunkel.

»Wer sind Sie?« Eine unsympathische Stimme. »Aber egal, ich werde Sie vernichten. Und dieses Rebellennest Traversan ebenfalls.«

»Das sind große Worte, Luceiver«, sagte ich.

Ein keuchendes Aufatmen auf der anderen Seite. »Vere'athor Luceiver, du Bastard. Damit du weißt, wer ...«

»... mir in den nächsten Minuten seine Kapitulation erklärt«, unterbrach ich den aufgebrachten Redeschwall.

Stille. In Gedanken zählte ich bis drei, dann brüllte der Kapitän los. »Niemals wird sich meine Besatzung ergeben. Wir zerquetschen euch wie lästige Insekten ... Ja, zerquetschen ...«

Ich unterbrach die Verbindung. Ein Kapitän, der derart die Fassung verlor, hatte keine Chance. Nicht auf Dauer jedenfalls.

»Naats!«

Die Warnung kam überraschend. Bevor unser Stoßtrupp überhaupt angemessen reagieren konnte, fielen mehrere Männer im konzentrierten Feuer der Naats und der sie flankierenden Kampfroboter.

Das also hatte Luceiver mit seiner Drohung gemeint, die wie die leeren Worte eines Größenwahnsinnigen geklungen hatte.

Naats waren seit Jahrtausenden Diener meines Volkes. Die Schwerkraft ihrer jupitergroßen Heimatwelt betrug beachtliche 2,8 Gravos, entsprechend monströs wirkte ihr Körperbau. Drei Meter groß, mit überlangen Armen und kurzen, stämmigen Säulenbeinen, konnten sie zu ausdauernden Kampfmaschinen werden. Wir liefen damit Gefahr, zwischen zwei Fronten aufgerieben zu werden.

Ich stand höchstens zwanzig Meter entfernt, als ein Naat drei Männer anfiel, dennoch schaffte ich es nicht, rechtzeitig einzugreifen. Von einem Faustschlag getroffen, sank einer der Soldaten schlaff zu Boden. Daß sein Helm gesplittert war, glaubte ich sehen zu können. Auch die beiden anderen reagierten zu langsam. Ein einziger Schuß fauchte ungezielt durch die Halle, dann hatte der Naat den langläufigen Strahlenkarabiner an sich gerissen, schmetterte dem Mann den Schaft ins Gesicht und feuerte aus kürzester Distanz auf den anderen.

Das war der Moment, in dem Tamarena zwei Raketen abschoß. Nur traf sie den Naat nicht mehr, weil er mich entdeckt hatte und auf allen vieren angriff. Beide Sprengsätze der Prinzessin detonierten im Bereich des Antigravschachts.

Der Naat hätte mich einfach umgerannt. Erst im allerletzten Moment beschleunigte ich mit Hilfe meines Tornisteraggregats und katapultierte mich aus seiner Reichweite. Ungefähr in halber Höhe der Halle schwebend, traf ich ihn mit mehreren Schüssen.

Überall wurde wieder erbittert gekämpft. Das dröhnende Stakkato einer Reihe heftiger Detonationen rückte die Aussicht auf ein rasches Ende des Kampfes ebenso in weite Ferne wie die lebende Fackel, die schreiend und mit den Armen rudernd die Balustrade durchbrach und über drei Etagen in die Tiefe stürzte. Hoffentlich war der Mann schon tot, bevor er auf dem Boden aufschlug.

Ein Kampfroboter auf der Galerie feuerte auf alles, was sich bewegte. Ich griff die Maschine von der Halle her an. Erst ließ ich mich absacken, dann beschleunigte ich sofort wieder und raste in spiralförmiger Bahn in die Höhe. Es war schwer, unter solchen Umständen Treffer anzubringen. Die meisten meiner Schüsse rissen nur glutende Furchen in den Boden und die Wände.

Eine Feuerlohe griff nach mir, als ich den höchsten Punkt meiner Flugbahn erreichte. Blendende, alles verbrennende Helligkeit überall – die Belastungsanzeige des Individualschirms schnellte in die Höhe. Ein zweiter Treffer. Ausfallserscheinungen. Instinktiv leitete ich Energie vom Antigrav auf die Projektoren um und sackte wie ein Stein in die Tiefe.

Zwei weitere Schüsse verfehlten mich um Haaresbreite. Zweifellos hätten sie den flackernden Schirm vollends durchbrochen und mich getötet.

Auf was hast du dich nur eingelassen!

Erst dicht über dem Boden schaffte ich es, den Sturz halbwegs abzufangen, prallte aber dennoch unangenehm hart auf. Im Abrollen merkte ich, daß der Schutzschirm endgültig ausfiel.

Ein Schatten war neben mir. Nur aus den Augenwinkeln heraus registrierte ich, daß da überhaupt etwas war. Gleichzeitig gellte die Warnung des Extrasinns. Den Strahler hochreißen und abdrücken war für mich eins. Der beinahe kugelrunde Schädel eines Naats mit den drei Augen verwischte hinter den auseinanderfließenden Energien. Ich hielt den Auslöser gedrückt, bis das Schirmfeld des Naats zusammenbrach.

Beim Aufprall hatte ich mir das Rückgrat gestaucht. Ein stechender Schmerz wollte mich daran hindern, wieder auf die Beine zu kommen – ich versuchte, das Toben im Bereich der Lendenwirbel so gut wie möglich zu ignorieren, und hastete vor dem Antigravschacht hinüber auf die andere Seite der Halle. Irgendwie mußte ich in die Zentrale gelangen.

So schaffst du es nicht!

Ich hatte die beiden Kampfroboter nicht gesehen, die auf der unteren Etage aus einem Korridor hervorschwebten. Aber noch galten ihre Schüsse nicht mir, sondern einem traversanischen Soldaten, der neben dem Antigravschacht herabsank. Der Mann hatte keine Chance gegen die präzise reagierenden Maschinen.

Die paar Sekunden Aufschub genügten mir, um mich hinter einem umgestürzten Stapel großer Transportbehälter in Deckung zu werfen. Sofort feuerten die Roboter auf die stählernen Kisten. Zähflüssiges Metall spritzte nach allen Seiten.

Vier Meter entfernt stand anderes Frachtgut. Auch diese Behältnisse würden schnell in Flammen aufgehen, doch sie boten mir eine kurze Orientierungspause. Weitere vier Meter entfernt begann der Labortrakt mit seinen vielen Zugängen und Räumlichkeiten.

Ich sprintete los, ignorierte die immer noch tobenden Schmerzen und entging den Schüssen der Roboter nur um Haaresbreite. Aber mit einemmal erschienen mir die Labors gar nicht mehr so erstrebenswert. Die Kampfmaschinen mußten meine Absicht schon durchschaut haben ... Vorbei! Ich hatte mich selbst in diese Falle manövriert. Die Roboter nahmen mich in die Zange, es gab keinen Ausweg mehr.

8.

»Ich werde mich nicht ergeben, niemals! Bringt sie um! Tot will ich die Rebellen sehen, alle, alle tot.«

Gurgelnd verstummte Luceiver. Er hatte geschrien und getobt, und doch herrschte plötzlich eine Grabesstille. Die Ruhe vor dem Sturm, den er entfachen würde. Unruhig hastete er hin und her.

Nur noch zwei Naats der Leibgarde waren bei ihm. Die anderen hatte er in den Kampf geschickt. Ebenso die Zentralebesatzung. Sie hatten ihn angewidert, diese faulen, vollgefressenen Drohnen. Hatten sie geglaubt, sich unter seinem Kommando ausruhen zu können? Nein, wenn das hier vorbei war, dann ...

Abrupt hielt er inne, versuchte sich zu entsinnen, was ihm gerade durch den Kopf gegangen war. Er war verwirrt, konnte an nichts anderes mehr denken als an die Rebellen. Wer war der Fremde, der die Unverschämtheit besessen hatte, ihn zur Kapitulation aufzufordern? Ausgerechnet ihn, Vere'athor Luceiver? Nert Kuriol da Traversan sah anders aus, er war vielleicht ebenso breitschultrig, aber älter, und irgendwie entsann sich Luceiver, daß er ein Foto mit einem silbrigen Vollbart gesehen hatte. Oder – wie hieß der Kommandeur der lächerlich kleinen Flotte? Luceiver mahlte mit den Zähnen, dann spuckte er angewidert aus, als er sich entsann, daß ausgerechnet diese Parias seine PADOM in ein Wrack verwandelt hatten. Irakhem? Natürlich. Die Größe mochte hinkommen, aber sonst?

Er war erregt, äußerst erregt sogar. Das war nicht gesund. Dumpf brütend starrte Luceiver vor sich hin und versuchte, ruhig und gleichmäßig zu atmen. Dann begann er zu lachen. Schallend platzte er heraus, schien sich ausgießen zu wollen vor unbegreiflicher Heiterkeit – und brach ebenso unvermittelt wieder ab.

Die beiden Naats standen da wie Säulen. Breitbeinig, die Arme vor der massigen Brust verschränkt. Aus ihren drei Augen schienen sie ihn zu sezieren. Das sollten sie nicht, sie waren seine Wächter, seine Garde.

»Du ...« Luceiver machte ein paar schnelle Schritte auf den Naat zu, der ihn besonders brennend musterte. Seine Hände verkrallten sich im Gürtel des lederhäutigen, dunklen Kolosses.

»Bring mir seinen Kopf! Er hat es gewagt, mich zu beleidigen. Ich will den Kopf auf einem Tablett aus Platin und Gold.« Mit beiden Fäusten begann er gegen den Brustkorb des Naats zu trommeln, der den Ausbruch mit stoischer Gelassenheit über sich ergehen ließ. »Sofort!« tobte Luceiver. »Ich habe gesagt, ich will seinen Kopf – und ich werde seinen Kopf bekommen.«

Das Geräusch des aufgleitenden Schotts stoppte die Tirade des Kapitäns. Langsam sanken seine Arme hinab, während er sich umwandte. In seinem Gesicht zeichnete sich grenzenlose Überraschung ab. Seine Lippen begannen in mühsam verhaltenem Zorn zu beben.

»Was soll das?« herrschte er Puaka an, der gemessenen Schrittes näher kam. »Warum verlassen Sie Ihren Posten? Sind die Rebellen besiegt?«

Hinter dem Orbton drängten noch mehr Männer herein. Dumos, der Dritte Offizier, war einer von ihnen und Chefingenieur Zereid. Sogar Barrusch war dabei, den er gerade erst zum neuen Zweiten Offizier befördert hatte. Zehn Mann zählte Luceiver. Einige blieben vor dem Schott stehen, die anderen verteilten sich schnell über die Zentrale. Ihre Mienen waren dabei unbewegt und starr und verhießen wenig Erfreuliches.

»Vere'athor Luceiver«. Verächtlich stieß Puaka die Bezeichnung hervor. »Ab diesem Moment sind Sie nicht mehr Kapitän. Ich erkläre im Beisein von Zeugen, daß ich Sie Ihres Amtes enthebe. Geben Sie mir Ihre Rangabzeichen, Luceiver! Ich werde unsere Kapitulation erklären und damit jedes weitere Blutvergießen beenden.«

»Nein.« Wild schüttelte Luceiver den Kopf. »Das können Sie nicht tun, das ist Meuterei. Ich lasse Sie öffentlich hinrichten, Puaka, ich ...«

»Sie haben verloren, Vere'athor. Ich übernehme das Kommando.«

»Erschießt ihn!« brüllte Luceiver mit sich überschlagender Stimme. »Worauf wartet ihr?«

Der Naat, den er noch vor wenigen Minuten mit den Fäusten malträtiert hatte, griff zur Waffe. Bevor er auch nur einen einzigen Schuß abgeben konnte, trafen ihn drei scharf gebündelte Thermostrahlen in die Brust. Er war auf der Stelle tot.

»Mörder!« brüllte Luceiver. »Das wird ein Nachspiel haben. Glaubt ja nicht, daß ich das vergesse. Ich bringe jeden von euch vor ein Exekutionskommando, jeden.«

»Machen Sie, was Sie wollen.« Puaka war vorgetreten. Mit blitzschnellem Griff nahm er dem abgesetzten Kapitän den Strahler ab, riß ihm die Rangabzeichen von der Uniform und warf sie achtlos zu Boden.

»Verschwinden Sie, Luceiver, und nehmen Sie alle Männer Ihrer Leibgarde mit, die das Massaker überlebt haben. Kommen Sie mir nie wieder unter die Augen.«

9.

So hatte ich mir das Sterben nicht vorgestellt. Getötet von einem Kampfroboter des Tai Ark'Tussan im Jahr 5772 v. Chr. irdischer Zeitrechnung. Ob Perry Rhodan jemals erfahren würde, was geschehen war?

Nur drei Meter entfernt standen die beiden Kampfkolosse vor mir. Selbst wenn es mir noch möglich gewesen wäre, meinen Schutzschirm zu aktivieren, ihrer Feuerkraft hatte ich aus dieser geradezu lächerlichen Distanz nichts entgegenzusetzen.

Warum feuerte der Roboter nicht? Hatte er Befehl, mich gefangenzunehmen?

Übergangslos erlosch die flirrende Abstrahlmündung. Für einen

Augenblick war ich wie gelähmt, aber auch der andere Kampfroboter ließ die Waffenarme sinken.

Es scheint vorbei zu sein. Nur noch vereinzelt zuckten Strahlbahnen auf. Und Augenblicke später herrschte eine beinahe schon gespenstische Ruhe. Hier und da züngelten allerdings Brände auf, fetter Qualm wälzte sich über die Galerie und sank langsam herab. Ich sah einige unserer Soldaten die Deckung wechseln, aber nirgendwo zeigten sich Gegner.

Prinzessin Tamarena meldete sich über Funk.

»Ich registriere widersprüchliche Empfindungen, Atlan«, ließ sie mich wissen. »Erleichterung ebenso wie Haß. Vielleicht ist die Waffenruhe nicht nur eine Finte.«

»Ich hoffe es«, sagte ich. »Das würde vieles einfacher machen.«

Augenblicke später erklang eine andere Stimme. Nicht nur auf der Frequenz der Raumanzüge, sondern zugleich über das Interkom.

»Hier spricht Orbton Puaka. Ich rufe den traversanischen Befehlshaber. Vere'athor Luceiver wurde von mir seines Amtes enthoben. Ich biete Traversan die bedingungslose Kapitulation an.«

»Keon'athor Atlan an Orbton Puaka. Ich spreche im Namen des Nert Kuriol da Traversan und nehme Ihre Kapitulation an. Einzige Bedingung ist, daß alle Besatzungsmitglieder der PADOM umgehend die Waffen niederlegen. Wir treffen uns in der Zentrale, Orbton Puaka.«

»Einverstanden, Keon'athor Atlan. Ich bin froh, daß das Blutvergießen ein Ende hat.«

Keine fünfzehn Minuten später standen wir uns erstmals gegenüber. Tamarena sowie zwei Offiziere des Landungstrupps begleiteten mich. Vor allem an Tamarenas telepathischen Fähigkeiten war mir gelegen. Falls die Gegenseite ein falsches Spiel trieb, wollte ich frühzeitig gewarnt sein.

Puaka war mir jedoch auf Anhieb sympathisch. Er hatte eine offene und selbstsichere Art. Vor allem scheute er sich nicht, unangenehme Dinge beim Namen zu nennen. Mir fiel auf, daß Tamarena uns abwechselnd musterte.

Vielleicht waren wir uns sogar ähnlich. Puaka war auf den Zentimeter so groß wie ich, möglicherweise ein klein wenig fülliger, aber durchaus muskulös. Seine Augen blickten wäßriger, die Stirn wirkte höher, weil der Haaransatz bereits merklich nach hinten verrutscht war. Sein Alter schätzte ich um die fünfunddreißig Arkonjahre.

Eifersüchtig, Admiral?

Ich wüßte nicht, warum.

Dann ist es ja gut.

Als ich Prinzessin Tamarena da Traversan namentlich vorstellte, erschien ein Ausdruck von Überraschung in Puakas Augen. »Herrin«, sagte er und legte die Fingerspitzen über die Augen – eine traditionelle Geste der Begrüßung, die sonst nur dem Imperator oder dem Kristallprinzen zustand. »Hätte ich gewußt, daß Traversan solch wundersame ...«

»Genug«, unterbrach ich ihn. »Ich nehme an, Orbton Puaka, daß der Zustand Ihres Schiffes auch auf die Mannschaft zutrifft. Soweit medizinische Versorgung erforderlich ist, werden wir die Verwundeten an Bord unseres Flaggschiffs behandeln. Sie übergeben meinen Begleitern eine Datei mit den Namen und relevanten Daten der betreffenden Personen. Alle anderen bleiben vorerst an Bord und unterstützen meine Leute beim Anflug auf Traversan.«

Puakas Miene war in dem Moment ein einziges großes Fragezeichen. Indes verspürte ich keine Lust, ihm weitere Auskünfte zu geben. Er und seine Leute würden unmittelbar nach unserer Ankunft in einem der schwebenden Docks als Kriegsgefangene auf den Planeten gebracht werden.

»Atlan, irgend etwas Ungewöhnliches geht vor sich!« rief Tamarena unvermittelt.

Nur Augenblicke später kam vom Flaggschiff die Meldung, daß die Triebwerksimpulse eines startenden Leka-Diskus angemessen wurden.

Nahezu gleichzeitig hatten wir das Boot auf dem Hauptschirm. Allerdings lieferte die Optik nur ein unvollständiges Bild. Mit flammenden Impulsdüsen beschleunigte der Diskus. Deutlich erkennbar war die Absicht des Piloten, die PADOM zwischen sich und der TRAVERSANS EHRE zu halten.

»Das müssen Luceiver und seine Leute sein«, entfuhr es Puaka. »Niemals würde er sich in Gefangenschaft begeben. Lieber ...«

Ein neuer Stern flammte auf, nur wenige tausend Kilometer entfernt.

Zwei weitere, grellere Blitze folgten wie in einer Kettenreaktion. Wir konnten uns ausmalen, daß in dem Moment der Reaktor des Bootes spontan alle Energie freigesetzt hatte.

Orbton Puaka atmete erleichtert auf. Er hatte Luceiver als Kapitän abgesetzt, zweifellos hätte er dessen Rache fürchten müssen. Ich konnte mir vorstellen, daß Luceiver über weitreichende und sehr einflußreiche Beziehungen verfügt hatte.

»Was wollten Sie sagen?« fragte Tamarena. »Lieber ...«

»... stirbt er«, antwortete der Orbton. »Luceiver war besessen, ein Mann ohne Skrupel. Wenn Sie meine Meinung dazu hören wollen, Erhabene. Er hat sein verdientes Ende gefunden. Leider um Monate zu spät.«

Pal'athor Irakhem ließ es sich nicht nehmen, selbst an Bord der PADOM zu kommen.

»Sechs Augen sehen mehr als vier«, stellte er unumwunden fest. »Außerdem schadet es nicht, wenn ich mich rechtzeitig mit dem Schiff vertraut mache. Unsere Mission darf nicht an Kleinigkeiten scheitern.«

Er hat die Logik auf seiner Seite, bestätigte mein Extrasinn. *Also rede ihm nicht drein.*

Hatte ich das vor? fragte ich verblüfft zurück.

Aber natürlich. Laß Irakhem seine Erfahrungen selbst sammeln.

Zwei Stunden vergingen, bis alle Verwundeten von Bord geschafft worden waren. Bei einigen war noch auf der PADOM eine Erstversorgung durch unsere Medoroboter nötig geworden.

Unsere drei Stoßtrupps hatten neun Mann verloren, achtzehn waren schwer und vier weitere leicht verletzt. Vor allem Naats und Kampfroboter hatten uns zugesetzt. Die Naats, erfuhr ich von Orbton Puaka, waren ausschließlich Angehörige von Luceivers Leibgarde gewesen. Immer hatte er sich von mindestens zwei dieser massigen Wesen begleiten lassen. Puaka sprach von einem ausgeprägten Minderwertigkeitskomplex des Kapitäns 1. Klasse, den Luceiver durch besondere Härte allen Untergebenen gegenüber kompensiert hatte. Unrecht mochte er mit dieser Behauptung nicht einmal haben. Vier Naats waren im Kampf mit unseren Truppen gefallen, zwei weitere zusammen mit Luceiver umgekommen.

Zwanzig Prozent der Lichtgeschwindigkeit galten im Augenblick noch als das Optimum, das traversanische Spezialisten der PADOM abverlangen konnten. Als Problem erwies sich, daß die Impulstriebwerke unterschiedliche Schubkräfte entwickelten. Aufgrund fehlgeschalteter Anzeigen war nicht sofort erkennbar geworden, daß der gesamte Ringwulstbereich dadurch statischen Verzerrungen ausgesetzt worden war, die beinahe ein Aufbrechen der ohnehin geschädigten Zelle bewirkt hätten. Unsere Techniker würden sich einiges einfallen lassen müssen, um die Justierung schnell in den Griff zu bekommen.

Wir benötigten viereinhalb Stunden, um Traversan zu erreichen und das hoch über dem Nordkontinent Yscan verankerte Raumdock anzufliegen. Die letzten Manöver waren dabei ein mustergültiges Zusammenspiel zwischen den Traktorstrahlern und dem Feingefühl der Schiffsführung. Irakhem selbst hatte den Platz des Piloten eingenommen und den 200-Meter-Raumer fast zentimeterweise an die Halteklammern heranmanövriert, eine Leistung, die unter den gegebenen Umständen jedem altgedienten Raumfahrer Respekt abforderte.

Shuttles dockten an und brachten zusätzlich Material und Arbeiter. Auf dem Rückweg nahmen sie Puaka und seine Leute mit auf den Planeten hinab. Zweifellos würden sie einige Monate als Kriegsgefangene auf Traversan verbringen müssen, doch es hätte für sie wesentlich schlimmer kommen können. Als Orbton Puaka und die anderen Offiziere die Zentrale verließen, taten sie das hoch erhobenen Hauptes.

Die Arbeiten an der PADOM begannen mit Hochdruck. Nur provisorische Reparaturen waren im Hüllenbereich vorgesehen, immerhin sollte das Schiff beschädigt aussehen. Außerdem hatten wir nicht mehr als eine Distanz von 87 Lichtjahren zu überwinden.

Wirklich auseinandergenommen und im Detail vermessen wurden die Impulstriebwerke samt aller Zuleitungen und Steuerungen. Gleich zu Beginn der Arbeiten erinnerte mich der Äquatorialbereich des Schiffes an einen wimmelnden Ameisenhaufen.

Alle Außenverbindungen waren unterbrochen, nicht einmal das gigantische Stahlskelett des Schwebedocks erschien auf den Schirmen. Viele Funktionen, die üblicherweise in der Zentrale zusammenliefen, waren von den Technikern umgeleitet worden. Unmittelbar vor Ort benötigten sie die Meßdaten, Tabellen und Vergleichszahlen aus den Archiven.

Die Zentrale des Schiffes lag wie ausgestorben. Plötzlich war sie ein Ort fernab jeder Hektik, ein Pol ungewohnter Ruhe. Zu ruhig. Selbst das dumpfe Brummen der großen, Arkonstahl schneidenden Fräsen war der Isolierungen wegen nur als kaum wahrnehmbares Rauschen zu vernehmen. Während überall lärmende Hektik Einzug hielt und manche Sektionen nur mit Gehörschutz betreten werden konnten, schien im Mittelpunkt des Schiffes die Zeit stehengeblieben zu sein.

Ein einziger Monitor war aktiviert. Irakhem saß davor und studierte die Abbildungen und Notizen, die er mit knappen Schaltungen auf den Schirm holte.

Es handelte sich um das Logbuch der PADOM. Zumindest auf den ersten Blick wirkte die Datenfülle erdrückend. Eine durchaus wechselvolle Geschichte lag hinter dem Schweren Kreuzer. Von Einsätzen gegen die Maahks war die Rede, von Schäden, die erst vor zwei Arkonjahren fast zur Verschrottung geführt hatten, und von vorbeugenden Maßnahmen gegen eine aufsässige Mannschaft. In den Stammdaten des letzten halben Jahres standen allein mehrere Personen als »unter ungeklärten Umständen verschollen« verzeichnet.

Eine Einblendung stabilisierte sich: *Für Reparaturzwecke wird die Primärenergie der Zentrale in wenigen Minuten deaktiviert. Danach ist ein Eingriff nicht mehr möglich. Während der Arbeiten bleibt die Notversorgung erhalten.*

Irakhem murmelte eine Verwünschung. Er schaltete den Monitor ab und verließ die Zentrale. Unmittelbar hinter ihm erlosch die Beleuchtung bis auf ein fahles Glimmen.

Eine schwüle, stickige Atmosphäre schlug über ihm zusammen. Es stank nach Ozon. Außerdem hing das Aroma undefinierbarer Metallegierungen in der Luft. Irgendwo aus den unteren Bereichen hallte ein wütendes Hämmern herauf.

Im Umfeld der Zentrale hatte es nie Treffereinwirkungen gegeben, hier wurde nicht gearbeitet. Irakhem ließ sich vom Zufall treiben. Der nächste Antigravschacht, den er erreichte, war abgeschaltet, also wählte er die Treppenverbindung zu den tieferen Decks. In Gedanken immer noch ins Logbuch vertieft, ließ er sich wohl von seiner Nase leiten, denn nach kurzer Zeit stand er zwischen den gewaltigen Drucktanks, Rohrleitungen und Filtersystemen der zentralen Klimasteuerung. Alles war auf engstem Raum zusammengepfercht, ein schier unüberschaubares Gewirr von Leitern und Treppen, Galerien und schmalen Gitterlaufstegen. Auch hier wurde gearbeitet, vor allem, um die Reserven aufzustocken. Ein einziger der Tanks war noch zu einem Bruchteil mit flüssigem Sauerstoff gefüllt gewesen, der Vorrat hätte nur mehr für knapp einen Tag ausgereicht.

Im Hintergrund hatte die Kühlung einer Reihe kugelförmiger Hochdrucktanks begonnen. In spätestens zwei Stunden würde die Übernahme flüssigen Sauerstoffs erfolgen. Reif bildete sich bereits auf den äußeren Legierungen, Kälteschleier flossen aus der Höhe herab und krochen gierig über den Boden.

Ein gellender Aufschrei verhallte in vielfachem Echo im labyrinthartigen Gewirr der schmalen Gänge zwischen den Anlagen. Nur für eine oder zwei Sekunden war der Schrei zu vernehmen gewesen, doch Irakhem war sich sicher, daß er den Todesschrei eines Mannes gehört hatte.

Er begann zu laufen – zögernd erst, dann schneller. Er sah Männer des Wartungsteams zwischen den Tanks, die den Schrei vermutlich nicht einmal gehört hatten. Die Luft wurde kälter, stach wie mit Nadeln in seine Lunge. Er fröstelte, blieb stehen und versuchte, sich zu orientieren. Irgendwo von links mußte der Schrei erklungen sein, falls das Echo ihn nicht getäuscht hatte.

Kühlanlagen ragten zehn, zwölf Meter hoch auf. Daneben die linsenförmigen, aufeinandergetürmten Filteranlagen; Bakterien und Schwebstoffe wurden hier abgesondert und zu den Sammelstellen gepumpt. Von dort aus landeten alle Schadstoffe letztlich in den Konvertern.

Dampfende, mannsdicke Leitungssysteme woben ein unüberschaubares Geflecht. Der Seitengang, in den Irakhem eindrang, war nicht breiter als drei Meter. Nebelschleier wogten über dem Boden, flossen in unaufhörlicher Bewegung ineinander und lösten sich ebenso schnell wieder auf. Trotzdem schienen sie dichter zu werden und gierig um sich zu greifen.

Lag da nicht ein Schatten, nur für wenige Augenblicke als dunkles Etwas zu erkennen? Irakhem hastete weiter. Der Atem hing inzwischen als dichte Wolke vor seinem Gesicht.

Sekunden später stand er vor dem Toten. Der Mann mußte aus großer Höhe abgestürzt sein, ihm konnte niemand mehr helfen. Schrecklich verrenkt lag er da, die Arme noch ausgebreitet, als hätte er versucht, den Sturz aufzuhalten. Blut sickerte aus Mund und Nase und bildete eine große Lache rund um den Kopf.

»He, du«, erklang es unvermittelt aus der Höhe. »Was ist geschehen?« Ein Techniker beugte sich weit über den Handlauf und blickte entsetzt herunter. Gleich darauf erkannte er den Mann, der sich über den Toten gebeugt hatte. »Pal'athor Irakhem, welche Ehre. Ich komme sofort nach unten, ich ...«

Schritte polterten über das Laufband. Irakhem glaubte sogar, die Schritte von zwei Personen zu hören. Dann ein ersticktes Gurgeln und das Geräusch eines fallenden Körpers.

Hinter ihm ein unterdrücktes Räuspern. Irakhem wollte sich aufrichten und umdrehen, doch eine kräftige Faust schloß sich um seine Schulter und zwang ihn zurück. Gleichzeitig spürte er scharfen, kalten Stahl an seiner Kehle.

»Irakhem. Pal'athor Irakhem«, zischte eine triumphierende Stimme. »Mit Ihnen haben wir einen überraschend guten Fang gemacht, finden Sie nicht?«

Er spürte noch einen dumpfen, harten Schlag gegen den Hinterkopf, danach war nichts mehr.

»Der Tod trat vor ziemlich genau zwanzig Minuten ein«, stellte der Medoroboter sachlich fest. »Todesursache ist eindeutig der Sturz aus großer Höhe; die Brustplatte des Mannes wurde durch den Aufprall völlig zersplittert. Soweit es bereits feststellbar ist, haben Knochenfragmente wichtige innere Organe ...«

»Das genügt«, unterbrach ich die Aufzählung, die eigentlich keiner der Umstehenden hören wollte.

Ich fröstelte. Aber nicht der Kühlaggregate wegen, die auf Hochtouren arbeiteten, sondern weil an Bord der PADOM offenbar ein Verrückter sein Unwesen trieb. Es stand bereits eindeutig fest, daß der Mann weder den Halt verloren hatte noch aus eigenem Antrieb in den Tod gesprungen war, sondern daß jemand nachgeholfen hatte. Außerdem lag auf dem Laufgitter im oberen Bereich der Kühltürme eine zweite Leiche. Mit einer Vibratorklinge war der Kopf des Mannes halb vom Rumpf getrennt worden. Das war weiß Gott keine angenehme Art zu sterben.

Kein Tod ist für den Betreffenden angenehm, wies mich der Extrasinn zurecht. *Aber wieso solltest du das auch wissen?*

Ich verzichtete auf eine Antwort. Die potentielle Unsterblichkeit schützte mich nicht vor einem gewaltsamen Tod, und das wußte auch der Logiksektor. Demzufolge nahm ich die Bemerkung als das, was sie wohl auch war, nämlich als Ausdruck seiner Betroffenheit.

Das wiederum ist eine rein subjektive Empfindung.

»Insgesamt befanden sich vierzehn Männer und Frauen in diesem Abschnitt«, hörte ich den für einen reibungslosen Arbeitsablauf zuständigen Koordinator Karasto sagen. »Hoffentlich finden wir nicht noch mehr Tote.«

Prinzessin Tamarena schüttelte kaum merklich den Kopf. Vergeblich hatte sie versucht, im näheren Umfeld Gedanken zu spüren, die einen Zusammenhang mit beiden Morden erkennen ließen.

Karasto hatte den zerschmetterten Leichnam entdeckt. Da der routinemäßige Rapport des Teams ausgeblieben war, hatte er sich vor Ort vom Fortgang der Arbeiten überzeugen wollen. Vor ungefähr zehn Minuten hatte er Prinzessin Tamarena und mich verständigt, weil Pal'athor Irakhem nicht aufzufinden war. Wenn ich die davor zwangsläufig verstrichene Zeit in Ansatz brachte, kam ich automatisch zu dem Schluß, daß Karasto unmittelbar nach der Tat die Anlage betreten hatte.

»Ich habe nichts gesehen«, versicherte er zum wiederholten Mal. »Nichts jedenfalls, woran ich mich bewußt erinnern würde.«

Ein Arbtan, ein einfacher Soldat, überbrachte endlich die Meldung, daß keine weiteren Opfer gefunden worden waren. Nervös, beinahe verlegen, druckste er noch herum, bis ich ihn zum Reden aufforderte.

»Verzeiht meine Neugierde, Keon'athor Atlan«, platzte er heraus. »Aber wohin sind die Techniker verschwunden? Sie können sich unmöglich in Luft aufgelöst haben.« Die Bewegung, wie er sich an den Hals faßte, war eindeutig.

»Das hoffe ich nicht«, antwortete ich.

Die PADOM glich derzeit mehr einem Tollhaus als einem Raumschiff. Es gab immer noch Räumlichkeiten, in denen unsere Leute bestenfalls eine kurze Inspektion vorgenommen hatten. Die Prioritäten lauteten nur, das Schiff für mehrere Transitionen instand zu setzen und auszurüsten. Der Koordinator führte einige Funkgespräche, dann wandte er sich wieder der Prinzessin und mir zu.

»Pal'athor Irakhem konnte noch nicht erreicht werden. Weder hält er sich derzeit an Bord auf, noch hat er die Werft betreten. Er wurde auch in Erican nicht gesehen.«

»Irakhem hätte sich abgemeldet«, sagte Tamarena. »Ich kenne ihn fast so gut wie mich selbst. Er hat das Schiff nicht verlassen.«

Der Funkspruch, der uns in dem Moment erreichte, kam von Traversan – aus dem Palast. Nert Kuriol da Traversan blickte uns von den kleinen Bildschirmen unserer Armbänder entgegen.

»Was geschieht an Bord der PADOM? Ich will es sofort wissen!« begann der Nert ohne jede Einleitung.

»Wir haben ...«

»Nichts hast du«, unterbrach Nert Kuriol seine Tochter. »Oder wie soll ich mir das Ultimatum erklären, das ich eben erhielt? Von Bord der PADOM wohlgemerkt, das ist eindeutig nachgewiesen.«

Er überspielte uns eine Aufzeichnung. Zu sehen war das Symbol der Arkon-Raumflotte, das an der Basis gezackte, von einem Kreis umgebene Dreieck.

»... unsere Forderung ist ebenso eindeutig wie leicht zu erfüllen, Nert Kuriol. Wir verlangen, daß die PADOM in allen Funktionen instand gesetzt wird. Außerdem ist die überlebende Besatzung an Bord zu bringen. Die PADOM erhält ungehinderten Abzug und wird nicht verfolgt. Wir haben Techniker von Traversan in unserer Gewalt. Bis zur vollständigen Erfüllung aller Forderungen werden wir jede Stunde eine der Geiseln exekutieren, zuletzt Pal'athor Irakhem.«

»*Sie* haben Irakhem?« Tamarena war bleich geworden. »Unmöglich.« Dennoch wußte sie, daß es so war. Ich las Erschrecken und Furcht in ihren Augen.

»Admiral Atlan.« Der Nert wandte sich an mich. »Ich habe leider noch keine Ahnung, was geschehen ist, aber ich weiß eines: Sie werden alles daransetzen, um Irakhem unverletzt aus der Gewalt dieser Wahnsinnigen zu befreien. Es kann sich nur um Besatzungsmitglieder des Wracks handeln. Vielleicht hat dieser Orbton Puaka die Dateien manipuliert; ich werde ihm gehörig auf den Zahn fühlen.«

Frage ihn nach einer Stimmanalyse.

Ich wußte sofort, worauf der Extrasinn anspielte. Daß Nert Kuriol noch keine Veranlassung zu einer Analyse gesehen hatte, war mir auch klar. Er ließ die entsprechenden Auswertungen umgehend nachholen.

Minuten später lag die Antwort vor. Ein Vergleich des Stimmabdrucks mit typischen Mustern ergab eindeutig, daß nur ein Naat der Gegner sein konnte. Aber von den Naats an Bord hatte keiner überlebt. Oder gab es vielleicht Manipulationen an den Besatzungslisten?

10.

23. Prago des Tedar 12.402 da Ark

12.38 Uhr
Seit wenigen Minuten wußten wir, daß der Gegner sich in der Zentrale verschanzt hatte. Die komplette Energieversorgung konnten wir nicht mehr stoppen, andererseits war es noch nicht wieder möglich, die Zentrale von innen hermetisch abzuriegeln. In dem Fall hätten wir verdammt schlechte Karten besessen.

Zwölf Techniker befanden sich in der Gewalt der Unbekannten. Außerdem Pal'athor Irakhem. Von möglichen weiteren Geiseln war noch nichts bekanntgeworden.

Im Bereich der Lufterneuerung suchten Roboter nach Spuren. Daß die weitläufigen und über mehrere Etagen reichenden Anlagen eine ausreichende Anzahl von Verstecken boten, stand außer Zweifel. Insofern mußten wir uns selbst die Frage stellen, ob wir alles Erforderliche unternommen hatten, um einen Zwischenfall wie diesen zu verhindern.

Zweifellos waren Fehler passiert. Andererseits hätten wir nie ganz ausschließen können, daß irgendwo Soldaten auf ihre Chance lauerten. In einem 200-Meter-Raumer gab es Tausende möglicher Schlupfwinkel – sie alle zu überprüfen hätte Tage in Anspruch genommen, eine Zeitspanne, die uns nicht zur Verfügung stand.

12.54 Uhr
Zwei Shuttles brachten Elitesoldaten des Nert Kuriol auf die Werft. Für einen Augenblick hatte ich befürchtet, sie würden versuchen, die Zentrale zu stürmen, doch sie unterstellten sich meinem Befehl. Ich verweigerte ihnen, an Bord zu kommen. Alle Außenverbindungen zur Zentrale waren zwar gekappt worden, bis jedoch auch die internen Übertragungen unterbrochen werden konnten, würde noch geraume Zeit vergehen.

Tamarena setzte ihre telepathischen Fähigkeiten ein. Vergeblich, wie es schien, denn mehr als die vage Feststellung, einige Geiseln seien ohne Bewußtsein, brachte sie nicht zuwege. Sie war aufgeregt und erschöpft zugleich, dennoch weigerte sie sich strikt, sich einige Stunden Ruhe zu gönnen.

»Bis dahin haben sie Irakhem vielleicht schon umgebracht«, wehrte sie meine Argumente ab. »Ich muß näher an die Zentrale heran. Hoffentlich fällt es mir dann leichter, in ihre Gedanken einzudringen.«

Das war plötzlich nicht mehr die Tamarena, in die ich mich ...

Beende ruhig deinen Gedanken!

... verliebt hatte. Sie riß sich los, als ich versuchte, sie zur Vernunft zu bewegen, und rannte davon. Ich wußte, wohin. Mir war nur bisher nicht klar gewesen, daß Irakhem einen solchen Einfluß auf sie hatte. Sie hatte Angst um ihn, das spürte ich. Wahrscheinlich hatte mein Logiksektor doch recht. Ich war im Begriff gewesen, mich der Prinzessin wegen lächerlich zu machen.

Die Roboter meldeten endlich, daß sie verwertbare Spuren gefunden hatten. Im Sockel einer Filteranlage waren sie auf ein geleertes Energiemagazin gestoßen, das zu einer Standardwaffe des Tai Ark'Tussan gehörte. Außerdem waren Hautpartikel entdeckt worden: Bereits die spektroskopische Analyse ergab eine eindeutige Zuordnung: Naats. Vermutlich zwei Personen. Außerdem ein Arkonide.

12.70 Uhr

Ich hatte mich in einen Kommunikationskanal eingeklinkt, der ausschließlich zur Zentrale führte. Bislang war kein neues Ultimatum gestellt worden.

Mein Anruf kam an, doch ich erhielt keine Antwort.

»Sie sind von den Toten auferstanden, Vere'athor Luceiver«, begann ich. »Meine Gratulation. Ein solches Täuschungsmanöver glückt nicht jedem.« Nach allem, was ich gehört hatte, stufte ich den ehemaligen Kapitän 1. Klasse als hochgradig neurotisch und geltungssüchtig ein. »Ihre Forderungen werden erfüllt. Allerdings ist es unmöglich, die Reparaturen kurzfristig zu beenden. Nert Kuriol bittet Sie um einen Tag Aufschub.«

»Nert Kuriol?« erklang es schrill. »Er bittet mich nicht, nein, das wird er nicht tun. Es bleibt dabei: Jede Stunde stirbt eine Geisel! Die erste Stunde ist bald um.«

»Warten Sie, Vere'athor!«

Ich hätte mir die Seele aus dem Leib schreien können, Luceiver sonnte sich in der vermeintlich wiedergewonnenen Macht. Er war gefährlich. Das bewies allein schon der Trick mit dem explodierenden Diskus, mit dem er sich unserem Zugriff entzogen hatte.

12.84 Uhr

Ich beraumte eine Lagebesprechung an: Eshveran on Keithy und Lesantre, außerdem zwei führende Offiziere aus Nert Kuriols Elitetruppe. Ein Shuttle sollte Orbton Puaka wieder in die Umlaufbahn holen – wenn jemand Luceivers Eigenheiten kannte, dann er. Vermutlich würde Puaka zur Zusammenarbeit bereit sein, denn es lag auch in seinem Interesse.

Nur Tamarena wehrte schroff ab. »Du weißt, wo du mich finden kannst, Atlan. Komm zu mir oder laß es bleiben. Mehr habe ich nicht dazu zu sagen.«

Augenblicke später konnte ich auf einem Monitor verfolgen, daß das Zentraleschott aufglitt. Es öffnete sich knapp einen halben Meter weit – zu wenig, um Einblick zu erhalten. Die Wachtposten, die spontan ihre Waffen in Anschlag brachten, forderte ich auf, das Feuer nur auf meinen Befehl zu eröffnen.

Luceiver würde uns keine Chance geben. Solange wir nicht wirklich wußten, wie viele Geiselnehmer sich in der Zentrale verschanzt hatten, bestand das Risiko, daß wir ein Massaker provozierten.

Der massige Körper eines Naats erschien. Er schleuderte ein Bündel heraus. Dann fiel das Schott wieder zu. Luceiver hatte wirklich die erste Geisel getötet. Ich schluckte schwer, als ich die prunkvolle Kleidung sah. Das war keiner der Techniker.

In dem Moment stürzte Prinzessin Tamarena heran. Für einen Augenblick stand sie wie erstarrt, dann sackte sie neben dem Leichnam auf die Knie. Ihre Hände umfaßten den Kopf des Toten und drehten ihn sanft herum ...

Das ist nicht Irakhem.

Der Mann war mir unbekannt. Aber warum hatte Luceiver sich die Mühe gemacht, die Kleidung des Toten zu wechseln? Weil der Flottenchef von Traversan mehr wert war als ein unbekannter Techniker? Auch Irakhem war zu ersetzen, wie jeder von uns.

Prinzessin Tamarena bebte, als sie sich langsam aufrichtete. Unverwandt starrte sie das Zentraleschott an. Hatte sie es endlich geschafft, sich in die Gedanken der Gegner einzuklinken?

Gleich darauf rief sie über Funk nach mir. »Ich muß mit dir reden, Atlan! Sofort!«

13.01 Uhr

Tamarena, die selbstsichere, selbstbewußte Frau, machte auf mich zum erstenmal einen seltsam zerbrechlichen Eindruck. Selbst schien sie es nicht einmal zu bemerken, aber ich fragte mich unwillkürlich, ob ihre Beziehung zum Pal'athor der traversanischen Flotte vielleicht doch eine andere war, als es den Anschein hatte. Hatte Nert Kuriol eine Heirat der beiden schon arrangiert? Ich hätte es dem Herrscher nicht einmal verübeln können.

»Luceiver weiß es nicht«, sprudelte Tamarena heraus, »er kann gar nicht wissen, wie wichtig Irakhem für Traversan ist. Ich bitte dich, Atlan, hilf ihm. Zu dir habe ich Vertrauen.«

»Wir holen ihn da raus«, versprach ich. »Ich weiß nur noch nicht, wie.«

»Sie sind zu dritt«, sagte die Prinzessin, »Luceiver und die beiden Naats. Ihre Geiseln haben sie offenbar paralysiert. Ich hätte es vorhin beinahe geschafft, ihre Gedanken zu lesen. Wenn ich es wieder versuche ... Ich kann dir zumindest aufzeichnen, wo sie sich innerhalb der Zentrale befinden.«

13.28 Uhr
Nert Kuriol meldete sich. »Atlan«, sagte er, »ich weiß, Ihr seid ein Mann von Ehre und Weitblick, und Ihr habt das Zeug dazu, die Geiseln zu befreien. Was ich jetzt erbitte, mag Euch seltsam erscheinen, aber ich bitte Euch, danach zu handeln: Ich bin bereit, Luceivers Forderung nachzugeben. Er erhält jede Zusicherung, die er wünscht, wenn er nur das Leben der Geiseln verschont.«

»Ich glaube ihm nicht.«

Für eine Weile starrte Nert Kuriol da Traversan schicksalsergeben ins Leere. Ich konnte mir vorstellen, was in diesem Moment in ihm vorging.

»Ihr habt freie Hand«, sagte er endlich. »Handelt, wie es den Erfordernissen entspricht. Aber Ihr sollt wissen, daß ich das Leben der Geiseln über alles stelle.«

13.44 Uhr
Tamarena war wie in Trance. Die Schreibfolie, die sie in Händen hielt, war ein genauer Plan der Zentrale. Zwei Positionen hatte sie bereits angezeichnet, die dritte trug sie soeben ein. Demnach befand sich einer der Naats im Bereich der Funkortung, der andere vor dem Halbrund des Bordrechners schräg gegenüber. Luceiver selbst thronte wie erwartet auf dem erhöhten Podest des Kommandanten.

Für die Geiseln hatte es genügend freie Sessel gegeben. Von seinem Platz aus konnte Luceiver jeden mühelos erschießen.

»Unser Problem ist, daß wir nicht alle drei Gegner gleichzeitig ausschalten können«, stellte ich fest. »Wir können nur durch das Hauptschott eindringen, aber bis es weit genug geöffnet ist, vergeht zuviel Zeit.«

»Der Naat wird bald die nächste ermordete Geisel nach draußen werfen. Dann müssen wir zuschlagen.«

Wußte Tamarena, was sie da verlangte? Wollte sie wirklich bewußt ein Leben opfern, um die anderen zu retten?

»Uns bleibt nicht mehr viel Zeit«, stellte sie fest.

»Und wenn der eine, der getötet wird, diesmal Irakhem ist? Ich werde versuchen, Luceiver von einem zweiten Mord abzuhalten. Vielleicht gewinnen wir dadurch Zeit.«

Verbitterung hatte sich um die Mundwinkel der Prinzessin eingegraben. »Ich habe eben in den Gedanken dieses Verrückten gelesen, Atlan. Er wird Irakhem ohnehin töten, sobald seine Forderungen erfüllt sind. Er denkt gar nicht daran, auch nur einen der verhaßten Traversaner freizugeben.«

13.59 Uhr
Nert Kuriols Elitesoldaten kamen an Bord. Sie bezogen Position auf dem Hauptdeck, warteten aber noch weitere Befehle ab. Inzwischen hatte ich über Interkom wieder Kontakt zu einem der Naats. Er schaltete die Leitung weiter.

Luceiver starrte mich aus blutunterlaufenen Augen an, wie er ein lästiges Insekt mustern würde. »Sie sind der Keon'athor, dem wir die Niederlage zu verdanken haben«, herrschte er mich an. »Was wollen Sie?«

»Ich schlage Ihnen einen Handel vor, Vere'athor.«

Er lachte zynisch. »Was wollen Sie wirklich? Zeit gewinnen? Sind Sie endlich auf die Idee gekommen, Betäubungsgas einzuleiten? Wir haben Raumanzüge. Beim ersten Anzeichen einer Unregelmäßigkeit lasse ich alle Geiseln töten.«

»Eben darüber wollte ich mit Ihnen reden.«

»Jede Stunde stirbt eine Geisel. Damit habe ich nichts zu tun, das ist ganz allein Ihre Verantwortung.«

Vorbei. Luceiver hatte die Verbindung von sich aus unterbrochen.

13.83 Uhr
Lange hatte ich mich nicht mehr so mies gefühlt. Jeden nur denkbaren Plan hatte ich in den letzten Minuten noch einmal gewälzt, aber alles wieder verworfen: die Möglichkeit, durch den Lüftungsschacht in die Zentrale vorzudringen, ebenso wie das Anbringen von Thermitladungen am Schott. Immer würde Luceiver genügend Zeit bleiben, seine Geiseln zu töten. Letztlich war mir wirklich keine andere Wahl geblieben, als mich Tamarenas Argumenten anzuschließen. Ich wünschte, ich hätte eine andere Möglichkeit gehabt.

Die Prinzessin konzentrierte sich. In Hockstellung kauerte sie am Ende des Korridors, weit genug vom Schott entfernt, um nicht gefährdet zu werden. Als sie heftig zusammenzuckte, wußte ich, daß soeben die zweite Geisel gestorben war.

Es gab keinen anderen Weg. Tamarena wird mit dem Wissen leben können, und niemand kann ihr deshalb einen Vorwurf machen. Dir auch nicht.

Ich wartete nur noch darauf, daß das Schott aufglitt. Die Anspannung der Soldaten hinter mir konnte ich förmlich spüren. Wir trugen keine Kombistrahler, sondern absolut tödlich wirkende Blaster, eingestellt auf schärfste Fokussierung. Das Risiko, daß ein nur partiell paralysierter Naat noch genügend Zeit fand, sich zur Wehr zu setzen oder womöglich die Zentrale zu sprengen, wollte ich nicht eingehen.

Dann ging alles wahnsinnig schnell. Das Schott glitt auf, dahinter zeichnete sich wieder die bedrohliche Statur eines Naats ab. Zwei Soldaten feuerten gleichzeitig.

Ich sprang nach vorne und prallte gegen den Naat, der immer noch aufrecht stand, obwohl schon kein Leben mehr in ihm war. Kostbare Zehntelsekunden gingen verloren, dann war ich vorbei. Blindlings feuerte ich in Richtung auf den Computerplatz, aber genau dort saß niemand mehr.

Eine glühende Furche raste über den Boden auf mich zu. Im letzten Moment hechtete ich über eine Konsole hinweg; ich krachte gegen die Lehne des Kontursessels, rutschte ab – und hatte wieder Glück. Der Sessel loderte auf, aber da kniete ich bereits in sicherer Distanz und jagte Schuß um Schuß in die Richtung des zweiten Naats.

Auch die Soldaten eröffneten jetzt das Feuer. Nur zwei hatten es unmittelbar hinter mir geschafft, zwischen den sich schon wieder schließenden Schotthälften hindurchzukommen. Inzwischen öffnete sich das Tor erneut. Luceiver war verschwunden. Vergeblich sicherte ich in seine Richtung, doch kein Schuß fiel.

Erst nach Sekunden entdeckte ich das schlecht befestigte Gitter eines Lüftungsschachtes. Luceiver hatte es allem Anschein nach vorgezogen, sich rechtzeitig in Sicherheit zu bringen. Oder war es wieder ein Bluff? Ich traute ihm zu, daß er versuchen würde, die Kraftwerke zu erreichen. Die Zerstörung der PADOM im Orbit mußte die Werft ebenfalls in den Untergang reißen und zweifellos auch auf Traversan schwere Schäden anrichten.

Ich brauchte weitere Sekunden, um das Gitter aus der Halterung zu brechen und ebenfalls in den Schacht einzusteigen. Der Kanal war gerade so groß, daß ich mich bäuchlings vorwärts schieben konnte. Den Strahler hielt ich entsichert in der Rechten.

Falls Luceiver hinter der nächsten Einmündung lauert, bist du jetzt schon ein toter Unsterblicher. Die Mahnung war unnötig, Luceiver wartete nicht. Er schien es vorgezogen zu haben, seine Pläne schnell umzusetzen.

Flüchtig dachte ich daran, daß Tamarena ihn womöglich ausspionieren und seine nächsten Schritte erkennen konnte. Doch die Prinzessin war mit ihren Kräften am Ende, sie anzurufen hätte nur unnötige Verzögerung bedeutet.

Der Querschnitt des Lüftungskanals wurde größer, ich kam nun in gebückter Haltung einigermaßen rasch voran. Das Geräusch der eigenen Schritte dröhnte überlaut in meinen Ohren. Luceiver mußte mich einfach hören.

Das ist Einbildung, Barbar. Du reagierst überreizt.

Trotzdem hielt ich inne. Keine sich rasch entfernenden Schritte waren zu hören, nur ein leises, fernes Rumoren. Womöglich hatte Luceiver den Schacht schon wieder verlassen.

Wenige Meter weiter führte eine Abzweigung schräg nach unten. Ich konnte die spiralförmige Windung kaum einsehen. Unmittelbar daneben befand sich ein erster Ausstieg; wenn ich mich nicht täuschte, lag er bereits an der Peripherie nahe der Außenwandung.

Die Entscheidung für den abwärts führenden Schacht fällte ich spontan. Luceiver wollte zu den Konvertern, dessen war ich mir inzwischen sicher. Schnell glitt ich innerhalb der Spirale tiefer. Ich versuchte gar nicht erst, mich gegen die Wände zu stemmen, sondern ließ mich treiben, wirbelte in einen geraden Auslauf hinein und schlitterte weiter.

Er wartet auf dich!

Ich hatte das heisere Lachen ebenfalls gehört. Irgendwo unter mir erklang es, ich konnte es nur noch nicht lokalisieren.

Weiter! Ich warf mich vorwärts, sah schätzungsweise zwölf Meter vor mir das helle Viereck einer geöffneten Klappe. Unmittelbar hinter mir erklang das Kreischen berstenden Metalls. Und wieder, schneller, ein schrilles Stakkato; Hitze breitete sich aus.

Auf Knien und Ellenbogen robbte ich um mein Leben. Schuß um Schuß jagte Luceiver aus seinem Strahler durch den Lüftungskanal. Die gebündelten Energiestrahlen folgten mir im Abstand von nicht einmal dreißig Zentimetern. Sobald er einen größeren Vorhaltewinkel wählte, mußte er mich erwischen. Ohnehin brauchte er nur auf die Ausstiegsluke zu zielen. Ich saß in der Falle und hörte sein triumphierendes Lachen ...

Glühend heiße Metalltropfen fraßen sich durch meine Kombination. Ich biß die Zähne zusammen, versuchte den Schmerz in beiden Waden zu ignorieren. Fast hätte Luceiver mich erwischt; der nächste Schuß riß nur Zentimeter neben meiner Hüfte die Schachtwandung auf. Mit einer letzten großen Kraftanstrengung schnellte ich mich nach vorne. Eineinhalb Meter noch bis zum Ausstieg.

Ich ließ mich einfach fallen, schlug irgendwo auf und rollte mich instinktiv ab. Sengende Hitze streifte mich erneut – dann ein Augenblick zum Atemholen. Ich lag halb hinter den Stufen einer stählernen Treppe, neben mir irgendwelche Verstrebungen. Keine vier Meter entfernt war der halb zerfetzte Lüftungsschacht. Aber von Luceiver fand ich, zumindest dort, wo ich ihn erwartet hatte, keine Spur.

Der Raum, eigentlich eine langgestreckte Halle, gehörte noch nicht zu den Kraftwerksanlagen. Eher handelte es sich um ein Reparaturdock für kleinere Beiboote – Jäger, wenn ich die Halterungen unter der Decke richtig deutete.

Das Rattern einer mechanischen Laufkatze dröhnte jäh durch die Stille, in der ich vergeblich dem Geräusch von Schritten gelauscht hatte. Von schwachen Vibrationen begleitet, schob sich ein schlanker Schatten in mein Blickfeld.

Alles in mir drängte danach, aufzuspringen und mein Heil in der Flucht zu suchen. Nicht der Einmannjäger, der auf der Laufkatze langsam drehte, erschreckte mich, sondern die zurückfahrende Verkleidung der Bugnase.

Ein einziger Schuß der starr montierten Thermokanone genügte, um diese Halle in eine Gluthölle zu verwandeln. Luceiver mußte wirklich wahnsinnig sein.

Düster glühte der Abstrahlpol des Geschützes auf. Mir blieben bestenfalls noch zehn Sekunden, und ich setzte alles auf eine Karte. Ich sprintete los. Der Kanzeleinstieg des Jägers stand offen, doch von Luceiver keine Spur. Er liebte Überraschungen.

Du Narr!

Mich zur Seite werfen, wieder abrollen und auf den Rücken drehen war eins. Wo ich eben noch gestanden hatte, wallte der Bodenbelag blasenwerfend auf. Luceiver hätte mich beinahe hinterrücks erwischt. Er stand in fünf Metern Höhe an der Brüstung eines Montagegerüsts.

Abermals drückte er ab. Ich wälzte mich weiter zur Seite. Unmittelbar neben mir floß die tödliche Energie auseinander. Dann feuerte ich. Teile des Gerüsts begannen aufzuglühen. Aber da hetzte Luceiver bereits davon. Ich verfehlte ihn abermals. Sein irres Lachen dröhnte durch die Halle. Im nächsten Augenblick schien er wieder spurlos verschwunden zu sein.

Die Drehung des Einmannjägers war zum Stillstand gekommen. Aber der Abstrahlpol war noch aktiviert. Um das Geschütz auszulösen, mußte Luceiver ins Cockpit. Dann konnte ich ihn abfangen. Andererseits hatte ich keine Möglichkeit, die Schaltungen rückgängig zu machen. Wahrscheinlich hatte er längst den Einstieg im Visier.

Halb unter den Rumpf des Jägers geduckt, mit der Waffe nach allen Seiten sichernd, bewegte ich mich in Richtung Heck.

»Luceiver, geben Sie auf! Sie kommen hier nicht mehr raus.«

Hörte ich Schritte? In der Stille wagte ich kaum zu atmen. Wir belauerten uns gegenseitig, warteten auf eine Unvorsichtigkeit des anderen.

»Hören Sie mich, Luceiver?«

Ich schwang mich auf die Laufkatze, wälzte mich unter dem Rumpf des Jägers hindurch und robbte in der Vertiefung einer Führungsschiene wieder Richtung Bug. Unmittelbar über mir gähnte düster die Strahlöffnung eines Steuertriebwerks.

Jetzt waren Schritte zu vernehmen, hastig und schnell, aber ein mehrfaches Echo machte es unmöglich, die Position zu lokalisieren. Vermutete Luceiver mich noch auf der anderen Seite des Jägers?

Dann ging alles sehr schnell. Metall schrammte über Metall, krachte polternd gegen die Gerüstverkleidung und fiel zu Boden.

Eine Finte, warnte der Extrasinn.

Ich schnellte mich dennoch aus dem Versteck, fuhr aber sofort herum. Ich entdeckte Luceiver Sekundenbruchteile eher als er mich – er schien mich wirklich noch auf der anderen Seite des Jägers vermutet zu haben.

Mein erster Schuß ging fehl, zerfetzte Teile der Gerüsthalterung unmittelbar neben Luceiver. Mit einem Aufschrei riß er seine Waffe herum – und geriet ins Schwanken. Stahlteile hatten sich gelöst und hielten seinem Gewicht nicht mehr stand.

Luceiver verlor den Halt. Er schoß nicht mehr, er schrie nur noch. Der Schrei brach abrupt ab, als er aufschlug.

Als ich ihn erreichte, starrte er mich immer noch haßerfüllt an. Vergeblich versuchte er, den Strahler zu erreichen, der ihm entfallen war. Er starb, als er die Waffe mit den Fingerspitzen berührte.

Impressionen

Prinzessin Tamarena hatte ein Wechselbad der Gefühle hinter sich. Erst die Befürchtung, daß Irakhem den nächsten Tag nicht mehr erleben würde, und dann die Angst um Atlan, dieses bange und furchtsame Zittern um sein Wohlergehen. In jenen Minuten hatte Tamarena erst wirklich erkannt, wie sehr sie sich in den Fremden aus der Zukunft verliebt hatte. Sie war ihm um den Hals gefallen, doch irgendwie hatte Atlan in dem Moment sehr zurückhaltend gewirkt. Aber vielleicht war einfach nicht der richtige Zeitpunkt gewesen.

Der 24. Prago des Tedar 12.402 da Ark war angebrochen. Die Arbeiten an der PADOM gingen dem Ende entgegen. Die ersten Reparaturtrupps verließen bereits das Schiff. Doch Atlan entwickelte plötzlich geheimnisvolle Aktivitäten, über deren Sinn und Zweck Tamarena nur spekulieren konnte. Er hatte einige Arbeitsroboter offensichtlich umprogrammiert und ließ von ihnen Hunderte Container auf das Schiff transportieren und mit der Zentrale verkabeln. Was immer in diesen Containern enthalten war, Atlan schwieg sich aus. Und die Roboter waren telepathisch nicht auszuspionieren.

Außerdem war gestern begonnen worden, Puaka und die anderen inhaftierten Offiziere der PADOM erkennungsdienstlich zu behandeln. Daran war an und für sich nichts Besonderes, nur daß inzwischen ausführliche holographische Aufnahmen jedes einzelnen vorlagen und nun auch noch Stimmabdrücke gefertigt wurden, erschien Tamarena des Guten zuviel.

Die Prinzessin fand sich ungern damit ab, daß Atlan ihr seine Pläne verschwieg. Warum er das tat, womöglich um sie zu schützen, war ihr in dem Augenblick völlig egal.

Ihre wiederholten Versuche, Atlans Gedankenschirm zu durchdringen, blieben erfolglos. Lediglich in Irakhems Gedanken konnte sie stöbern – er empfand längst glühende Bewunderung für den Admiral. Aber wirklich informiert war auch er nicht.

Die Rebellen von Traversan

von
Peter Terrid

In rasender Folge verließen die fingerlangen Raketengeschosse die Läufe der Waffe, jagten mit höchster Geschwindigkeit durch die Luft und schlugen Sekundenbruchteile danach in den Schirmfeldern ein. Durchschlagen konnten die Raketen die Schutzschirme nicht, aber sie bewirkten immerhin, daß die Getroffenen in einen weiträumigen Feuerball gehüllt wurden. Der Lärm in der Halle war ohrenbetäubend.

Weder die Roboter noch die Naats ließen sich durch den Raketenhagel beeindrucken. Sie reagierten auf den Überfall unserer Leute in genau jener Weise, die sie trainiert und einprogrammiert bekommen hatten.

Binnen weniger Sekundenbruchteile hatten sie sich um die Person in ihrer Mitte geschart, deren Schutz ihnen oblag. Ob sie diese Person mochten oder nicht, das spielte keine Rolle. Nicht für die Roboter, weil denen derlei Überlegungen gar nicht erst möglich waren, aber ebensowenig für die Naats. Seit unzähligen Generationen stellten die Naats Leibwachen für Imperatoren, Angehörige der imperialen Familie, Hochedle und andere herausragende Persönlichkeiten des Arkon-Imperiums.

Naats waren im Durchschnitt fast drei Meter groß und lebten auf einer Welt, die ihren Körpern eine Anpassung an rund 2,8 Gravos zumutete; entsprechend waren die Körperkräfte der Naats ausgebildet. Auf Ahnungslose machten die schwarzhäutigen Riesen mit ihren Kugelköpfen oft den Eindruck stumpf-geistiger Kraftpakete.

Aber das war eine grobe Täuschung. Sie waren durchaus intelligent und wußten mit modernen Waffensystemen hervorragend umzugehen.

Das bewiesen sie auch in diesem Fall ...

1.

Ohne zu zögern, erwiderten die Naats das Feuer unserer Roboter. Ein Gewirr von Strahlbahnen spann sich durch den Hangar. Normalerweise war hier an Bord der PADOM ein Beiboot stationiert, aber nach der Schlacht im Traversan-Sektor war der Hangar leer geblieben.

Unser Feuer konnte zwar die Schutzschirme der Leibwache nicht durchschlagen, aber ganz ohne Folgen blieb der Angriff dennoch nicht. Die erste und erwünschte Folge war, daß die äußerst stark belasteten Schutzschirme der Angegriffenen so starke Hyperimpulse als Streustrahlung verbreiteten, daß aus dem Inneren dieser Feuerkugel kein Funkimpuls mehr ins Freie drang – und wenn doch, war er mit Sicherheit unverständlich.

Außerdem wiegte diese erfolgreiche Abwehr unseres Angriffs den Gegner in trügerischer Sicherheit – und genau das war von mir beabsichtigt.

Ich gab meinen Leuten ein Zeichen: *Weitermachen!*

Die Eingeschlossenen wurden mit allem unter Feuer genommen, was uns zur Verfügung stand – Thermostrahler, Impulsstrahler, Blaster, Desintegrator, Raketengeschosse, Thermitgranaten. Da die Angegriffenen dicht an dicht standen, überlappten sich die Schirmfelder ihrer Schutzschirme und verstärkten sich gegenseitig in solchem Maße, daß sie mit einfachen Handwaffen kaum noch zu knacken waren.

Allerdings waren die so massiv Angegriffenen auch ihrerseits nicht in der Lage, sich von der Stelle zu bewegen; der riesige Feuerball, den die zahllosen Treffer auf den Schirmfeldern hinterließen, machte es ihnen auch sehr schwer, ihre Gegner optisch zu orten und einzeln unter Feuer zu nehmen.

»Weiter!« schrie ich und gestikulierte heftig. »Nicht lockerlassen!«

Für dieses Gefecht an Bord der PADOM setzten wir vor allem Roboter ein, um unsere eigenen Leute möglichst zu schonen. Außerdem wurden sie sehr bald für eine zweite Front gebraucht.

Patt! gab der Extrasinn knapp durch.

Das war das Ergebnis, das ich hatte erreichen wollen; keine der beiden Parteien war mehr in der Lage, die Entscheidung zu ihren Gunsten herbeizuführen. Dennoch ...

Ich warf mich zur Seite, als aus dem Zucken und Irrlichtern der Abwehrfront ein Gegenstand in meine Richtung geflogen kam.

»Deckung!« schrie ich.

Die Granate detonierte etwa sieben Meter von mir entfernt und verwandelte diesen Teil des Hangars in einen Glutorkan. Unzählige Kilokalorien geballter Hitze entluden sich auf engstem Raum und entfalteten eine verheerende Wirkung.

Im Umkreis von zwanzig Metern wurde alles, was sich entflammen ließ, im Bruchteil eines Augenblicks entzündet und ging in Flammen auf. Metall wurde entweder ebenfalls verbrannt oder verwandelte sich in weißglühende Flüssigkeit, die sich auf den Boden ergoß oder in Funkenkaskaden über den Boden sprühte. Die gewaltig erhitzte Luft dehnte sich fast explosionsartig aus und riß Menschen und Geräte, die nicht fest genug montiert waren, zu Boden.

Ohne positronisch gesteuerte Kampfanzüge hätte kein Lebewesen eine Chance gehabt, die Explosion einer solchen Granate zu überleben, wenn die Distanz geringer als zwanzig Meter war – und selbst dann waren schwere und schwerste Schäden zu befürchten.

Mein Schutzanzug funktionierte einwandfrei. Ich hatte nichts zu befürchten und bekam auch nichts ab. Aber es war ein Ding, diese Informationen über die Stärke und den Schutz des Anzuges zu kennen und auch daran zu glauben – und dann den Feuerball zu erleben, zu sehen, wie er sich aufblähte und auf einen zuraste, den Stoß der Druckwellenfront zu spüren und aus geweiteten Augen heraus zu erblicken, wie Fladen weißflüssigen Metalls auf einen zuflogen ...

Ich rollte mich ab und kam wieder auf die Füße. Neben mir wurde ein Kampfroboter der PADOM in einen Haufen rotglühenden Metalls verwandelt. Irgendwo hörte ich jemanden schreien, schrill und hoch.

So schnell es ging, verließ ich den Hangar und suchte das nächstniedrigere Deck der PADOM auf. Unterhalb des Hangars fand ich eine Reparaturhalle. Dort stand unsere zweite Kampfgruppe, startklar und einsatzbereit.

Ich hatte schon im Laufen meinen Thermostrahler gezogen und richtete die Waffe jetzt auf die Decke dieser Halle. Das photographische Gedächtnis meines Extrasinns lieferte die Informationen, der Logiksektor überprüfte sie noch einmal auf Stichhaltigkeit, dann drückte ich ab.

Der Feuerstrahl meiner Waffe zeichnete einen Kreis an die Decke der Halle – und damit auch an den Boden des Hangars. Er hatte einen Durchmesser von knapp anderthalb Metern. Während ich die Rundung langsam abzuschießen begann, zielten meine Gefährten mit ihren auf Höchstleistung gestellten Desintegratoren auf den Hangarboden – und zwar genau dorthin, wo nach meiner Kalkulation das Subjekt unserer Bemühung zu finden war, eingekreist von seiner Schutztruppe aus Naats und Robotern.

Unser Trick gelang. Die Desintegratoren – zehn Mann aus der Besatzung der PADOM schossen gleichzeitig – lösten das Metall des Hangarbodens in molekularen Feinstaub auf. Die dadurch freigelegte Metallscheibe verlor den Halt und stürzte zusammen mit den Personen, die darauf standen, in die Tiefe.

Es waren zwei Gestalten, die vor uns auftauchten: ein schwerbewaffneter Naat und eine weitere Person, ein Arkonide, ebenfalls bewaffnet, aber bei weitem nicht so aktiv wie der Naat. Der Leibwächter zögerte nicht, sich unmittelbar nach der unsanften Landung auf dem Hallenboden aufzurappeln und das Feuer auf uns zu eröffnen. Er reagierte sehr schnell und schoß außerordentlich präzise. Wir mußten schnellstens vor diesem Gegner in Deckung gehen.

Der Naat war seiner körperlichen Verfassung entsprechend ausgerüstet, mit Handwaffen zwar, aber die waren von einem Kaliber, das man sonst nur bei schweren Kampfrobotern vermutet hätte. Die Waffenstrahlen, die von diesen Strahlern abgegeben wurden, lagen knapp unterhalb der Kapazität eines Schirmfeldes, wie es von einem normalen Raum- und Kampfanzug geliefert wurde.

Im Klartext hieß das: Fielen zufällig zwei Treffer innerhalb kurzer Zeit auf ein und dieselbe Person, war es um den Getroffenen geschehen. Da half dann auch die Arkontechnik nicht mehr allzuviel ...

Unser Vorgehen war vorher abgesprochen worden. Ein Teil unserer Leute unterstützte unsere Kampfroboter, die über unseren Köpfen im Hangar der Leibwache zusetzten; sie feuerten durch das Loch in der Decke gleichsam von hinten auf die Leibwächter.

Wir anderen, ebenfalls unten in der Halle, nahmen den Naat und seinen Begleiter unter Feuer, mit der Absicht, die beiden voneinander zu trennen. Aber das ließ sich weitaus leichter planen und formulieren als in die Wirklichkeit umsetzen.

Der Naat nahm seine Aufgabe sehr ernst, und er tat es in der Art und Weise, die die Naats berühmt gemacht hatte – tapfer, äußerst geschickt und ohne Rücksicht auf das eigene Leben und die eigene Gesundheit.

Ich gab meinen Leuten ein Zeichen. Sie konzentrierten ihr Feuer jetzt auf den Naat, ohne jedoch größere Wirkung zu erzielen. Nicht nur die Raumanzüge, die von Naats getragen wurden, waren größer, auch die einzelnen Komponenten des Raumanzuges waren ihren Abmessungen und Körperkräften entsprechend anders dimensioniert. Die Schutzschirme beispielsweise, die ein Naat-Raumanzug erzeugen konnte, hielten auch dem Beschuß von einigen Kampfrobotern stand. So leicht war einem Naat nicht beizukommen, es sei denn mit einem Trick.

Ich rannte los, genau auf den Arkoniden zu. Der fuchtelte mit seiner Waffe ziemlich ungezielt herum und schoß nervös auf alles, was sich in seiner Nähe und Reichweite bewegte. Er sah mich kommen, die Hand mit der Waffe fuhr herum, dann löste sich ein Strahl und traf mein Schirmfeld. Aber das Schirmfeld hielt, wie ich es nicht anders erwartet hatte.

Der Arkonide feuerte noch einmal, dieses Mal aus nächster Nähe, aber auch diesen Beschuß hielt der Schutzschirm aus, glücklicherweise. Dann war ich nahe genug an den Mann herangekommen.

Alles war nur eine Frage der Zeit und der Reaktionsgeschwindigkeit, in der Theorie eine ganz einfache, leicht und mühelos wirkende Angelegenheit – die beiden Schirmfelder berührten sich, verschmolzen und gingen ineinander über. Es dauerte nur den Bruchteil einer Sekunde, dann standen der Arkonide und ich im Inneren des gleichen Schutzschirmes – was bedeutete, daß ich beim nächsten Schuß, den mein Gegner in meine Richtung abgab, nur noch vom Material meines Raumanzuges geschützt wurde. Unter diesen Bedingungen mußte jeder Treffer schwerste, wenn nicht tödliche Verletzungen hervorrufen, je nach getroffener Körperregion und Art der Waffe.

Ich hatte mich für einen Paralysator entschieden, und ich nahm mir nicht einmal die Zeit, genau zu zielen, als ich diese Waffe betätigte.

Ich war schnell genug. Mein Gegenüber zuckte kurz und brach dann unter der lähmenden Wirkung des Paralysators zusammen. Seine Waffe glitt ihm aus der Hand und landete auf dem Boden der Halle.

Aber noch gab es den Naat, und für den galt das gleiche wie für den Arkoniden – er hielt sich im Inneren des gleichen Schirmfeldes auf, weil sein eigener Schutzschirm, der des betäubten Arkoniden und mein eigenes Schirmfeld sich durch mein überraschendes Manöver zu einer einzigen, allerdings sehr großen Schirmfeldblase verbunden hatten. Aber ein massiger Körper von fast drei Metern Höhe und einer von 2,8 Gravos geprägten Muskulatur hatte einen entscheidenden Nachteil – der Naat war in seinen Bewegungen einfach ein Stück zu langsam und zu träge ...

Hoffentlich, denn einen Kampfkoloß wie diesen streckte man nicht nur mit einem Paralysatortreffer nieder. Ich schoß und schoß und schoß ... Ich wußte, wenn mein Gegner auch nur einen Schuß aus seiner Waffe gelöst bekam, war es um mich geschehen!

Der Naat wankte, schwankte, der Kopf wackelte haltlos hin und her. Die Hand mit der Waffe bewegte sich, zeitlupenhaft, zuerst in meine Richtung, dann sank sie – wie mir schien, in einer ganz extremen Zeitlupe – hinab. Der Naat war außer Gefecht gesetzt, aber er brauchte noch einige Sekundenbruchteile, bis er zusammenbrach und seinen riesigen Körper auf dem stählernen Boden ausstreckte.

Ich stieß einen langen, erleichterten Seufzer aus. Das war knapper geworden, als ich angenommen, ja befürchtet hatte. Mein Puls raste, auf meiner Stirn standen dicke Schweißperlen.

Den Paralysator noch in der rechten Hand, blickte ich hinunter zu dem Arkoniden, der besinnungslos auf dem Boden lag. Ein Lächeln stahl sich auf meine Züge.

»Willkommen an Bord der PADOM, Erhabener!« sagte ich.

Der Vorstoß nach BRY 24, das riskanteste Unternehmen, auf das sich die Rebellen von Traversan jemals eingelassen hatten, hatte seinen ersten Höhepunkt erreicht – nach einem Anlauf und Vorspiel, das ganz erheblich an unseren Nerven gezerrt und gesägt hatte ...

2.

»Einen Fehlschlag wird es ganz bestimmt nicht geben«, bemerkte Radoquor düster. »Nur eine Katastrophe!«

Ich konnte ihm ansehen, wie nervös er war. Der junge Traversaner gehörte zu der neuen Besatzung der PADOM, die erst vor kurzem an Bord gekommen war, als Ersatz für jene Arkoniden, die wir bei der Kaperung der PADOM gefangengenommen hatten. Radoquor, knappe dreißig Jahre alt und ziemlich unerfahren, war im Normalfall eher ein Draufgänger; jedenfalls hatte ich ihn so im Einsatz erlebt. Aber dieses Unternehmen war von anderer Art als jene, die er bereits kannte.

Die PADOM flog BRY 24 an, gleichsam in das Maul eines Löwen, mitten hinein zwischen seine Reißzähne. Die Taster der Ortung zeigten an, daß auf BRY 24 über hundert Einheiten auf uns warteten, darunter sieben Schlachtschiffe der 800-Meter-Klasse, jedes einzelne um mindestens eine Zehnerpotenz schneller und kampfstärker als unsere PADOM, selbst wenn unser Schiff voll einsatzbereit gewesen wäre.

Das aber war es nicht, durfte es nach Lage der Dinge auch gar nicht sein. Auf BRY 24 wurde die PADOM offenkundig nicht mehr erwartet; man hatte sie wahrscheinlich als Totalverlust abgeschrieben. Wenn das Schiff jetzt dennoch auftauchte, dann mußte die Begründung für dieses Zuspätkommen augenfällig sein. Und sie war augenfällig.

Die PADOM war ein Wrack, kaum noch flugfähig, wehrlos und nur mit einem Minimum an Besatzung. So sollte man es drüben jedenfalls glauben.

Eines jedenfalls stand für uns fest – auf einen Kampf durften wir es unter gar keinen Umständen ankommen lassen. Selbst bei einem Einzelgefecht wäre die PADOM in diesem Zustand jedem Gegner unterlegen gewesen.

Ich wechselte einen raschen Blick mit Tamarena, die sich gemäß unserer Absprache im Hintergrund hielt. Zwar hatte sie BRY 24 niemals persönlich aufgesucht, aber man kannte sie auf der anderen Seite. Die Tochter des Nert Kuriol da Traversan war in dieser Eigenschaft der Gegenseite durchaus bekannt. Und nach den Ereignissen der letzten Tage stand sie auf den Fahndungslisten garantiert ganz oben.

»Schwarzseher!« bemerkte Tamarena spöttisch. »Wenn es dir zu gefährlich ist, dann hättest du zu Hause bleiben sollen!«

»Niemals!« gab Radoquor trotzig zurück.

Man näherte sich mit der gebotenen Vorsicht. Ein Schiff der 200-Meter-Klasse verringerte den Abstand zwischen sich und der PADOM. Die Ortung verriet uns, daß auf der anderen Seite alle Geschütze bemannt und feuerbereit waren. Offenbar war man gegenüber dem Nachzügler PADOM mißtrauisch. Die anderen Einheiten, die nach der Raumschlacht im Traversan-Sektor noch flugtauglich gewesen waren, hatten auf ihrer wilden Flucht längst den heimatlichen Stützpunkt BRY 24 erreicht. Nur die PADOM hatte sehr viel länger gebraucht.

Warum?

Die Begründung konnte man auf den ersten Blick sehen. Die Triebwerke des Schweren Kreuzers stotterten, in der stählernen Hülle klafften riesige Löcher, in deren Hintergrund es immer wieder dunkel- und hellrot glomm.

Wir hatten diese Brände absichtlich nicht gelöscht, um den Eindruck zu verstärken, den wir auf BRY 24 erzielen wollten – den eines gerade noch beweglichen Wracks, das sich mit allerletzter Kraft in den heimatlichen Hafen rettete.

»Jetzt wird es ernst!« sagte ich halblaut. »Positionen einnehmen!«

Wahrscheinlich würde der Kommandant des Wachschiffs, das auf uns zuhielt, sehr bald versuchen, einen Funkkontakt zur PADOM herzustellen. Tamarena und einige andere prominente Traversaner durften dabei nicht ins Blickfeld geraten, sonst war die Täuschung im gleichen Augenblick geplatzt.

»Wir werden angefunkt!« hörte ich es rufen.

»Durchstellen!« befahl ich sofort.

Ich war jetzt Puaka, der Orbton der PADOM und nach dem Tod des früheren Kommandanten der Befehlshaber des Schiffes. Es war der echte Puaka gewesen, der die Übergabe der PADOM an die Rebellen von Traversan veranlaßt hatte; zusammen mit dem Rest der ursprünglichen Besatzung war er jetzt Kriegsgefangener auf Traversan.

Ich hatte seinen Namen und seine Funktion übernommen. Die äußerliche Ähnlichkeit zwischen Puaka und mir war nicht besonders groß, wenigstens stimmten Größe und Statur, aber darauf kam es jetzt nicht an. Bei einer gründlichen Überprüfung, beispielsweise der Feststellung der Individualschwingungen, kam die Täuschung ohnehin sofort heraus. Und auf den ersten Blick wäre auch

Puaka selbst kaum zu identifizieren gewesen. Er war bei den Kämpfen um die PADOM verletzt worden, und entsprechende Verletzungen hatte auch ich mir verpassen lassen. Teile meines Gesichtes waren dick mit Wundplasma verschmiert, das im Licht der Zentralebeleuchtung schimmerte und meine Gesichtszüge aufgedunsen und verquollen aussehen ließ. Zudem flackerte das Licht der Zentrale.

Solange ich nicht mit Puakas Freundin oder seiner Mutter konfrontiert wurde, konnte ich als er durchgehen, besonders dann, wenn es nur einen technischen Kontakt über Bildfunk gab. Auf dem Panoramaschirm tauchte das Gesicht eines arkonidischen Offiziers auf, der mich mißtrauisch taxierte.

Ich vollführte den vorgeschriebenen Gruß und verzog dabei das Gesicht, aber nur andeutungsweise. Ein echter Arkonide, besonders ein Offizier, jammerte und klagte nicht, wenn er beim Kampf verletzt worden war.

»Orbton Puaka meldet die PADOM zurück«, gab ich durch.

»Wo ist der Kommandant?« lautete die knappe, konsequente Frage.

»Vor dem Feind gefallen«, antwortete ich. »Als ranghöchster Offizier ...«

»Ich verstehe«, wurde mir das Wort abgeschnitten. Das klang sehr dienstlich. »Wieso habt ihr so lange gebraucht?«

»Das Schiff hat schwere Schäden davongetragen«, berichtete ich mit matter Stimme, meiner Rolle entsprechend. »Es war nicht mehr kampffähig, aber wir haben uns selbstverständlich nicht dem Feind ergeben.«

»Sondern?«

Ich versuchte ein knappes Lächeln. »Wir haben uns totgestellt und sind antriebslos durch den Raum gedriftet, während der Feind sich zurückgezogen hat, um seinen schäbigen Triumph auszukosten. Einen Teil der Schäden haben wir mit Bordmitteln beheben können, dann haben wir einen taktischen Rückzug angetreten.«

Die Stirn meines Gesprächspartners furchte sich.

Es wird gutgehen! gab der Logiksektor durch.

»Ich verstehe«, sagte der Offizier schließlich, und seine Stirn glättete sich wieder. »Ich werde euch einen Platz in der Werft zuweisen lassen. Die Verwundeten können sich gleich in eine Klinik begeben. Sie, Orbton, werden sich selbstverständlich direkt vor dem Sonnenkur zu verantworten haben.«

Die Darstellung dieses Offiziers war großformatig genug, daß ich seine Rangabzeichen sehen konnte.

»Ich bitte ausdrücklich darum, Sek'athor!«

Wieder legte sich die Stirn in Falten. »Mit welcher Begründung?«

Ich zögerte kurz. Es konnte nicht unser Ziel sein, gleichsam im militärischen Apparat von BRY 24 zu verschwinden, wo unsere Tarnung früher oder später auffliegen mußte. Unser Ziel war weitaus höher gesteckt – und dementsprechend hoch war auch das Risiko. Wir brauchten den Kontakt, den persönlichen Kontakt, zum Verwalter des Brysch-Sektors, also zu Sonnenkur Pyrius Bit.

»Während der Schlacht bei Traversan sind Informationen von entscheidender Wichtigkeit zutage getreten, Informationen, die ich unmittelbar dem Sonnenkur zukommen lassen muß, niemand anderem.« Ich machte eine kurze Pause. »Ich bitte für diese Unbotmäßigkeit vielmals um Nachsicht, Sek'athor!«

Dieses Mal fielen die Stirnfalten tief und steil aus. Was ich dem Kommandanten des Kreuzers zumutete, war schlichtweg eine Frechheit. Schließlich gab es so etwas wie einen Dienstweg, der einzuhalten war. Es war nicht die Sache eines stellvertretenden Kommandanten, sich unter Umgehung aller Dienstvorschriften an den Sonnenkur zu wenden – es sei denn, die Sache war von äußerster Wichtigkeit. Aber auch das zu beurteilen kam einem einfachen Offizier eigentlich nicht zu.

Ich sah, wie der Sek'athor eine wegwerfende Handbewegung machte. Das in mir aufsteigende Lächeln unterdrückte ich.

Gewonnen!

»Es ist Ihr Kopf, Puaka, der rollen wird, wenn diese Informationen nicht so brisant sind, wie Sie behaupten. Aber wie Sie wollen. Braucht die PADOM technische Hilfe, oder schafft sie es aus eigener Kraft bis BRY 24?«

»Wir werden es schaffen«, versprach ich. »Und habt Dank für Euer Verständnis!«

Er nickte kurz. »Folgt uns!« lauteten seine letzten Worte, dann wurde die Verbindung getrennt. Ich stieß einen leisen Seufzer aus. Die erste Klippe war damit überwunden. Und geholfen hatte uns dabei – genau wie ich es kalkuliert und erhofft hatte – niemand anders als der Sonnenkur selbst, Pyrius Bit. Von den Traversanern hatte ich bereits einiges über diesen Mann erfahren und wußte daher, daß er für diesen Posten bemerkenswert schlecht geeignet war.

Offensichtlich gefiel es Pyrius Bit ganz und gar nicht, daß man ihm als persönliches Lehen ausgerechnet diesen wenig bedeutenden und vor allem wenig ertragreichen Sektor des Arkon-Imperiums übertragen hatte. An anderer Stelle hätte er mehr verdienen und sich größeren Einfluß für eine Karriere verschaffen können.

Ein wirklicher Arkonide hätte seinen Ehrgeiz daran gesetzt, selbst diesen schlechten Posten möglichst gut und effektiv auszufüllen und darauf zu vertrauen, daß sich wahre Qualität in einem funktionierenden System letztendlich doch durchsetzte. Aber von diesem Kaliber war Pyrius Bit nicht.

Seine Verwaltung war schlecht, unorganisiert, ja schlampig –

und von rücksichtsloser Habgier gekennzeichnet. Und das blieb, zwangsläufig, nicht ohne Folgen.

Unter einem anderen Kur hätte mein Gesprächspartner die PADOM sicherlich genau untersuchen und überprüfen lassen. Aber der Führungsstil eines Pyrius Bit forderte Schlamperei und Nachlässigkeit auf den darunterliegenden Ebenen der Macht geradezu heraus. Die lässige Handbewegung des Sek'athors hatte dessen Einstellung deutlich verraten.

Ach, was soll das? Es interessiert ohnehin niemanden. Und für diesen Kerl ...

Tamarena grinste mich an. »Den ersten Schritt hätten wir damit geschafft«, sagte sie. »Ihr macht Euch gut als schlichter Offizier, Atlan.«

Ich lächelte knapp zurück. Meine Ausbildung war eben gründlich gewesen und nicht ohne Folgen. Und von einem Mann, der etliche Jahrtausende auf dem Buckel hatte, konnte man ein bißchen angewandte Diplomatie und Schauspielkunst schon erwarten.

»Das Härteste kommt noch«, warnte ich meine Freunde. »Vergeßt das nicht. Ein Fehler, ein Feuerschlag, und unsere wracke PADOM existiert nicht mehr – und wir ebenfalls nicht.«

Der Schwere Kreuzer, der uns abgefangen hatte – die Geschütze waren laut Ortung noch immer jederzeit feuerbereit –, flog uns voran. Der Brysch-Sektor lag mitten im Großen Imperium. Er war ein strategisch unbedeutender Sternhaufen, der rund 120 Lichtjahre durchmaß und etwa 16.500 Lichtjahre oberhalb der Milchstraßenebene angesiedelt war. Das Zentralgestirn und Machtzentrum des Brysch-Sektors war die Sonne mit dem Eigennamen Brys Stern, benannt nach seinem Entdecker. Brys Stern war ein blauweißer Riese mit einer Oberflächentemperatur von rund 8600 Kelvin.

Die Sonne verfügte über insgesamt 29 Planeten und eine beeindruckende Schar von 423 Monden. Die Projektion dieses Systems auf dem Panoramaschirm – zur besseren Anschauung perspektivisch verzerrt – ergab ein hübsches, sinnverwirrendes Knäuel. Immerhin war zu erkennen, daß dieses System ein ziemlich exotisches Gebilde war. Die inneren dreiundzwanzig Planeten waren so klein, daß man sie nur als Planetoiden bezeichnen konnte, dann kam BRY 24, die einzige besiedelte Welt. Die äußeren Planeten jenseits der Nummer 24 waren Gasriesen bis zur doppelten Größe des Jupiter – den natürlich keiner meiner derzeitigen Gefährten kennen konnte –, umschwirrt von ganzen Familien von großen, kleinen und winzigen Monden.

BRY 24 war 1557 Millionen Kilometer vom Zentralgestirn entfernt, eine Welt, die zwar noch reichlich Sonnenlicht abbekam, aber kein eigenes Leben entwickelt hatte. BRY 24 hatte eine

Atmosphäre, die zu über neunzig Prozent aus Stickstoff bestand.

Warum Arkon ausgerechnet dort einen größeren Stützpunkt angelegt hatte, das war allein auf strategische Gründe zurückzuführen. Brys Stern lag ziemlich genau im Zentrum des Sektors, und da der gesamte Sektor ohnehin nicht als blühend und ertragreich bezeichnet werden konnte, war es ziemlich egal gewesen, ob man diesen Planeten besiedeln konnte oder nicht.

Aus den Aufzeichnungen der Bordpositronik der PADOM wußten wir, daß BRY 24 dem Standard eines arkonidischen Flottenstützpunkts mittlerer Größe entsprach. Es gab Verteidigungsanlagen, ausgedehnte Docks zur Wartung und Reparatur von Raumschiffen, Lagerhallen für normale Wirtschaftsgüter und militärischen Bedarf und einen beträchtlich großen Raumhafen mit einem Durchmesser von fast 50 Kilometern. Dort waren die Flotteneinheiten des Stützpunktes stationiert.

Für die Besatzungen dieser Schiffe hatte man eine kleine Stadt erbaut, die hauptsächlich aus Kasernen bestand und deswegen auch keines besonderen Namens bedurfte. Wohnlich konnte man sie wahrscheinlich nicht nennen, und wer dort stationiert war, der war sicher heilfroh, wenn er sehr bald zu einer anderen Einheit versetzt wurde.

Die Positronik wußte auch zu berichten, daß zur Zeit auf BRY 24 rund 120.000 Arkoniden untergebracht waren – Besatzungen, Techniker, Wartungspersonal, Mitarbeiter der Verwaltungsbehörden und viele andere. Und all dies unterstand letzten Endes einer einzigen Person: dem Sonnenkur Pyrius Bit.

3.

»Mehr davon!« schrie der Erhabene und winkte mit der dickfingrigen Hand, an der zahlreiche Ringe glänzten. »Mehr!«

Der Edle war in keiner besonders guten Laune. Dafür gab es eine Vielzahl von Gründen, und ein paar davon waren deutlich zu sehen. Der Wink und der Ruf beispielsweise galten Servicerobotern, die sich beeilten, den Wünschen ihres Gebieters Folge zu leisten. Sie taten das schnell und perfekt, aber es waren eben nur Roboter. Ein richtiger Regent hätte über lebendes Personal geboten, zu seiner Unterhaltung hätten richtige Musiker aufgespielt, und überhaupt ...

Der Pokal des Sonnenkurs war aus einem einzigen Diamanten

von beträchtlicher Größe geschnitten, sicherlich sehr eindrucksvoll, aber längst nicht genug für einen Pyrius Bit. Luurs-Metall hätte es sein müssen, jenes überaus seltene, kostbare und höchst eigentümliche Metall, das seine Temperatur – sie lag bei knapp 276 Kelvin – niemals änderte, gleichgültig ob man es erhitzte oder abkühlte.

Pyrius Bit war ein viel zu großer Kenner leiblicher Genüsse, um nicht zu wissen, daß Wein aus einem solchen Gefäß einfach nicht schmecken konnte, weil er viel zu kalt geworden wäre. Aber der Eindruck, den ein Luurs-Pokal gemacht hätte, hätte diesen Mangel mehr als ausgeglichen.

So mußte es also Diamant sein, nur Diamant. Aber für Fruchtsaft, der mit einigen auserlesenen Drogen versetzt worden war, reichte es allemal. Pyrius Bit nippte vorsichtig an dem Getränk, schloß die Augen und kostete. Seine Lippen schmatzten leise.

»Gut so«, murmelte er anschließend und nahm einen größeren Schluck. »So läßt sich das Leben wenigstens ertragen ...«

»Gewiß, Erhabener!« stimmte sein Hofmarschall eilig zu. Foly ter Bar war das genaue Gegenstück zu Pyrius Bit. War der Sonnenkur schwer und massig, so zeigte sich ter Bar als hager und vergleichsweise kleinwüchsig. Der Hofmarschall sprach leise, Pyrius Bit liebte es, seine Stimme dröhnen zu lassen. Der Sonnenkur war ein Genußmensch – mehr quantitativ als qualitativ, bei genauerer Betrachtung; ter Bar spielte die Rolle des Asketen und gefiel sich auch darin.

»Was heißt hier *gewiß*, Essoya?« schnauzte der Sonnenkur ihn unwillig an. »Ertragen kann man das Leben überall, wenn man muß. Aber genießen?«

Ter Bar zeigte ein verbindliches Lächeln. »Auch das, Erhabener, wird sich zur gegebenen Zeit ändern«, versprach er säuselnd.

Pyrius Bit betrachtete ihn mit einem verweisenden Blick. »Keine dummen Anspielungen!« warnte er, während sich seine Miene verfinsterte. »Ich habe wahrhaftig in diesen Zeiten genug zu ertragen!«

Ter Bar nickte kummervoll.

In der Tat, das Schicksal meinte es in letzter Zeit gar nicht gut mit Pyrius Bit und dessen Karrierewünschen. Der Sonnenkur gehörte einer einflußreichen Sippe an; der Geburt nach war er ein Hochedler, ein Adeliger Erster Klasse, der über vorzügliche Verbindungen zum imperialen Hof verfügte. Verfügt hatte, denn es konnte schwerlich als Auszeichnung betrachtet werden, daß man ihm ausgerechnet diesen schäbigen Sektor des Imperiums zum persönlichen Lehen gegeben hatte. Und allem Anschein nach war der Einfluß des Pyrius Bit und seiner noblen Verwandtschaft nicht groß genug gewesen, um diese *Auszeichnung* ablehnen zu können.

Dies war um so schlimmer, als sich in diesem heruntergekommenen Winkel des Imperiums weder genügend militärische Macht versammeln noch ausreichend Geld eintreiben ließ, um der Karriere den nötigen Schub zu geben.

Pyrius Bit klatschte in die Hände. »Tanzt!« rief er laut. »Wozu füttere ich euch durch? Tanzt für mich!«

Eine Gruppe von sieben jungen Frauen machte sich daran, den Wunsch des Erhabenen zu befolgen und ihn mit ihren Tänzen zu erfreuen. Die Gesichter der jungen Frauen, sie stammten von Zalit, was am Bronzeton ihrer Haut unschwer zu erkennen war, wirkten maskenhaft mit ihrem aufgesetzten Lächeln.

Pyrius Bit grinste wohlgefällig, dann verzog sich sein feistes Gesicht abermals zu einer Grimasse des Ärgers.

Zaliterinnen! Gewiß, es gab Edle im Großen Imperium, die konnten sich nur derbe Springermädchen als Tänzerinnen leisten, für die galten Zaliterinnen schon als Luxus. Aber Pyrius Bit war auf Arkon groß geworden, da war man anderes gewohnt, Besseres und vor allem Teureres.

Immerhin schienen die Darbietungen der Zaliterinnen wenigstens den anderen Anwesenden zu gefallen. Höhere Verwaltungsangestellte, Offiziere der Flotte, die es als Auszeichnung zu betrachten hatten, wenn der Sonnenkur sie zu einem seiner Gelage geladen hatte.

Foly ter Bar ließ seine kleinen Augen hin und her wandern; nichts schien ihm zu entgehen.

Einer der Offiziere, ein junger Mann aus wenig begütertem Hause, schien an einem der Mädchen Gefallen zu finden. Allem Anschein nach beruhte das auf Gegenseitigkeit. Wenn die Tänzerin dem jungen Mann näher kam, schienen ihre Bewegungen geschmeidiger und sinnlicher zu werden, und ihr Lächeln verlor das Maskenhafte.

Ein rascher Blick zur Seite auf den Sonnenkur. Ter Bar hatte es geahnt. Der Blickkontakt zwischen dem Mädchen und dem Offizier war dem Sonnenkur keineswegs entgangen. Viele waren geneigt, Pyrius Bit für einen verfressenen Schwachkopf zu halten, aber das täuschte. Der Sonnenkur war ein Intrigant der Extraklasse, nie um einen Ausweg, eine List oder ein Täuschungsmanöver verlegen. Und er hatte einen subtilen Geschmack für kleine, auserlesene Bosheiten.

Keine Frage, das betreffende Mädchen würde nach dem Gelage den Vorzug bekommen, Pyrius Bit auch anderweitig gefällig zu sein. Und er würde auch dafür sorgen, daß der fragliche Offizier davon erfuhr. Wenn er das Mädchen danach noch wollte, hatte Pyrius Bit sicherlich nichts dagegen – allerdings mußte der junge Mann dann darauf gefaßt sein, von dem Erhabenen bei jeder passenden Gelegenheit mit leisen Andeutungen gedemütigt zu werden.

»Zweiundneunzig!« hörte ter Bar den Sonnenkur murmeln. »Zweiundneunzig!«

Und das ausgerechnet im Brysch-Sektor. Ter Bar wußte sehr genau, mit welchen seelischen Qualen sich sein Gebieter auseinanderzusetzen hatte. Fast seine halbe Flotte hatte der Sonnenkur bei dieser eigentlich nebensächlichen Auseinandersetzung verloren. Und wenn er zu wissen wünschte, welche Wirkung das hatte, brauchte er sich nur umzusehen. Sowohl die Verwaltungsbeamten als auch die Flottenoffiziere zeigten geradezu steinerne Mienen.

Was für eine Demütigung durch einen Haufen von Rebellen! 92 Schiffe, kampfstarke Schiffe mit erprobten Besatzungen und angeblich fähigen Kommandanten. Wie hatte es nur dazu kommen können?

Foly ter Bar wäre durchaus imstande gewesen, diese Frage sehr präzise zu beantworten, aber er würde sich hüten, diese Wahrheiten in Gegenwart seines Gebieters auszusprechen. Es lag vor allem daran, daß Pyrius Bit selbst nicht so recht wußte, wie er mit der Lage umgehen sollte, der chronischen ebenso wie der aktuellen.

Chronisch war, daß er im Brysch-Sektor gleichsam aufs Abstellgleis geschoben worden war. In diesem Sektor fanden Karrieren ihren Abschluß, sie nahmen dort keinen Anfang, und niemand wußte das besser als Pyrius Bit. Noch immer rätselte er, mal für sich, mal offen, darüber nach, wer diese Hofintrige wohl eingefädelt haben mochte, die ihm dieses elende Kuriat eingetragen hatte.

In einer Beziehung war der Sonnenkur allerdings verblüffend ehrlich. Er hatte nicht die Illusion, viele wirkliche Freunde zu haben, weder im Brysch-Sektor noch auf Arkon selbst. Freunde waren Pyrius Bit schon immer viel zu riskant gewesen. Sein Motto hatte stets gelautet: *Mögen sie mich nur verabscheuen, wenn sie mich nur fürchten!*

Aber offensichtlich gab es am Hof Seiner Erhabenheit Reomirs IX. Arkoniden, die ihn nicht genug fürchteten. Aber wer war es gewesen, der diesen listenreichen Fuchs auf diese elegante und wirkungsvolle Weise aus dem Weg geräumt hatte?

Pyrius Bit nahm wieder einen tiefen Schluck, dann warf er den geleerten Kelch hinter sich. Diamantsplitter verteilten sich auf dem Boden.

Ter Bar registrierte, daß die Laune des Sonnenkurs ihren Tiefpunkt wohl noch nicht erreicht haben konnte. Anderenfalls hätte er den Pokal vor den bloßen Füßen der Tänzerinnen zerschellen lassen.

Vor dem Sonnenkur stand eine leicht dampfende Schale mit lhumidischem Madentang, eine Köstlichkeit, die Pyrius Bit besonders schätzte, vor allem, weil sie teuer war. Gekochter schwarzer Nesseltang von Lhumid, durchsetzt mit noch lebenden weißen Maden, in einer Sauce, die an mit Sahne verdünntes Blut erinnerte. Pyrius Bit griff in die Schale und führte eine Portion davon zum Mund. Daß er sich dabei das Gewand bekleckerte, störte ihn nicht.

»Barbarische Welten, barbarische Manieren!« pflegte er zu kommentieren, wenn man sich ihn auf mangelnde Manieren hinzuweisen erlaubte.

Er schlang den Tang hinunter, schob die Zunge heraus und ließ genüßlich eine der Maden auf der Zungenspitze tanzen, bevor er sie hinunterschluckte.

»Ich liebe Essen, das einem Leben zuführt«, bemerkte er mit einem spöttischen Blick auf ter Bar. »Greift zu, es schmeckt herrlich!«

Ter Bar lehnte höflich ab und nahm lieber ein paar Springnüsse zu sich. Eines mußte man Pyrius Bit lassen, von den Dingen des Leibes verstand er etwas. Seine Gastmähler auf Arkon waren noch heute Gesprächsthema, inzwischen aber schien er stark nachgelassen zu haben.

Auf Arkon hätte er es jedenfalls niemals zugelassen, daß während eines solchen Gelages auf der großen Projektionswand – behutsam ausgedrückt – anzügliche Filme abgespielt wurden, vorgeblich, um die Stimmung zu heben. Und zu ter Bars Leidwesen war es auf BRY 24 unter anderem seine Aufgabe, für Nachschub zu sorgen, seien es köstliche Speisen, edle Getränke, Frauen oder dergleichen.

Vor allem, wenn es um Drogen ging, galt Pyrius Bit als einer der besten Kenner der Materie. Ein Kurierschiff war eigens dazu abgestellt worden, ihn fortlaufend mit den neuesten Kreationen der besten Drogendesigner des Imperiums zu versorgen. Den lhumidischen Madentang hatte er beispielsweise mit gehackter Gravia-Pflanze bestreut, deren Wirkung wenig später wahrscheinlich die hübsche Zaliterin auszubaden haben würde.

»Es sieht übel aus«, bemerkte Pyrius Bit leise. »Sag an, Freund, was sollen wir unternehmen, um diese Katastrophe abzuwenden?« Er grinste boshaft. »Ich sehe es dir an, Alter, du freust dich insgeheim. Zweiundneunzig Schiffe habe ich verloren – das wird Seine Erhabenheit ganz bestimmt nicht freuen und den ehrenwerten Oberbeschaffungsmeister Kemarol da Andeck auch nicht. Sie werden es schlichtweg Unfähigkeit nennen. Das werden sie doch, nicht wahr?«

»Es steht zu befürchten, Gebieter«, bemerkte ter Bar unterwürfig; auch seine Gedanken bewegten sich seit etlichen Stunden in der gleichen Richtung. Bildlich gesprochen hatte solche Unfähigkeit in anderen Fällen schon etliche Köpfe zum Rollen gebracht.

»Sie werden mich in einen Konverter stecken und in Atome

zerblasen«, kalkulierte Pyrius Bit. »Dich übrigens auch, das ist dir doch klar, Vertrauter meiner Pläne und Absichten?«

»Ich sehe und erkenne das Problem, Gebieter«, beeilte sich ter Bar zu beteuern. Am liebsten hätte er vor Zorn und Wut mit den Zähnen geknirscht. Er hatte gehofft, gleichsam im Schatten des fetten Sonnenkurs, als wirklicher Vertrauter, Mitwisser und Helfershelfer der Aktionen des Pyrius Bit selbst Karriere zu machen, hinter Pyrius Bit ebenfalls aufzusteigen, zum Adeligen zweiter oder gar erster Klasse. Und nun drohten ihm Schimpf, Schande und der Henker. »Und ich denke unausgesetzt über eine Lösung nach!«

»Denk schneller!« forderte Pyrius Bit ihn auf. »Hey, ihr, was sitzt ihr so steif da herum? Eßt, trinkt, freut euch des Lebens. Wie nahe der Tod sein kann, habt ihr ja erlebt. Ach ja, ein paar von euch sind dem Tod ja mit viel Glück entronnen. Man nennt das doch Glück in euren Kreisen, oder?«

Die Mienen der Offiziere verhärteten sich. Indirekt bezichtigte der Sonnenkur sie der Feigheit, und das war mehr, als ein Arkonide ertragen konnte, wenn er in militärischen Diensten stand. Tapferkeit, ja Verwegenheit, das war gewissermaßen der Standard. Überdurchschnittliche Pflichterfüllung war das mindeste, was von einem Offizier der Flotte erwartet wurde. Aber Feigheit? Ter Bar blickte in die Gesichter.

Einige der Offiziere sahen sehr danach aus, als würden sie Pyrius Bit am liebsten an den feisten Kragen gehen. Er war es, der sie in diese Blamage geführt hatte – und sie hatten sich nur zu gerne führen lassen. Eine richtige Raumschlacht gegen rebellierende Kolonisten – gut, das war nicht zu vergleichen mit einem richtigen Kampf, beispielsweise gegen die gefürchteten Methanatmer, aber es war ein wirkliches Gefecht, und man konnte dabei Punkte für die Karriere sammeln. Wenn es gutging.

Aber es war nicht gutgegangen. Die Rebellen hatten sich als außerordentlich geschickt und gewandt erwiesen. Daß sie tapfer gewesen waren, verstand sich von selbst – schließlich waren es Arkoniden.

Aber der Oberkommandierende dieser gegnerischen Flotte war nicht ein wildgewordener Kolonistenhäuptling gewesen. Die Einheiten, die sich hatten retten können, hatten von einer Kommandoführung der Extraklasse gesprochen, von einem Befehlshaber, der eine wirklich exzellente Ausbildung in allen Gebieten der Strategie und Taktik von Raumgefechten genossen haben mußte – oder ein außerordentliches Naturtalent auf diesem Gebiet war.

Gewiß, beim nächsten Mal würde die Flotte diesem verkannten Genie seine Grenzen aufzeigen müssen, aber hart würde es in jedem Fall werden, äußerst hart sogar.

Und das war im Grunde nur Pyrius Bit zu verdanken und seinem Ratgeber ter Bar. In Offizierskreisen wurde seit langem gemunkelt, Pyrius Bit habe in seinem Leben nur noch ein Ziel, nachdem seine Karriere im Brysch-Sektor gewissermaßen gestrandet war. Er wollte das Geld zusammenraffen, sich auf seinen Altersruhesitz, einen hübschen, kleinen Kolonialplaneten, zurückziehen und seine Tage mit Saufen, Fressen, Drogen und willigen Frauen verbringen. All das aber kostete Geld, und Pyrius Bit hatte vor, diese gewaltigen Summen ausgerechnet einem so ärmlichen Gebiet wie dem Brysch-Sektor abzupressen.

Daher die Anhebung der Steuerlast um fast ein Drittel, der eigentliche Grund für die Rebellion Traversans. Und der eigentliche Grund dafür, daß die Flotte vernachlässigt worden war. Ausbildung und Manöver kosteten Geld – sie waren zusammengestrichen worden. Beförderungen hatte es kaum gegeben, auch das hatte Geld gespart. An der Ausrüstung war gespart worden, an allem – gegen einen schwächeren Gegner hätte das nicht viel ausgemacht, aber nun war den Traversanern offenbar ein Anführer von besonderem Kaliber erwachsen, und gegen diesen Kommandanten würde die Flotte einen sehr schweren Stand haben.

Aber reichte all das – vorausgesetzt, man konnte es wirksam beweisen –, um gegen einen Sonnenkur zu revoltieren, ihn abzusetzen? Möglich war das, in der Theorie. Aber in der Praxis?

Meuterern droht die Todesstrafe, was von keinem der Offiziere grundsätzlich abgelehnt wurde. Eine Hierarchie war unabdingbar notwendig, das hatten die Methankriege bewiesen. Und im Notfall mußte sie mit brutaler Härte erzwungen werden, in den wenigen Einzelfällen, in denen dergleichen Maßnahmen nötig waren.

Aber es gab, zumindest war das in den entsprechenden Gesetzen enthalten, die Möglichkeit, einen unfähigen oder sichtlich überforderten Kommandanten abzusetzen. Aber selbst wenn bei einer äußerst strengen kriegsgerichtlichen Untersuchung bestätigt wurde, daß diese Maßnahme unausweichlich, geboten und notwendig gewesen war, konnten sich die beteiligten Offiziere darauf einstellen, auf ihren jeweiligen Kommandoposten zu verweilen, bis sie alt und grau geworden waren. Beförderungen oder eine Karriere waren danach praktisch ausgeschlossen.

War der Sonnenkur Pyrius Bit dieses Opfer wert? Ter Bar lächelte schwach.

Noch hatte Pyrius Bit seine Militärs in der Hand. Sie würden nicht meutern, ihn nicht seines Kommandos entheben. Wäre dies eine Front im Methankrieg gewesen, hätte er keinen lausigen Chronner auf Pyrius Bit gesetzt. Die Offiziere hätten dann nicht gezögert, wenn sie echte Arkoniden waren. Karriere hin, Ansehen her – Arkon und dessen Sicherheit gingen in jedem Fall vor, das war Offiziersehre. Aber alles zu opfern, nur um diesen Feistling abzusetzen – das ging dann doch zu weit.

»Genug«, bestimmte Pyrius Bit plötzlich. »Es reicht. In Stimmung könnt ihr uns ohnehin nicht versetzen. Trollt euch!«

Die Mädchen brachen ihren Tanz ab und sahen zu, daß sie den Raum schnell verließen, bevor die Laune ihres Gebieters noch schlechter wurde. Schon im Normalzustand war er ein ausgesprochenes Ekel, aber wenn er wirklich schlechter Laune war, gab es niemanden, der vor seiner Bosheit und seinem Zorn sicher war, und das schloß seinen Hofmarschall ein.

Pyrius Bit schmatzte laut und begann lustlos an einem großen Stück gebratenen Fleisches herumzukauen.

»Nun, ist dir etwas eingefallen?« fragte er in ter Bars Richtung.

»Noch nicht, Gebieter!« gestand der Hofmarschall ein. »Es ist ohne Zweifel ein sehr schwieriges Problem.«

Das war es in der Tat, auch für ihn selbst. Unter allen Umständen wollte er vermeiden, wenn Pyrius Bit abstürzte – was von Tag zu Tag wahrscheinlicher wurde –, von diesem Sturz in den Abgrund mitgerissen zu werden. Auf der anderen Seite aber mußte er seine Rettungsaktion vor diesem Schicksal so diskret in Szene setzen, daß er nicht den Verdacht des Sonnenkurs erregte und zum Opfer von dessen Rache wurde.

Foly ter Bar hatte an seinem Vorgesetzten Pyrius Bit in den langen Jahren der Zusammenarbeit noch nie größere positive Gefühlsaufwallungen erlebt; ob Pyrius Bit zu einer Empfindung wie Zärtlichkeit oder Liebe fähig war, mußte der Hofmarschall bezweifeln. Keinen Zweifel aber gab es, daß Pyrius Bit ein großer, ausdauernder, erfindungsreicher und grausamer Hasser sein konnte. Und ter Bar hatte nicht vor, sich diesem Haß auszusetzen – dann schon lieber der Tod im Konverter, das ging wenigstens sehr schnell und schmerzlos vonstatten.

Er sah, wie Pyrius Bit in den Taschen seiner Kleidung zu suchen begann, und ahnte, wonach dem Sonnenkur jetzt der Sinn stand. Pyrius Bit war niemand, der sich lange und ausdauernd gedanklich mit Problemen befaßte. Wenn es ihm zuviel wurde, zog er es vor, sich schlafen zu legen. Und wenn ihn die innere Anspannung und Aufregung nicht schlafen ließ, dann half er mit Drogen nach.

Aha, die graue Pille! Nun war klar, daß Pyrius Bit in spätestens einer halben Stunde den Zustand der Bewußtlosigkeit erreicht hatte, in dem er für mindestens achtundvierzig Stunden verbleiben würde, während die Droge seine Geisteswelt mit spannenden und vor allem erotischen Phantasien ausfüllen würde.

Foly ter Bar lächelte schmal. Nicht schlecht. Das gab ihm zwei Tage Zeit, die Lösung zu finden, wie er sich aus seinem eigenen Dilemma befreien konnte. Sehr gut. Vielleicht wurde die Zeitspanne noch etwas länger, denn Pyrius Bit war augenscheinlich bereits stark angetrunken, und Alkohol pflegte die Wirkung dieser Droge noch zu intensivieren und zu verlängern.

Ter Bar hob den Blick, als er eine Bewegung aus den Augenwinkeln heraus wahrnahm. Ein Adjutant näherte sich mit raschen, aufgeregten Schritten. Er ging durch den Saal genau auf Pyrius Bit zu.

Der Sonnenkur winkte seinen Hofmarschall näher heran, als der Adjutant bei Pyrius Bit eintraf.

»Was gibt es für Nachrichten?« wollte Pyrius Bit wissen. »Du kannst offen sprechen, mein Junge!«

Der Adjutant zögerte, wahrscheinlich, weil er es nicht gewohnt war, geduzt zu werden. Die Umgangsformen des Sonnenkurs ließen manchmal sehr zu wünschen übrig. Der junge Mann stand zwar im Rang sehr tief unter dem Sonnenkur, aber vielleicht gehörte er einer der ersten Familien Arkons an, und dann stellte diese Anrede eine ziemliche Grobheit dar.

»Gerade ist ein Schiff im System angekommen, die PADOM!« berichtete der Adjutant stockend.

Auf dem Gesicht von Pyrius Bit tauchte ein zufriedenes Lächeln auf. Der Kommandant der PADOM, der Kapitän Erster Klasse Luceiver, war einer der liebsten Zechkumpane des Sonnenkurs, was vermutlich auf eine gewisse Ähnlichkeit der Charaktere zurückzuführen war.

»Wie geht es Luceiver?« wollte Pyrius Bit wissen.

»Er hat sein Leben für Arkon gegeben«, antwortete der Adjutant. »Das Schiff wird jetzt vom Orbton Puaka befehligt.«

Pyrius Bit verzog das Gesicht. »Sehr bedauerlich, dieser Tod«, sagte er mit schwerer werdender Zunge. »Und, was gibt es sonst noch für Neuigkeiten?«

»Der Orbton Puaka behauptet, er habe gewisse äußerst wichtige Informationen, die er nur dem Erhabenen selbst mitteilen kann.«

Pyrius Bit runzelte die Stirn. »Was sollen das für wichtige Nachrichten sein, die ein Puaka zu berichten haben könnte?« wollte er gereizt wissen.

»Das will er nur dem Erhabenen selbst anvertrauen«, antwortete der Adjutant.

»Was meinst du, ter Bar?«

Ter Bar überlegte sich seine Antwort sehr genau. »Der Orbton Puaka ist ein guter Offizier, der normalerweise sehr genau weiß, was er tut. Ich würde ihn anhören, Gebieter!«

Pyrius Bit gab ein gequältes Stöhnen von sich. »Immer zum falschen Zeitpunkt«, sagte er weinerlich. »Und immer beim Essen. Du meinst wirklich ...«

»Wir sollten jede Chance nutzen, die sich uns bietet, Erhabener!«

ließ sich der Hofmarschall vernehmen. »Vielleicht kann uns dieser Puaka eine Lösung für unser Problem anbieten.« Er zwinkerte. »Daß wir diese Schlacht verloren haben, das wissen wir bereits, und er weiß, daß wir es wissen. Wenn er angeblich wirklich etwas Neues zu berichten hat, kann das nur nützlich sein.«

Pyrius Bit nickte mühsam. »Den Eimer!« befahl er dann und schüttelte sich angewidert. »Wehe diesem Kerl, wenn er nicht etwas wahrhaft Wichtiges mitzuteilen hat ...«

Pyrius Bit war in dieser Kunst so geübt, daß er nur den Kopf zu wenden brauchte, um dann routiniert seinen Mageninhalt in das rasch herbeigebrachte Gefäß zu entleeren. Dann stöhnte er wieder wehleidig. Der härteste Teil seiner rabiaten Ernüchterungsprozedur stand ihm jedoch noch bevor. Und nichts haßte er so sehr wie große Mengen eiskalten Wassers.

4.

»Haltet euch bereit, der Erhabene wird in wenigen Augenblicken zu euch sprechen!«

Ich unterdrückte ein zufriedenes Schmunzeln. Auch der zweite Teil unseres Planes schien aufzugehen. Unter Umgehung aller Instanzen hatte ich es geschafft, einen Gesprächstermin mit Pyrius Bit zu bekommen. Alles Weitere lag nun in meiner Hand.

Ich machte einige schnelle Handbewegungen und scheuchte damit Tamarena und Irakhem aus dem Erfassungsbereich der Kamera. Der Sonnenkur durfte keinen von ihnen zu sehen bekommen, da er zweifellos die Gesichter der beiden prominenten Traversaner kennen mußte. Bei seiner bekannten Vorliebe für attraktive Frauen mußte er Tamarena einfach kennen und auf seine Weise bewundern.

»Ich werde schon aufpassen«, sagte Tamarena mit einem angewiderten Gesicht. »Er wird mich schon nicht zu sehen bekommen, dieser fette Lüstling.«

»Immerhin«, warf Irakhem ein, »bist du in gewisser Weise unsere letzte Lebensversicherung.«

Tamarena runzelte die Stirn. »Inwiefern?«

»Nun, im Falle des Falles wird Pyrius Bit wahrscheinlich versuchen, uns lebend zu erwischen. Uns, um sein Mütchen an uns zu kühlen, und dich wird er vermutlich der langen Reihe seiner Eroberungen einverleiben wollen.«

»Niemals!« stieß Tamarena hervor.

»Er wird dazu ganz bestimmt nicht dein Einverständnis einholen«, entgegnete Irakhem trocken. »Ich kenne den Ruf dieses Mannes.«

Ich gebot ihnen mit einem Handzeichen Schweigen. Auf dem Bildschirm war Pyrius Bit zu erkennen.

Typen wie diesen hatte ich schon vor Jahrtausenden verabscheut, und in weiteren Jahrtausenden waren sie mir nicht sonderlich sympathischer geworden. Das lag keineswegs daran, daß Pyrius Bit für einen Arkoniden bemerkenswert füllig, ja geradezu feist geraten war. Auf solche Vorurteile gab ich nichts. Aber das leicht rötlich verfärbte Gesicht dieses Mannes, dem die nassen Haare am Kopf klebten, war eine einzige Grimasse von Niedertracht, Verschlagenheit und Tücke. Auch das war sicher ein sehr schnelles und oberflächliches Urteil, aber ich glaubte, meinem Instinkt trauen zu können. Und das, was wir über den Sonnenkur des Brysch-Sektors wußten, ergänzte dieses Bild.

Pyrius Bit blinzelte mich aus kleinen Augen an. Im Augapfel waren einige Äderchen geplatzt, und seine Haut hatte jenen feinen graublauen Schimmer, den man bei chronischen Alkoholikern antreffen konnte. Dies war um so deutlicher zu sehen, als Pyrius Bit der typisch arkonidischen Neigung frönte, seine zarte Edelhaut nicht leichtfertig intensiver Sonnenstrahlung auszusetzen.

»Du bist der Orbton Puaka, derzeitiger Kommandant der PADOM?«

»Das bin ich, Erhabener«, sagte ich schnell und vollzog die üblichen Begrüßungsbewegungen; es fiel mir nicht leicht, diesem Mann eine Ehrenbezeigung zu erweisen.

»Und mein Freund Luceiver ist tot?«

»Er hat sein Leben wie ein tapferer Arkonide dem Wohle des Imperiums geopfert«, sagte ich. »Er ist während des Kampfes im Traversan-System gefallen.«

»Schade um ihn«, ließ sich Pyrius Bit vernehmen, begleitet von einem Achselzucken. »Aber nun zu dir. Du hast es gewagt, mich bei einem Gastmahl zu stören und mich um den wohlverdienten Schlummer zu bringen.« Er lächelte. »Wenn du dafür nicht wirklich triftige Gründe hast …«

»Ich habe Gründe, Erhabener«, sagte ich schnell. »Überaus wichtige Gründe. So bedeutsame Gründe, Erhabener, daß ich sie ausschließlich Euch, sonst aber niemandem mitteilen kann. Ich bitte deswegen um Vergebung für mein unverzeihlich dreistes Auftreten, Gebieter. Und ich bin sicher, daß der Erhabene meine Vorgehensweise billigen wird, wenn er meine Botschaft angehört hat.«

Pyrius Bit lachte halblaut, aber es klang keineswegs fröhlich oder erheitert, eher spöttisch. »Diesen Tonfall kenne ich doch«, sagte er. »Du hast Iprasa besucht?«

Atlan, der Kristallprinz, war in der Tat an der berühmten Galaktonautischen Akademie von Iprasa ausgebildet worden, aber galt das auch für den Orbton Puaka? Iprasa war eine ausgesprochene Eliteschmiede. Wer dort ausgebildet wurde, mußte eine ganze Serie von strengen Auswahlprüfungen über sich ergehen lassen. Hatte Puaka diese Prozedur überstanden?

Ich zeigte ein Lächeln. »Jedenfalls weiß ich, welches Benehmen ein Sonnenkur von mir erwarten kann«, redete ich um das Problem herum.

»Komm zur Sache!« forderte Pyrius Bit mich auf. »Meine Zeit ist, wie du sicher wissen wirst, sehr bemessen.«

Ich deutete eine Verbeugung an.

»Erhabener«, begann ich, »es wird Eurem Scharfblick sicher nicht entgangen sein, daß ich kein Besatzungsmitglied der PADOM in der Nähe geduldet habe. Dafür habe ich Gründe. Die Sache, die ich vorzutragen habe, verträgt keine Mitwisser. Einzig Ihr selbst sollt und müßt davon erfahren, sonst niemand.«

Ich konnte hinter Pyrius Bit einen anderen Arkoniden ausmachen, klein, hager, mit einem verkniffen wirkenden Gesicht, das mich unwillkürlich an ein massives Magengeschwür denken ließ. Der Kleidung nach zu schließen, handelte es sich um den Hofmarschall des Sonnenkurs, sicherlich einer seiner engsten Vertrauten.

Pyrius Bit stutzte und blickte sich um. »Du erwartest von mir, daß ich meinen vertrauten Freund Foly ter Bar aus dem Raum schicke?«

»Selbstverständlich habt Ihr, Gebieter, nicht ich, eine entsprechende Entscheidung zu treffen. Ich erlaube mir aber zu bemerken, daß ich diese Maßnahme im vorliegenden Fall für ratsam halte.«

Pyrius Bit zögerte. Ich sah, daß er offenbar intensiv nachdachte.

Außerdem ist er hochgradig drogensüchtig, ergänzte das Extrahirn meine früheren Beobachtungen.

Drogen jeglicher Art, Güte und Wirksamkeit waren im Imperium sehr weit verbreitet, auch in hohen und höchsten Kreisen. Was immer gebraucht oder verlangt wurde, ob Halluzinogene, Potenzmittel, Aufputschmittel oder Sedativa, konnte schnell, problemlos und preiswert besorgt werden, vorausgesetzt, man hatte die entsprechenden Verbindungen.

Die Suche und Jagd nach Drogenhändlern wurde nicht sehr intensiv betrieben, da die meisten dieser Rauschmittel nicht im strengen Sinne süchtig machten oder die Gesundheit schädigten. Pyrius Bit hatte ich allerdings in Verdacht, daß sein Geschmack auf diesem Gebiet eher auf verbotenen Pfaden wandelte.

Angst vor gesundheitlicher Zerrüttung brauchte er dabei nicht zu haben, aber selbst die vergleichsweise harmlosen Drogen hatten den bekannten Nachteil, psychisch extrem abhängig zu machen – vor allem veränderten sie, oft, intensiv und über längere Zeit hinweg konsumiert, den jeweiligen Charakter.

Für mich bedeutete das ein weiteres, unkalkulierbares Risiko. Es war möglich, daß Pyrius Bit in bestimmten Situationen völlig anders reagierte, als ich es erwartete. Er gehorchte dann nicht mehr den bekannten Regeln der Psychologie, sondern lief verhaltensmäßig aus dem Ruder und zeigte unberechenbare Reaktionen.

Ich sah, wie Pyrius Bit seinen Vertrauten mit einer heftigen Handbewegung aus dem Raum jagte. In den Augen des Hageren blitzte etwas auf. Er haßte den Sonnenkur, das wurde mir schlagartig klar. Vielleicht war er ein möglicher Verbündeter …

»Nun?«

Ich zögerte, absichtlich.

»Was ist, Puaka? Reize mich nicht! Was hast du mir mitzuteilen?«

»Seid Ihr ganz sicher, Erhabener, daß diese Kommunikation nicht abgehört werden kann?«

Der Schlag traf. Pyrius Bit zuckte zusammen und legte die Stirn in Falten. »Was willst du mir damit sagen, Orbton? Drücke dich klarer aus!«

»Ich möchte nur absolut sichergehen, Erhabener, daß meine Botschaft auch wirklich nur Euch erreicht. Jeder Mitwisser stellt eine Gefahr dar.«

»Für wen? Für dich oder etwa …«

Sein Gesicht überzog sich mit einer hektischen Röte. Ich sah, wie er sich nach vorn beugte.

Seine Lippen formten ein einziges Wort. *Verrat?*

»Ich kann nur sagen, Erhabener, daß die schmähliche Niederlage Eurer ruhmreichen Flotte bei Traversan keineswegs auf einem Zufall beruht oder, wie ich inzwischen verschiedentlich habe sagen hören, auf der überlegenen Feldherrnkunst des traversanischen Oberkommandierenden.«

»Also doch!« stieß Pyrius Bit halblaut hervor. Er zwinkerte mir zu.

Nimm das jetzt nicht zu ernst!

»Also sind Feigheit, Schlamperei und Widersetzlichkeit unter den Offizieren der Grund, nicht wahr? Ich verstehe. Ich habe es mir immer schon gedacht. Dieser Sache werde ich auf den Grund gehen, und dann werden Köpfe …« Er unterbrach sich. Dieses Gespräch lief über den normalen Flottenkanal, durchaus möglich, daß jemand diskret mithörte. »Du wirst dich auf der Stelle bei mir melden, Puaka, und mir alles berichten, haarklein!«

»Ich gebe zu bedenken, Erhabener«, sagte ich zögerlich und blickte mich scheu um, »daß ein einfacher Orbton bei weitem nicht so gut abgesichert und geschützt ist wie ein Sonnenkur. Es gibt Arkoniden, die auch vor einem Mord nicht zurückschrecken würden, um gewisse Geheimnisse zu wahren.«

Pyrius Bit furchte die Brauen. »Du hast Angst um dein Leben!« sagte er verächtlich.

»Mein Leben hat keinen hohen Stellenwert, Erhabener, wenn es um das Heil Arkons geht«, gab ich zurück, meiner Rolle entsprechend. »Aber wer mich tötet, vernichtet damit auch die Botschaft, die ich Euch zu überbringen habe und die weitaus schwerer wiegt als ein paar Leben!«

Das entscheidende Stichwort war zwar weder von ihm noch von mir ausgesprochen worden, aber es hing klar und unmißverständlich im Raum – Verrat.

Nichts konnte Pyrius Bit gelegener kommen. Bis zu diesem Augenblick hatte er die Konsequenzen für die blamable Niederlage bei Traversan allein zu tragen gehabt. Aber wie hätte Pyrius Bit seinen Vorgesetzten und den zuständigen Stellen am Hof des Imperators klarmachen sollen, aus welchen Gründen er die Schlacht verloren hatte – an der er nicht einmal persönlich teilgenommen hatte? Allein das sprach schon gegen ihn.

Dazu waren Dutzende von Kampfraumern verloren und Hunderte von tapferen Arkoniden gefallen. Solange und intensiv Arkon auch Kriege geführt hatte, mit Opferzahlen, die in die Millionen gingen – noch immer nahm man solche Opfer außerordentlich ernst und versuchte nach Kräften, die Verluste so niedrig wie möglich zu halten. Zumindest, wenn es um Arkoniden ging. Bei Naats und anderen war man etwas weniger gründlich.

Pyrius Bit stand daher eine mehr als peinliche Befragung bevor, und vermutlich hatte er zu diesem Zeitpunkt noch keine brauchbare Ausrede parat, die sein blamables Versagen hätte halbwegs glaubwürdig kaschieren können.

Verrat aber, niederträchtiger, gemeiner, abscheulicher, hinterhältiger Verrat – wer war schon dagegen gefeit? Nicht einmal der Imperator selbst, wie die Größe der entsprechenden Abteilung des Geheimdienstes bewies. Verrat war imstande, alles zu erklären, alles zu entschuldigen, alles möglich und alles wahrscheinlich zu machen.

Verrat als Grundlage der Niederlage von Traversan – das war genau das, was Pyrius Bit in seiner Lage brauchen konnte. Und wenn man schon dabei war, jemandem die Schuld für dieses Desaster in die Schuhe zu schieben, dann war es vielleicht auch möglich, den Betreffenden für eine ganze Reihe von anderen Fehlentwicklungen, Pleiten und Pannen verantwortlich zu machen.

Nur eines durfte dabei nicht passieren, aus taktischen und vor allem psychologisch-optischen Gründen: Pyrius Bit durfte diesen

Vorwurf nicht selbst erheben. Der Anstoß mußte in jedem Fall von einem anderen, von einem Außenstehenden kommen.

Ich sah, daß die blutunterlaufenen Augen des Sonnenkurs leicht zu glänzen begannen, als er mich betrachtete. Wahrscheinlich war ich in diesem Augenblick dabei, in die Ranghöhe eines *besten Freundes* des Sonnenkurs aufzusteigen – und wehe mir, sollten meine geheimen Informationen nicht dazu ausreichen, den Verdacht zu erhärten, den ich ausgestreut hatte. Dann nämlich war ich vermutlich binnen eines Augenblicks der Todfeind von Pyrius Bit – und ein paar Stunden später immer noch sein Feind, aber schon tot.

»Was schlägst du also vor?« fragte Pyrius Bit.

Jetzt hatte ich ihn da, wo ich ihn haben wollte. Mein Ziel war, so nahe wie möglich an Pyrius Bit heranzukommen – und zwar, wenn irgend möglich, an Bord der PADOM. Unser Plan konnte zwar grundsätzlich auch dann funktionieren, wenn wir in Pyrius Bits Palast eingeladen wurden, aber dann war die Sache zweifellos riskanter, und das in mehr als einer Hinsicht.

»Ich wage es kaum, das auszusprechen«, begann ich vorsichtig, »aber wenn der Erhabene vielleicht bereit wäre, sich die PADOM einmal von innen und aus der Nähe zu betrachten, dann würde sicherlich vieles klarer und deutlicher werden!«

Pyrius Bit zögerte. Ich sah, daß er die Chancen abwog. Verrat paßte ihm gut ins Konzept, vor allem dann, wenn ausgerechnet ich ihm die Beweise dafür lieferte, also jemand, der nicht allgemein als spezieller Freund und Vertrauter von Pyrius Bit bekannt war.

Auf der anderen Seite konnte aber auch ich ebenjener Verräter sein, und dann lief Pyrius Bit Gefahr ...

Er war sicher rachsüchtig, inkompetent, rauschgiftabhängig, geldgierig und ausgestattet mit einer ganzen Reihe von anderen schwerwiegenden Nachteilen und Charakterfehlern – aber ein Feigling schien dieser Pyrius Bit nicht zu sein. Ich sah, daß er nickte.

»Erwarte mich!« wies er mich an. »Ich komme, und zwar sehr bald. Und dann wird sich erweisen, Puaka ...«

Er zeigte ein breites, sehr unheilverkündendes Lächeln. Einen Augenblick später brach die Verbindung zusammen.

Ich machte sofort ein paar einschüchternde Handbewegungen; die Freunde reagierten sehr schnell und verharrten, wo sie waren.

Ich traute dem Braten nicht. Daß ich nur das Symbol des Sonnenkurs und nicht mehr sah, mußte nicht automatisch bedeuten, daß auf der anderen Seite abgeschaltet worden war und man mich nicht mehr beobachtete. Bis zu dem Zeitpunkt, an dem ich die Verbindung von meiner Seite aus endgültig und unwiderruflich trennte, war es durchaus möglich, daß ich weiterhin beobachtet wurde.

Legal war das naturgemäß nicht, aber ich hatte Pyrius Bit und sein Team ohnehin nicht im Verdacht, sich sklavisch an alle Gesetze und Vorschriften des Großen Imperiums zu halten, eher im Gegenteil. Um so mehr mußte ich auf der Hut sein.

Infolgedessen zögerte ich nicht, ein äußerst zufriedenes Lächeln aufzusetzen und mir die Hände zu reiben.

»Wenn das alles gutgeht, Pyrius Bit«, ließ ich mich frohgemut vernehmen, »wird das nicht nur deine Karriere fördern, sondern auch meine!«

Ich grinste noch einmal selbstzufrieden vor mich hin, dann trennte ich von meiner Seite aus die Bildfunkverbindung zwischen der PADOM, dem Raumhafen von BRY 24 und dem Palast des Sonnenkurs auf diesem Planeten. Jetzt erst konnte ich halbwegs sicher sein, daß meine Unterhaltung mit meinen Gefährten von außen nicht abgehört wurde.

»Ich gratuliere dir, Atlan«, sagte Prinzessin Tamarena leise. »Es ist faszinierend, dir bei deiner Arbeit zuzusehen, nicht nur im Kampf, sondern auch in der Diplomatie. Wie machst du es, daß Pyrius Bit genau das tut, was du von ihm willst?«

Ich lächelte schwach. »Reiner Zufall«, sagte ich. »Das andere ist, daß man sich immer möglichst genau in die Haut seines Gegenübers versetzen muß. Wer er auch ist, was er auch will – er hat für seine Verhaltensweise und seinen Standpunkt Gründe, die für ihn überzeugend sind. Unter gar keinen Umständen darf ich bei Verhandlungen hingehen und so tun oder denken, als wären diese Gründe entweder nicht vorhanden oder schlichtweg unsinnig. Ich muß sie ernst nehmen und nach Argumenten suchen, die mich in die Lage versetzen, mein Gegenüber zu beeindrucken und am Ende zu überzeugen. Oder, um es mit einer Redensart von einem unbedeutenden Planeten auszudrücken: *Der Wurm soll dem Fisch schmecken, nicht dem Angler!*«

»Das verstehe ich nicht«, ließ sich Irakhem vernehmen.

Ich winkte ab. »Vielleicht findet sich später eine Gelegenheit, es zu erklären«, sagte ich. »Inzwischen sollten wir uns auf unseren Besuch vorbereiten – der Sonnenkur wird sehr bald Gast auf der PADOM sein. Bereiten wir dem erhabenen Gebieter über das Brysch-System einen seiner Würde und Stellung angemessenen Empfang …«

5.

Einen der beiden Verbrecher kannte Pyrius Bit. Das Gesicht war ihm bekannt, es gehörte zu jener Person, die sich ihm als Orbton Puaka vorgestellt hatte. Aber das war vermutlich eine Täuschung gewesen.

Verrat, anders war es nicht möglich, daß er in diese heimtückische Falle hatte tappen können; schäbiger, schmutziger Verrat, mit dem sich der Sonnenkur eines nicht zu fernen Tages ausführlich und ohne jede Gnade befassen würde. Aber jetzt war er in der Hand dieser Schurken, wehrlos und waffenlos, der Willkür der Rebellen ausgeliefert.

Von seiner Leibwache, diesen wertlosen Nichtsnutzen, war nichts mehr zu sehen. Wahrscheinlich hatten die traversanischen Rebellen die Robots zusammengeschmolzen und die Naats erschossen, wie sie es wegen ihrer Unfähigkeit auch verdient hatten. Aber am Schicksal seiner Leibwache war Pyrius Bit, Sonnenkur des Brysch-Systems, nicht im mindesten interessiert. Seine vordringliche Sorge galt der Sicherheit seiner eigenen Person, die so unersetzlich wertvoll für Arkon war.

Und diese war in diesem Augenblick extrem bedroht. Allerdings hatte sich Pyrius Bit bereits ausgerechnet, daß sein kostbares Leben noch nicht rettungslos verloren war. Denn: War es das Ziel der Verbrecher, ihn zu töten, dann hätten sie das wahrscheinlich bereits getan – wahrscheinlich, aber nicht mit letzter Sicherheit, denn der Sonnenkur konnte sich durchaus vorstellen, daß die Rebellen sich an ihm durch Folter und Tortur vor seiner Exekution würden rächen wollen.

Jedenfalls war er noch am Leben, und man machte augenscheinlich Anstalten, mit ihm zu reden. Sollten die Rebellen nur – auf diesem Gebiet war ein Pyrius Bit so leicht nicht zu schlagen.

Mit Irakhem, dem Kommandoführer der Rebellen von Traversan, konnte es ein Pyrius Bit ganz gewiß aufnehmen. Problematisch war nur der andere, der sich beim ersten Gespräch als Orbton Puaka vorgestellt hatte.

Pyrius Bit war nunmehr absolut sicher, daß dies nicht stimmte. Das Gesicht dieses Arkoniden zeigte zwar immer noch die Nachwirkungen von Verletzungen, aber dennoch strahlte es jetzt eine Härte, Klarheit und Entschlußkraft aus, die der Sonnenkur bei einem ihm unterstellten Offizier niemals geduldet hätte. Puaka hatte jedenfalls, auch wenn Pyrius Bit sich an den Orbton nicht mehr erinnern konnte, sicherlich keine einzige dieser Eigenschaften aufgewiesen.

Pyrius Bit ließ ein wehleidiges Stöhnen hören, für das er seine schauspielerischen Fähigkeiten nicht einmal zu bemühen brauchte. Die Nachwirkungen eines Paralysatortreffers taten auch ohne mimische Übertreibungen ziemlich weh.

»Elende!« murmelte Pyrius Bit und richtete sich vorsichtig auf. Man hatte ihm mit einem dünnen Plastikband wirkungsvoll die Hände zusammengebunden. Und bei dem Leibesumfang des Sonnenkurs war es gar nicht so leicht, sich wieder auf die eigenen Füße zu stellen. »Ich hoffe, ihr seid euch bewußt, welches Verbrechen ihr begangen habt.«

Er musterte die beiden Sprecher der Rebellen mit grimmigen Blicken.

Irakhem zeigte ein dürres Lächeln. Nun, mit ihm würde bestimmt zu reden sein, der Mann war Vernunftgründen wahrscheinlich zugänglich. Aber der andere ...

»Wenn ihr euch auf der Stelle ergebt und mich um Gnade anfleht, werde ich vielleicht Mitleid mit euch haben und euch einen schnellen und leichten Tod verschaffen. Wenn nicht ...«

»Eure Zeit, Erhabener, uns zu drohen und einzuschüchtern, ist abgelaufen«, ließ sich der falsche Puaka vernehmen. »Wir haben Eure Flotte geschlagen. Und jetzt haben wir Euch selbst in unserer Gewalt ...«

Pyrius Bit nickte. »Also sind Verhandlungen angesagt«, konstatierte der Sonnenkur und bemühte sich, Gelassenheit zur Schau zu stellen. »Treten wir also in Verhandlungen ein. Ich bin einverstanden. Was sind eure Wünsche oder Forderungen?«

Der falsche Puaka zeigte ein Lächeln, das Pyrius Bit frösteln ließ. Er kannte dieses Lächeln, er kannte es nur zu genau, weil es zu seinem eigenen mimischen Repertoire gehörte. Es signalisierte Überlegenheit, Triumph und gnadenlose Härte, die kein Nachgeben, keine Milde, kein Erbarmen kannte. Wer dieses Lächeln vom Sonnenkur Pyrius Bit gezeigt bekam, der wußte, daß sehr bald der lange und qualvolle Abschied vom Leben für ihn gekommen war.

»Wir haben keine Forderungen«, antwortete Irakhem schnell. »Nur einen Auftrag, und den werden wir ausführen, unter allen Umständen!«

Pyrius Bit lächelte verhalten. Leeres Gerede. Natürlich wollten diese Verbrecher etwas von ihm. Es waren Rebellen gegen ihn und gegen Arkon, und solche Leute hatten immer ihre Wünsche, ihre Anklagen, Beschwerden und Forderungen, die man zwar keinesfalls erfüllen durfte, über die man aber, je nach Lage der Dinge, sehr wohl verhandeln konnte, um die eigene Position zu verbessern.

»Und was ist das für ein Auftrag?« wollte er wissen. Er rieb sich die schmerzenden Gelenke. Heiliges Arkon, tat das weh! In seinem Bauch rumorte es heftig. Vor kurzem hatte er nicht nur eine Portion eines ebenso guten wie sehr teuren Rauschmittels ausgespien, er war dabei auch zwangsläufig der gesamten vorangegangenen Mahlzeit verlustig gegangen. Und das anschließende Bad in einem mörderisch kalten Wasser – Pyrius Bit hätte es nie für möglich gehalten, daß man derlei überleben konnte – hatte auch alle anderen erwünschten Wirkungen des Gastmahls vertrieben. Allein dafür hatten diese Kerle den Tod verdient.

Pyrius Bit haßte es zu hungern – genauer gesagt: Appetit zu haben, der nicht gestillt wurde. Er haßte es, Durst zu haben, und er verabscheute es inbrünstig, in jeder nur denkbaren Form nüchtern zu sein. All dies aber wurde ihm in diesem Augenblick von diesen Burschen zugemutet.

Pyrius Bit stellte sie sich mit zertrümmerten Gliedmaßen und blutüberströmten Gesichtern vor, was seine Laune aber nur unwesentlich besserte. Es würden stärkere Mittel nötig sein, um seine Stimmungslage wenigstens halbwegs wieder auszubalancieren.

»Unser Ziel ist, Traversan, unsere Heimat, vor weiteren Angriffen jeder Art zu schützen«, erklärte Irakhem mit rauher Stimme. »Die Gefahr für uns geht von diesem Stützpunkt aus, von BRY 24 – also werden wir diesen Flottenstützpunkt zerstören.«

Pyrius Bit erlaubte sich ein mitleidsvolles Lächeln. Typisch für diese Fanatiker. Maßlose Pläne, maßlose Forderungen, völlig ohne Kontakt zur Wirklichkeit. Den Stützpunkt zerstören, was für ein Unfug.

Der falsche Orbton blickte Pyrius Bit aufmerksam an. Er hatte einen sehr unangenehmen Blick, scharf, analytisch und seltsam gefühllos. Er schien den Sonnenkur mit diesem Blick gleichsam zu sezieren, bei lebendigem Leib. Vor diesem Kerl, nahm sich Pyrius Bit vor, würde er auf der Hut sein müssen. Und es war auch dieser Puaka gewesen, der ihn hereingelegt, übertölpelt und gefangengenommen hatte.

Die Nachwirkungen des Paralysatortreffers, die dem Sonnenkur noch zu schaffen machten, waren ebenfalls diesem falschen Orbton zuzuschreiben. Er würde das bevorzugte Ziel für seine Rache abgeben.

»Und wie wollt ihr das machen?« fragte Pyrius Bit ironisch. »Nicht, daß ich nicht bereit wäre, euch das zu glauben. Aber mit nur einem Schiff, das noch dazu ein halbes Wrack ist, dürfte es außerordentlich schwer sein ...« Er lächelte wieder. »Im übrigen wird euch ja wohl klar sein ...«

»Es ist uns klar, Erhabener«, sagte Puaka nachlässig. Die formelle Höflichkeit dieses Mannes stellte für den Sonnenkur eine weitere Beleidigung dar. »Eures Hinweises bedurfte es nicht mehr. Selbstverständlich werdet Ihr, sobald wir Euch freilassen, sofort die Flotte in Marsch setzen, um uns zu verfolgen und Traversan erneut anzugreifen ...«

Sobald und nicht etwa falls! Ein wesentlicher Unterschied, vor allem aus dem Blickwinkel von Pyrius Bit, wandte der Extrasinn ein.

Puaka schien einen Moment in sich zu hören. Dann lächelte er und verbesserte sich. »Genauer gesagt – *falls* wir Euch freilassen«, sagte er dann und blickte Pyrius Bit genau in die Augen. »Wir sind mit unserem Gespräch noch lange nicht zu Ende.«

»Was verlangst du, Rebell?« wollte Pyrius Bit wissen.

»Nichts, Pyrius Bit, was du uns geben könntest«, ließ sich nun Irakhem vernehmen. »Ihr verkennt unsere Absichten, Sonnenkur. Wir sind gekommen, um den Stützpunkt zu zerstören, und zwar so, daß für Traversan keinerlei Gefahr mehr von ihm ausgeht.«

Er faßte den Sonnenkur einfach beim Arm und zog ihn mit sich. »Ich werde Euch die PADOM zeigen, Sonnenkur. Wir haben sie speziell für unsere Absichten hergerichtet, wie Ihr gleich erkennen werdet!«

Der Mund von Pyrius Bit war trocken, seine Füße schmerzten, und in seinen Eingeweiden wühlten Hunger und Durst. Außerdem schien sein gesamter Metabolismus restlos aus den Fugen geraten zu sein. Der Leib eines Sonnenkurs war eine Art von Tempel, der gepflegt und gewartet sein wollte, der eine sehr viel differenziertere Behandlung brauchte als der robuste Körper irgendeines Soldaten oder Offiziers der Flotte.

Pyrius Bit brauchte dringend ... – aber er wußte, daß man ihm solche Wünsche keinesfalls erfüllen würde. Außerdem widerstrebte es ihm, diese erbärmlichen Kreaturen darum zu bitten.

»Was wollt ihr mir denn zeigen?« fragte der Sonnenkur und gähnte gelangweilt. »Ich weiß durchaus, wie das Wrack eines Schweren Kreuzers aussieht.«

Inzwischen mußte sein Fehlen im Stützpunkt bereits bemerkt worden sein. Wenn die Überwachung richtig arbeitete, würde man dort auch die Energieausbrüche des Überfalls und der Gefangennahme registriert und ausgewertet haben. Wahrscheinlich war es Foly ter Bar, der jetzt das Kommando führte und ganz bestimmt eine Befreiungsoperation für ihn vorbereitete.

»Auch von innen, Erhabener?« spottete der falsche Puaka. Ein schweres Stahlschott glitt auf und gab den Blick auf einige große, metallene Kisten frei. »Interessiert Euch der Inhalt, Erhabener? Tretet nur näher, seht Euch alles ganz genau an ....«

Pyrius Bit runzelte die Stirn. Diese Rebellen von Traversan schienen ihre Aktion weitaus gründlicher geplant und vorbereitet zu haben, als er angenommen hatte. In keinem Fall durfte er diesen Überfall auf die leichte Schulter nehmen. Es würde sehr schwer werden, diesen Verbrechern zu entkommen und einen erfolgreichen Gegenschlag gegen sie zu führen.

»Bitte, Sonnenkur!«

Irakhem entfernte die Verschlüsse von einem der Kästen. Eine Luke öffnete sich, und Sonnenkur Pyrius Bit starrte auf etwas, das im Inneren eines arkonidischen Raumschiffes gar nicht einmal selten war – aber ganz bestimmt nicht in einem solchen Raum und in dieser Massierung.

»Fusionssprengköpfe«, sagte Puaka gefühlskalt. »Dazu gedacht, Raumfestungen und massiv abgesicherte Stationen auf irgendwelchen Planeten zu bekämpfen. Ladungen dieses Kalibers knacken nahezu jeden bekannten Schutzschirm, vielleicht ausgenommen die Sicherungen auf den Zentralwelten unseres Imperiums.«

Pyrius Bit schluckte.

Der metallene Kasten enthielt zwei Dutzend Sprengladungen dieser Größenordnung, und in dem Raum standen insgesamt sechs solcher Metallkästen.

Der Sonnenkur holte tief Luft. »Ihr …«, stammelte er atemlos.

»Wir!« bestätigte Puaka rauh. »Die PADOM ist in nahezu jedem ihrer Räume mit solchen Ladungen vollgestopft. Und wir werden Euch jeden einzelnen Raum dieser Art auch zeigen – nur damit Ihr nicht glaubt, wir würden nur leere Drohungen aussprechen. Wenn die PADOM von uns gezündet wird, bedeutet es das Ende für BRY 24, für diesen Stützpunkt und für die gesamte hier stationierte Flotte des Imperiums.«

Pyrius Bit mußte zugeben, daß der Rebell von Traversan zweifellos recht hatte. Wenn dies auf der Wahrheit beruhte und es nicht schon wieder ein Täuschungsmanöver darstellte, dann bedeutete eine Explosion der PADOM und ihrer Ladung in der Tat den Untergang von BRY 24 – Docks, Kasernen, Raumschiffe, Palast und das Leben des Sonnenkurs Pyrius Bit eingeschlossen.

Pyrius Bit spürte und wußte, daß er blaß geworden war. Der Schock hatte ihn hart getroffen.

»Aber …«, stammelte er erschüttert. Diese Kerle wollten ihm ans Leben, ihm persönlich. Und was ihn noch mehr erschütterte – sein Tod war allem Anschein nach nicht einmal das eigentliche Ziel dieser Attacke. Es schien, als würden die Rebellen von Traversan den Tod eines Sonnenkurs nur gleichsam als Draufgabe für ein ganz anderes Ziel ins Auge fassen.

»Was – aber?« fragte Puaka.

Er hatte, eine unverzeihliche Dreistigkeit, Pyrius Bit an den

Schulter gefaßt, sehr fest sogar. Sein Rebellengriff tat Bit weh.

»Wenn ihr das tut«, stieß Pyrius Bit hervor; sein Atem ging schnell und schnaufend, »dann bedeutet das auch euer Ende. Macht euch keine falschen Hoffnungen. Ihr könnt euch vor der Explosion all dieser Ladungen nicht in einem Beiboot in Sicherheit bringen. Meine Einheiten werden euch verfolgen, stellen und abschießen ...«

»Warum sollten wir fliehen, Sonnenkur?« fragte Irakhem scharf. »Wir haben auch nicht vor zu fliehen.«

Pyrius Bit schnappte wieder nach Luft.

»Dies ist, Sonnenkur Pyrius Bit, nichts weniger als ein Selbstmordkommando«, erklärte Atlan mit einer Kälte in der Stimme und in den Gesichtszügen, daß Pyrius Bit unwillkürlich zu frösteln begann. Er spürte es – dieser Mann meinte, was er sagte.

»Wir werden mit einem Schlag Euch selbst, Euren Palast und Eure Flotte zerstören – und damit auch die Macht, die nach Traversan zu greifen versucht. Nehmt es zur Kenntnis, Sonnenkur Pyrius Bit, daß Eure Tage und Stunden gezählt sind.«

Ihm drängte sich eine Frage auf. Aber die Antwort war für Pyrius Bit leider naheliegend.

Warum erzählte man ihm dies alles? Während die Rebellen ihn durch die PADOM führten und ihm die riesigen Vorräte an nuklearem Sprengstoff zeigten, hätte man die PADOM samt Inhalt längst zünden und das Verhängnis über BRY 24 hereinbrechen lassen können.

Aber so hätte Pyrius Bit an Stelle der Traversaner ebenfalls nicht gehandelt; ein Sieg ohne Triumph galt ihm vergleichsweise wenig. Wichtig war auch die Demütigung des Gegners, daß man ihm seine Absichten ins Gesicht hinein verkündete und sich an der Angst des Opfers weidete.

Allerdings war in diesem Fall Pyrius Bit selbst das Opfer, und diese Rolle gefiel ihm überhaupt nicht. Kein Zweifel, der Sonnenkur wies alle Züge eines ausgemachten Feiglings auf, aber er hatte auch Augenblicke, in denen er – mitunter zu seinem eigenen Erstaunen – recht tapfer sein konnte, vor allem dann, wenn er alle Kaltblütigkeit und seine gesamte Gerissenheit und Intelligenz brauchte, um aus einer gefährlichen Zwangslage einen rettenden Ausweg zu finden.

Auch in diesem Fall war das so. Sein Herz schlug schnell und hart vor Aufregung, sein Körper war schweißbedeckt, sein Atem ging stoßweise – aber auf eine gewisse Art und Weise blieb er besonnen und kaltblütig.

Was konnte er zu seiner Rettung tun? Das Schicksal des Stützpunktes BRY 24 und dessen Besatzung interessierte den Sonnenkur nur insofern, als er mit Sicherheit den fürchterlichen Zorn des Imperators auf sich ziehen würde, wenn er das ihm anvertraute Lehen auf diese Art und Weise verlor.

An Handeln war nicht zu denken, dazu reichte es bei ihm nicht. Außerdem war er körperlich nicht einmal so fit wie vor einigen Stunden; die gewaltsame Auszehrung, die Trennung von allem, was er für lebenswichtig hielt, setzte ihm außerordentlich zu.

Ihm blieb nur reden. Reden, reden und nochmals reden. »Und ihr wollt sie alle umbringen? Ahnungslose Zivilisten?«

»Bitte?« fragte Irakhem stirnrunzelnd.

»Daß ihr mich umbringen wollt«, sagte Pyrius Bit schnell, »das kann ich ja noch verstehen. Aber auf BRY 24 leben rund 120.000 Arkoniden. Davon sind viele Zivilisten, die euch nichts getan haben.«

»Außer unsere Steuern abenteuerlich zu erhöhen und sie gewaltsam beizutreiben ...«, warf Irakhem ein.

Hmmm, dachte Pyrius Bit schweigend nach. *Da wäre natürlich noch das Geld ... Aber Kerle wie diese lassen sich in aller Regel nicht mit Geld bestechen. Aber ich werde den Aspekt im Auge behalten, für alle Fälle. Vielleicht kann ich damit, wenn es wirklich nötig ist, kostbare Zeit gewinnen.*

»Ist das ein todwürdiges Verbrechen?« fragte der Sonnenkur laut. »So brutal wollt ihr sein? Und denkt daran, wenn ihr in diesem System auch euer Leben zu opfern bereit seid – Traversan wird nach wie vor bestehen und das Imperium auch. Was immer ihr tut, wird auf Traversan zurückfallen, früher oder später.«

Puaka zeigte ein bösartiges Grinsen. »Schauen Sie nur, Irakhem!« sagte er spöttisch. »Wie menschenfreundlich und rücksichtsvoll der erhabene Sonnenkur argumentieren kann, wieviel Sorgen er sich um das Wohlbefinden der Traversaner macht, wenn es ihm in den Kram paßt. Nichts da, Sonnenkur, wir werden uns von Euch nicht einlullen lassen. Eure Tage und die von BRY 24 sind gezählt. Kommt mit!«

Er packte den Sonnenkur Pyrius Bit wieder am Oberarm und zerrte ihn gewaltsam mit sich.

»Aua!« jammerte Pyrius Bit. »Ihr tut mir weh! Ich bin ein Mann von edler Abstammung, kein Hinterwäldler mit einem Körperbau wie ein Zuchttier!«

Puaka schien sich nicht im geringsten um die Leiden zu kümmern, die er dem Erhabenen bereitete. Sein Griff war hart und rücksichtslos, ein Roboter hätte wahrscheinlich nicht so derb zugepackt. Das Blick des Orbtons war energisch und kalt, ein Ausdruck, der Pyrius Bit ganz und gar nicht gefallen wollte. Kein Zweifel, dieser falsche Puaka war ein Fanatiker, der für seine verquere Ideologie auch über Leichenberge ging.

Wo mochte der Mann herkommen? Pyrius Bit war es gewohnt, in

jeder Lebenslage seine Chancen und Möglichkeiten genau zu kalkulieren, die Charaktere seiner Partner und Gegner zu ergründen und die Leute gegeneinander auszuspielen. Wichtig war dabei vor allem, die Motive der einzelnen Mitspieler zu kennen; wußte man auf diesem Gebiet Bescheid, ließen sich andere wesentlich besser manipulieren und handhaben.

Dieser Irakhem war ziemlich genau berechenbar. Er war eine der Führungspersönlichkeiten der Traversaner, und Pyrius Bit hatte raunen hören – sein Geheimdienst war normalerweise recht zuverlässig –, daß dieser junge Mann ein besonderer Liebling des Nert Kuriol sein sollte.

Irakhem ging es vermutlich zum einen um die Freiheit – was für ein abgeschmackter Begriff! – für Traversan; er wollte, daß die Steuern wieder gesenkt wurden, des weiteren hätte er am liebsten den amtierenden Sonnenkur abgesetzt. Aber obwohl er sich erdreistet hatte, eine Flotte des Imperiums anzugreifen und zu vernichten, strebte er wahrscheinlich nicht an, aus dem Machtverband des Großen Imperiums ausgeschlossen zu werden.

Dieser Narr träumte vermutlich davon, nach seinen ersten Erfolgen eine Audienz beim Imperator zu bekommen, dort sein Anliegen vorzutragen und von Seiner Erhabenheit Reomir IX. zum Lohn für Ehrlichkeit und Tapferkeit begnadigt zu werden.

Lachhaft. Dieser Irakhem hatte nicht die geringste Ahnung, wie dieses Spiel wirklich gespielt wurde. Dieser traversanische Aufstand mochte aus der Sicht der Rebellen berechtigt sein, und vielleicht gelang es Irakhem auch, den einen oder anderen hohen Würdenträger am Hofe des Imperators davon zu überzeugen, daß letztendlich das Verhalten des Sonnenkurs Pyrius Bit für den Aufstand verantwortlich war – aber selbst das würde den Traversanern nichts nützen.

Aufstände, ob berechtigt oder nicht, durften einfach nicht geduldet werden; wenigstens die jeweiligen Rädelsführer mußten aus Gründen der Selbstachtung und Disziplin bestraft werden, sie waren dem Henker verfallen.

Irakhem schien das nicht zu wissen oder jedenfalls nicht glauben zu wollen. Aber der andere, dieser falsche Puaka – der echte war vermutlich von den Rebellen von Traversan abgeschlachtet worden –, der war nicht so leicht zu durchschauen. Das lag zum einen daran, daß das Gesicht dieses Mannes durch einige Verletzungen und die entsprechenden Heilmaßnahmen derart entstellt war, daß sich in den Gesichtszügen nichts Genaues ausmachen ließ. Zum anderen schien der Mann auf diesem Gebiet ein Profi zu sein, der genau wußte, was er wollte, und dem nicht nur fremde, sondern auch vor allem auch das eigene Leben völlig gleichgültig war, wenn er ein Ziel erreichen wollte.

Lebewesen dieses Kalibers, die im Grunde nicht mit sich verhandeln ließen, machten den Sonnenkur schaudern.

»Aua, aua!«

Puaka scherte sich nicht um Pyrius Bits Gewimmer. Er zerrte den Sonnenkur hinter sich her oder stieß ihn rüde voran. Pyrius Bit war seit Jahren nicht mehr so lange Strecken zu Fuß gegangen. Wahrscheinlich fielen seine zarten Fußsohlen jetzt in Streifen ab.

Endlich blieb der grobe Kerl stehen. Er betätigte einen Taster, woraufhin sich ein stählernes Schott öffnete. Dann wies Puaka in das Innere dieses Raumes.

»Du weißt, was das ist, Sonnenkur?« fragte Puaka scharf. »Selbstverständlich weißt du sehr genau, was dies ist, denn diese Waffe stammt aus deinen Beständen, Pyrius Bit!«

Der Sonnenkur schluckte heftig. Was er da vor sich sah, war eine Waffe, die in der Tat aus dem Arsenal stammen konnte, über das ein Sonnenkur gebieten konnte. Es war eine Waffe von ganz außerordentlicher Zerstörungs- und Vernichtungskraft, eine Waffe, mit deren Einsatz man eigentlich nur drohte, vor deren Anwendung selbst Pyrius Bit wahrscheinlich zurückgeschreckt wäre:

Eine Arkonbombe! Diese Waffe löste auf dem Planeten, auf dem sie gezündet wurde – im Weltraum war sie wertlos –, einen Atombrand aus, der mit keinem technischen oder natürlichen Mittel zu löschen war. Dabei wurden die schweren Elemente der Planetenkruste miteinander verschmolzen. Das geschah so lange, bis der gesamte Planet entweder erfaßt war oder aber auseinanderplatzte. Eine Welt, auf der eine Arkonbombe gezündet wurde, war unrettbar verloren. Und meist fraß sich der Atombrand mit einer solchen Geschwindigkeit voran, daß sich im günstigsten Fall vielleicht fünf Prozent der Planetenbevölkerung mit Raumschiffen retten konnten. Der Rest aber ...

»Ihr werdet doch nicht ...«, stammelte Pyrius Bit fassungslos. Er brauchte nur in die Augen des Arkoniden Puaka zu blicken, um eine Antwort auf diese Frage zu bekommen.

Doch, dieser Puaka würde ...

6.

»Er meldet sich nicht?« fragte Foly ter Bar fassungslos. »Was heißt das, er meldet sich nicht?«

Der Funker zuckte hilflos die Schultern. »Wir haben seit mehr als zwei Stunden keinen Funkkontakt mehr zum Erhabenen«, sagte er ratlos. »Der Erhabene hat es selbst so angeordnet. Er wollte unter gar keinen Umständen gestört werden. Übrigens auch von Euch nicht, Hofmarschall!«

Foly ter Bar machte eine wegwerfende Gebärde.

Da stimmte etwas nicht, so oder so. Schon das geheimnisvolle Getue hatte den Hofmarschall stutzig werden lassen. Eine Botschaft von solcher Wichtigkeit, daß nur der Sonnenkur davon erfahren durfte, niemand sonst. Und sie mußte mündlich überbracht werden, und zur Krönung des Ganzen war auch noch nötig, daß der Erhabene in höchsteigener Person das halbwracke Raumschiff PADOM aufsuchte. Wozu das alles?

Ter Bar konnte sich das Verhalten des Sonnenkurs nur dadurch erklären, daß der Sonnenkurs bei seinem Aufbruch zur PADOM noch ziemlich stark unter den Wirkungen der Getränke, Speisen und Drogen gestanden haben mußte, die Pyrius Bit kurz zuvor in sich sinnlos hineingestopft hatte.

Jetzt stand die PADOM am Rand des großen Raumhafens, in der Nähe eines Reparaturdocks. Der Sonnenkur war mit seiner Leibwache aus Robotern und Naats an Bord – und nichts geschah.

Man hätte annehmen sollen, daß man inzwischen Anstalten getroffen hätte, die PADOM ins Dock zu schaffen, daß Werkstatt- und Instandsetzungsroboter um den Kreuzer herumwuselten und sich mit den Schäden befaßten, die offenkundig waren. Ja, bei genauerem Hinsehen konnte Foly ter Bar feststellen, daß an Bord der PADOM noch einige Brände wüteten, außerdem konnten an ihrem Standort immer wieder heftige energetische Entladungen angemessen werden, die das Wrack erschütterten.

Es war der helle Wahnsinn, der Pyrius Bit dazu getrieben hatte, sich in solche Gefahr zu begeben, aber vermutlich – Foly ter Bar kannte seinen Gebieter nach all den Jahren sehr gut – hatte der Sonnenkur eines jener Stichworte gehört, die ihn immer zu elektrisieren pflegten. Verrat …

Das war genau das, was Pyrius Bit jetzt gebrauchen konnte. Verrat als Erklärung für sein eigenes Versagen. Verrat auch als Entschuldigung dafür, daß er ein paar Köpfe rollen ließ, vor allem solche Köpfe, deren Entfernung ihm Pluspunkte bei gewissen Vorgesetzten einbringen konnte. Es wäre nicht das erste Mal gewesen, daß der äußerst gerissene Sonnenkur es verstanden hätte, sich nicht nur aus einer Niederlage geschickt herauszuwinden, sondern auch noch Kapital daraus zu schlagen.

»Versuchen Sie es noch einmal!« wies Foly ter Bar den Funker an. »Ich will entweder den Erhabenen selbst sprechen oder einen Offizier seiner Leibgarde. Und noch eines: Sagen Sie denen da drüben, daß ich zu besonderen Maßnahmen greifen werde, wenn ich nicht umgehend den Beweis bekomme, daß der Sonnenkur wohlauf, gesund und Herr seiner Entschlüsse ist!«

Foly ter Bar wußte sehr genau, welche Botschaft er zur PADOM hinüberschickte. Niemand anders als Pyrius Bit selbst hatte ihm vorgemacht, wie man gewisse Situationen ausnutzen konnte. Wenn ter Bar feststellte, daß der Sonnenkur nicht mehr in der Lage war, seinen Amtsgeschäften nachzugehen, ging die Kommandogewalt augenblicklich auf ihn – und das schloß den Oberbefehl über die auf BRY 24 stationierten Truppen und Flotteneinheiten ein. Damit ließ sich eine Menge machen …

»Kontakt!« rief der Funker halblaut aus. »Erhabener?«

»Wer wagt es, mich in einer sehr wichtigen Besprechung zu stören?« klang die gereizte Stimme von Pyrius Bit auf.

»Ich, Erhabener!«

Ter Bar trat vor die Aufnahmeoptik und betrachtete seinerseits das Bild auf dem Monitor, das Pyrius Bit ihm bot. Der Sonnenkur sah sehr mitgenommen aus. Er schwitzte stark, seine Lippen zuckten immer wieder, und fortwährend bewegte er die Hände. Auf seinem Gesicht hatten sich rötliche Flecken gebildet, sein Blick flakkerte.

Entzugserscheinungen, diagnostizierte ter Bar fachkundig.

»Wir haben seit längerer Zeit nichts mehr von Euch oder Eurer Mannschaft gehört, Erhabener«, sagte Foly ter Bar eilig. »Und da das Schiff, die PADOM, mit geraumer Verzögerung von Traversan kommt … Gebieter, es wäre ja immerhin denkbar, daß die PADOM von Rebellen …«

»Unsinn«, ließ sich Pyrius Bit vernehmen.

Sein Blick wurde noch flackernder. Er wischte sich die feucht gewordenen Hände an seinem Gewand ab und starrte seinen Hofmarschall an. Er brauchte nur ein bestimmtes Wort auszusprechen … Es waren einige Kodewörter vereinbart worden, mit denen Pyrius Bit zu erkennen geben konnte, ob er bedroht oder bedrängt wurde, ob er sich in einer Notlage befand, erpreßt wurde oder dergleichen mehr. Aber das Kodewort fiel nicht.

Trotzdem hatte Foly ter Bar den Eindruck, als stünde – bildlich gesprochen – jemand schußbereit mit einer geladenen Waffe in der Hand hinter Pyrius Bit und ziele auf seinen Rücken. Aber dort war niemand zu sehen, da die Optik ausschließlich das Gesicht des Sonnenkurs zeigte und so gut wie keinen Hintergrund. Eigentlich hätte man erwarten können, daß Besatzungsmitglieder der PADOM in der Nähe waren oder aber Angehörige von Pyrius Bits Leibwache.

Ter Bar wagte einen Vorstoß. »Ihr seht ziemlich elend aus, Erhabener. Ich mache mir Sorgen um Eure Gesundheit. Fühlt Ihr Euch wohl?«

Das Gesicht des Sonnenkurs bekam einen anderen Ausdruck; es schien sich zu verhärten. »Mir geht es ausgezeichnet, Hofmarschall ter Bar.«

Noch nicht einmal in einem Dampfbad hatte ter Bar den Sonnenkur derart schwitzen sehen. Er konnte sich einfach nicht vorstellen …

»Wie Ihr wollt, Gebieter!« sagte er dann sanft und machte eine Demutsgeste. »Ich werde mir erlauben, in einer Stunde noch einmal nach Eurem Wohlergehen zu fragen. Euer Diener, Erhabener …«

Wenig später war die Verbindung gekappt.

Er wird unter Druck gesetzt, kein Zweifel. Wahrscheinlich habe ich instinktiv das Richtige erraten. Die Rebellen von Traversan haben die PADOM gekapert und Orbton Puaka gezwungen, den Sonnenkur in eine Falle zu locken.

Die Gedanken des Hofmarschalls überschlugen sich.

Jetzt haben sie Pyrius Bit in ihrer Gewalt und erpressen ihn. Er brauchte nur das Kodewort auszusprechen, dann würde ich …

Foly ter Bar lächelte breit. Seine Gedanken führten wahre Freudentänze auf.

Ich würde, wie es vereinbart und in den entsprechenden Regelungen vorgeschrieben ist, Einheiten unserer Truppen in Marsch setzen, um die Rebellen zu bekämpfen und ihn zu befreien, wenn es möglich ist.

Und wenn es danebengeht und der Sonnenkur bei diesem Befreiungsversuch stirbt? Dann habe ich auf jeden Fall pflichtgemäß gehandelt und er nicht, denn er ist nicht nur berechtigt, er ist sogar ausdrücklich verpflichtet, uns per Kode zu informieren, wenn er das Opfer einer Geiselnahme ist.

Pyrius Bit ist nach oben hin ohnehin nicht sonderlich beliebt, und dieses Versagen als Geisel wird seinen Untergang erst recht beschleunigen.

Ich werde ihm noch ein bißchen Zeit lassen. Irgendwann werden seine Erpresser ihre Forderungen stellen. Und wenn Pyrius Bit dann nicht dafür sorgt, daß sie mit allen Mitteln bekämpft werden, macht sich Pyrius Bit des Verrats schuldig. Und dann ist sein Nachfolger ...

Foly ter Bar stieß langsam den Atem aus. Das Schicksal meinte es gut mit ihm, sehr gut. Nur ein paar Stunden noch, dann war der Sonnenkur tot, so oder so, und sein Nachfolger würde Foly ter Bar sein. Außerdem war da noch ein gewisses Geheimnis des Sonnenkurs, das Foly ter Bar ziemlich gut kannte und das er für seine eigenen Zwecke auszunutzen gedachte.

Der Hofmarschall lächelte zufrieden. Die Dinge entwickelten sich prächtig, genau in seinem Sinne. Daß er diese Entwicklung nicht in der Hand und damit auch nicht unter Kontrolle hatte, störte den Hofmarschall nicht – er würde schon Mittel und Wege finden, seine Pläne durchzusetzen.

Wozu schließlich hatte er dieses Spiel jahrelang bei einem Meister wie Pyrius Bit gelernt?

Foly ter Bar verließ den Funkraum des Palastes – jedenfalls nannte Pyrius Bit seine Unterkunft auf BRY 24 so, meist aber nur in ironischem Tonfall. Ein Antigravlift brachte den Hofmarschall in den Keller des Gebäudes. Die Geheimtür fand er ohne Mühe, und den Kode, sie zu öffnen, kannte er auch.

Ter Bar trat ein und blickte sich um. Wieder zeigte sich auf seinem Gesicht ein triumphierendes Lächeln.

»Wie gefällt dir das, Pyrius Bit?« fragte er sehr leise. »Daß ausgerechnet jene Handlungen, die deinen Untergang bedeuten, für mich den Aufstieg bedeuten werden? Ich bin gespannt, wie es dir gefallen wird, diese Schätze an mich zu verlieren ...«

7.

Pyrius Bit schüttelte den Kopf. »Das kann ich nicht tun!« stieß er hervor. »Das geht einfach nicht. Was für eine Forderung: diesen Stützpunkt räumen? Weißt du eigentlich ...« Der durchdringende Blick Irakhems traf den Sonnenkur. »Wißt Ihr eigentlich, Irakhem, was Ihr mir da zumutet? Wie soll das technisch gehen?«

»Ziemlich einfach«, antwortete Irakhem gelassen. Hinter ihm stand, die Arme vor der Brust verschränkt, der falsche Puaka und starrte den Sonnenkur an, der unter diesem Blick noch kleiner zu werden schien.

Pyrius Bit wußte, daß er am Ende war. Daß er inzwischen Hunger bekommen hatte und Durst, daß sein ganzer Metabolismus, seine

Seele förmlich nach den Drogen schrie, mit denen er sich all die Zeit verwöhnt hatte, daß er verschwitzt war und auch entsprechend roch – all das kümmerte den Sonnenkur nur am Rande.

Was ihn wirklich belastete und seine Kräfte aufzehrte, war der Wahnsinn, der ihm von diesen Kerlen zugemutet wurde. Sie mußten verrückt sein, komplett verrückt. BRY 24 zu evakuieren ...

»Ihr werdet Euren Leuten Befehl geben, in die Beiboote zu gehen. Dieser Befehl gilt für alle Arkoniden und anderen Intelligenzen, die auf BRY 24 leben. Allerdings wird die Zahl der Beiboote sehr begrenzt sein.«

»Es werden mehr als 120.000 Personen sein!« ächzte Pyrius Bit fassungslos. »Sie werden in den wenigen Beibooten zusammengepfercht sein wie ... wie ...« Er fand keinen passenden Vergleich. »Was glaubt ihr, wie meine Offiziere auf solche Befehle reagieren werden? Sie werden sie verweigern, mich für abgesetzt erklären und die Sache in die eigene Hand nehmen. Was das bedeutet ...«

»Haben wir bereits kalkuliert, Pyrius Bit« stieß Puaka hervor. »Wenn deine Leute nicht gehorchen, wird es deren Schaden sein. Damit keinerlei Mißverständnisse möglich sind, stelle ich noch einmal alles klar.

Die PADOM wird in jedem Fall gesprengt, die Arkonbombe wird in jedem Fall gezündet werden. BRY 24 wird in jedem Fall vernichtet und als Machtfaktor in dieser Region des Imperiums ausgeschaltet. Daß wir dabei selbst sterben werden, ist ein fester, unabänderlicher Bestandteil des Planes. Die einzige Variable, die noch bleibt, ist die Zahl derjenigen Arkoniden, die den Untergang von BRY 24 überleben werden.«

»Ich sagte es schon«, sprach Pyrius Bit; er konnte den Blick nicht von Puaka wenden. Solche Arkoniden wie dieser, mit dieser Entschlossenheit und Härte, auch gegen sich selbst, mit dieser Ausstrahlung von Stärke und Unnachgiebigkeit, aber auch überragender Intelligenz – Figuren wie dieser Puaka tauchten vielleicht in irgendwelchen Filmen über die heroische Vergangenheit Arkons auf, aber doch nicht in ihrer Zeitrechnung.

Pyrius Bit breitete flehend die Hände aus. »Habt doch ein Einsehen«, jammerte er. »Die Offiziere werden mir nicht gehorchen. Euer Befehl ist Wahnsinn.«

Irakhem lächelte kalt. »Ihr könnt den Kommandanten die Möglichkeit nehmen, Eure Befehle zu ignorieren«, sagte er.

Dein Tod wird nicht Stunden, nicht Tage dauern. Ich werde dich wieder und wieder und wieder foltern lassen, bis du nur noch närrisch lallen und winseln kannst. Und dein Kumpan Puaka wird einen noch gräßlicheren Tod sterben. Wen glaubt ihr hier vor euch zu haben? Einen Narren oder Idioten, mit dem ihr machen könnt, was euch gefällt? Ich bin Pyrius Bit. Ich bin der Sonnenkur dieses Sek-

tor, und bald werde ich wieder die Macht in meinen Händen halten, und dann ...

»Ihr braucht nur die Kommandokodes für die Kommandanten Eurer Raumschiffe sperren zu lassen«, schlug Irakhem gleichmütig vor. »Dann erklärt Ihr den Kommandanten die Lage, nämlich daß BRY 24 sehr bald aufhören wird zu existieren, weil die PADOM bei ihrer Selbstzerstörung den Planeten in den Untergang mitreißen wird. Ich bin sicher, daß die Kommandanten dann nicht zögern werden, Euren Anweisungen zu folgen.«

»Und dies um so mehr«, warf Puaka schneidend scharf ein, »als die Zeit für Eure Leute knapp bemessen ist. Wir haben die Sache durchkalkuliert, und wenn Eure Leute sich nicht beeilen und ausschließlich auf die Rettung konzentrieren, wird es für viele zu spät sein.«

Pyrius Bit schüttelte fassungslos den Kopf. Woher wußten sie das?

Ja, es stimmte. Jedes einzelne Raumschiff unter seinem Befehl konnte mit jeweils einem bestimmten Kode praktisch stillgelegt werden; außer den lebensnotwendigen Anlagen zur Luftumwälzung und dergleichen funktionierte dann nichts mehr an Bord, die Bordpositronik verweigerte der Besatzung und dem Kommandanten den Zugriff.

Es war dies eine Sicherheitsmaßnahme, um Meutereien zu verhindern, aber die Kenntnis davon war wenigen vorbehalten, Personen vom Sonnenkur an aufwärts. Wie war es möglich, daß jemand von einem Hinterwäldlerplaneten wie Traversan überhaupt von der Existenz dieser Sperrkodes wußte?

»Das kann und werde ich nicht tun«, stieß Pyrius Bit hervor. Es gab Augenblicke, in denen sein Stolz stärker ausgeprägt sein konnte als seine Angst, und dies war ein solcher Augenblick. Wenn er jetzt auf diese Art und Weise mit den Rebellen von Traversan kooperierte, brauchte er sich im Großen Imperium nirgendwo mehr sehen zu lassen. Man würde ihn für vogelfrei erklären; jeder Arkonide war dann berechtigt, ihn auf der Stelle zu töten, wenn man ihn fand.

»Ihr seht die Alternativen nicht richtig, Sonnenkur«, sagte Irakhem gedehnt. »Im schlimmsten aller Fälle wird BRY 24 samt allen Bewohnern und Besuchern zerstört werden. Das schließt Euch und uns ein. Im günstigsten Falle werden nur der Planet selbst und seine Einrichtungen zu Schaden kommen, aber außer uns wird kein Leben vernichtet werden.« Irakhem lächelte dünn. »Ihr glaubt doch wohl nicht, Pyrius Bit, daß wir Euch die einsatzbereiten Raumschiffe überlassen werden, damit das Imperium unmittelbar nach dem Untergang von BRY 24 sofort mit diesen Schiffen über Traversan herfallen kann.«

... außer uns kein Leben ...

War das ein verstecktes Angebot, das Schlupfloch, durch das Pyrius Bit vielleicht noch entkommen konnte? Zur Hölle mit BRY 24, zur Hölle mit dem Imperium.

Für Pyrius Bit gab es nur noch eines, das wichtig war, und das war sein eigenes, so überaus kostbares Leben. Wenn es, um dieses Leben zu erhalten, nötig war ...

Pyrius Bit kniff die Augen zusammen. »Ihr würdet mich freilassen?« fragte er vorsichtig.

»Mit dem letzten Beiboot könnt auch Ihr das System verlassen«, versprach Irakhem. »Frei und unbeschadet, ich gebe Euch mein Ehrenwort darauf!«

»Pah!« machte Pyrius Bit. Mitunter konnte nicht einmal seine Angst seinen Hang zu giftigem Spott besiegen. »Das Wort eines Rebellen!«

»Es wiegt vielleicht schwerer als das eines Sonnenkurs«, amüsierte sich Puaka. »Jedenfalls nach unserer Erfahrung, Pyrius Bit.«

Der Sonnenkur bedachte ihn mit einem wütenden Blick; er preßte die Lippen aufeinander.

»Ihr werdet die Einwohner von BRY 24 also ziehen lassen, wenn ich mich euren Wünschen füge.«

»Das werden wir!«

»Dann schwört es!« forderte Pyrius Bit. »Ihr seid zwar Schurken, Aufrührer, gemeine Rebellen, aber immerhin seid ihr auch Arkoniden. Schwört es bei der Ehre Arkons!«

Pyrius Bit sah, wie die beiden – Puaka und Irakhem – sich anblickten, dann kurz nickten.

»Und schwört es auch für eure elenden Freunde«, ergänzte Pyrius Bit. Von der restlichen Mannschaft der PADOM hatte er niemanden von so nahe gesehen, daß er die Person hätte erkennen oder identifizieren können. Klar war nur, daß Irakhem und Puaka die Anführer dieser Rebellenbande waren.

»Wir schwören es!« sagte Irakhem. »Bei Arkons Ehre!«

Pyrius Bit blickte hinüber zu Puaka, der die Eidesformel wiederholte. Pyrius Bit nickte langsam.

»Dann werde ich der Gewalt gehorchen und euren Befehlen Folge leisten. Nicht um meinetwillen, sondern um der Arkoniden willen, die ihr mit dem Tode bedroht!«

Pyrius Bit machte eine herrische Geste. »Und jetzt laßt mich mit meinen Leuten reden!« forderte er.

Foly ter Bar zeigte sich nicht im geringsten erstaunt, als Pyrius Bit seinen Hofmarschall von der neuesten Entwicklung der Dinge in Kenntnis setzte. Er hatte damit gerechnet, allerdings nicht gedacht, daß die Drohung der Rebellen von Traversan so massiv und weitreichend ausfallen würde.

»Den Stützpunkt komplett evakuieren?« fragte er erschüttert. »Einhundertzwanzigtausend Arkoniden? Und das ausschließlich mit einer Handvoll Beibooten, in denen sie sich zusammenquetschen müssen? Warum das?«

»Diese Schurken wollen uns schwächen, so stark, wie es nur geht. Es geht ihnen um die Docks, die Reparatureinrichtungen, die Magazine und vieles mehr. Vor allem aber um die Schiffe. Sie wollen die Flotte vernichten, und zwar einschließlich der Beiboote. Mit denen kann man ja auch kämpfen, wie du weißt. Und es ist wichtig, daß du schnell handelst. Zu langem Nachdenken und Beraten bleibt keine Zeit. Die Frist, die die Rebellen uns gegeben haben, läuft bereits. Also sorge dafür, daß die Evakuierung schnell und zügig abgewickelt wird!«

»Und Ihr selbst, Gebieter?«

Pyrius Bit machte ein finsteres Gesicht. »Diese Schurken werden mich so lange wie möglich hier festhalten«, stieß er hervor, mit viel unterdrückter Wut in der Stimme. »Obwohl das nicht wichtig ist, denn es geht ihnen nicht um meine Person, sondern um die Schiffe. Mach das den Leuten klar – sie haben nur die eine Wahl, sich mit den Beibooten in Sicherheit zu bringen. Anderenfalls werden die Rebellen die Ladungen an Bord der PADOM zünden, und dann ist BRY 24 verloren, mitsamt allen Arkoniden, die hier leben.«

Er zeigte ein grimmiges Lächeln. »Wahrscheinlich haben sie mich nur herangelockt und als Geisel genommen, damit ich mit meiner Autorität bestätigen kann, daß sie uns nichts vorspielen. Ich habe die Ladungen gesehen, ter Bar. Sie reichen aus, unseren Stützpunkt mit einem Schlag zu atomisieren. Und was diese Waffen von BRY 24 noch übriglassen, das wird die Arkonbombe vernichten, die zündfertig an Bord liegt.«

»Erhabener«, stieß Foly ter Bar hervor. »Ich verstehe Euch richtig, Ihr bestätigt mit Eurem Wort, daß diese Bedrohung für BRY 24 real ist?«

Pyrius Bit nickte. »Und ich bestätige mit meiner Autorität als Sonnenkur, daß die Kerle, mit denen ich geredet habe, skrupellos genug sind, ihre schurkische Drohung auch wahr zu machen. Sie sind verrückt, fanatisch, zu allem entschlossen – sie werden nicht zögern. Und jetzt beeilt euch – die Uhr läuft bereits, und die Frist ist auch ohne solche Verzögerungen knapp genug bemessen.«

Foly ter Bar starrte den Sonnenkur an. In seinen Augen stand ein seltsames Glitzern.

»Ich befürchte, Gebieter«, sagte er leise und eindringlich, »daß diese Rebellen in Eurem Fall nicht Wort halten werden. Sie werden Euch töten, Erhabener.«

Pyrius Bit richtete sich auf. »Sollen sie!« stieß er hervor und knirschte mit den Zähnen. »Ich werde zu sterben wissen, wie es einem Arkoniden von Geblüt zukommt.«

Foly ter Bar gelang es, einige Tränen zu produzieren, die aus den Augenwinkel heraus über seine Wangen liefen.

»Ganz Arkon wird Euch deshalb ein ewig ehrendes Angedenken bewahren«, versprach er und nahm eine ehrerbietige Haltung an.

Der Blick des erhabenen Sonnenkurs Pyrius Bit verriet, was Foly ter Bar, die Besatzung von BRY 24 und ganz Arkon samt Hochadel und Imperator ihn gerade konnten ...

Foly ter Bar schaltete die Verbindung ab. »Sehr gut!« murmelte er. Die Sache lief genau so, wie er es wollte oder doch wenigstens gebrauchen konnte. Selbstverständlich hatte er dafür gesorgt, daß dieses Gespräch aufgezeichnet wurde, damit Arkon sich davon überzeugen konnte, daß er, Foly ter Bar, auf ausdrücklichen Befehl und Anordnung des Sonnenkurs gehandelt hatte.

Allerdings hatte Foly ter Bar in einem Punkt noch starke Bedenken – ob sich nämlich die Offiziere der Flotte wirklich an die Befehle von Pyrius Bit oder seinem Stellvertreter Foly ter Bar halten würden. Was die Rebellen von Traversan diesen tapferen Soldaten der Flotte Arkons zumuteten, war nicht nur einfach eine Niederlage, wie sie in der Geschichte Arkons einzigartig dastand – es war auch eine Demütigung für das Imperium, für die es ebenfalls kein Vergleichsbeispiel gab.

Über dieses unerhört dreiste Vorgehen der Rebellen von Traversan, insbesondere dann, wenn sie ihren Plan tatsächlich verwirklichen konnten, würde man wahrscheinlich noch in vielen Jahrtausenden sprechen.

Wer immer in diese Affäre verstrickt war, sowohl der Sonnenkur Pyrius Bit als auch dessen Hofmarschall, die Verwaltungsbeamten, die Offiziere der Kampfschiffe, alle Personen bis hinunter zum einfachen Soldaten – sie alle würden in negativer Hinsicht zur Legende werden.

Vielleicht würde mit Rücksicht auf die Lebenden, auf deren Familien und dergleichen in der Gegenwart und nahen Zukunft Rücksicht geübt, um den Schaden nicht noch größer zu machen, als er ohnehin schon war.

Aber die Geschichtsschreibung kannte keine Gefühle, sie war in ihrer Genauigkeit und Wahrheitsliebe nicht zu überbieten. Die Historiker würden über die Affäre Traversan ihr eigenes Urteil fällen, und das fiel vermutlich verheerend aus. Andererseits – das konnte Foly ter Bar und den anderen in diesem Augenblick völlig gleichgültig sein ...

Jetzt war nur wichtig, daß die potentiellen Opfer dieses Rebellenanschlages so schnell wie möglich von dem todgeweihten Planeten verschwanden.

Foly ter Bar machte sich an die Arbeit, die Befehle des Sonnenkurs weiterzuleiten. Dabei blickte er immer wieder auf das Chronometer – die Zeit zerann unbarmherzig. Und der Hofmarschall hatte den beklemmenden Eindruck, als liefe sie augenblicklich erheblich flotter als sonst ...

8.

Pyrius Bit war unschlüssig, wie er die Lage beurteilen sollte. Die Szenen, die er über einen Kontrollmonitor an Bord der PADOM verfolgen konnte, hätte er niemals für möglich gehalten. Aber sie spielten sich praktisch vor seinen Augen ab; da gab es keinen Zweifel.

Offenbar hatten seine Beamten und Kreaturen nicht gezögert, seine Befehle tatsächlich und auf der Stelle zu befolgen. Und sie waren allem Anschein nach auch imstande gewesen, den rein technischen Aspekt der Aufgabe in einer Art und Weise zu lösen, die er für atemberaubend hielt. Wenn diese Bilder von BRY 24 in den Nachrichtensendungen des Imperiums veröffentlicht wurden, dann würde die gesamte Öffentlichkeit des Imperiums mit offenen Mündern vor den Projektionsflächen sitzen und staunen.

In ununterbrochener Folge rasten Gleiter heran, vollgepackt mit Arkoniden und Angehörigen anderer Völker. Sie flogen mit höchster Fahrt über den Raumhafen und hielten auf die großen raumtauglichen Schiffe zu, die dort abgestellt waren. Beinahe im Laufschritt ging es dann ins Innere der Schiffe, wo die Beiboote in ihren Hangars zu finden waren. Der Anblick der Massen, die auf diese Weise befördert wurden, verschlug Pyrius Bit die Sprache. Eine endlose, sehr breite Menschenkette wälzte sich auf den Laufbändern in die Höhe, hinein in die Personenschleusen der Raumschiffe.

Kaum zu glauben, daß die Schiffe in der Lage waren, allen Lebewesen Platz zu bieten. Aber der eigentliche Höhepunkt war für Pyrius Bit noch nicht einmal sichtbar. Denn diese Tausende durften sich nicht etwa im Inneren der arkontypischen Kugelraumer verteilen. Die brutalen – und raffinierten – Erpresser von Traversan hatten einen genau ausgearbeiteten Plan vorgelegt, nach dem die Bewohner von BRY 24 auf die Schiffe zu verteilen waren.

Nur die Beiboote, vor allem die kleinsten und am schwächsten bewaffneten Beiboote, standen den Flüchtigen für ihren Abtransport zur Verfügung, und diese Beiboote mußten nach ebendiesem Plan vollgestopft werden wie ein Packen konservierter Lebensmittel. Dicht an dicht, beinahe übereinander, wurden die Arkoniden und die anderen in die Boote hineingequetscht. Pyrius Bit hatte den Eindruck, daß die Rebellen von Traversan vorher auf ihrer Heimatwelt einen Probelauf gemacht hatte, um festzustellen, wie viele Personen ins Innere eines Diskusraumers oder eines 60-Meter-Beiboots zu packen waren.

Der Sinn dieser Maßnahme war offenkundig. Je mehr raum- und kampftaugliche Schiffe auf BRY 24 zurückblieben, um so größer war der militärische und technische Verlust, wenn die Rebellen ihr Vorhaben verwirklichten und BRY 24 samt den Flotteneinheiten vernichteten. Und es lag – jedenfalls aus der Sicht dieser Rebellen und Hochverräter – sehr nahe, dafür zu sorgen, daß diesem Vernichtungsschlag möglichst viele Großkampfschiffe zum Opfer fielen.

Zum zweiten standen die Kommandanten der Rettungsboote vor dem Problem, zwar durchaus über wirksame Waffen zu verfügen; aber sie durften es keinesfalls auf einen Kampf ankommen lassen, da ihre Schiffe mit Zivilisten vollgepackt waren. Niemals hätte es die arkonidische Öffentlichkeit hingenommen, hätte der Kommandant eines Beibootes das Risiko gewagt und das Leben seiner unfreiwilligen Passagiere bei einem Kampf aufs Spiel gesetzt.

Einhundertzwanzigtausend Arkoniden und Angehörige von Fremdvölkern mußten auf diese Weise evakuiert werden, eine Prozedur, die sich in kurzer Zeit kaum abwickeln ließ. Pyrius Bit hatte schon einige Stunden damit verbracht, dem Spektakel zuzusehen, zugleich fasziniert und abgestoßen von den Bildern, die sich ihm boten.

Das war Perfektion, Drill, erstklassige Führung – kurz, alles, was von einem arkonidischen Offizier an Qualitäten erwartet wurde, war während dieses Manövers in großem Maßstab und mit atemberaubender Präzision zu sehen.

Wahrscheinlich war dabei eine optische Botschaft von Bord der PADOM äußerst hilfreich gewesen. Die Rebellen hatten über das Ringfunknetz fast alle Bewohner von BRY 24 über den Ernst der Lage informiert, ihnen die atomaren Ladungen gezeigt, die zusammengekoppelt zündfertig in der PADOM gelagert waren.

Vermutlich waren etliche BRY-24-Bewohner sachkundig genug, um zu erkennen, daß diese Ladungen unzweifelhaft echt waren, stammten sie doch eigentlich aus den Magazinen und Arsenalen von BRY 24, wie die kennzeichnenden Aufschriften verrieten. Da der größte Teil der Bewohner von BRY 24 aus Militärpersonal bestand, brauchte man nicht lange zu erklären, welchen Schaden man damit anrichten konnte, wenn die Ladungen alle auf einen Schlag auf dem Raumhafen gezündet wurden.

Die Anführer der Rebellen, Irakhem und Puaka, waren auch nicht davor zurückgeschreckt, den erschütterten Untertanen des Sonnenkurs die einsatzbereite Arkonbombe zu zeigen, die allein ausreichte, den Planeten zu zerstören. Pyrius Bit selbst hatte eine Ansprache halten dürfen, in der er die Evakuierungsbefehle noch einmal bestätigt hatte.

So betrachtet hätte der Sonnenkur eigentlich zufrieden sein können. Aber insgeheim verdroß es ihn, daß seine Leute gar nicht daran dachten, den Rebellen irgendeine Form von Widerstand entgegenzusetzen. Wenn sich dieses Gesindel von Militär einfach auf den Standpunkt stellte, daß der Sonnenkur als Oberbefehlshaber der örtlichen Flotteneinheiten die Befehle gegeben und seine Militärs diese Befehle lediglich prompt ausgeführt hatten, so lag rechtlich wie moralisch die Verantwortung für diesen so überaus blamablen Rückzug beim Sonnenkur Pyrius Bit.

Es wäre ihm lieber gewesen, wenn wenigstens einer seiner Kommandanten versucht hätte, die Pläne der Traversaner in irgendeiner Form zu durchkreuzen. Wahrscheinlich wäre es ein verlustreicher Fehlschlag geworden, aber zumindest hätte seine Truppe das Gesicht gewahrt und die Ehre Arkons hochgehalten.

Pyrius Bit war sicher: Wären Kerle wie Irakhem oder Puaka in der Lage dieser Flottenoffiziere gewesen – sie hätten sich mit Sicherheit etwas einfallen lassen, um das Blatt zu wenden. Beispielsweise – im Ausbrüten solcher Pläne war Pyrius Bit nicht schlecht – hätten zwei oder drei Offiziere darum ersuchen können, persönlich mit den Rebellen zu verhandeln. Mit chemischen Sprengladungen, unmittelbar am eigenen Körper getragen, hätten diese Offiziere dann die Anführer der Rebellen in die Luft jagen können – freilich unter Opferung des eigenen Lebens, aber wozu war man schließlich Arkonide und Offizier.

Ob der Rest der höchstwahrscheinlich sehr kleinen Rebellenmannschaft der PADOM dann noch in der Lage und bereit gewesen wäre, den Selbstmordbefehl zur Zündung der Ladung an Bord zu geben und auszuführen, war mehr als zweifelhaft. Irakhem und Puaka hätten keine Sekunde gezögert, das war klar, aber die ihnen unterstellten Leute?

Außerdem erforderte ein Unternehmen wie dieses eine gut funktionierende Ordnung von Befehl und Gehorsam; höchstwahrscheinlich hatten die einfachen, untergeordneten Teilnehmer des Selbstmordkommandos gar nicht die technische Möglichkeit, auf den Tod ihrer Anführer in der Art und Weise zu reagieren, daß sie die Ladung zündeten.

Gedankenspielereien, überlegte Pyrius Bit. Wären seine eigenen Leute derart tollkühn gewesen, einen solchen Anschlag durchzuführen, hätte das mit allergrößter Wahrscheinlichkeit auch den Tod des Sonnenkurs zur Folge gehabt. Es war besser, daß die Sache so ablief, wie sie nun mal lief – immer vorausgesetzt, daß die Rebellen Wort hielten und ihre Geisel auch tatsächlich laufenließen. Immerhin: Die Naats aus Pyrius Bits Leibgarde hatten sie inzwischen ziehen lassen; sie waren bereits mit einem der prallgefüllten Rettungsschiffe aufgestiegen und in den freien Raum vorgestoßen.

Dort hatten die Beiboote eine Warteposition bezogen; mit jeder Stunde, die verstrich, wurde die Zahl dieser Einheiten größer. Es konnte nicht mehr lange dauern, dann war dieser Teil der Aktion abgeschlossen.

Pyrius Bit rieb die feucht gewordenen Hände an seinem verschwitzten Gewand trocken. Sein Körper schrie nach einer entspannenden, gemütsbesänftigenden Droge, nach etwas, das das Leben angenehm und lebenswert machte, ohne daß man sich dafür anstrengen mußte. Aber derlei war an Bord der PADOM natürlich nicht aufzutreiben. Für solche verfeinerten Bedürfnisse eines kulturell hochstehenden Bewohners des Imperiums hatten diese Barbaren und Primitivlinge keinerlei Empfinden. Wahrscheinlich beschränkten sich deren Hochgenüsse darauf, sich vollaufen zu lassen, schlechte Musik zu hören und sich geil mit ihren Weibchen herumzuwälzen …

Pyrius Bit blickte auf sein Chronometer. In vierzig Minuten lief das Ultimatum der Rebellen ab. Danach sollte die Ladung gezündet werden, gleichgültig, ob die Evakuierung abgeschlossen war oder nicht. Dann würde sich entscheiden, ob die Rebellen zu ihrem Wort standen und den Sonnenkur freigaben oder ob sie ihn wortbrüchig töten würden. Noch vierzig Minuten …

Eine verdammt kurze Zeitspanne bis zum Tod, vor allem für einen Mann, der bis vor kurzem noch davon überzeugt gewesen war, die besten Jahre seines Lebens noch vor sich zu haben.

Tamarena schüttelte den Kopf. »Unglaublich, dieser Kerl«, sagte sie leise, mit einem Unterton des Abscheus. »Er denkt niemals geradeaus, immer in Kurven, in Haken und Ösen. Die Wahrheit sagt er nur dann, wenn es ihm nützlich erscheint.«

Ich lächelte verhalten. Dieser Typ war mir durchaus bekannt, nicht nur aus den Zeiten, in denen ich auf einer primitiven und rückständigen Erde hatte leben müssen, lange bevor dieser Planet sich zu Terra entwickelt hatte.

»Mit der Wahrheit ist es so eine Sache«, warf ich ein. »Im Moment ist für uns am wichtigsten, daß Pyrius Bit das, was wir ihm vorgeführt haben, wirklich glaubt.«

Tamarena hatte während der letzten Stunden den Sonnenkur fast ohne Pause telepathisch überwacht. Ich hatte sie darum gebeten.

»Er glaubt uns nahezu jedes Wort«, antwortete die Telepathin. »Zwar ist er selbst ein Meister der Täuschung und hat irgendwo auch den Verdacht, daß wir ihn hereinlegen wollen. Aber deine Drohung hat gewirkt. Er hat leise Zweifel an einigen Kleinigkeiten, aber im wesentlichen ist er davon überzeugt, daß die Drohung ernsthaft gemeint ist.«

Ihr Blick traf Irakhem. »So hält er Irakhem für einen Fanatiker reinsten Wassers, der keinen Augenblick zögern wird, sein Leben für Traversan zu opfern. Und du, Atlan-Puaka, flößt ihm regelrecht Angst ein. Daß du bereit sein wirst, dein Leben in dieser Aktion zu opfern, bezweifelt er. Pyrius Bit hält dich für zu intelligent, um solche Dinge zu tun. Aber er ist fest davon überzeugt, daß wir bei der Verfolgung unserer Pläne rücksichtslos über Leichen gehen werden – über Tausende von Leichen auf BRY 24, vor allem aber auch über seine Leiche.«

Ich nickte zufrieden. Das war das, was ich hatte hören wollen. Unser Bluff war gelungen, nicht zuletzt, weil der Sonnenkur von seiner eigenen Brutalität und Rücksichtslosigkeit auf entsprechende Charaktereigenschaften bei uns gefolgert hatte. Übrigens nicht ganz zu Unrecht. Zwar war Irakhem zu intelligent, sich einfach so auf ein Selbstmordunternehmen dieses Kalibers einzulassen; Himmelfahrtskommandos ohne eine Chance auf Rückkehr waren seine Sache nicht. Aber ich hatte keinerlei Zweifel, daß er im Ernstfall keinen Augenblick zögern würde, sein Leben für seine Sache zu opfern, wenn es ihm nötig erschien.

»Und weiter?« hakte ich nach.

»Pyrius Bit ist ein bißchen sauer, weil seine Leute einfach so gehorchen«, berichtete sie. »Wenigstens einer seiner Kommandanten, so denkt er, hätte versuchen können, diese Situation zu ändern. Er hat natürlich überhaupt keine Ahnung, wie wir ihm einen Riegel vorgeschoben haben.«

Irakhem lachte zufrieden. Dies war eine der Schwachstellen unseres Planes gewesen. Natürlich kam es uns nicht nur darauf an, die Besatzung von BRY 24 zum Abzug zu zwingen; wir wollten vor allem auch erreichen, daß möglichst viele Einheiten der Flotte, die Pyrius Bit zur Verfügung stand, auf dem Raumhafen zurückblieben. Das Mittel, das wir dazu einzusetzen geplant hatten, waren die ominösen Kommandokodes, von denen ich dank des photographischen Gedächtnisses wußte, daß sie in dieser Zeit des Imperiums noch im Gebrauch waren.

Selbstverständlich war selbst mein photographisches Gedächtnis nicht so umfangreich, daß es die in diesem Fall wichtigen Kodes gekannt hätte. Auch der Sonnenkur Pyrius Bit wußte diese Kodes nicht auswendig. Aber er wußte, wo sie in der Stützpunktpositronik von BRY 24 gespeichert waren und wie man an sie herankam, wenn man die Kodes für den Zugriff auf die Kommandokodes kannte.

Was dabei herausgekommen wäre, hätten wir versucht, den Zugriff auf dieses Wissen gewaltsam aus ihm herauszuholen, konnte ich nicht berechnen. Aber solche Maßnahmen waren in unserem Fall glücklicherweise auch nicht nötig. Es reichte dank der besonderen Begabung von Tamarena vollauf, wenn Pyrius Bit an seine Zugriffsberechtigung einfach nur *dachte* und sie diese Informationen telepathisch abzapfte.

Alles andere danach war vergleichsweise einfach: Nutzung von Pyrius Bits Zugriffsberechtigung, dann Auslesen der Kommandokodes, zuletzt Zugriff auf die Positroniken der Schiffe auf BRY 24 – keine dieser Einheiten war jetzt noch von ihren Kommandanten zu steuern.

Diese Schiffe waren komplett stillgelegt. Man konnte sie nicht starten, nicht ihre Waffen aktivieren – nichts war mehr möglich. Lediglich die unerläßlichen Grundfunktionen waren noch aktiv: Man bekam Atemluft im Inneren, die Antigravlifts funktionierten und auch die künstliche Schwerkraft.

Möglicherweise oder sogar sehr wahrscheinlich, gab das Extrahirn seine Überlegungen bekannt, *ist es eben dieses Eingreifen von dir, das die Schwäche dieser Koderegelung offenkundig gemacht und wenig später zu deren Abschaffung geführt hat. Wahrscheinlichkeit bei 83%.*

Die Schiffe standen jetzt jedenfalls unter unserem Kommando; ohne unsere Erlaubnis waren sie nicht mehr einzusetzen. Wenn es soweit war, wenn alle Bewohner diesen Planeten verlassen hatten und wir unsere Bomben auf dem Raumhafen von BRY 24 zündeten, war es um diese doch recht eindrucksvolle Flotte geschehen.

»Und noch etwas«, wußte Tamarena zu berichten. »Wenn Pyrius Bit nicht gerade an Drogen, Alkohol, Essen oder Sex denkt, kreisen seine Gedanken meist nur um einen Punkt – und um den sollten wir uns vielleicht kümmern.«

»Worum geht es?« wollte Irakhem wissen.

Tamarena lächelte. »Um Geld«, verriet sie uns. »Und zwar um sehr viel Geld!«

9.

»Ihr laßt mich gehen?« Der Blick des Sonnenkurs wanderte ungläubig von einem zum anderen. Die Gesichter der beiden Männer Irakhem und Puaka waren ausdruckslos; keinerlei Gefühlsregung war darin zu sehen. Pyrius Bit schauderte unwillkürlich. Sahen so Arkoniden aus, die sich darauf vorbereiteten, aus freien Stücken in den Tod zu gehen – so gelassen, so ruhig, so unerschütterlich?

»Ihr mögt gehen, Pyrius Bit, wohin es Euch beliebt«, antwortete Irakhem. »Ihr seid frei, Erhabener. Euch zuliebe haben wir unser Ultimatum verlängert. Ihr werdet genug Zeit haben, Euch mit dem letzten Beiboot in Sicherheit zu bringen, bevor die Bombe gezündet wird. Und vergeßt nicht, Euren Vorgesetzten sehr genau zu schildern, was sich hier zugetragen hat. Erzählt es in allen Einzelheiten!«

Pyrius Bit verzichtete auf eine Antwort. Für ihn war ohnehin klar, wie er vorgehen würde.

Natürlich mußte er zunächst danach trachten, aus diesem System herauszukommen. Die Ladung der PADOM war so gewaltig, daß sie nicht nur den Raumhafen und alle Gebäude in weitem Umkreis zerstören würde; eine Detonation dieses Kalibers würde mit Sicherheit auch hyperenergetische Erschütterungen nach sich ziehen, die den Beibooten selbst weit entfernt im Weltraum zusetzen konnten.

Erst weg aus diesem System, dann Kontakt mit höheren Stellen aufnehmen. Dort Hilfe anfordern, sich rechtfertigen, nicht ohne die Stichworte Verrat und Sabotage des öfteren zu gebrauchen, und dann Rückkehr mit einer Raumflotte nach BRY 24. Falls die Rebellen noch zur Stelle waren, würde man sie zur Strecke bringen. Falls nicht, nun, dann würde man sich deren Heimat zuwenden, dem Traversan-System. Pyrius Bit hatte keinerlei Zweifel, daß die höheren Stellen ihm gestatten würden, Traversan mit allen Mitteln zur Räson zu bringen – eingeschlossen die Anwendung einer Arkonbombe.

Pyrius Bit hatte noch nie gesehen, wie ein Planet langsam im atomaren Feuer unterging, schon gar kein bewohnter Planet. Es würde sicherlich ein sehr beeindruckendes Schauspiel werden, ein Fanal der Rache. Danach würden es sich die Rebellen im Bereich des Imperiums dreimal überlegen, bevor sie einen Sonnenkur attackierten und sich Schlachten mit dessen Raumflotten lieferten.

»Bitte ...«

Sie ließen ihn tatsächlich passieren. Pyrius Bit war zwar heilfroh, aber er verstand diese Leute nicht. Er hätte an deren Stelle niemals, auch nicht für den Bruchteil einer Sekunde, gezögert, den Sonnenkur in seiner Gewalt zu erschießen.

Er sah Irakhem und Puaka noch einmal sehr intensiv an. War da ein feines, böses Lächeln in den Mundwinkeln? Diese Leute waren bereit zu sterben, warum sich dann nicht noch mit dem gefangenen Feind einen letzten Spaß erlauben? Er jedenfalls hätte so gehandelt. Die Geisel wurde freigelassen, man ließ sie entwischen, sah zu, wie sie hinüberhastete zum rettenden Raumschiff. Pyrius Bit hätte dann noch abgewartet, bis die Triebwerke des Beiboots aktiv wurden und das Schiff in den Raum beschleunigten – und dann, wenn die Geisel beinahe sicher war, glücklich entkommen zu sein, dann hätte er die Bomben gezündet ...

Langsam, auf schmerzenden Füßen, verließ Pyrius Bit die PADOM. Am anderen Ende des Landefeldes sah er das wartende Beiboot, das ihn aufnehmen sollte. Aber vorher war noch etwas zu erledigen. Eine Sache, die sehr wichtig war. Das Ultimatum war verlängert worden, und Pyrius Bit war sicher, daß die Rebellen diese Frist auch einhalten würden. Arkoniden von Ehre waren nun einmal so dümmlich, sich an ihre Versprechungen zu halten, selbst – und vor allem – dann, wenn es ihnen nicht in den Kram paßte. Wenn er sich sputete, dann mußte es reichen.

Pyrius Bit lachte halblaut. Seine Stunde würde kommen. Noch war nichts verloren.

Es war ein eigentümliches Gefühl, über den Stahlplastikboden des Raumhafens zu gehen und die vielen Schiffe zu sehen, die reglos auf dem Feld standen. Es waren mehr als einhundert, eine wirklich beachtliche Streitmacht. Jetzt aber, ohne Besatzung, verlassen, sahen sie sehr eigentümlich aus – wie riesige, kugelförmige Schreine, Grabstätten seiner Macht als Sonnenkur.

»Verfluchter Kerl!« murmelte Pyrius Bit und drohte mit geballter Hand zur PADOM hinüber. Dann bestieg er einen der zahlreichen, leer auf dem Landefeld stehenden Gleiter und beschleunigte das Gefährt.

Er brauchte nicht lange, um seinen Palast zu erreichen. An einer geheimen Stelle, die nur er kannte, war ein kleines, überlichtschnelles Raumschiff für ihn versteckt worden. Pyrius Bit dachte gar nicht daran, sich zusammen mit anderen, ganz gewöhnlichen Arkoniden einsperren zu lassen. Er vertrug soviel körperliche Nähe einfach nicht; eine Frechheit, ihm so etwas zuzumuten.

Der Gleiter kam zum Stillstand, Pyrius Bit stieg aus. Seine Füße taten ihm nach der ungewohnten Belastung wirklich scheußlich weh. Es fühlte sich an, als habe er sich an den empfindlichen Fußsohlen einen kräftigen Sonnenbrand eingehandelt, auf dem er jetzt spazierengehen mußte. Entsprechend langsam kam er vorwärts.

Der Palast war leer, wie auch alle anderen Gebäude auf BRY 24. Die Rebellen hatten es wirklich geschafft, diese Welt vollständig evakuieren zu lassen – und das in einer so kurzen Zeit, daß Pyrius Bit nur staunen konnte.

Immerhin, jetzt gab es wenigstens keine Zeugen mehr. Es gab nun auch niemanden mehr, der ihn aufhalten oder hindern konnte. Der Sonnenkur beeilte sich, sein geheimes Lager zu erreichen.

In diesem Lager verwahrte er all das, was er mit niemandem zu teilen gedachte – ganz besonders köstliche und entsprechend kostbare und kostspielige Getränke und Speisen, Pretiosen aus seiner privaten Drogensammlung, vor allem aber das Privatvermögen des Sonnenkurs. Attraktive, willige und sachverständige junge Frauen konnte man leider nicht in dieser Weise vorrätig halten, was Pyrius Bit außerordentlich bedauerlich fand …

Aus naheliegenden und beinahe selbstverständlichen Gründen hatte Pyrius Bit den Mehrertrag seiner Steuerpolitik weder der Staatskasse zukommen noch auf andere Art und Weise in den allgemeinen Umlauf einfließen lassen. Kontobewegungen konnten zurückverfolgt werden, Überweisungen und andere Transfers dieser Art waren mitunter verräterischer als ein blutiger Fingerabdruck. Nein, ein Pyrius Bit zog Bargeld vor.

Als er die letzte geheime Sicherung entfernte, den Zugang öffnete und endlich vor seinem Schatz stand, ließ Pyrius Bit einen langen, wohligen Seufzer fahren. Den weitaus größten Teil des *abgeschöpften* Geldes hatte er bereits fortschaffen lassen; von daher kam es auf diese Beträge nicht mehr an. Aber die Vorstellung machte Pyrius Bit ganz rasend, auf diesen Teil *seines* Geldes verzichten zu müssen. Ebenso der Gedanke, daß die Rebellen von dem Schatz natürlich nichts ahnten und bei ihrer Aktion womöglich dieses wunderschöne Vermögen ahnungslos zerstören würden. Was für eine Vergeudung!

Pyrius Bit griff in die gestapelten Chronners und ließ die kostbaren Münzen durch seine Finger rieseln.

»Aahh!« seufzte er wohlig.

»Eine Bewegung, Gebieter, und Ihr seid tot!«

Pyrius Bit erstarrte. Die letzten Münzen rutschten durch seine schreckenssteifen Finger und fielen klirrend auf den Boden.

»Ich bin unbewaffnet!« stieß er hervor.

»Ich nicht«, sagte Hofmarschall Foly ter Bar amüsiert und trat an Pyrius Bit heran. »Habt Ihr wirklich geglaubt, ich würde einfach nur zusehen, wie Ihr Eure schäbige Person und dieses zusammengeraffte Vermögen in Sicherheit bringt? An diesem Geld klebt Blut, in mehr als einer Hinsicht. Ihr habt die Traversaner ausgepreßt, aber schlimmer noch – für dieses Geld sind Arkoniden unserer Flotte in den Kampf geschickt und getötet worden. Ihr allein tragt dafür die volle Verantwortung!«

»Unsinn, Hofmarschall«, stieß Pyrius Bit hervor. »Es war Verrat am Werk, Ihr wißt es genau, schäbiger, schmutziger Verrat ...«

Pyrius Bit drehte sich langsam um. Er schwitzte wieder sehr stark. Der Sonnenkur war alles andere als dumm. Er wußte, wie diese Szene weitergeführt werden mußte; die Dramaturgie des Lebens ließ gar keine andere Wahl zu. Unmöglich konnte Foly ter Bar ihn am Leben lassen; er selbst hätte es ja auch nicht getan.

Pyrius Bit starrte auf die Mündung des Strahlers, der auf ihn gerichtet war. Die Hand des Hofmarschalls zitterte und bebte nicht. Er brauchte nur den Finger zu krümmen.

Pyrius Bit wurde schlagartig ruhig, eiskalt. Er hatte dieses Phänomen schon ein- oder zweimal erlebt. Wenn er in Gefahr geriet und drei, vier Alternativen hatte, zwischen denen er sich entscheiden mußte und von denen wahrscheinlich die Mehrzahl falsch und damit verhängnisvoll war – dann zitterte er, bebte, schwitzte und hatte eine grauenvolle Angst. Aber wenn es allem Anschein nach keinen Ausweg mehr gab, schien sich sein Blut in Eiswasser zu verwandeln, dann wurde er so hart und selbstsicher wie dieser falsche Orbton Puaka.

»Was muß ich tun, damit Ihr mich am Leben laßt, Foly ter Bar?« fragte der Sonnenkur. »Ich weiß, daß Ihr mich haßt. Wäre ich an Eurer Stelle, ich würde abdrücken; es würde mir Freude machen. Aber Ihr ...«

Pyrius Bit senkte ein wenig den Blick. »Ihr macht mir Vorwürfe wegen der Soldaten, die im Kampf gegen Traversan gefallen sind«, fuhr er fort. »Ihr seid kein Mann des Blutvergießens, schon gar nicht, wenn Ihr mit eigener Hand töten müßt. Also, bitte ...«

Er legte die Hände in einer flehenden Geste zusammen. »Im übrigen«, sagte er dann, »seid Ihr im Umgang mit einer Waffe so unerfahren, daß Ihr vergessen habt, die Eure zu entsichern ...«

Ein Arkonide, der gewohnt war, mit Waffen umzugehen, hätte nur einen Finger bewegen müssen, um die Waffe – falls die Behauptung des Sonnenkurs richtig war – schußfertig zu machen. Aber Foly ter Bar war nicht so waffengeübt. Er senkte zugleich den Blick und hob die Waffe an, die er damit aus der Trefferlinie brachte.

Ein knapper, harter Druck auf den Ring am rechten Zeigefinger genügte. Ein fahlgelbes Geschoß löste sich aus der Fassung und traf Foly ter Bar am Kopf. Dieser ging im Bruchteil einer Sekunde in Flammen auf. Die Waffe fiel dem Getroffenen aus der Hand und polterte auf den Boden. Mit beiden Händen griff Foly ter Bar, dessen Schreckens- und Schmerzensschreie durch das Gewölbe hallten, nach seinem Schädel, auf dem sich das Feuer unaufhaltsam ausbreitete. Die Flammen loderten zwischen seinen Fingern hindurch; sie waren nicht zu löschen.

Pyrius Bit bückte sich und hob die Waffe des Hofmarschalls auf. Sie schußfertig zu machen nahm den Bruchteil einer Sekunde ein, dann richtete Pyrius Bit den Impulsstrahler auf Foly ter Bar.

Die Flammen waren nicht sehr groß, nicht einmal so lang wie ein kleiner Finger, aber sie hatten sich über den Kopf ausgebreitet. Alles, Haare, Ohren, Augen, Nase, Mund, verschwand in diesem Brand, aus dessen Glut die gräßlichen Schreie der Qual klangen.

Pyrius Bit ließ die Waffe sinken, zuckte die Achseln und steckte den Strahler in seinen Gürtel.

»Selbst schuld!« stieß er hervor.

In diesem Augenblick zischte ein Waffenstrahl an ihm vorbei, traf Foly ter Bar und tötete den Hofmarschall auf der Stelle. Pyrius Bit wirbelte herum und wurde aschfahl.

»Ihr ...«, stammelte er fassungslos.

Puaka, der eben Foly ter Bar, der nicht mehr zu retten gewesen war, von seinen Qualen erlöst hatte, richtete seine Waffe nun auf Pyrius Bit. Auch Irakhem hatte seine Waffe auf den Sonnenkur gerichtet. In seinen Augen funkelten Haß, Abscheu und Wut.

»Du ...«, stieß er hervor, aber Puaka packte Irakhem an der Schußhand und drückte sie nach unten.

»Er wird seine Richter finden«, sagte Puaka mit einer Stimme, die nach der Kälte des Weltraums klang. »Dies ist nicht unsere Sache, Irakhem.«

Der Blick des Sonnenkurs flackerte hin und her. Puaka, Irakhem, die Chronners, die Leiche des Hofmarschalls, die immer noch brannte und schwelte und einen grauenvollen Geruch verbreitete – und wieder zurück.

»Scher dich davon, Sonnenkur!« sagte Atlan scharf und wedelte auffordernd mit der Waffe. »Du weißt, wohin du zu gehen hast. Spute dich, denn deine Zeit läuft ab, Pyrius Bit.«

Pyrius Bit zögerte noch einen Augenblick lang, dann sah er zu, daß er das unterirdische Gewölbe verließ, so schnell es seine wunden Füße zuließen. Der Schmerz in diesen Füßen war zur Zeit das einzige Gefühl, das er noch hatte – alle anderen Empfindungen wurden ausgelöscht durch die alles überlagernde Angst ...

»Wieviel?«

»Dreißig Millionen Chronners in barer Münze«, berichtete Irakhem. »Und das ist nur ein sehr kleiner Teil des Geldes, das uns dieser Schurke abgenommen hat. Der größte Teil davon ist bereits verladen.«

Ich nickte zufrieden. Der erste Teil des Planes war zweifelsfrei geglückt. Jetzt kam es auf Geschicklichkeit und Schnelligkeit an, aber zum Glück lag das in unserer Hand und nicht in der zufälligen Beliebigkeit des Schicksals.

Tamarena hatte den Blick auf die Anzeige der Ortung geheftet; sie wirkte angespannt und ziemlich nervös. Aber ab und zu blickte sie auf, in meine Richtung, und dann trat ein Funkeln in ihre Augen, das mir mitunter nicht sehr gelegen kam. Grundsätzlich ja, aber unter diesen Umständen?

Mein erstes Ziel mußte es sein, wieder in meine eigentliche Zeit zurückzukehren. Ich wußte aus Erfahrung – aus einer Zeit, ironischerweise, die von jetzt aus betrachtet weit in der Zukunft lag –, daß Spielereien mit der Zeit sehr oft verheerende Konsequenzen hatten, und seien es nur solche sprachlicher Natur. Mir war keine Sprache bekannt, die in ihrer Grammatik auf Zeitreisen eingerichtet war, eingerichtet sein würde, gewesen worden sein würde?

»Jetzt!« rief Tamarena.

»Raus mit dem Funkspruch!« rief ich meinerseits.

Ich blickte auf die Uhr. Wir lagen in dem Zeitplan, den ich mit Hilfe des Logiksektors kalkuliert hatte. Aber es waren Faktoren in diesem Kalkül, die beim besten Willen nur grob geschätzt werden konnten.

Wie lange würde Pyrius Bit brauchen, um einen Kollegen oder Vorgesetzten zu erreichen, beispielsweise per Funk? Wie lange würde er anschließend brauchen, seine Notlage darzustellen und diesen Kollegen zu einer Aktion zu animieren? Und wie lange würde es dann dauern, bis diese Gegenaktion das System dieser Sonne erreichte?

»Kontakt!« rief Tamarena jubelnd. »Das erste Schiff ist da!«

Ich zwinkerte Irakhem zu. Das war schneller gegangen, als ich gedacht hatte. Zwanzig Kampfschiffe von Traversan waren seit dem Beginn unserer Aktion im Einsatz, in einem sehr eigentümlichen Einsatz. Diese Schiffe flogen seit mehreren Stunden mit einer Geschwindigkeit, die nur noch eine vergleichsweise geringe Beschleunigungsphase erforderlich machte, um eine Transition einzuleiten. Sobald unser Funkspruch – natürlich verschlüsselt und stark gerafft – dort eintraf, wurde der Befehl zur Transition gegeben und augenscheinlich auch befolgt.

Um das Risiko zu begrenzen, hatten wir nur zwanzig Schiffe für diesen Zweck abgestellt. So grausam das auch klang – die Schiffe waren in dieser Lage wichtiger als Personal.

Daher hatten wir das Kunststück fertiggebracht, beinahe unter

Anwendung von brachialer Gewalt, in diese zwanzig Schiffe nicht weniger als sechsunddreißigtausend Mann hineinzustopfen. Es ging in diesen zwanzig Kampfschiffen wahrscheinlich noch sardinendosenhafter zu als an Bord der Beiboote, mit denen die Besatzung von BRY 24 sich abgesetzt hatte.

»Weitere Ortungen?«

»Nur unsere eigenen Schiffe, ansonsten ist das System leer. Alle Beiboote haben das System zweifelsfrei verlassen!«

Ich nickte zufrieden. So und nicht anders sollte es ablaufen. »Also, Leute!« rief ich laut, »macht euch an die Arbeit! Und denkt daran, jede Minute, ja sogar jede Sekunde zählt!«

Die Besatzung der PADOM, auch sie erheblich größer, als es eigentlich nötig gewesen wäre, schwärmte aus. Gleichzeitig war ein Fachmann für diese Dinge damit beschäftigt, die blockierenden Kodekommandos für die Positroniken der Schiffe von BRY 24 wiederaufzuheben.

Ich konnte ein Schmunzeln nicht unterdrücken. Die Piloten der zwanzig Traversanraumer navigierten und flogen, als hätten sie ihre Ausbildung bei einem gewissen Julian Tifflor bekommen. Dieser hatte seinerzeit – das war vor einigen Jahrtausenden oder erst in einigen Jahrtausenden? – einen Flugstil, vor allem mit Gazellen und Space-Jets kultiviert, den man nur als hochriskant und halsbrecherisch bezeichnen konnte.

Aber die Männer und Frauen wußten ganz genau, worum es ging. Es stand nicht mehr und nicht weniger als das Schicksal der gesamten Traversan-Revolte auf dem Spiel. Schlug dieses Unternehmen fehl, dann war eine komplexe Katastrophe, ja ein verheerendes Zeitparadoxon kaum mehr zu vermeiden.

Denn: Wenn Arkon oder Pyrius Bit oder ein befreundeter Sonnenkur uns auf die Schliche kam, eine Flotte in Marsch setzte und damit Traversan angriff, dann war es – vor allem, wenn Pyrius Bit seinen Einfluß geltend machte – sehr wahrscheinlich, daß Traversan mit allen Mitteln angegriffen und bekämpft wurde. Daß wir an Bord eines der Schiffe, die wir erbeutet hatten, eine funktionstüchtige Arkonbombe gefunden hatten, machte klar, mit welchen Mitteln ein Pyrius Bit seine Feinde zu bekämpfen pflegte. Nach dieser Niederlage würde er noch weniger Hemmungen haben, Traversan mit einer Arkonbombe für immer als Widerstandsnest auszuschalten.

Aber auf Traversan stand die Zeitmaschine, die mich in diese Gegenwart befördert hatte. Das hieß, daß sie in meiner Zeit, dem Jahr 1290 NGZ existieren mußte, damit dieses Abenteuer überhaupt seinen Anfang nehmen konnte. Wurde diese Zeitmaschine aber in der augenblicklichen Gegenwart, also im Tedar 12.402 da Ark, das entsprach dem April 5772 vor Christus irdischer Zeitrechnung, zerstört, konnte sie 1290 NGZ nicht existieren, ich sie folglich nicht benutzen, ebenso logisch nicht in die Traversan-Rebellion eingreifen …

Mit herkömmlichen Sprachmustern und normaler Logik ließ sich den zahlreichen Problemen einer Zeitreise in die Vergangenheit einfach nicht beikommen. Auch komplexe Theorien über eine unendliche Vielfalt von Paralleluniversen reichten da nicht aus. Alles, was uns blieb, war die Hoffnung, uns sowohl durch die aktuellen Probleme als auch durch den Logikwirrwarr der Paradoxie irgendwie hindurchzuwinden.

Während ich mir um solche Nebensächlichkeiten Gedanken machte, waren die Traversaner damit befaßt, den nächsten Teil unseres Planes in die Wirklichkeit umzusetzen. Die 36.000 Mann – selbstverständlich waren auch viele Frauen darunter – quollen gleichsam aus den zwanzig Schiffen heraus, verteilten sich auf dem großen Feld des Raumhafens und begannen damit, jene Schiffe zu besetzen, die Pyrius Bit und seine Leute hatten zurücklassen müssen. Die Sperren durch die Kommandokodes wurden aufgehoben, die Schiffe konnten also wieder einsatzklar gemacht werden.

In der Realität erwies sich das als erheblich schwieriger, als es sich las oder planen ließ.

Durch diesen Coup wurde die Flotte Traversans mehr als verdoppelt, sicherlich ein erfreulicher Umstand für Traversan. Auf der anderen Seite aber war von traversanischer Seite aus niemals geplant gewesen, eine derart große Flotte aufzustellen, auszurüsten und zu bemannen. Es fehlte uns daher vor allem an dem nötigen Personal, die erbeuteten Schiffe angemessen mit Piloten, Funkern und anderen Raumfahrern auszustatten.

Freiwillige und Einsatzbereitschaft waren ausreichend vorhanden, aber damit allein war es nicht getan. Ein modernes Raumschiff dieser Zeit war ein hochkomplexes Gebilde. Um ein solches Schiff fliegen zu können, war ein ebenso hochkomplexes wie einwandfrei funktionierendes Zusammenspiel von Technik und Personal erforderlich. Und dieses reibungslose Funktionieren ließ sich nur durch langes und intensives Training erreichen.

Das galt insbesondere dann, wenn ein solches Raumschiff in einen Kampf geschickt werden sollte, in dem die kleinste Nachlässigkeit, selbst winzige Fehler, verhängnisvolle Entwicklungen einleiten konnte, bis hin zur völligen Vernichtung des jeweiligen Schiffes.

Ich sah, wie aufgeregt die Traversaner waren, wie sie angesichts unseres Erfolges jubelten; das Gesicht von Irakhem glänzte geradezu vor Zufriedenheit.

»Ich hoffe, Ihr seid Euch über eines im klaren«, redete ich ihn an. »Diese Schiffe – wie viele sind es eigentlich …«

»Einhundertachtundzwanzig!« gab Tamarena freudestrahlend bekannt.

»Diese einhundertachtundzwanzig Schiffe werden zunächst einmal keine Verstärkung bedeuten«, sagte ich. »Da Traversan seine erprobten und eingespielten Besatzungen jetzt auf mehr als doppelt so viele Schiffe wird verteilen müssen, bedeutet unser Erfolg zunächst einmal eine Schwächung der traversanischen Macht. Glaubt ja nicht, euch jetzt alles erlauben zu dürfen – bevor dies eine wirkliche Flotte wird, die im Kampf ihren Mann steht, werden Monate, wenn nicht ein Jahr und mehr vergehen müssen. Und wer immer auf der Gegenseite das Kommando führt – wenn dieser Jemand seiner Aufgabe gewachsen ist, wird er ähnliche Kalkulationen anstellen.«

Ich sah, wie sich die Mienen der beiden Traversaner verdüsterten. Diese Umstände hatten sie nicht bedacht.

Irakhem lächelte. »Unsere Leute wissen, worum es geht«, sagte er. »Sie werden sich Mühe geben. Außerdem steht uns ja ein ganz ausgezeichneter Oberkommandierender zur Verfügung.«

Ich verzog das Gesicht. Sicherlich war es verlockend – ich brauchte nur einen Blick auf Tamarena zu werfen –, eine Zeitlang auf Traversan zu bleiben …

Warum nicht? warf das Extrahirn mit spöttischem Unterton ein. *Du verlierst ja keine Zeit!*

… aber ich wollte so schnell wie möglich zurück in meine eigene Zeit, aus einer Vielzahl von Gründen. Je länger ich in dieser Zeit verweilte, um so größer wurde das Risiko von Paradoxien, die das Schicksal der Milchstraße zumindest theoretisch von Grund auf ändern konnten.

Unter anderem wäre es mir theoretisch möglich gewesen, mit einem der erbeuteten Raumschiffe und einer traversanischen Besatzung einen gewissen Planeten anzufliegen, der zur Zeit noch Larsaf III hieß und auf dem sich ein gewisser Atlan herumtrieb, der verzweifelt nach einer Möglichkeit suchte, diesen Planeten zu verlassen und in seine Heimat Arkon zurückzukehren.

Wenn dieser Atlan das allerdings schaffte, würde er niemals Perry Rhodan kennenlernen, niemals die Geschicke der Menschheit mitgelenkt und nicht irgendwann, in einer Zukunft, die in meiner persönlichen Vergangenheit lag, jene Reise nach Traversan unternehmen, mit der dieses Abenteuer erst seinen Anfang genommen hatte.

Paradox, logisch nicht nachvollziehbar … Aber so war es bei Experimenten mit der Zeit immer. »Wie sieht es aus?« fragte ich.

»Wir brauchen noch eine halbe Stunde«, verriet Irakhem nach einem Blick auf sein Chronometer. »Dann sind wir startklar, alle!«

Ich nickte. »Machen wir uns an die Arbeit!« sagte ich.

Sie machten ihre Sache wirklich gut. Wie an einer Perlenschnur aufgereiht, mit exakt eingehaltenen zeitlichen und räumlichen Abständen, stiegen die Raumschiffe, die einmal unter dem Kommando von Pyrius Bit gestanden hatten, in den Himmel über BRY 24 auf und beschleunigten in Vorbereitung einer Transition.

Es war auch bitter nötig, daß die neuen Besatzungen gut funktionierten, denn das nächste Manöver war unbedingt darauf angewiesen.

Uns war klar, daß man die Transitionen dieser Flotteneinheiten anmessen konnte und daß man das auch tun würde. Aus diesen Daten ließ sich dann berechnen, wohin die Flotte verschwunden war.

Aber dabei gab es ein paar Einschränkungen, die ich mir zunutze machen wollte.

Die Stärke und Qualität einer Strukturerschütterung, wie sie bei einer Transition unvermeidlich war, hing unter anderem von der Größe des jeweiligen Schiffes und von der Weite des Sprungs ab. Der Satz eines Kampfschiffes von 800 Metern Durchmesser über einige tausend Lichtjahre hinweg ließ sich praktisch nicht geheimhalten.

Aber ein winziger Hüpfer des gleichen Schiffes lieferte ähnliche Meßwerte wie der Sprung eines Beibootes aus der Flotte des Pyrius Bit über eine weitaus größere Distanz. Und im Augenblick war in diesem Winkel der Galaxis allerhand los, die Ortungsspezialisten würden also alle Hände voll zu tun bekommen.

Deren Arbeit wurde unter anderem dadurch beeinflußt, daß es sehr viele Sterne gab, die ebenfalls im hyperspektralen Bereich strahlten und auf diese Weise für ein Raumschiff als Tarnung dienen konnten.

Anhand der Sternkarten hatten wir schon vor diesem Überfall auf BRY 24 für die Schiffe, die wir zu erbeuten gehofft hatten, genaue Sprungtabellen erstellt. Durch ganze Serien von Hüpfern im Zickzack, von einem Hyperstrahler zum anderen, hofften wir, unser Absetzmanöver erfolgreich verschleiern zu können.

Denn unser Ziel war ja nicht, diese Flotte zu vernichten, wie wir es Pyrius Bit vorgegaukelt hatten, wir wollten sie für uns zur Beute machen. Aber das durften Pyrius Bit und dessen Kollegen nicht mitbekommen.

Anderenfalls mußte Traversan damit rechnen, daß Pyrius Bit oder sein Nachfolger beim Imperium eine Flotte von tausend und mehr Einheiten mobilisierte, die nach Traversan in Marsch gesetzt wurden, um dort reinen Tisch zu machen und den Planeten erneut zu unterwerfen oder gar zu vernichten.

Ich blickte kurz auf mein Chronometer. Wie lange würde wohl Pyrius Bit brauchen, bis er zu seinem Stützpunkt zurückkehrte?

Alles hing davon ab, daß wir bereits verschwunden waren, wenn das geschah.

Es würde den Sonnenkur sicherlich sehr ärgern, daß es ausgerechnet seine private Jacht war – ein Leka-Diskus vom Typ LE-35-20 mit der von mir gewählten Bezeichnung KATYA –, mit der wir seine Chronners von BRY 24 abtransportierten und das Absetzmanöver der 128 erbeuteten Raumschiffe überwachten.

Eines nach dem anderen verschwanden die Schiffe aus dem System. Wenn alles klappte, würden sie sich auf getrennten Schleichkursen nach einiger Zeit am vorher vereinbarten Treffpunkt einfinden.

Traversan besaß dann eine Flotte von 143 Einheiten. Das klang nach viel, war es aber nicht. Der Brysch-Sektor war strategisch unbedeutend und daher militärisch nur schwach ausgerüstet. Es gab andere Sektoren, in denen Tausende von Kampfschiffen stationiert waren, die jederzeit nach Traversan in Marsch gesetzt werden konnten. Und das würde mit großer Sicherheit geschehen, spätestens nach dem nächsten Akt dieses Dramas.

»Sie kommen!« sagte Tamarena leise.

Ich nickte. Sehr bald würde Pyrius Bit eine weitere Überraschung erleben …

»Schneller!« schrie Pyrius Bit. Sein Kopf war vor Aufregung und Wut gerötet. »Wir dürfen keine Zeit verlieren!«

Niemals, so hatte er sich geschworen, niemals würde er den Traversanern diese Schmach verzeihen. So konnte und durfte man mit einem Sonnenkur nicht umspringen. Man hatte ihn beraubt. Und man hatte ihn mit Hunderten von anderen Vertriebenen zusammengepfercht, darunter – wahrscheinlich ganz besonders ausgesucht – die Naats, die auf BRY 24 stationiert waren. Stundenlang war Pyrius Bit den widerwärtigen Körperausdünstungen dieser düsteren Kolosse ausgesetzt gewesen, ein Martyrium.

Als fast noch demütigender hatte er es empfunden, um den Beistand einer Flotte zur Wiedererlangung seiner Macht bitten und betteln zu müssen. O ja, man hatte es ihn spüren lassen, wie beliebt er bei seinesgleichen war. Aber letztlich hatte man ihm die Eingreifflotte und das Kommando über diese Einheiten nicht versagen können.

Während noch immer Beiboote mit Flüchtlingen unterwegs waren, die in qualvoller Enge einiges auszustehen hatten, war Pyrius Bit bereits wieder im Brysch-System, seinem System, angekommen.

Von einer Detonation war bis jetzt nichts anzupeilen gewesen Pyrius Bit rechnete auch nicht damit. Die Absichten dieser Schurken waren für ihn klar – das Gesindel wollte lediglich den Stützpunkt ausplündern und bestehlen, ihm seine Reichtümer entwenden. Nun, daraus würde wohl nichts werden.

Pyrius Bit hatte zehn Schlachtschiffe mitgebracht, eine Demonstration der Stärke und Überlegenheit. Den Traversanern würden sich vor Angst und Entsetzen die Haare aufstellen, wenn sie dieses gewaltige Kampfpotential zu Gesicht bekamen.

»Wie lange noch?« herrschte Pyrius Bit den Kommandanten seines neuen, allerdings nur geliehenen Flaggschiffes an.

»Zehn Minuten, Erhabener«, gab der Kommandant zurück; seine Miene war finster. Es war ihm anzusehen, daß es ihm ganz und gar nicht paßte, Pyrius Bit unterstellt zu sein. Erst die Niederlage bei Traversan, die sich allmählich in der ganzen Flotte herumzusprechen begann, und nun brauchte der Sonnenkur Hilfe von außen, weil man ihn aus seinem eigenen Stützpunkt vertrieben hatte. Wie blamabel ...

Es war nach Ansicht des Kommandanten eine Schande, daß Pyrius Bit überhaupt noch lebte. Er selbst hätte längst einem so schmachvollen Leben ein Ende gesetzt.

Pyrius Bit stieß einen Laut des Triumphes aus. »Dann erwischen wir sie noch, diese ...«

Als erstes machte sich die Detonation im 5-D-Bereich bemerkbar; sie war so stark, daß die entsprechenden Ortungsgeräte beinahe durchschmorten. Der Orter gab ein Ächzen von sich, als er die hochschnellenden Anzeigen sah.

»Kommandant!«

»Nein!« heulte Pyrius Bit auf, erfüllt von Schrecken und Zorn. »Nein, das darf nicht wahr sein.«

Auf der Panoramaprojektion tauchte eine Abbildung von BRY 24 auf, genauer gesagt von dem, was von dem Planeten zu sehen war. Der weitaus größte Teil von Pyrius Bits ehemaliger Residenz war in einen grell lodernden Feuerball gehüllt. Wahrscheinlich würde diese ungeheure Detonation in ein paar Minuten auch normaloptisch zu sehen sein, und dieses Bild würde sich von der Projektion nur unwesentlich unterscheiden.

»Ihr habt mächtige und entschlossene Feinde, Gebieter!« machte sich der Kommandant des Schlachtschiffes bemerkbar.

»Zündung einer Arkonbombe beobachtet!« gab die Ortung durch.

Pyrius Bit knirschte so laut mit den Zähnen, daß es in der ganzen Zentrale zu hören war.

BRY 24 war verloren. Was die ungeheure Detonation zahlreicher sehr starker atomarer Ladungen nicht vernichtet hatte, das mußte bald dem unlöschbaren Atomfeuer der Arkonbombe zum Opfer fallen.

Sein Palast, den er wegen seiner mangelnden Luxuriosität immer verabscheut hatte – er existierte nicht mehr. Die Arsenale und Magazine, Waffen, atomare Ladungen, Munition – sie waren ebenfalls detoniert. Über einhundert Raumschiffe, der Rest der BRY-Flotte, vergangen im Glutorkan der atomaren Ladungen. Vom eigentlichen Stützpunkt, der Machtzentrale des Sonnenkurs, war schon nach der ersten Detonation nichts mehr übrig; der Rest des Planeten fiel nun der Arkonbombe zum Opfer.

Auf dem Panoramaschirm tauchten die Bilder der Normaloptik auf. Pyrius Bit hatte diesen leblosen Stickstoffplaneten mit seiner öden Oberfläche immer verabscheut und häßlich gefunden; jetzt zum ersten Mal, eingehüllt in tosendes Gluten, fand Pyrius Bit seine Residenzwelt attraktiv. Und er wußte, daß das, was er betrachtete, in gewisser Weise das Fanal zu seinem eigenen Untergang darstellte.

»Einen ganzen Planeten zu vernichten, ohne besonderen Grund«, murmelte der Kommandant und warf einen prüfenden Blick auf Pyrius Bit. »Ich glaube, diese Zerstörungsorgie zielt nicht auf Arkon oder das Imperium, sie gilt ganz allein Euch, Erhabener.«

Pyrius Bit nickte düster.

»Es wird schwerfallen«, fuhr der Kommandant fort, ungerührt und gnadenlos in der offenen Wunde rührend, »diese Ereignisse dem Imperator oder dem Oberbeschaffungsmeister Kemarol da Andeck begreiflich zu machen. Ihr habt einen Gang vor Euch, Pyrius Bit, um den ich Euch nicht beneide …«

Pyrius Bit reagierte nicht.

Puaka, dachte er. *Der falsche Orbton. Er ist der Drahtzieher. Er wollte mich zerstören. Und das ist ihm auch gelungen. Gratulation, Puaka! Aber freue dich nicht zu früh. Noch lebe ich. Und solange ich lebe, werde ich alles daransetzen, dich dafür büßen zu lassen, Puaka. Du wirst mein Ende nicht für lange Zeit überleben. Die Götter mögen mir gnädig sein und mich noch erleben lassen, daß du mir vorangehst in das Reich ewiger Nacht!*

»Ein Anblick, der zugleich abstößt und anzieht«, murmelte Tamarena beeindruckt. Sie warf einen Blick auf mich. »Wärest du auch bereit, das mit einem bewohnten Planeten zu machen, Atlan?«

»Niemals«, gab ich schnell zurück. »Ich bin Kämpfer, kein Schlächter …«

Früher, als du noch Kristallprinz und Admiral gewesen bist, hast du anders gedacht und gesprochen! erinnerte mich der Extrasinn.

Mag sein, dachte ich lautlos. *Und niemand kann mich hindern, zu lernen und meine Ansichten zu verbessern.*

Ich gab Irakhem ein Zeichen. Das energetische Chaos, das die Bombenexplosionen im Brysch-System angerichtet hatten, war genau der passende Hintergrund, um uns unauffällig verschwinden zu lassen.

Es war klar, daß wir sehr bald wieder auftauchen und aktiv werden mußten. Die Gefahr, die von BRY 24 ausging, war erledigt. Pyrius Bit hatte nach meiner Einschätzung keinerlei Chance, sein Versagen zu überspielen und dem Imperator glaubwürdige Erklärungen zu liefern. Die Karriere dieses Sonnenkurs war mit tödlicher Sicherheit beendet. Aber Pyrius Bit würde sehr bald einen Nachfolger bekommen, der sich um das Problem Traversan kümmern mußte.

Bestimmt wurde dieser Nachfolger vom Imperator, unter entscheidender Mitwirkung des Oberbeschaffungsmeisters Kemarol da Andeck. Beide lebten auf Arkon, und dort würde die Entscheidung fallen.

Wenn wir etwas für Traversan tun wollten, hatten wir bei genauer Betrachtung keine andere Wahl. Früher oder später würden wir uns auf Arkon selbst sehen lassen müssen.

Der Leka-Diskus glitt unbemerkt in den Hyperraum. Das Kapitel BRY 24 war beendet.

Der Fürst von Camlo

von
Rainer Castor

Paß auf! warnte mein Extrasinn. *Das läuft nicht richtig!*

Ein ohrenbetäubendes Dröhnen erfüllte die hitzeflirrende Luft der Yssods-Wüste. Erste Entladungen schossen durch die hochenergetischen Isolations-Röhrenfelder. Mehr als hundert Meter über dem Boden entsprangen die blauweiß glühenden Bahnen dem Rumpf des Raumschiffs.

Gefahr! Abschalten! Sofort abschalten! brüllte der Logiksektor in meinem Kopf. Mit dem Schrei war ein stechender Hinweisimpuls verbunden.

Augenblicklich erschloß sich mir die Warnung, und ich handelte, ohne nachzudenken. Zum Fluchen blieb keine Zeit: Noch während ich aus dem Gleiter sprang und loshetzte, zog ich den Impulsstrahler, legte an und feuerte auf den nächstgelegenen Projektor.

Drei sonnenheiße Plasmakometen, Ergebnis direkter Kernverschmelzung, rissen fauchend einen Vakuumkanal in die Luft. Ich landete im Staub und barg den Kopf unter den Armen.

Die nächsten Sekunden waren das reinste Chaos. Der halbrund gebuckelte Projektor detonierte und verwandelte sich in eine Feuerkugel, deren Hitzeschwall nach allen Seiten walzte. Gleichzeitig fand die durch die Röhrenfelder jagende Energie kein Ziel mehr. Überschlagsblitze knatterten wild umher, erzeugten Sekundärexplosionen und zerschmolzen beim Auftreffen gelb-grauen Wüstensand.

1.

Zwar reagierte die Steuerpositronik mit der ihr eigenen Notfallgeschwindigkeit, doch bevor die Röhrenfelder zusammenbrachen, wurde noch genügend Energie weitergeleitet, um einen weiteren Projektor kurzzuschließen und explodieren zu lassen. Ein zweiter Glutball dehnte sich aus, kohlige Trümmer und heiße Metall-fetzen zischten als Querschläger umher. Fettschwarzer Qualm stob in die Höhe.

Während ringsum letzte Bruchstücke niederprasselten und die

Röhrenfelder endgültig erloschen, setzte ein Chaos ganz anderer Art ein. In das nervende Sirenenjaulen mischten sich aufgeregte Schreie. Irgendwo kreischte ein Verletzter mit sich überschlagender Stimme. Dumpf summend näherten sich auf Prallfeldern schwebende Roboter, die automatisch mit Lösch- und Absicherungsarbeiten begannen.

Weitere Sekunden vergingen, in denen ich schwerfällig aufstand, die Handwaffe sicherte und dem heftigen Pulsieren des Zellaktivators lauschte. Sein Pochen mischte sich mit dem Zischen meines beschleunigten Atems. Dann gellte aus den Außenlautsprechern Kommandeur Irakhems fassungsloser Ruf.

»Atlan!« brüllte er. »Seid Ihr wahnsinnig geworden? Was soll das? Wollt Ihr Selbstmord begehen und uns gleich mit ins Verderben reißen? Bei Arkons Sternengöttern!«

Ich winkelte den linken Arm an und aktivierte den Minikom am Handgelenk. »Atlan an den traversanischen Flottenchef: Beruhigen Sie sich, Pal'athor! Ihr Extrasinn wird inzwischen die nötige Erklärung geliefert haben, nicht wahr? Sogar ich habe nicht daran gedacht.«

»Hradschins Sumpfmonster! Natürlich!«

Ärgerlich auf mich selbst, starrte ich zuerst erschüttert auf die beiden Krater und dann zur vierzig Meter hohen Kuppel aus rötlichem, sandsteinähnlichem Material hinauf. Ein Medogleiter landete mit nachschwingenden Puffern vor dem Tor. Weitere Roboter schwebten heran. Aus den Augenwinkeln bemerkte ich, daß Tamarena langsam näher kam. Ihr Gang wirkte schleppend, doch in den hellroten Augen stand ein Blick, in dem sich Wut, Entsetzen und Angst mischten.

Die schlanke Prinzessin blieb in zwei Schritten Entfernung stehen. Sie hob verzweifelt die Arme und zischte aufgebracht: »Hättest du vielleicht die Güte zu erklären, was …«

Mit barscher Geste schnitt ich ihr das Wort ab. »Das irre Stationsgehirn und die weitgehend unbekannten Aggregate, Erlauchte! Ohne Energie stellten sie keine Gefahr dar. Weder Schutzschirme noch Waffen konnten aktiviert werden. Mit Aufladung der Speicher allerdings …«

Ich brach ab und machte mir Vorwürfe, zumal der Extrasinn bestätigend raunte: *Du hättest daran denken müssen, Arkonide.*

Danke für diesen rechtzeitigen Hinweis! Das brachte die manchmal nervende innere Stimme zum Schweigen, und ich dachte: *Falsche Hektik hat Fehler zur Folge. Verflucht! Eine alte Regel zeigt sich mal wieder von der unangenehmsten Seite: Was schiefgehen kann, das geht auch schief.*

Innerhalb eines Tages hatten wir die improvisierte Energieversorgung installiert. Erst im Anschluß an die Speicheraufladung war eine genauere Analyse der Stationsaggregate möglich, verbunden vielleicht mit weiteren Informationen über den ausgebrannten Steuerchip, ohne den es für mich keine Rückkehr in die angestammte Gegenwart gab. Die Kernsektoren des mehr oder weniger irren Hauptrechners waren zwar autark, aber die peripheren Einheiten bedurften der Energieversorgung durch die Station. Meine vage Hoffnung war, daß sich in Sekundärspeichern vielleicht Daten verbargen, deren Abruf und Entschlüsselung uns weiterhalfen.

Daß mit Wiederherstellung der Energieversorgung auch Defensiv- und Offensivwaffen reaktiviert werden ... – Ein Versäumnis mit fast fatalen Folgen.

Tamarena war Richtung TRAVERSANS RUHM weitergegangen: Zwei verletzte Techniker wurden von Medorobotern versorgt und auf Antigravtragen gelegt. Dutzende Traversaner standen mit betretenen Gesichtern in Gruppen beisammen. Im Schlagschatten des Arkonstahlriesen begann nach erster Erstarrung des Schocks routiniertes Handeln.

Sek'athor Eshveran on Keithy hatte sein Schiff in 700 Metern Distanz gelandet, dennoch bestimmte der 500-Meter-Schlachtkreuzer das gesamte Blickfeld. Ein Gleiter flog aus der dreißig Meter höher gelegenen Bodenschleuse und folgte der fluoreszierenden, 300 Meter langen Bahn der ausgefahrenen Landerampe, die erst knapp unterhalb der Ringwulstaußenkante den Wüstenboden berührte. Während aus Funkempfängern die ruhigen Anweisungen Eshverans drangen, näherte sich der Gleiter und stoppte in wenigen Metern Entfernung in einer hochwirbelnden Staubfahne.

Irakhem sprang heraus, so daß sein Zopf herumwirbelte. Deutlich langsamer folgte ihm die hagere Zweimeter-Gestalt des traversanischen Chefwissenschaftlers Gemderal. Die beiden mußten die Expreßschächte benutzt haben, um derart schnell die Bodenschleuse des Raumschiffes erreichen zu können. Irakhems Gesicht war gerötet, das Haar trotz Arkonstahlspange im Nacken zerzaust.

»Das war knapp, Erhabener!« sagte der Flottenchef Traversans vorwurfsvoll. Sein schmales Gesicht zeigte einen verkniffenen Ausdruck. Der 23jährige war ein Heißsporn. Er war als Zweiplanetenträger zwar fachlich kompetent, aber von einem Ungestüm das schon eines ruhenden Gegenpols wie Eshveran bedurfte, um wenigstens etwas gebremst zu werden. Irakhems Stellvertreter in der traversanischen Flottenhierarchie war zugleich sein bester Freund.

Ich machte forsch eine bestätigende Handbewegung, die den Kapitän Zweiter Klasse weitere Äußerungen hinunterschlucken ließ, und wandte mich an Gemderal, um mit ihm das weitere Vorgehen zu besprechen. Irakhem beherrschte sich mustergültig. Vermutlich wies ihn sein Logiksektor unwirsch darauf hin, daß jetzt andere Prioritäten wichtiger waren.

Tamarena stellte sich zu uns. Sie bedachte die knappe Szene mit einem Stirnrunzeln. Ihr zarter telepathischer Tastversuch prallte an meinem Monoschirm ab.

»Zuerst müssen die Verbindungsleitungen zu Waffen und Schutzfeldern gekappt oder mit zusätzlichen Steuerungen versehen werden«, sagte ich, »erst dann können wir an einen zweiten Versuch zur Aufladung der Stationsspeicher denken.«

Gemderal nickte. »Das denke ich auch, Admiral.«

Und das sind nur die ersten Schritte, wisperte der Extrasinn grämlich. *Dein langer Weg zurück in die Gegenwart hat eben erst begonnen!*

Den Gedanken an die übrigen Hürden, die noch zu nehmen waren, unterdrückte ich rasch. Ein Schritt nach dem anderen. Während ich langsam an Gemderals Seite zu den Projektorlafetten hinüberschlenderte, erklangen hinter uns lebhafte Stimmen. Tamarena neckte den Kommandeur ob seines bodenlosen Respekts mir gegenüber, Irakhem antwortete spöttisch, daß ihr übertriebener Schmachtblick auch nicht ohne sei. Ich lächelte, von Gemderal kam ein ironisches Kichern. Obwohl es zur Zeit anders klang – jeder der beiden würde für den anderen durch die Hölle gehen!

Ein Blick über die Schulter machte mir bewußt, wie ähnlich sie sich waren, äußerlich, in Gestik und Mimik. Vom Logiksektor kam ein bestätigender Impuls, der meine Ahnung unterstrich.

»Nichts zu machen!« Gemderal zuckte mit den Schultern und wies auf die Holoprojektion über dem Konferenztisch, in der die vergrößerte Darstellung des kristallinen Steuerchips langsam rotierte. »Mit unseren Mitteln läßt sich der Chip nicht rekonstruieren. Einerseits ist der Hyperkristall beschädigt und muß wohl ersetzt werden, zum anderen bedarf es einer besonderen Technik, um einem Ersatzstück die notwendigen Schaltmuster aufzuprägen. Wir haben weder das eine noch das andere.«

Äußerlich glich das nur daumennagelgroße Objekt einem im klassischen Brillantschliff geformten Edelstein. Jede der 56 Facetten war eine Schaltkontaktfläche. Im Inneren des rauchig-violetten Kristalls gab es schwärzlich verfärbte Stellen, etliche Facetten waren matt. Wie bei allen fünfdimensional aktiven Quarzen existierte neben der normalen Siliziumdioxidstruktur auch hier eine eingelagerte aus übergeordneten Hyperbariequanten. Das Schaltmuster glich primär einem aufgeprägten konventionellen Hologramm, das in Wechselwirkung mit den hyperphysikalischen Bestandteilen stand.

Nur der holographischen Prägung war es zu verdanken, daß die ausgebrannten Abschnitte rekonstruiert werden konnten, weil jeder Teilbereich die Informationen des Gesamtmusters beinhaltete. Zwar weniger scharf, aber klar zu entschlüsseln. Die praktische Übertragung auf einen Ersatzkristall jedoch scheiterte an den unzureichenden Möglichkeiten der Traversaner.

Gleich mehrere Aufgaben, mein Lieber. Die Stimme des Logiksektors drang in mein Wachbewußtsein. *Erstens: ein neuer Hyperkristall. Zweitens: Bearbeitung und Schliff nach dem Vorbild des Originals. Drittens: das Schaltmuster. Nicht zu vergessen, daß Traversan von Pyrius Bit Gefahr droht!*

Nach dem voreiligen Versuch gestern war in der anberaumten Nachtschicht die Zeitstation abgesucht worden. Erst als wir sicher sein konnten, daß sämtliche Waffen und Schutzfeldprojektoren mit Zusatzschaltungen versehen waren, hatte es in den frühen Morgenstunden des 28. Prago des Tedar 12.402 da Ark einen zweiten Aufladungsversuch gegeben. Diesmal war er geglückt. Nach der Rückkehr nach Erican und wenigen Stunden Schlaf übernahm Gemderal wieder die Aufsicht über die Wissenschaftler der Traversan-Hochschule, deren Laktrote – also Meister – er seit 34 Arkonjahren war. Leider fiel sein Bericht nicht positiv aus.

Nert Kuriol da Traversan hatte dazu die Sitzung des Traversan-Than kurz unterbrochen und war mit uns in einen Konferenzraum hinübergegangen. Die Ratsmitglieder tagten im fast permanenten Krisenstab: Noch immer waren die Aufräumarbeiten in vollem Gang; der Absturz des Raumschiffes auf ein Stadtviertel Ericans hatte katastrophale Auswirkungen gehabt.

Dort, wo die Schirmfeldkuppeln keinen Schutz geboten hatten, war das Land verbrannt, von Asche bedeckt und von Auswurftrümmern übersät. Im Umkreis von mehr als hundert Kilometern hatte die Glutwalze alle Vegetation verbrannt und jegliches Getier getötet. Deshalb waren Robotkommandos mit Desintegratoren unterwegs, um der drohenden Seuchengefahr rabiat zu begegnen.

Hinzu kamen die übrigen logistischen und verwaltungstechnischen Aufgaben. Eine Flotte von mehr als hundert Raumschiffen war auszurüsten und zu bemannen. Rekrutierungen liefen, Versorgungsgüter aller Art strömten zum Raumhafen. Man bereitete sich mit allen Mitteln auf die wohl unausweichliche Auseinandersetzung vor.

Einen Vorteil haben die Aktivitäten. Das Wispern der Extrasinns wurde lauter. *Schock und Trauer werden durch Handlung kompensiert. Der Bevölkerung wird keine Gelegenheit gegeben, sich ins Schneckenhaus zurückzuziehen, um in Ruhe die Wunden zu lecken.*

Kuriol strich nachdenklich über den kurzgestutzten, silbrigen Vollbart und sagte bedächtig: »Das Positronik-Forschungszentrum Katrok auf Arkon III! Nur die berühmten Wissenschaftler dort sind vielleicht in der Lage, den Steuerchip nachzubauen. Ob er dann tatsächlich funktioniert, wie er soll ...«

Er ließ den Satz offen. Ich nickte. Somit ergab sich gleich eine zweifache Motivation, nach Arkon vorzustoßen. Katrok war die eine. Zum zweiten würde Sonnenkur Pyrius Bit über kurz oder lang ins Zentrum von Thantur-Lok gelangen – entweder freiwillig oder als Gefangener. Der Verlust seiner Sektorenflotte hatte ein juristisches Nachspiel. Klar war, daß man ihn absetzen und einen Nachfolger bestimmen würde. Sein weiteres Schicksal hing vom Ergebnis der Untersuchungskommission und dem Verfahren ab. Im schlimmsten Falle drohte ihm die Exekution.

Wir mußten unbedingt an den neuen Sonnenkur herankommen. Vielleicht ließ sich mit ihm ein Arrangement treffen, so daß Traversan unbeschadet aus den Ereignissen hervorging.

Zum Glück verschafften uns die zu erwartenden juristischen Abläufe etwas Luft. Dennoch war rasches Handeln angesagt. Dies war am besten mit einer kleinen, entschlossenen, schlagkräftigen Truppe möglich. Einige Namen fielen mir ohne weiteres ein.

»Hyperkristalle und Arkon ... Hhm, ich muß Erkundigungen einziehen, wenn wir beides miteinander wirkungsvoll kombinieren wollen.« Kuriols sonore Stimme gewann an Schärfe, der Zeigefinger deutete auf die Holoprojektion. »Laktrote Gemderal, wir danken Ihnen. Finden Sie über den Chip und die Station soviel wie irgend möglich heraus! Je mehr wir wissen, desto leichter wird die Rekonstruktion.«

Der Angesprochene deutete eine Verbeugung an und verabschiedete sich. Ich sah ihm nachdenklich hinterher. Er war ein besonnener Mann, der als Generalist galt und zu improvisieren wußte. Ich hatte ihn in der kurzen Zeit unserer Zusammenarbeit schätzengelernt und durchschaute inzwischen seine manchmal etwas weltfremd wirkende Art. Kahlköpfig, mit silbrigbuschigem Schnauzbart, meist in pastellfarbene Roben gekleidet, war er nach außen hin der intellektuelle Typ. Doch in seinen 77 Lebensjahren war er viel herumgekommen und hatte Universitäten auf verschiedensten Planeten besucht und an ihnen gelehrt. Sein Hauptfachgebiet war die Hyperphysik, doch es gab kaum eine Sparte, in der er nicht zumindest über Basiswissen verfügt hätte. Bei ihm war die Untersuchung des Chips in guten Händen.

Kuriols Worte rissen mich aus den Gedanken. »Ich denke, daß

meine Tochter und Kommandant Irakhem an Eurer Seite sein werden, Admiral.«

Die Fältchen in seinen Augenwinkeln vertieften sich. Auf meinen Blick reagierte der Baron des Traversan-Systems mit ironischem Lachen.

»Ich sehe Euch an, daß Ihr bereits anfangt, Pläne zu schmieden«, sagte er leise. »Ohne Unterstützung wird es nicht gehen.«

Schwang da Bedauern in seiner Stimme mit? Er winkte, und wir gingen zum Prunksaal hinüber, der Herz und Gehirn des kleinen Baronats darstellte. Umgeben von Tagungsräumen – vor allem denen des Traversan-Than und seiner Unterausschüsse – positronisch verbunden mit Verwaltungen und Ministerien, dem Flottenkommando des Raumhafens und den wichtigsten Handelshäusern, integriert in den planetarischen Medienverbund, war die Kelchresidenz mit dem Prunksaal das Zentrum des ganzen Baronats.

Jetzt war er leer. Unsere Schritte hallten unnatürlich laut durch das 70-Meter-Rund. Entlang der Wände waren im Halbkreis die Logen der Würdenträger angeordnet, auf erhöhtem Podest standen die Thronsessel für den Nert und seine Gemahlin. Dem kostbaren Bodenmosaik unter dünner transparenter Panzertroplonschicht war nicht anzusehen, daß bei Bedarf vielfältigste Projektoren und Aggregate ausgefahren werden konnten. Überwölbt wurde der Saal von einer Glassitkuppel, die zur Hälfte von den Pflanzen des Innenhofparks bedeckt war. Hoch oben sah ich die im Sonnenlicht funkelnden Terrassenringe. Auch sie waren nach Art von *Hängenden Gärten* üppig überwuchert.

Nert Kuriol da Traversan drehte sich langsam und machte eine ausgreifende Armbewegung. Seine Hand wies auf das Shanboor-Wappen Traversans.

»Ich habe mit Euch zu reden, Admiral!« Er leckte die Lippen, strich über die schulterlang wallende weißblonde Mähne und wischte verlegen den polierten Harnisch entlang. Im Spiel von Schatten und Lichtreflexen schienen die eingeätzten Szenen aus der Mythologie der She'Huhan-Sternengötter zum Leben zu erwachen. »Es fällt mir nicht leicht, dessen könnt Ihr sicher sein.«

Wichtige Eröffnung. Sei auf alles vorbereitet!

Es hätte der knappen Bemerkung des Logiksektors nicht bedurft. Die Jahrtausende an Lebenserfahrung brachten es mit sich, daß ich selbst winzige Zeichen von Körpersprache und Betonung intuitiv einzuschätzen wußte. Daß Kuriol etwas auf dem Herzen hatte, war so deutlich zu sehen wie ein Leuchtstern am Nachthimmel. Und es würde keine Kleinigkeit sein

»Ich höre, Nert.«

»Vielleicht ist Euch die Ähnlichkeit zwischen meiner Tochter und Kapitän Irakhem schon aufgefallen? Natürlich, welch eine Frage.«

Seine Stimme wurde zum Grollen; er war ärgerlich auf sich selbst und ballte die Hände zu Fäusten.

»Reden wir nicht drum herum: Irakhem ist mein Sohn! Aber er weiß es noch nicht. Ich bin mit Sinthora einig, daß er mein Nachfolger werden soll. Meine Gemahlin … Nun, sie hat mir den Fehltritt verziehen und sieht in Irakhem inzwischen fast ebenfalls einen Sohn. Bislang zögerten wir, ihn mit der Wahrheit zu konfrontieren. Tamarena – auch sie weiß es. Ich bin sicher, sie würde ebenfalls eine hervorragende Nert darstellen, schon jetzt gilt sie bei vielen als meine Stellvertreterin. Sie ist beliebt, ihr Wort hat Gewicht. Aber Traversan braucht mehr. Einen Shanboor an der Spitze! Zäh, stark, widerspenstig … Wir wissen nicht, was die Zukunft bereithält, mein Freund aus der Zukunft. Vielleicht ist bald Traversans letzte Tonta erreicht. Irakhem soll, wenn schon unser Ende naht, ehrenvoll und legitimiert den Sternengöttern gegenübertreten.«

Kuriols Blick war abwesend. Ich ließ ihn reden, und mit jedem Wort schien es ihm leichter zu fallen. Und doch, die Eröffnung über Irakhem war nur der Auftakt. Es war die Ouvertüre einer eindringlichen Unterhaltung, die allerdings mehr die Dimension eines Monologs annahm. Ein Gedanke zuckte durch meinen Kopf, verbunden mit aufblitzenden Bildern, die ebenso rasch erloschen, wie sie kamen, und sich mit leise ausklingenden englischen Versen mischten.

Master William hätte seine helle Freude gehabt! Nert Kuriol da Traversan! Prall, lebendig, voller Tragik und Dramatik! Ein Stück, durchaus eines Shakespeare würdig.

Der 89jährige Baron sah mich scharf an. »Ihr gestattet das offene Wort eines alten Mannes?«

Da war sie wieder, diese wissende Ironie! Der Extrasinn zischte völlig überflüssig: *Gleich kommt es!*

»Selbstverständlich, Erhabener. Ich bin Euch sehr zu Dank verpflichtet. Wie sollte ich da … ?«

»Das beruht auf Gegenseitigkeit, mein Lieber«, grollte er rauh. »Ohne Euer Eingreifen … Mir ist keineswegs entgangen, daß Prinzessin Tamarena hierbei eine nicht unmaßgebliche Rolle gespielt hat! Und diese Blicke – wenn ihr euch vom anderen unbeobachtet glaubt. So offensichtlich, als erklängen die Kristallobelisken von Arbaraith! Der Heroe Tran-Atlan stand bei Eurer Namengebung Pate, nicht wahr? Um es kurz zu machen, Admiral: Es käme mir sehr gelegen, Erhabener, wenn ich in Euch einen Hochwohlgeborenen für meine Tochter gefunden hätte! Ihr seid der Richtige!« Er lachte leise. »Tamarena kann ziemlich eigensinnig sein, wie Ihr wißt.«

»Euer Angebot ehrt mich, Nert. Dennoch muß ich ablehnen. Diese Zeit ist nicht die meine. Ich komme aus ferner Zukunft, und ich gedenke, dorthin zurückzukehren! Ich will und kann keine gebrochenen Herzen zurücklassen.«

Kuriol schien meine Ablehnung erwartet zu haben. Sein Lächeln wurde breiter, in den tiefroten Augen spiegelte sich plötzlich ein Wissen, das mir Frösteln bereitete. Gänsehaut überzog meine Unterarme, vom Extrasinn kam eine durchdringende Warnung.

»Könnte es auch sein, daß Ihr Tamarena für nicht standesgemäß haltet, Admiral?«

Er betonte den Titel so auffällig, daß es mir nur mit Mühe gelang, unbewegten Gesichts abzuwarten. Kuriol zog ein Foto aus der Beintasche seiner Raumrüstung und hielt mir das Bild fast triumphierend unter die Nase.

Es mußte die Kopie aus einem alten Geschichtsbuch sein. Das Brustbild eines Mannes in prächtigem Ornat war zu sehen; Krone, Kristallzepter, Amtskette und der Umhang waren eindeutig die Insignien des Imperators. Beim Anblick des Gesichts brauchte ich den Bildtitel nicht zu lesen; die Ähnlichkeit mit meinem eigenen Gesicht war schließlich unverkennbar. Das Foto zeigte den vor Jahrtausenden von seinem Bruder Orbanaschol ermordeten Gonozal VII. – *meinen Vater!*

Ich schwieg, obwohl Kuriols Blick lauernd wurde. Er versuchte meine Reaktion oder besser das Ausbleiben einer solchen einzuschätzen. Einem Mann wie ihm fiel es nicht schwer, die richtigen Schlüsse zu ziehen. Gedanken rasten durch meinen Kopf. Mit der Erstbesiedlung Traversans verbundene Daten wurden vom photographischen Gedächtnis reproduziert.

Das Pionierschiff GONOZALS EHRE landete 10.393 da Ark. Das war zur Regierungszeit von Gonozal V. gewesen – meinem Urgroßvater. Diese Nähe zum Khasurn derer von Gonozal brachte den Nachkommen der Kolonisten in der tyrannischen Herrschaftszeit Orbanaschols Ärger ein. Ernsthafte Repressalien blieben zum Glück aus, dazu war der Planet damals noch zu unbedeutend, seine Bevölkerungszahl zu gering. Dennoch hielt sich der Verdacht, dieser Planet sei ein Rebellennest – dies war ein Ruf, den die Traversaner sogar in meiner Realgegenwart noch besaßen. Stolz, aufbegehrend, widerspenstig wie ihr Wappentier, der einem Kaffernbüffel gleichende Shanboor. Und von Anfang an gab es eine enge Beziehung zwischen den Traversanern und meiner Familie!

Kein Wunder, daß ihm meine Ähnlichkeit mit Vater nicht ent-

gangen ist, dachte ich. *Er als Nert kennt die Tradition und die Ursprünge neben einigen Historikern zweifellos am besten.*

Kuriol setzte noch eins drauf; er sagte vieldeutig: »Admiral, habt Ihr schon von der Legende gehört, die von der *Welt des Ewigen Lebens* berichtet?«

Jetzt war die Ironie absolut unüberhörbar. Wenn es eines gab, was alle Mitglieder meines Volkes seit den Anfängen faszinierte, dann war es der Drang nach immerwährender Jugend und Unsterblichkeit. Schon in meiner Jugend waren die Erzählungen Legion gewesen. Crest und Thora wandelten auf den Spuren von Legenden, als sie ins Sol-System kamen. Und daß sich hinter den vielfältig ausgeschmückten Geschichten mehr verbarg als nur ein Mythos, bestätigte mein Freund Perry, als er das *Galaktische Rätsel* löste und die Kunstwelt Wanderer der Superintelligenz ES erreichte.

Damals erhielt er die berüchtigte 20.000-Jahre-Chance, welche zuvor auch meinem Volk erteilt wurde. Was sich tatsächlich hinter dieser Aussage verbarg, erfuhr ich erst in den Jahren, als ich selbst Imperator von Arkon war. Aber das war eine andere Geschichte

Wenn ein Mann wie Kuriol so eindringlich nach etwas fragt, das jedem Kind geläufig ist, kannst du dir den Hintergrund denken, schnarrte der Logiksektor aufgebracht. *Wie immer deine Antwort ausfällt, der Baron macht sich darauf seinen Reim!*

Ich schwieg auch diesmal und behielt den unbewegten Gesichtsausdruck bei. Selbstbeherrschung, in Jahrtausenden gelernt und perfektioniert, hatte manchmal was Gutes. Aber meine Innere Stimme hatte recht: Sogar Schweigen war in diesem Fall ziemlich beredt. Versonnen lauschte ich dem sanften Pochen des Zellaktivators.

Kuriol steckte das Foto wieder in die Beintasche und machte eine vage Handbewegung. »Ihr antwortet nicht? Mag sein, *alter* Freund, daß ich einer Fehltransition aufsitze«, versicherte er übertrieben treuherzig. Für seinen Tonfall wäre die Bezeichnung Ironie die Untertreibung des Jahrhunderts gewesen! »Ich kann mir diese Dinge nicht erklären, aber ich werde schweigen, auch meiner Tochter gegenüber!«

Als ob das von Bedeutung wäre! Sie ist telepathisch begabt! durchzuckte es mich. Dem alten Nert war klar, wie nahe er mit seinen Vermutungen an der Wahrheit war. Und er wußte, daß ich es wußte. Auf subtile Weise hatten wir dies, ohne es laut auszusprechen, dem anderen offenbart. Zwischen den vordergründigen Aussagen und Handlungen war es zu Andeutungen gekommen, deren Tiefe beeindruckte.

Kuriol kennt deine wahre Herkunft, und er ist sich sicher, daß du

unsterblich bist! faßte der Extrasinn kühl zusammen. *Aber er hat keinen Beweis. Darum wird er den Mund halten.*

Erneut wurde ich von Frösteln befallen. Auch ohne eindeutige Bestätigung meinerseits wußte Nert Kuriol da Traversan nun, daß wir einander bedingungslos vertrauen konnten. Ich bewunderte sein psychologisches Geschick. Zuerst das eigene Geständnis über Irakhems Herkunft, dann der Bogen über Prinzessin Tamarena, schließlich der direkte Vorstoß. Ich hätte es schwerlich besser machen können. Fortan verband uns ein Geheimnis, das enger kettete als bester Arkonstahl. Hätte ich mich nicht schon vorher entschlossen, alles für Traversans Fortbestand und Unversehrtheit zu unternehmen – spätestens jetzt hätte mir mein Gewissen keinen anderen Ausweg mehr gelassen.

Das Bewußtsein, einen neuen Freund gewonnen zu haben, machte es leichter, an die bevorstehenden Aufgaben heranzugehen. Ohne Schwierigkeiten würde es nicht ablaufen, das stand fest. Weder der Einsatz für Traversan noch das langfristige Ziel, in meine angestammte Zeit zurückzukehren.

Kuriol starrte eine Weile auf seine Stiefelspitzen. Dann schnaufte er unterdrückt und machte eine vage Geste.

»Ihr entschuldigt mich jetzt, Admiral? Die Sitzung des Rates geht weiter; die Than-Mitglieder warten sicher schon ungeduldig. Und wir müssen eine Möglichkeit finden, wie wir nach Arkon gelangen.«

»Nert!« Ich salutierte, indem ich die rechte Faust gegen die linke Brustseite schlug. Kuriols Augen wurden zu Schlitzen, während er mit gleicher Geste antwortete, sich dann abrupt umdrehte und aus dem Prunksaal stürmte, als sei ein wildgewordener Shanboor hinter ihm her. Ich blieb allein zurück. Plötzlich schienen Eisbrocken meine Wirbelsäule zu streifen, so daß es mich schüttelte.

2.

Als sich Tato Rupiak soeben anschickte, sein zweites Frühstück in Empfang zu nehmen, brandete die Schockwelle einer gewaltigen Strukturerschütterung durch das System von Schemmenstern. Trotz hochgefahrener Andruckabsorber erbebte die Orbitale Stadt bis in die letzte Spante und Verstrebung, und aus den molekularverdichteten Arkonstahlträgern drang ein unheimliches Ächzen.

Der kleine Servorobot quietschte überlastet und torkelte auf flackerndem Prallfeld. Das antigravgetragene Tablett wirbelte haltlos davon. Rupiak, vom ersten Stoß ebenso überrascht wie vom nachfolgenden Erzittern, fand sich unvermittelt auf dem Teppichboden wieder und starrte auf die häßlichen roten Flecken, die verschütteter Tsan-Saft auf der blütenweißen Gouverneursuniform hinterlassen hatte.

Hitze schoß dem Mann in den Kopf. Ärger mischte sich mit einem nicht zu unterdrückenden panischen Impuls. Nochmals wankte die Orbitale Stadt. Ein weiterer Ruck und durchdringendes Kreischen im Gefüge wurden von losbrüllenden Alarmsirenen begleitet.

Aufgerissene Wandungen? Vakuumeinbruch? fuhr es fiebrig durch Rupiak.

Der Schub kreatürlicher Angst war kaum geringer als bei einem Primitiven, der seinen ersten Vulkanausbruch erlebte. Und das war nicht einmal ein so abwegiger Vergleich: Eben mußte etwas mit der Wucht einer Magmaeruption rematerialisiert sein. Entweder hatte ein Raumschiff in unmittelbarer Nähe den Hyperraum verlassen, oder das in Transition versetzte Objekt mußte beachtliche Ausmaße besitzen.

Der Tato atmete schwer, spürte klebrigen Schweiß und hatte das Gefühl, als verklumpe sich sein Magen zu einem schmerzhaft harten Knoten. Nur zögernd gewann Rupiak die Selbstkontrolle zurück. Er ächzte, zog sich an der Kante des überdimensionierten Arbeitstisches hoch und fluchte unbeherrscht.

Mit nur fünf Schritten erreichte er die Schaltungen. Seine Faust krachte auf einen Sensor des Interkoms und stellte die Vorrangverbindung her.

»Tato Rupiak an Raumüberwachung«, schnarrte er.

Auf Monitoren und Displays liefen erste Schadensmeldungen ein, zum Glück nichts Gravierendes. Die überlasteten Strukturtaster würden jedoch für einige Tontas nur unzureichend genaue Ergebnisse liefern.

»Bei den stinkenden Raumgeistern des Galaktischen Zentrums: Welcher von den Sternengöttern Verfluchte mißachtet sämtliche Sicherheitsvorschriften? Fast hätte es TAI MEREN MOAS auseinandergerissen! Jeder Kadett weiß, daß Transitionen innerhalb von Sonnensystemen fürchterliche Auswirkungen haben. Das wird ein Nachspiel ...«

Eine Holoprojektion stabilisierte sich und zeigte den Wachhabenden Orbton von Orbitstadt Eins. »Raumüberwachung an Tato Rupiak: Ein Asteroiden-Habitat des Kharoon-Raumnomadenclans hat in einem Lichttag Entfernung Stofflichkeit erlangt, Erhabener.« Hastig hervorsprudelnde Worte, ein kurzer Seitenblick, eine bestätigende Handbewegung. »Hyperfunkspruch geht ein. Die Hochedle Arcyree Ta-Kharoon ersucht um Nachsicht; an den Orbitalen Städten von Schemmenstern entstandene Schäden werde man selbstverständlich begleichen. Leider seien die Großfunkanlagen des Habitats beschädigt, deshalb hätte keine Vorabwarnung durchgegeben werden können. Erhabener, die Raumnomaden haben diesen Brocken um 7500 Lichtjahre versetzt! Er mißt fast 85 Kilometer im Durchmesser!«

Je länger der Orbton sprach, desto bleicher wurde das Gesicht des Tatos. Seine Wut verpuffte und machte bedrückender Leere Platz. Ein Raumnomaden-Habitat!

»Verstanden, Raumüberwachung.« Rupiaks Stimme klang plötzlich matt und kraftlos. »Funken Sie Grußbotschaft gemäß diplomatischem Protokoll und bestellen Sie der Hochedlen meine persönlichen Grüße. Die ehrwürdigen Raumnomaden sind uns jederzeit herzlich willkommen, und es habe selbstverständlich keine Schäden gegeben! Ich wiederhole: keine Schäden!«

Die Beherrschung des Offiziers war mustergültig und entsprach der stählernen Flottendisziplin des Großen Imperiums. »Jawohl, Tato. Grußbotschaft, keine Schäden.«

Ehe er mehr sagen konnte, hatte Rupiak die Verbindung unterbrochen. Erst jetzt machte er seiner Betroffenheit mit einem Fluch Luft. Mit Daumen und Zeigefinger zupfte er unbewußt und mit indignierter Bewegung am Stoff der durchnäßten Hose.

Ausgerechnet eines der geheimnisvollen Habitate! durchfuhr es ihn. *Als hätten wir nicht genug Probleme. Was wollen sie hier? Die Gerüchte werden nur so ins Zeug schießen!*

Kaum jemand wußte Konkretes über die Raumnomaden. Kein Clanfremder durfte die ausgehöhlten und in fernflugtaugliche Lebensinseln verwandelten Asteroiden betreten. Im gesamten Einflußbereich des Tai Ark'Tussan, des Großen Arkon-Imperiums, gab es bestenfalls ein paar hundert dieser Gebilde. Bekannt war nur, daß die Vorfahren der Raumnomaden ursprünglich vom sechsten Planeten des Arkon-Systems stammten und nach der Niedergangszeit der *Archaischen Perioden* von Iprasa aus ins All vorgestoßen waren.

Angeblich stammten von ihnen die Mehandor-Patriarchen ab. Doch im Gegensatz zu den ebenfalls das All durchstreifenden Springern lebten die Raumnomaden im Matriarchat. Wenn man den Gerüchten Glauben schenken konnte, dann unterstanden sie ausschließlich der Befehlsgebung des Imperators; er allein durfte das Innere der Habitate sehen. Niemand wußte, wie es den Raumnomaden gelang, diese riesigen Gebilde einer Transition zu unterziehen.

Sicher, für den Sublichtbereich gab es überdimensionierte Impulstriebwerke. Aber kein normaler Strukturfeld-Konverter war in der Lage, solche Massen durch den Hyperraum zu schleudern. Angeblich besaßen die Raumnomaden geheimnisvolle Kräfte. Mystisch anmutende Fähigkeiten, wie sie nur Hochmeister des Dagor besaßen, so daß die Strukturfelder *paramechanisch* aufgeladen werden konnten. Anderen Gerüchten zufolge wurden die Lebensenergien Versklavter abgezapft ...

»Angeblich, angeblich ... Alles ist vage! Nichts ist greifbar!« Rupiak fühlte eisige Schauer den Rücken hinabrinnen. Beim aufklingenden Türgong wurde er sich erst jetzt bewußt, daß er die Fäuste auf die Tischplatte gestemmt hatte und schwer atmete. Mehrere aufgeregt in die Arbeitssuite tretende Vorzimmerordonnanzen wurden von einer herrischen Armbewegung verscheucht.

Der kleine Servo hatte unterdessen gemäß seinem Befehl ein Ersatzfrühstück besorgt und näherte sich summend. Rupiaks Tritt verschaffte den noch beschäftigten Reinigungseinheiten weitere Arbeit, und die übergeordnete Positronik registrierte in ihrem Speicher, daß der Gouverneur zur Zeit nicht an weiterer Nahrungsaufnahme interessiert war.

Mit stampfenden Schritten durchquerte Rupiak den Raum, ging in die privaten Bereiche hinüber und entledigte sich der Uniform. Unter den abwechselnd heißen und kalten Duschstrahlen der Naßzelle bemühte er sich, wieder einen kühlen Kopf zu gewinnen.

Hatte die unerwartete Ankunft der Raumnomaden Auswirkungen auf die geplante Arkon-Delegation? War die mit ihnen verbundene Aufregung von Vorteil oder Nachteil?

Schon seit mehr als einer Periode lief das Auswahlverfahren jener, die die Offiziellen begleiten sollten. Gewaltige Summen wurden geboten, ganz zu schweigen von den zusätzlich weitergereichten Bestechungsgeldern. Sogar für Würdenträger des keineswegs unbedeutenden Otreilian-Sektors – die Zentralbörse von Orbitstadt Eins zählte immerhin zu den fünfzig wichtigsten im ganzen Imperium – war es nicht einfach, zu den maßgeblichen Schaltstellen der Macht und den hinter ihnen stehenden Persönlichkeiten vorzustoßen.

Für alle die, die nicht im Arkon-System selbst oder zumindest im Bereich von Thantur-Lok lebten, war der Aufwand, an einer Audienz beim Imperator teilzunehmen, beträchtlich. Dies war erst recht so, wenn es sich nicht um Mitglieder der 5000 maßgeblichen Kelche des Adels handelte.

Das Tai Ark'Tussan war zu gewaltig und der Imperator zu beschäftigt, als daß es solche Begegnungen ohne umfangreichen Verwaltungsaufwand hätte geben können. Schon im Jahr zuvor war der anstehende Termin vereinbart worden, die entsprechenden Anträge waren zehn Perioden zuvor eingereicht worden. Nur die

Stellung des Otreilian-Sektors hatte dieses Vorgehen erlaubt, sonst wäre das Vorhaben schon bei der Eingangsprüfung gescheitert.

So unbedeutende Enklaven wie der benachbarte Brysch-Sektor hätten selbst bei Zahlung exorbitanter Bestechungssummen erst nach vielen Jahren eine Genehmigung erhalten, wenn überhaupt. Einzelpersonen ohne Rang und Namen hatten gar keine Chance.

Kein Wunder also, daß es viele gab, die mit allen Mitteln versuchten, Mitglied einer offiziellen Delegation zu werden. Nur in ihrem Gefolge war es möglich, in die Nähe jener Kreise der übergeordneten *Imperialen Ebene* oder des Hofes auf der Kristallwelt selbst zu gelangen. Und erst ein Empfang im Kristallpalast – für mehr als 99,99 Prozent der Bevölkerung war das ein unerreichbarer Wunschtraum

Rupiak schüttelte sich trotz des heißen Luftstroms des Trockengebläses. Sein Streben nach Anerkennung höherer gesellschaftlicher Kreise drohte zur fixen Idee zu werden, je länger er auf der Stelle trat. Während er aus der Naßzelle tappte und sich der Schrankwand näherte, um eine frische Uniform auszuwählen, begegnete er dem eigenen Blick im Spiegel.

Schon das Äußere des Mannes zeigte ihm die Grenzen auf: Er war Sohn eines arkonidischen Vaters und einer prebonischen Mutter, und irgendwo in seinem Stammbaum mußte auch ein Mehandor-Patriarch seine genetischen Spuren hinterlassen haben. Rupiak war nicht schlank und hochgewachsen wie die reinrassigen Arkoniden, sondern von mittelgroßer, untersetzter Statur. Das schulterlange Haar besaß eine rötlich-blonde Farbe, die Augen waren von dunklem Braun.

Er konnte den Sternengöttern danken, daß er es bis zum Tato von Schemmen gebracht hatte – gleichbedeutend mit dem Rang eines Zweimondträgers. Und doch war ihm das nicht genug. Kaum stillbarer Ehrgeiz nagte an ihm, ließ ihn alles unternehmen, um weiterzukommen. Um sein Ziel zu erreichen, war ihm jedes Mittel recht.

69 Arkonjahre war er alt, zehn davon inzwischen auf dem Gouverneursposten. Das hatte ihm zwar – korrupt, wie er war – mit der Zeit beträchtlichen finanziellen Reichtum beschert, nicht jedoch den gewünschten gesellschaftlichen Aufstieg. Hierzu war mehr nötig als nur das Klingen von Chronners.

Man hat mir nicht einmal den untersten Rang eines Adligen Dritter Klasse zugestanden, dachte Rupiak betroffen. *Nicht mal ein On bin ich!*

Er schloß die Haftbahnen der Stiefel, wischte mit der Hand über ohnehin blankpolierte Spitzen und richtete sich seufzend auf. Ein kurzes Stechen durchfuhr seine Brust, und im Magen rumpelte es.

Auch die knackenden Knorpel seiner Brustplatte bezeugten, daß er nicht mehr der Jüngste war, seinen Körper zuwenig bewegte und insgesamt nicht die gesündeste Lebensart an den Tag legte.

Alles in ihm schien kurz vor einer unkontrollierten Eruption zu stehen. Seine Nerven waren zum Zerreißen gespannt. Für den letzten Prago des Tedar war der Start der MOND VON OTREILIAN vorgesehen. Bald fielen die abschließenden Entscheidungen über die endgültige Zusammensetzung der Delegation.

Neben offiziellen Otreilian-Vertretern rings um den Kur und den Regierungsmitgliedern des Sektorenbeauftragten sowie einigen schon bestimmten Wirtschaftsfachleuten waren zehn Privatpersonen oder Adlige teilnahmeberechtigt. Ihr Auswahlverfahren war denkbar unkompliziert: Wer die höchste Summe bot, flog mit. Ebenso die auf Platz zwei bis zehn Plazierten. Der Rest ...

Tato Rupiak, Herr der lokalen Administration im System Schemmenstern, auch zuständig für Zuwanderung und Ansiedlung, Verwaltungschef über die insgesamt 268 Orbitalen Städte von inzwischen legendärem Ruf, gedachte unter diesen zehn zu sein. Als Gouverneur stand ihm eine Teilnahme eigentlich nicht zu, war er doch dem Kur und den Leuten aus dessen Umgebung untergeordnet. Wollte er dennoch berücksichtigt werden, mußte er wie die anderen Interessenten mitbieten.

Die Angebote wurden positronisch in der Vertretung des Kuriats von Orbitstadt Eins registriert, das Bargeld in einem Tresor hinterlegt. Alles ganz fair und streng nach Vorschrift. Niemand sollte benachteiligt werden. Erst die Endauswertung kurz vor dem Start der MOND VON OTREILIAN sollte zeigen, wer letztlich Mitglied der Delegation sein würde. Rupiak lächelte frostig. Sein Vorteil war, daß er Verbindungen besaß, die den Mitbewerbern nicht zur Verfügung standen.

Er kannte die bisherigen Angebote, und sein Vermögen würde ihm einen Platz sichern. Allerdings hatte er vor, erst in den letzten Tontas vor Fristablauf mitzubieten. *Nur nicht im letzten Augenblick noch ausgestochen werden!* dachte er. *127 Bewerber gibt es bislang, die meisten haben keine Chance und sind für mich keine Gefahr.*

Offiziell flossen die zehn *Spendensummen* in einen Sozialfonds, tatsächlich war der Betrag eine schwarze Kasse der Delegation. Mit ihr wollte man sich am Hof des Imperators eine günstige Ausgangsposition schaffen. Großzügigkeit bei passender Gelegenheit öffnete Türen, die sonst verschlossen blieben. Voraussetzung war allerdings, daß das übrige Umfeld ebenfalls stimmte.

»Ein Hochadliger unter den Bewerbern würde uns vieles erleichtern«, murmelte der Tato, verschränkte die Arme und starrte zum Holobild an der Wand hinter seinem Arbeitstisch. Sonnenaufgang über Schemmen: Die dreidimensionelle Darstellung war eine Realzeitaufnahme. Das Bild wurde vom Methanriesen beherrscht.

Die Gaswelt war der einzige Planet von Schemmenstern, ein Gigant von 183.200 Kilometern Durchmesser, der die weiße Sonne in 2,248 Milliarden Kilometern umkreiste. Noch befand sich das Gros im Dunkel – scheinbar dunkler noch als das übrige All, dennoch erkennbar, weil eine beachtliche Fläche Sterne verdeckte. Winzig wirkten die Lichter anderer Orbitaler Städte und der Industrieanlagen auf den Monden. 23 Trabanten besaß Schemmen, einige davon nur wenige hundert Kilometer groß. Siebzehn von ihnen dienten der Hyperkristallförderung.

Dort lag der Reichtum des Otreilian-Sektors, der Grund seiner Besonderheit: Nur 89 Sterne waren über ein mehrere hundert Lichtjahre großes Raumgebiet verteilt, das, rund 15.600 Lichtjahre oberhalb der Hauptebene der *Öden Insel* gelegen, den Bereichen des Nebelsektors weit vorgelagert war. Bewohnbare Planeten gab es gerade eine Handvoll. Viel häufiger waren Gasriesenwelten. Und deren Monde hatten sich allesamt schon vor Jahrtausenden als äußerst reich an Hyperkristallen erwiesen. Auf eine Tonne Abraum kamen bis zu fünf Gramm hochwertige fünfdimensionale Schwingquarze des ganzen Spektrums.

Violette Criipas waren hierbei ebenso häufig vertreten wie die minderwertigen roten Khalumvatt. Unerläßlich für jede Art der fünfdimensionalen Technik, war der in großem Maßstab betriebene Abbau Anziehungspunkt für sämtliche Folgeerscheinungen. Prospektoren, Abbautechnikern und Kristallverarbeitern folgten Händler und Glücksritter; in deren Troß wiederum kamen jene, die ebenfalls vom Reichtum profitieren wollten. Adlige ebenso wie windige Vagabunden.

Sämtliche Völker des Imperiums gaben sich mit der Zeit ein Stelldichein. Und an Orten, wo riesige Summen täglich den Besitzer wechselten, fehlte auch das galaktisch organisierte Verbrechen nicht, suchten die Clans der SENTENZA ihren Profit, gab es die einschlägig bekannten Vergnügungs- und Amüsierbetriebe. Neben dem Hauptprodukt wurde mit allem gehandelt, was gut und teuer war. Der Sekundär-Warenumschlag erreichte demzufolge Ausmaße, die bestenfalls von denen der großen Haupthandelswelten – allen voran natürlich Arkon II – übertroffen wurden.

Rupiak knurrte: »Und doch bin ich nur der Tato! Hah! Ein *Planetenverwalter*, der noch nie die Welt betreten hat, als deren Bevollmächtigter er bestellt wurde!« Bitterkeit erfüllte seine Stimme.

Schemmenstern schob sich grell über den rechten Rand des Gasgiganten, beleuchtete mit stechendem Licht mehr und mehr der wildquirlenden Atmosphäre. Die Grundfarbe war von pastellenem Braun. Hinzu kamen die mächtigen Orkanstrudel, atmosphärischen Wirbel und weit ausschwingenden Turbulenzen. Riesigen Girlanden gleich umgaben sie Schemmen, formten Bänder in schmutzigem Weiß, flockig zerrissenem Blau und düsterem Rot. Als ein Viertel der langsam zur Halbkugel auswachsenden Darstellung erhellt war, erschien der Große Gelbe Fleck ein seit Jahrzehnten stabiles Sturmtief, das fünfmal größer als Arkon III war.

Nicht mal Überschwere, die Söldner und Schutztruppen der Mehandor-Springer, würden sich auf diesem Ungetüm mit seiner mehr als zweifachen Standardschwerkraft sonderlich wohl fühlen, dachte Rupiak.

Die Hyperkristalle des Otreilian-Sektors waren zur Zeit der Hauptexpansionsphase des Großen Imperiums vor mehr als zweitausend Jahren entdeckt worden. In den heißen Phasen der Methankriege waren diese Naturressourcen heiß umkämpft worden. Zehntausende Raumschiffe wurden damals vernichtet, vergingen in künstlichen Sonnen. Noch heute trieben ihre Trümmer durchs All, sofern sie nicht beim Bau der Orbitalen Städte Verwendung gefunden hatten.

Letztere waren eines der Hauptzentren dieses Raumsektors, Stätten von inzwischen legendärem Ruf. Entstanden aus Industrieplattformen, die vormals zwischen den Monden pendelten und einer ersten Weiterverarbeitung der 5-D-Schwingquarze dienten, erfuhren sie mit der Zeit Erweiterungen. Zusätzliche Elemente und Druckzellen wurden den Gittergerüsten angehängt, ausgediente Raumschiffe angeschweißt. Auslegerpylonen dienten dem Ankoppeln von Frachtern, später den vermehrt kommenden Händlern.

Einige von ihnen blieben, verankerten ihre Raumer auf Dauer, wurden von weiteren Aus- und Anbauten überzogen. Über einige Flächen wurden Kraftfeldkuppeln gestülpt und mit atembarer Atmosphäre geflutet; Parks und Gartenanlagen entstanden.

TAI MEREN MOAS – wörtlich *Großraumstation Eins* – war die älteste und größte Orbitale Stadt. Sie war ein wirres Konglomerat von annähernd 5000 Metern Durchmesser, zusammengesetzt aus Streben und Gittern, filigran wirkenden Gerüsten, geschwungenen Verbindungsröhren, Druckzellen und ehemaligen Raumschiffen.

Neben zwei Springerwalzen, drei umgebauten Schlachtschiffen und der ursprünglichen Plattform im Zentrum einer sechseckigen Platte von tausend Metern Länge und vierhundert Metern Höhe gab es den löffelähnlichen Gartenbalkon mit dem Residenzkelch des Tatos unter der Schutzschirmwölbung sowie sieben weitere, in alle Richtungen weisende Ausleger von zum Teil knorrig geschwungener Form.

An dreien von ihnen hatten Springerwalzen angekoppelt, der vierte endete im verankerten Großfrachter des imperialen Nachschubs. Hunderte weiterer Raumschiffe flogen im Orbit zwischen den Städten, Beiboote pendelten hin und her. Bis auf Lichtpünktchen war von alldem in der Holoprojektion nicht viel zu erkennen, vereinzelt gab es das Aufblitzen von Impulstriebwerken oder Reflexe entlang glatten Außenhüllen.

Während Schemmenstern mehr und mehr die Gaswelt erhellte, riß sich Rupiak vom Bild los, sank in den Sessel und registrierte verärgert das Knurren seines Magens. Das Erscheinen des Raumnomaden-Habitats hatte ihm aber allen Appetit verdorben.

»Was immer sie wollen – zum Glück habe ich Zeit, um Erkundigungen einzuziehen«, murmelte der Tato.

Sogar bei Maximalbeschleunigung konnten die ersten Schiffe oder Beiboote der Raumnomaden erst in etwa einem Tag ankommen, das Habitat brauchte – sofern es überhaupt tiefer ins Sonnensystem vorstieß – noch länger. Im Sublichtbereich waren der Raumfahrt durch die Relativitätsmechanik klare Grenzen aufgezeigt, und die Transition in Nullzeit unterlag strengen Sicherheitsvorschriften, weil die Strukturerschütterungen das Gefüge eines ganzes Sonnensystems destabilisieren konnten.

Gerade als Rupiak sich aufraffen wollte, einige seiner Kontaktleute anzurufen, aktivierte sich mit Dringlichkeitsruf die Interkomverbindung zur Raumüberwachung. Erneut erschien die Holoprojektion des Wachhabenden Offiziers.

»Entschuldigen Sie die Störung, Erhabener.«

»Was gibt es, Orbton?«

»Fast zeitgleich mit Kharoon-Habitat-VI ist ein 500-Meter-Raumer aus dem Hyperraum gekommen, Tato. Die SHEA DA CAMLO wird in fünf Tontas ankoppeln. An Bord befindet sich der Hochedle Altao von Camlo. Er ersucht nachdrücklich um ein Gespräch mit dem Erhabenen.«

STERN VON CAMLO … Zhdopanda Altao Ta-Camlo …, dachte Rupiak und runzelte die Stirn. *Was hat das nun wieder zu bedeuten?*

»Camlo?«

»Laut neuestem Katalogverzeichnis eine in der Erschließung befindliche Wasserwelt, Erhabener«, antwortete der Orbton rasch. »25.808 Lichtjahre entfernt, Randgebiet des Imperiums, Nebelsektor 56. Detailinformationen liegen leider nicht vor. Der Hochedle bezeichnet sich als Sonnenträger. Eine Überprüfung dürfte jedoch etwas schwierig …«

Rupiak entschloß sich ohne langes Nachdenken. »Gespräch ge-

währt, Orbton. Bestellen Sie dem Hochedlen, daß ich ihn in acht Tontas empfangen werde. Veranlassen Sie eine Standardkontrolle des Raumers; die Sicherheitskräfte sollen aber zurückhaltend auftreten. Wir wollen den Hochedlen nicht unnötig verärgern. Schikken Sie ihm eine standesgemäße Eskorte.«

In Gedanken fügte er hinzu: *Vielleicht ... Das könnte die Gelegenheit sein! Manchmal erhören die fernen She'Huhan wohl doch die Stoßgebete der demütig Gläubigen.*

»Verstanden, Erhabener.«

Kaum war die Verbindung unterbrochen, zeigte der Tato hektische Aktivität. In rascher Folge erteilte er den Vorzimmerordonnanzen Befehle. Mehrere Gespräche mit Orbitstadtbeamten und Ressortchefs folgten. Dann nach kurzer Überlegung das mit dem Sicherheitsbeauftragten. Erste Bilder der SHEA DA CAMLO wurden überspielt. Rupiak sah sich auch die Gesprächssequenzen mit der Raumüberwachung an. Fürst Altao selbst war nur kurz zu sehen; Kleidung und Auftreten entsprachen seinem Rang.

Diese Arroganz kann nur ein echter Arkonide an den Tag legen! Tato Rupiak seufzte. Je mehr er über seinen unerwarteten Gast in Erfahrung brachte, desto besser war seine Verhandlungsposition. Wurde der Hochedle nur vom Reichtum des Otreilian-Sektors angelockt, ließ sich vielleicht eine hübsche Provision herausschlagen.

Sollte er allerdings an mehr interessiert sein ... Rupiak sah für Augenblicke verträumt durch die Arbeitssuite. In Gedanken malte er sich das Gespräch aus. *Wenn es gelingt, des Hochedlen Aufmerksamkeit auf die bevorstehende Reise der Delegation zu lenken ...*

Er lachte kurz und rauh, dann schaltete er die Verbindung zu seinem ersten Informanten. Seine Spitzel und Zuträger bekamen wieder Arbeit.

3.

Sieben Tontas zuvor, Traversan:

Ich lächelte zufrieden. Nachdem Nert Kuriol die notwendigen Erkundigungen eingezogen hatte, war unser Plan rasch erstellt gewesen, und die Vorbereitungen waren innerhalb eines Tages abgeschlossen.

Die Voraussetzungen hätten idealer nicht sein können: Der dem Brysch-Sektor benachbarte Otreilian-Sektor war mit zwei bis drei Transitionen zu erreichen, Schemmenstern befand sich eben mal 230 Lichtjahre von Traversan entfernt. In den Orbitalen Städten konnte man nicht nur einen Satz Hyperkristallrohlinge für den neuen Steuerchip erwerben, sondern es ließen sich auch mit etwas Chuzpe die angelaufenen Vorbereitungen der Delegation nach Arkon ausnutzen.

Mit Hochdruck wurde deshalb die KURIO II, das beste Handelsschiff Traversans, den Erfordernissen angepaßt. Wir veränderten viele Kleinigkeiten, doch zuallererst bekam das Raumschiff einen neuen Namen und eine neue Kennung.

Während die Arbeiten vorangetrieben wurden, bastelte ich mit Tamarena und Irakhem an den Einzelheiten unserer Legende. Daß ich sie wiederholt verblüffte, ließ sich nicht vermeiden.

Die mehr als 1000jährige Erfahrung als Lordadmiral der USO kam mir sehr zugute. Sogar der Logiksektor konnte nicht auf Anhieb die Zahl vergleichbarer Undercoveraktionen angeben, an denen ich persönlich teilgenommen hatte. *Einsickerungstaktik* nannten es seinerzeit die erfahrenen Spezialisten der United Stars Organisation lapidar. *Himmelfahrtskommando* war in den meisten Fällen die treffendere Umschreibung gewesen. Namen wie Lemy Danger, Melbar Kasom, Sinclair Marout Kennon, Ronald Tekener oder Big Ben Special huschten durch meine Gedanken.

Kurz vor dem Start der KURIO II – fortan die mit einer Elitebesatzung bemannte STERN VON CAMLO – trafen wir uns in einem neben der Zentrale gelegenen Konferenzraum zur abschließenden Besprechung. Nert Kuriol da Traversan war schon von Bord gegangen und wohnte der Einsatzbesprechung per Holostandleitung bei.

Ich stand auf, wartete, bis Ruhe eingekehrt war, und sagte rauh:

»Unser Vorgehen, Freunde, ist klar: Ziel eins ist der Erwerb geeigneter Hyperkristalle, Ziel zwei die Teilnahme an der Wirtschaftsdelegation des Otreilian-Sektors. Für ersteres sind Gemderal und Lesantre zuständig. Der Rest ist in der Hauptsache meine Aufgabe.«

Die Angesprochenen neigten die Köpfe. Der Geheimdienstchef von Traversan war ein untersetzter Mann mit prebonischen Vorfahren. An seine knurrig-krächzende Stimme hatte ich mich noch nicht gewöhnt, hinsichtlich seiner Fachkompetenz bestanden jedoch keine Zweifel. Leider ging ihm der Ruf voraus, ein aufbrausendes Temperament zu besitzen, verbunden mit einer oft brutalen Härte.

Keine Skrupel, aber unbedingt loyal gegenüber dem Nert und Traversan! bestätigte der Extrasinn.

Ich sagte: »Die STERN VON CAMLO ist von allen traversanischen Hoheitszeichen befreit und in das fliegende Hauptquartier des Ta von Camlo verwandelt worden. Sämtliche Teilnehmer haben Maske gemacht, kennen ihre Tarnidentitäten und wissen, wie sie bei Bedarf aufzutreten haben.«

Mein umherschweifender Blick traf sich mit dem Tamarenas. Die Prinzessin lächelte. Ein merkwürdiges Glitzern erschien in den mandelförmigen, hellroten Augen. Das Gefühl, förmlich durchleuchtet zu werden, wurde intensiver. Sofort kontrollierte ich meinen Monoschirm, der allerdings den telepathischen Tastversuch in gewohnter Perfektion abprallen ließ. Ein Schatten huschte über Tamarenas Gesicht, dann war ihre Enttäuschung überwunden. Eigensinnig, wie sie war, würde es nicht der letzte Vorstoß gewesen sein.

Als ich sie scharf ansah, senkte sie – scheinbar verlegen – den Kopf. Ihre Kleidung war eine im Stil der Dagortradition geschnittene blaugraue, bodenlange Robe. Bis auf das Gesicht war ihr Kopf von der dunkelblauen Kapuze mit Schulterkragen bedeckt. Langzipflige Gugel nannte man diese Kopfbedeckung vor langer Zeit auf der Erde. Oder würde es – von meinem jetzigen Gegenwartspunkt aus betrachtet – in einigen Jahrtausenden so nennen.

Um nicht als Erlauchte von Traversan erkannt zu werden, würde sie in Orbitstadt Eins eine Maske oder einen Schleier tragen. Ihr Tarnname lautete Rena, ihre Funktion an meiner Seite war die einer Gardistin.

Neben Tamarena saß Irakhem, ebenfalls als Leibgardist eingeteilt. Das goldbedampft-spiegelnde Visier seines Funkhelms würde sein Gesicht verbergen; die klobige Raumrüstung entsprach seiner Rolle. Er nannte sich fortan Khari.

Ihm zur Seite sollte Eshveran stehen, gleichzeitig Kommandant der STERN VON CAMLO; er wurde fortan Anesh genannt.

Letzte in meiner Begleitung würde Traversans Wirtschaftsexpertin Riaal sein. Sehr zum Bedauern Tamarenas fiel der 45jährigen die Rolle der Mätresse des Hochedlen von Camlo zu: Das Auftreten der vollbusigen, herben Schönheit entsprach ohnehin einer *Grande Dame,* ihre figurbetonten Kleider samt exotischen Hüten mit Schleiern wurden in Traversans Klatschpresse ausgiebig kommentiert. Als Laair konnte die nicht aus der Ruhe zu bringende Frau ganz in der Rolle aufgehen.

Blieb noch ich selbst. *Altao Ta-Camlo.* Dank des photographischen Gedächtnisses war es relativ einfach gewesen, eine Tarnung zu erfinden, die möglichst nahe an der Realität lag und einer nicht zu intensiven Überprüfung standhielt.

Den Planeten Camlo gab es wirklich: Ich lernte ihn in meiner Imperatorenzeit kennen, übernahm ihn später per Staatsvertrag in die neugegründete USO und machte aus der paradiesischen Wasserwelt mit ihren Millionen Großinseln ein Erholungs- und Rehabilitationscenter für USO-Spezialisten und -Veteranen.

Zur Zeit mußte sich Camlo – 25.736 Lichtjahre von Traversan entfernt – im Stadium der Erschließung befinden. In den Speichern der Kolonialbehörden konnten demnach nur vage Informationen vorhanden sein. Unser Vorteil bestand darin, daß es keine Seltenheit war, wenn sich reiche Händler und erfolgreiche Wirtschaftskapitäne, zumal wenn sie gleichzeitig dem Hochadel entstammten, solche Welten mehr oder weniger illegal als persönliches Refugium aneigneten.

Vorausgesetzt, sie übernahmen in Eigenregie die immensen Kosten der Erschließung, so daß sie somit das Große Imperium stärkten, ausbauten und die arkonidische Vorherrschaft sicherten, ignorierte die imperiale Verwaltungsebene das eigenmächtige Vorgehen und stellte zur Legitimation erst im nachhinein die entsprechenden Lehnsbriefe aus.

Sofern es sich bei den betreffenden Hochedlen um solche handelte, die einer unbedeutenden Nebenlinie der Großen Kelche entstammten, kam es nicht selten vor, daß sie sich fortan nach dem neuen Besitz nannten – ungeachtet einer Erfassung durch das imperiale Heroldsamt. Der Gedanke, einen neuen Groß-Khasurn zu etablieren, stand hier im Vordergrund.

Inhaber der wirklich großen Namen – wie die da Quertamagin, Ragnaari oder Zoltral – wären wohl nie auf einen solchen Schritt verfallen. Ein Nachkomme der Agh'Cicol beispielsweise, wirtschaftlich erfolgreich, auf der Liste der Anwärter für das Khasurn-Oberhaupt allerdings erst an 356. Stelle, überlegte sich bei allem Traditionsbewußtsein dagegen schon, was langfristig vorteilhafter war. Weiterhin ein Agh'Cicol *356. Klasse* zu sein oder der *Erste* eines neuen Khasurn.

Genau diesen Hintergrund hatte ich Altao Ta-Camlo verpaßt, basierend auf dem Wissen, daß es mit Besiedlung dieser Welt in der Tat zur Gründung eines solchen Fürstengeschlechts gekommen war. Inwieweit sich hierin aufgrund meiner zeitlichen Versetzung ein Zirkelschluß verbarg, mußte sich noch erweisen.

Möglicherweise wird erst dein Auftreten Anlaß sein, daß die Adligen von Camlo auf der Aristokratenbühne erscheinen, sagte der Logiksektor spitz. *Und wie bei allen Zeitreiseeffekten stellt sich auch hier die Frage nach Huhn, Ei und was zuerst da war.*

»Ich bin der Hochedle Altao Ta-Camlo«, sagte ich betont pathetisch, hob die rechte Hand, reckte Zeige- und kleinen Finger nach oben, legte dann die Spitzen von Mittel-, Ringfinger und Daumen aufeinander und tippte mit ihnen auf das Wappen meines Harnischs: Das markante Handzeichen symbolisierte perfekt das Wappentier – einen pechschwarzen Wolfskopf mit leuchtendblauen Augen auf blutrotem Grund.

»Mein Auftreten steht unter dem Zeichen des *Wolfes* – genau wie dessen Rudel folgt mir eine machtvolle Meute! Ich gebiete über Hunderte Raumschiffe, mein Reichtum beeindruckt jeden. So und nicht anders werden wir auftreten! Protzig, arrogant, bis in die Haarspitzen selbstbewußt!«

Bruder der stählernen Wölfe! zischte meine innere Stimme spöttisch. *Verdammt lange her, du Mentor der Larsaf-Barbaren!*

Ich nickte unwillkürlich. Für Augenblicke suchten mich lange verdrängte Impressionen heim: Katya. – *Die-das-Feuer-brennenläßt* …

5772 Jahre vor der Zeitwende lebte ich nun. Was hatte mein jüngeres Ich zu dieser Zeit getan? 112 Jahre nach dem Untergang von Atlantis erfolgte mein Erwachen aus dem ersten Tiefschlaf. Nach dem Abenteuer mit den steinzeitlichen Menschen, das wie alle anderen mit der Rückkehr in die Kuppelstation endete, gab es viermaliges Erwachen aus den vorprogrammierten 500-Jahre-Phasen. Die fünfte Tiefschlafperiode würde 5387 vor Christus enden, 367 Jahre später riß mich dann ES aus der künstlichen Hibernation, um mich die geflüchteten Androiden jagen zu lassen …

Der Erinnerungsschub gewann bedrückende Intensität, und der plötzliche Gedanke an die Superintelligenz bescherte eine heiß aufzuckende Idee: Sollte eine Wiederherstellung der Zeitmaschine entgegen allen Hoffnungen und Erwartungen nicht möglich sein, so bot sich vielleicht eine Chance, wenn ich mich auf die Suche nach der Kunstwelt Wanderer machte, um mit der Hilfe von ES in meine Zeit zurückzukehren. Leicht würde eine solche Kontaktaufnahme nicht sein, aber als *ultima ratio* war der spontane Einfall durchaus brauchbar.

Lesantres Stimme riß mich aus meinen Gedanken. »Beeindrukkend!« krächzte er. Es war nicht mal ironisch gemeint. »Wenn wir uns jetzt noch das absolut unbescheidene Auftreten eines märchenhaft Wohlhabenden dazudenken: Sie machen, das muß ich neidlos gestehen, eine überaus glaubwürdige Figur, Admiral. Könnte es sein, daß Sie schon des öfteren in solche Masken geschlüpft sind?«

Während die anderen schmunzelten, entging mir Lesantres Blick keineswegs; lauernd, die Augen halb geschlossen. Als Geheimdienstchef war er ein fähiger Mann und wußte sich seinen Teil zu denken.

Nert Kuriols Entdeckung dürfte, dessen war ich mir plötzlich sicher, Lesantre ebenfalls nicht entgangen sein.

Daß er so weitreichende Schlüsse zog wie der Baron, bezweifelte ich aber. Grundsätzlich mußte ihm jedoch klar sein, daß mit dem rätselhaften Mann aus der Zukunft Dinge verbunden waren, die weit über das wenige hinausgingen, das ich bislang an Informationen preisgegeben hatte.

Unausgesprochen schwang zwischen den Zeilen nämlich Lesantres Frage mit, ob ich nicht nur in solche Masken geschlüpft sei, sondern darüber hinaus auch real meiner Rolle als Ta-Camlo entsprechende Funktionen besessen haben könnte. Daß ich als Gonozal VIII. gar Imperator gewesen war, würde Lesantre schwerlich durch den Kopf gehen, aber schon die Funktion eines Has'athor war im allgemeinen mit einer höheren Position im aristokratischen Spektrum verbunden. Und meine Qualifikation als Admiral hatte ich klar unter Beweis gestellt.

»Sie sollten es in Erwägung ziehen, mein Lieber.«

Lesantre nahm meine Abfuhr stoisch zur Kenntnis. Er dachte sich das Seine, denn indirekt sah er in meiner Antwort eine Bestätigung seiner unausgesprochenen Frage. Tamarenas Stirnrunzeln und ihr zwischen Lesantre und mir pendelnder Blick waren beredt genug. Nert Kuriol da Traversan, dem die Untertöne des kurzen Schlagabtauschs keineswegs entgangen waren, schaltete sich unvermittelt ein.

»Sinthora und ich wünschen euch alles Gute!« sagte er mit grollender Stimme.

Sofort endete das Schmunzeln, die Aufmerksamkeit aller richtete sich auf die Holoprojektion des Nert.

»Ganz Traversan begleitet euch in Gedanken. Auf euch ruht alle Hoffnung! Kommt wohlbehalten und erfolgreich zurück. Tochter, sei nicht zu eigensinnig – und Lesantre, beherrsche dich, mein Lieber!«

»Ich werde mein Bestes tun, Erhabener, und Euch nicht enttäuschen. Ihr wißt, wie sehr ich in Eurer Schuld stehe.«

Lesantre salutierte nach seinem Standardausspruch, der von

manchen, wie ich inzwischen erfahren hatte, mit einem innerlichem Stoßseufzer bedacht wurde. Ohne Details preiszugeben, verwies der Geheimdienstchef bei jeder passenden wie unpassenden Gelegenheit auf dieses besondere Verhältnis zum Nert, mit dem er vor Jahrzehnten durch das Große Imperium gestreift war.

Noch war ich mir nicht ganz im klaren darüber, ob diese Betonung eher eine unbewußt kompensierende Ursache hatte oder ob sich mehr dahinter verbarg. Kuriols Vertrauen besaß Lesantre jedenfalls. Und das war letztlich das, was zählte.

»Vater!« Tamarena neigte den Kopf, die übrigen murmelten ein »Erhabener!« – dann erlosch nach einem kurzem Winken die Holoprojektion des Nert.

Ich räusperte mich. »Kommandant Anesh: Startvorbereitungen einleiten! Alles auf die Stationen! Volle Sublichtbeschleunigung nach dem Abheben.«

Ein Augenblick verging, bis Eshveran on Keithy klar wurde, daß er gemeint war.

»Wir fliegen bis zum Systemrand. Orter und Taster dreifach besetzen. Transitionsprogramm erstellen und in Bereitschaftsspeicher laden. Sobald ausreichend starke Strukturerschütterungen bei Schemmenstern registriert werden, müssen wir diese nutzen und uns anklinken. Nur so läßt sich ein Rückschluß auf unsere wahre Herkunft vermeiden. Ausführung!«

Bewegung kam in die Anwesenden, und das wohlvertraute Wechselspiel von weiteren Befehlen und Klarmeldungen hallte durch die Interkomverbindungen der STERN VON CAMLO.

Noch dröhnten die Impulstriebwerke des Raumers im maximalen Stützmassendurchfluß, und die Randzone des Elfplanetensystems von Travs Stern war nicht ganz erreicht, als Tamarena plötzlich zusammenzuckte und laut stöhnte.

»Unglaublich starker ... Eingang einer Botschaft ... telepathische Übermittlungsbasis!« keuchte sie abgehackt. »Jemand, der sich Zerbeloraan nennt, nimmt Kontakt mit mir auf. Es zerreißt mir fast den Kopf ... so stark! Unglaublich! So was habe ich noch nie erlebt!«

Zerbeloraan ... viersilbiger Name! Eindeutig! Erinnere dich!

In den Aufschrei des Logiksektors mischten sich Tamarenas weitere Worte:

»Die Botschaft ist knapp ... Aber – ich verstehe es nicht: Wie kann er wissen, daß ...?«

»Los!« Ich trat zu ihr und packte ihre Oberarme; die Prinzessin sah mich mit verschleiertem Blick an. Sie schien mich zunächst gar nicht zu erkennen. »Dagor-Atemtechnik! Fünfer-Rhythmus.

Ja, so ist es gut. Nicht gegen die Impulse wehren, sondern sie passiv aufnehmen.«

»Atlan … ich …« Ihre Stimme bekam monotonen Klang, fast so, als spreche nicht sie, sondern jemand anders: »Der Hochedle Altao von Camlo sei gegrüßt! Die besten Wünsche des Kharoon-Clans mögen alle seine Vorhaben begleiten! Es ist uns eine Ehre und Freude, Euch behilflich zu sein!«

Raumnomaden! Fernwahrnehmung ihrer Zhy-Famii! Erinnere dich an die Feuerfrauen und ihre Parakräfte! An Bord des Habitats muß sich ein Gijahthrako befinden – er hat deine Anwesenheit sicherlich bemerkt, vielleicht sogar die Streuemissionen der Zeitstation! Es muß ein Dagor-Hochmeister sein! Handle! Sie werden ihr Habitat …

Der Extrasinn brauchte nicht weiterzusprechen. Ich ließ Tamarena los und brüllte mit altbewährter Kommandostimme:

»Altao an alle: Transition vorbereiten, Strukturkonverter hochfahren! Abstimmung gemäß Eingang Strukturtastung! Achtung, Leute, bald wird es eine mächtige Erschütterung geben. Das müssen wir nutzen. Direktsprung zum Schemmenstern!«

Eshverans Kommandeurssitz fuhr herum. Der Einplanetenträger starrte mich ungläubig an und zögerte einen Moment lang. An seiner Stelle handelte Irakhem: Er sprang zum M-förmig geschwungenen Hauptpult des Zentralpodestes vor, stieß den Ersten Piloten aus dem Kontursessel und bediente eigenhändig die Sensoren.

»Konverter in Bereitschaft … Speicherleistung maximal, abrufbereit … Sprungdaten klar … Ortungsabteilung: laufende Durchgabe der Eingangswerte!«

Es gab keine Einwände. Zu groß war die Disziplin in der Arkon-Flotte, als daß eindeutige Befehle kommentiert worden wären. Daß wir das Trav-System noch nicht verlassen hatten – jeder wußte es, doch es würde im Moment ignoriert werden müssen. Diskutieren ließ sich unter Umständen später noch, jetzt kam es nur auf die exakte Ausführung der Anweisungen an.

»Ortung an Zentrale – kein Eingang … Alles ruhig … Kein Eingang … Oh, bei Thantur-Loks Glanz: Strukturtastung, Erhabener! Gewaltig!« Das Knattern wuchs innerhalb von Sekundenbruchteilen zum vielfach rollenden Donnerschlag an. »Peilung steht. Rematerialisationspunkt ermittelt Es ist – *Schemmenstern!*«

»Transition!«

Augenblicklich verschwammen die Konturen. Das Transitionsfeld erreichte volle Leistung und riß die STERN VON CAMLO mit Brachialgewalt aus dem vierdimensionalen Raum-Zeit-Gefüge. Reststrukturen des Feldes verhinderten für die Dauer des Nullzeit-Aufenthaltes im Hyperraum, daß die entstofflichte Materie von Raumschiff und Besatzung im Übergeordneten verwehte.

Der mit der Einleitung des Sprunges verbundene hypermotorische Vektor bedingte die zwangsläufige Rekonstituierung am vorprogrammierten Ziel: Begleitet von ziehenden Schockschmerzen, erfolgte die Materialisation mit endgültigem Erlöschen des Strukturfeldes.

Nur zögernd verschwanden die rötlichen Schlieren und Schleier aus meinem Blickfeld. Ringsum erklang unterdrücktes Seufzen. Von der Ortungsabteilung des 500-Meter-Raumers drang weiterhin Krachen und Donnern herüber; die Strukturerschütterung des Habitats erreichte Ausmaße, die weit über dem Normalen lagen.

Neben mir sank Tamarena ohnmächtig zusammen – ich fing sie im letzten Augenblick auf und hob sie auf den Kontursitz. Ein Medorobot summte aus einer aufklappenden Bodenöffnung und umschwirrte die Prinzessin, verabreichte eine Injektion und verschwand so schnell, wie er gekommen war.

Routinemäßig gingen unterdessen die üblichen Bestätigungen ein, Schadensmeldungen gab es keine. Während Eshveran mit hängenden Schultern dastand, half Irakhem dem verdutzten Piloten auf die Beine und kam dann mit schleppenden Schritten herüber.

»Woher … Wie konntet Ihr das wissen, Admiral? Es ist …«

Der sonst so besonnene Eshveran stieß einen Fluch aus und machte sich leise Vorwürfe, nicht schnell genug reagiert zu haben. Irakhem sah mich eindringlich an; langsam rötete sich sein Gesicht, die Augen blitzten erregt.

Äußerlich gab ich mich ruhig und behielt die souveräne Selbstbeherrschung; im Inneren aber tobte ein unvergleichlicher Aufruhr. Erinnerungen an meine weit entfernte Imperatorenzeit mischten sich mit rasenden Gedanken. Dazwischen erklangen die beißenden Kommentare meines Logiksektors, auf die ich jedoch nicht weiter achtete. War das alles nur Zufall? Glückliche Fügung des Schicksals?

Gijahthrakos – die paragegabten Feuerfrauen der Raumnomaden – Zhy: das übersinnliche Feuer oder transzendentale Licht, ein zentraler Begriff der Dagor-Philosophie … Schauer rannen meinen Rücken hinab, Frösteln befiel mich. *Verdammt, ich hätte damit rechnen müssen, daß ich in dieser Zeit einem Dagor-Hochmeister begegnen könnte.*

Bei einem solchen hilft auch kein Monoschirm! bestätigte der Extrasinn scharf. *Er schaut in die Tiefe deines Bewußtseins und erkennt alles! Alles! Vermutlich hat er dich schon seit deiner Ankunft in dieser Zeit aus der Ferne beobachtet! Und nun faßte er den Entschluß, dir zu helfen …*

Aufbrechende Erinnerungen raubten mir fast die Sinne. Die Jahre nach 2044. Die Zeit des 496. Imperators des Großen Imperiums – Atlan Mascaren Gono-zal VIII. da Arkon! Ich kannte die Gijahthrakos, hatte mit den Raumnomaden zusammengearbeitet, wußte, was ...

Bleibe in der Gegenwart! Irakhem und die anderen erwarten eine Erklärung.

Brutal riß mich die innere Stimme aus der Versunkenheit. Ich sah auf, bemerkte das Erwachen der Prinzessin, hörte ihr Seufzen und hätte sie am liebsten fest in den Arm genommen. Doch ich rührte mich nicht vom Fleck und leckte nur meine spröden Lippen.

»Es handelt sich um ein Habitat der Raumnomaden«, sagte ich, plötzlich von entsetzlicher Müdigkeit getroffen. »Ihr habt sicher schon von ihnen gehört, von den mit ihnen verbundenen Gerüchten. Nun, ich kenne sie persönlich, hatte mit ihnen schon zu tun. Bei ihnen befindet sich ein *Dagor-Hochmeister!* Ihr wißt, daß es von ihnen nur eine Handvoll gibt, und ihre Fähigkeiten und Möglichkeiten sind beachtlich! Das ist real – kein mythisches Geschwätz! Zerbeloraan ließ offensichtlich seine übergeordneten Wahrnehmungen schweifen. Er erkannte unser Vorhaben und war bereit, uns zu helfen. Bedingungslos, selbstlos, absolut ehrlich! Denn er ist ein *Gijahthrako!*«

»Ein ...?«

Irakhem und Eshveran wechselten einen verblüfften Blick, hinter uns erklang Tamarenas Stimme: »Ja! Ich habe seine gewaltige Kraft gespürt! Und wenn du weiterhin mit offenem Mund in der Gegend herumstehst, könnte darin eine Leka landen! Mann, Ira, ich wurde ebenso überrascht wie du und Atlan. Aber wir ...«

»Dein Charme, Prinzessin, macht dich wieder mal unwiderstehlich!« Traversans Flottenchef lächelte schief und winkte ab. »Schon gut, ich bohre nicht weiter. Lassen wir dem Admiral seine Geheimnisse.«

»Altao Ta-Camlo!« verbesserte ich trocken, und sagte dann, indem ich mich an *Anesh* wandte: »Kommandant, stellen Sie eine Verbindung zur Orbitstadt Eins her. Vorgehen wie geplant.«

»Verstanden, Erhabener.« Eshveran machte auf dem Absatz kehrt. Und während er die entsprechenden Anweisungen erteilte, fand ich endgültig zu meiner inneren Ruhe zurück. Ich war mir sicher, daß ich Zerbeloraan bald persönlich gegenüberstehen würde.

Alles Weitere muß sich dann zeigen.

Während die Impulstriebwerke anliefen und die STERN VON CAMLO Richtung Schemmen beschleunigten, fand das Gespräch mit Orbitstadt Eins statt, wurde der Besuch bei Tato Rupiak vereinbart.

Er war ein Mann mit vielen Schwächen, die es auszunutzen galt. Das von Lesantre zusammengestellte Dossier war überaus aufschlußreich gewesen. Ich sah zu ihm hinüber – rein äußerlich hätten er und Rupiak Brüder sein können. Charakterlich lagen zwischen ihnen Welten. Ehrgeiz, Habgier, Geltungssucht: Die Haupttriebfedern des Tatos vereinten sich in diesem zu einer brisanten Kombination.

Richtig behandelt, würde er uns den Weg ebnen. Dennoch war Vorsicht geboten: Ihn als Gegner oder gar Feind zu haben konnte unser gesamtes Vorhaben zum Scheitern bringen.

Versonnen lauschte ich dem Geräusch der Triebwerke, betrachtete das blaustichige Bild der optischen Panoramagalerie und die Relieftastung-Hervorhebung im Zentrum, die ohne relativistische Verzerrung und in Nullzeit Daten von Schemmen, seinen Monden und den Orbitalen Städten lieferte.

Bald wird sich erweisen, ob unsere Planung tatsächlich so gut ist, wie sie auf den ersten Blick aussah, dachte ich bedrückt. *Das Eingreifen des Gijahthrakos und der Raumnomaden hat gezeigt, auf welch tönernen Füßen unsere Vorbereitung vielleicht steht.*

4.

Tato Rupiak saß angespannt an seinem Arbeitstisch und betrachtete aus zusammengekniffenen Augen ein halbes Dutzend Holoprojektionen.

Vor dem Eingang des Andocktunnels zur SHEA DA CAMLO hatte neben dem linsenförmigen Großgleiter die zwölfköpfige Ehrenformation und Eskorte Aufstellung bezogen und präsentierte starren Gesichts Impulsstrahlbeidhänder. Aber der Hochedle und sein Gefolge ließen sich Zeit. Viel Zeit!

Ärgerlich gestand sich Rupiak ein, daß Altao von Camlo die Feinheiten von Protokoll und Etikette ebenfalls perfekt beherrschte. Sicher war er ein guter Garrabospieler. Den Eröffnungszug des Tatos durch Nennung des Termins beantwortete er mit gleicher Münze.

Drei Tontas Wartezeit nach dem Ankoppeln waren an der Grenze dessen, was sich ein Gouverneur einem Ta gegenüber erlauben durfte, ehe es zur Unverschämtheit wurde. Die jetzige Verzögerung war die entsprechende Antwort; zum dritten Mal erklang nun die *Sternenhymne* des Großen Imperiums.

Zum Glück kannte die Roboterkapelle im Hintergrund keine Ungeduld und keine Nervosität. Jede Note erklang so exakt wie beim ersten Abspielen.

Weniger beherrscht war der Beamte Zweiter Klasse, den Rupiak zum Empfang des Hochedlen abgestellt hatte. Ein junger Arkonide in prächtiger Galauniform, der bleich zur Überwachungskamera hinaufblickte und nun erstmals die Augen verdrehte. Rupiak lachte knurrig; das Spielchen begann ihm Spaß zu machen.

Schon das Andockmanöver war derart präzise gewesen, daß es ihm einen anerkennenden Pfiff entlockte. Ta-Camlo verfügte über eine Elitebesatzung! Minimalste Korrekturstöße, da wurde kein Gramm Stützmasse verschwendet. Exakt justierte Traktorfelder hielten das Schiff in Position, bis die mechanischen Arretierungen eingeschnappt waren.

Erst dann fuhr aus Orbitstadt Eins der Tunnel aus memorisiertem Arkonstahlblech aus. Er gewann mit größter Streckung seine Glätte und schloß durch künstliche Adhäsionsverstärkung der Dichtungswülste rings um die Bodenschleuse die hermetische Verbindung.

Noch im Endanflug war der 500-Meter-Raumer ortungstechnisch erfaßt und durchleuchtet worden. Das Ergebnis entsprach durchaus den Erwartungen: ein leicht bewaffneter Handelsraumer, robust und zuverlässig, nicht unter einer Milliarde Chronners zu haben.

Schon das ist ein Zeichen für den Reichtum des Hochedlen, dachte Rupiak.

Der obligatorische Kontrollgang der Sicherheitskräfte bestätigte die ersten Eindrücke. Je drei leichte Desintegratorgeschütze in unterer und oberer Kugelhälfte, hinzu kam der Desintegrator-Drilling des oberen Pols. Eine Bewaffnung, hauptsächlich zur Asteroidenabwehr geeignet und zur Unterstützung der leichten Schutzfelder gedacht.

Die großen Frachträume unter- und oberhalb des Ringwulstes waren nur mäßig gefüllt; auffallend allerdings eine Reihe von Containern mit erlesenen und recht exotischen Nahrungsmitteln. Vor allem Fische und Meeresfrüchte, ausgesucht und teuer! Dies entsprach den Daten über die Welt Camlo.

Die Überprüfung von Frachtlog und Personaldaten erbrachte keine weiteren Erkenntnisse; die Abgleichung mit den positronischen Datenbanken lieferte ein zu hundert Prozent negatives Ergebnis. Imperiumsweit gesuchte Verbrecher oder illegale Waren befanden sich nicht an Bord.

Leider blieben auch die Erkundigungen über Spitzel und Informanten ohne greifbares Ergebnis. Das alleine war noch kein Grund zum Mißtrauen. Aber ein Mann wie Rupiak hätte sich nicht so lange auf der Position eines Tatos gehalten, wäre er nicht immer vorsichtig gewesen.

Um auf alles vorbereitet zu sein – hierbei jedoch eher mit Blick auf die Ankunft der Raumnomaden, weniger in bezug auf die Begegnung mit dem Hochedlen –, hatte Rupiak den Individualabsorber aus dem Tresor geholt und angelegt: ein mit Hyperkristallen besetztes Stirnband, das auch Personen, die keine Extrasinnaktivierung besaßen oder die Mysterien erweiterter Dagor-Meditation beherrschten, nahezu perfekt gegen paranormale Ausspähung abschirmte.

Entwickelt wurden die Individualabsorber schon vor Jahrtausenden. Seinerzeit waren sie aber mehr dazu gedacht, einen Schutz gegen Überfälle der neben den Methans gefürchtetsten Erzfeinde des Imperium zu besitzen: der als *Individualverformer* oder *Vecorat* umschriebenen Insektenwesen, welche in der Lage waren, ihr Bewußtsein gegen das der Opfer auszutauschen.

Die Absorberstirnbänder waren leider kein wirksames Mittel gegen die Vecorat gewesen. Weiterhin mußten deren Ovalschiffe durch automatische Wachstationen und Robotforts so früh wie möglich bekämpft werden, um Infiltrationen zu verhindern. Doch zur allgemeinen Paraabwehr erwiesen sich die unverschämt teuren Absorber als höchst effektiv.

Und es gab viele Fremdvölker im Imperium, denen solche Gaben zu eigen waren. Ganz zu schweigen von den im geheimen betriebenen Dingen; seien es Erkenntnisse, die sich aus der Philosophie des Dagor ergaben, oder solche, die der militärischen Paraforschung entstammten. Die paraphysikalische Methode zur Gehirnaktivierung im Rahmen der ARK SUMMIA war hierbei nur ein Aspekt, wenn auch der bekannteste.

Die Fähigkeit, einen Gedankenblock in Form des *Monoschirms* zu erzeugen und aufrechtzuerhalten, machte schließlich nur dann Sinn, wenn die telepathische Erfassung des Bewußtseins befürchtet werden mußte …

Rupiak seufzte, als endlich Schatten aus dem Andocktunnel fielen: Zu den abschließenden Kadenzen der bombastischen Musik erschienen Silhouetten. Erneut pfiff der Tato anerkennend. Der Ta leistete sich einen beeindruckenden Auftritt.

Grelle Tiefstrahler in der Raumschiffsschleuse ließen zunächst nur Schattenrisse erkennbar werden, die als grotesk verzerrte Figuren bis zur Eskorte reichten. Als erstes traten zwei Leibgardisten aus dem hellen Schein. Geschmeidige Bewegungen, Sicherung nach allen Seiten: eine schlanke Frau in blaugrauer Dagorrobe mit Kapuze, das Gesicht von einer weißen Maske mit aufgemalt-stilisiertem, stereotyp lächelnden Antlitz verdeckt; ein Mann in klobigem Einsatzanzug, die Hand am Luccot-Holster, sein Gesicht ebenfalls verborgen – bei ihm hinter einem spiegelndem Funkhelmvisier.

Dann zwei Roboter: skelettierte Metallgestalten, in weiße Chitone gekleidet, die auf den Armen Körbe trugen und weiße Blütenblätter verstreuten. Aus Zylindern auf ihrem Rücken fauchten in pulsierenden Stößen Glitzerwolken, deren vielfältiges Aufblitzen Goldglanz verbreitete. Rupiak war sich plötzlich sicher, daß es nicht nur nach Gold aussah, sondern daß der Hochedle tatsächlich Goldstaub verblassen ließ.

Gekleidet in die weiße Standarduniform eines Raumschiffskommandanten des Großen Imperiums, den Funkhelm unter den rechten Arm geklemmt, folgte den Robotern ein breitschultrig-kräftiger Arkonide, dessen Blondhaar bürstenkurz geschnitten war. Eine verschnörkelte Gesichtsbemalung in Hellblau, Rot und Weiß entstellte auch seine Züge. Bis zu den Kniekehlen reichte der dunkelrote Umhang; über die rechte Schulter zurückgeschlagen, verdeckte er nur den linken Arm. Markant das erkennbare Wappen: der Schädel eines schwarzen Raubtiers mit leuchtend blauen Augen und aufgerichteten Ohren aus Frontalsicht.

Erst jetzt folgte Altao Ta-Camlo mit einer Begleiterin, deren Proportionen Rupiak ein Zungenschnalzen entlockten. Weitgebauscht fallende Röcke aus vielfarbigem Stoff, bestickt mit Perlen und silbrigen Blumengeflechten, betonten Hüftschwung und Taille. Das prächtig verzierte Silberkorsett, edelsteinbesetzt und prächtig funkelnd, war einem Harnisch nachempfunden, betonte allerdings durch einen tiefen V-Ausschnitt und die unbedeckten Schultern die Oberweite der Frau. Der vom breitkrempigen, türkisfarbenen Hut fallende Silberschleier ließ die Gesichtskonturen nur erahnen.

Der Hochedle selbst – hochgewachsen, kräftig, breitschultrig – bewegte sich mit tänzelnden Schritten, hielt galant der Dame an seiner Seite die Hand. Daß er eine blauschwarze Raumrüstung trug, empfand Rupiak fast als einen Stilbruch – andererseits …

Auch hierbei handelt es sich nicht um gewöhnliche Raumfahrerkleidung, dachte er mühsam anerkennend und fühlte Neid aufsteigen.

Protectorschalen an Schienbeinen und Schenkeln, Unter- und Oberarmen bestanden aus ziseliertem Arkonstahl. Golden blitzten die Schutzkappen der Knie- und Ellenbogengelenke. Ebenfalls golden war der Harnisch, der Brust- und Bauchmuskulatur nachbildete und den schwarzen Raubtierkopf zeigte. Nach oben ging er in eckig breite Riesendiamant-Epauletten und einen in hochragenden Spitzen auslaufenden Schulterkragen über.

Halb unter dem hüftlangen Cape-Umhang in Dunkelrot verborgen war das gebuckelte Rückenaggregat zu sehen. Keck über das linke Ohr herabgezogen, bedeckte ein vielfarbig gemustertes Federbarett weißblondes Haar, das von einer Goldspange zum breiten Nackenknoten zusammengefaßt wurde.

Von Schläfe zu Schläfe zog sich ein drei Finger hoher Goldstreifen der Gesichtsbemalung, so daß die von schwarzen Lidstrichen betonten Augen in ihrer Ausdruckskraft noch verstärkt wurden. Ebenfalls schwarz war der Raubtierkopf auf der Stirnmitte. Die Lippen trugen Goldschminke.

Tato Rupiak achtete nicht auf die Begrüßungsworte des ohne Zweifel beeindruckten Empfangsbeamten. Sein Augenmerk galt vielmehr dem Hochedlen, den kraftvoll und dennoch geschmeidigen Bewegungen beim Abschreiten der Ehrenformation, seinen knappen Gesten, auf die die Leibgardisten blitzschnell reagierten, und der klangvollen, zweifellos befehlsgewohnten Stimme.

Während die Blüten und Goldstaub verteilenden Roboter zurückblieben, bestiegen der Ta und seine Leute mit dem jungen Beamten den Gleiter. Die Männer der Ehrenformation aktivierten ihre Antigravaggregate und schwebten in Position. Dann flog die Formation los und verließ den Andocktunnel.

Rupiak nickte grimmig und stand auf. Eine halbe Tonta hatte er Zeit, die letzten Vorbereitungen zu treffen: So lange würde der Flug zur Residenz benötigen, da er keineswegs auf dem direkten Weg hierherkommen, sondern die markantesten Punkte von TAI MEREN MOAS abklappern würde.

Das gab dem Gouverneur Gelegenheit, sich innerlich auf die Begegnung einzustellen. Er gestand es sich nicht ein, aber der Auftritt von Altao Ta-Camlo hatte sein Selbstbewußtsein getroffen und ihn demoralisiert. Diese ersten Garrabozüge des subtilen Schlagabtauschs gingen klar zugunsten des Hochedlen, *dessen* war sich Rupiak in demütigender Schärfe bewußt.

5.

Ich konnte ein Lächeln nur schwer unterdrücken. Auch ohne Hinweis des Logiksektors war mir klar, daß der Flug mehr Zeit beanspruchte als nötig. Mir sollte es recht sein. Immerhin erhielten wir so Gelegenheit, uns etwas mit den Örtlichkeiten vertraut zu machen. Getreu unserer Rolle gaben wir uns unbeeindruckt und schweigsam.

Meine traversanischen Freunde hielten sich mustergültig, ob-

wohl sie sich vermutlich innerlich bei unserem Theaterauftritt vor Lachen gekrümmt hatten. Einzig Tamarena schien etwas kribbeliger zu werden, je länger ich Riaals Hand hielt und keineswegs bemüht war, den offenherzigen Einblick ihres Ausschnitts zu ignorieren.

Sie ist eifersüchtig! konstatierte der Extrasinn knapp.

Ich antwortete nicht, sondern richtete meine Aufmerksamkeit unauffällig auf die langsam vorbeigleitende Szenerie des Orbitstadtinneren. Ein verschachteltes System von Hauptverbindungstunneln, teils in die eigentliche Stationsstruktur integriert, teils außerhalb davon in Bögen herumschwingend, diente dem schnellen Personen- und Warentransport. Darüber hinaus gab es Sekundärkanäle, die von den Tunneln abzweigten und sich zu Ladenstraßen, Verkaufspassagen und Innenhöfen hin öffneten.

Decks und Hauptetagen waren durch Antigravschächte verbunden. Es gab Laufbänder und kleine Transportkapseln, die über öffentliche Terminals angefordert werden konnten.

Nur mit mäßigem Interesse lauschte ich den Ausführungen des jungen Beamten, der sich als Fremdenführer versuchte, Sehenswürdigkeiten anpries, weitschweifig auf Entstehung und Hintergrund der Orbitalen Städte einging, ihren inzwischen schon legendären Ruf hervorhob und darauf hinwies, daß die Börse von TAI MEREN MOAS zu den wichtigsten im Imperium gehöre. Neues berichtete er uns nicht.

So fiel es Riaal-Laair nicht schwer, die gelangweilte Dame eines Hochedlen zu spielen: Zu beschleunigter Bewegung ihres Handfächers sagte sie mit nörgelndem Unterton in der Stimme:

»Schätzchen, hat dieses Individuum keinen Knopf zum Ausschalten? Sein Geschwätz beleidigt meine Ohren! Entsetzlich, daß man solches ertragen muß. Und diese feuchte Aussprache! Der Kretin sabbert mir das Kleid voll. Schalt ihn ab, ja?«

Das *Schätzchen* hatte Mühe, nicht laut loszuprusten!

Während ich krampfhaft um Beherrschung rang, reagierte der Beamte zum Glück ohne weitere Aufforderung. Nach einigen Sekunden sprachlosen Staunens wandte er sich beleidigt ab und schwieg fortan. Die zuckenden Schultern des Piloten, durch eine Scheibe vom Bereich der luxuriösen Fahrgastzelle getrennt, bescherten der Situationskomik eine pikante Note.

Ob der Mann im Anschluß jedoch noch etwas zu lachen haben würde, bezweifelte ich. Das betont ausdruckslose Gesicht des Beamten sprach jedenfalls Bände. Die Selbstkontrolle meiner übrigen Begleitung war im übrigen bewundernswert; mit keiner Miene reagierten Rena, Khari und Anesh auf den Vorfall, ganz wie es dem Gefolge eines Hochedlen entsprach. Und das, obwohl Laair noch eins draufsetzte:

»Außerdem stinkt er scheußlich! Diese billigen Duftwässerchen gehören per Dekret des Imperators verboten! Ich denke, Schätzchen, du solltest bei passender Gelegenheit eine entsprechende Eingabe machen.«

Um Ablenkung bemüht, sah ich aus dem Seitenfenster: Rampen, Galerien, Simse, Wandelhallen, fragil erscheinende Brückenkonstruktionen. Die Vielfalt war auf den ersten Blick verwirrend. Üppige Pflanzenvorhänge hingen von Balkonen oder überwucherten Pergolen. Auf Plätzen sprudelten Wasserspiele und leuchteten rasch wechselnde Holoprojektionen, die mit den dreidimensionalen Transparenten von Geschäften und Handelskontoren wetteiferten. Ebenso vielfältig zeigte sich das bunte Völkergemisch. Als Dauerbewohner, so rief ich mir in Erinnerung, lebten insgesamt rund fünfzig Millionen Lebewesen in den 268 Orbitalen Städten. Hinzu kamen die auf den Monden Schemmens arbeitenden Techniker und natürlich die Kaufleute und Besatzungen der ständig an- und abfliegenden Raumschiffe.

Etwa ein Drittel mochten reinrassige Arkoniden sein, ein weiteres Drittel stellten Kolonialarkoniden – insbesondere konnte ich kupferhaarige Zaliter, Ekhoniden, Preboner und Renoner entdekken. Der Rest setzte sich vor allem aus rotbärtigen Springern und zu einem geringeren Teil aus dem Imperium angegliederten Fremdvölkern zusammen. Letztere jedoch fielen zwangsläufig am meisten auf, da die wenigsten arkonidische Gestalt besaßen.

Aus einem Seitengang schwebte zum Beispiel der halbrund gebuckelte Überlebenstank eines Therborers hervor, einer auf den ersten Blick an einen Riesenkraken erinnernden Lebensform. Seit Jahrtausenden gehörten sie zu den besten Freunden Arkons. Ihre mathelogischen Fähigkeiten waren ebenso geschätzt wie ihre musikalischen Meisterwerke. Auf Therbor hatte es nie eine technologische Entwicklung gegeben – in dieser Hinsicht waren die Wasserbewohner auf Hilfe von außen angewiesen –, aber ihre geistigen Fähigkeiten zählten nicht minder viel.

Vor einem Ladenlokal standen Arkoniden mit aufrechtgehenden Reptilien zusammen und feilschten um irgendein Handelsprodukt; die sechsgliedrigen Herquorer erinnerten mit ihren Körperpanzern und eckigen Faltenköpfen entfernt an irdische Schildkröten.

Hier stakten auf kräftigen Laufbeinen rot-blau gefiederte Scüs und reckten lange Hälse, dort flanierten neben Faunen der griechischen Sagenwelt gleichenden Haspronern Wanderpflanzen von Morann, deren stachelige Cephalo-Fangklappen wiederholt auf- und zuschnappten. Rüsselschwingende Unither stritten mit einem quadratisch gebauten Überschweren, dessen Gesicht sich dunkelgrün verfärbte. An einem Brückengeländer lehnten flachschädlige

Miir-Käfer und fächelten mit den bunten Flügeldecken. An anderer Stelle eilten im charakteristisch wiegenden Gang drei Naats vorbei – wuchtige, dreiäugige, schwarzhäutige Riesen, die keineswegs die tumben Wesen waren, als die sie die Arkoniden gerne ansahen.

In langsamem Flug passierten wir das wie ein Amphitheater gestaltete Areal der Zentralbörse, das von Dutzenden prächtig gestalteter Handelshäuser der Springer umgeben war. Seit sie von einem Vorfahren des derzeit herrschenden Imperators, des ersten Reomir, nach langem Drängen ihr angestrebtes Handelsmonopol als Dauerlehen erhielten, strotzten die Sippen der Mehandor vor Selbstbewußtsein. Und so war es geblieben, seit dem Jahr 12.166 da Ark gleich 6050 vor Christus der irdischen Zeitrechnung.

Inzwischen mußte ihre Handelsflotte mehr als 100.000 Einheiten umfassen, und ihr wirtschaftlicher Einfluß war zu einem nicht zu unterschätzenden Machtfaktor geworden. Noch standen sie zum Teil in scharfer Konkurrenz zu den Aktivitäten der Fürstentümer, deren Oberhäupter in den eigenen Herrschaftsbereichen – im Gegensatz zur Imperialen die sogenannte Lokale oder Sektorebene – die angestammten Khasurnprivilegien von Zollhoheit, Lokalbesteuerung, Münzregal und internem Handelsrecht verteidigten.

Während aber in den folgenden Jahrtausenden Arkons Gesellschaft immer mehr in Traditionen erstarren und schließlich in der Dumpfheit von Fiktivspielsucht und Degeneration versinken würde, stand den Springern ein unvergleichlicher Aufstieg bevor. Nur ihre nomadenhafte Lebensart, die ihren Beinamen begründete – das Springen durch Transitionen von Markt zu Markt, von Handelsplatz zu Handelsplatz –, verhinderte die Konstituierung eines Mehandor-, sprich Händlerimperiums.

Nicht zu vergessen der tiefsitzende, teilweise fast traumatische Respekt vor den Hohen von Arkon, aus denen sie hervorgingen, ergänzte der Extrasinn. *Noch sind die Arkoniden stark und entschlußfreudig. Ihre Raumflotte kontrolliert die bekannte Galaxis. Und noch sind die Methans nicht endgültig abgewehrt: Erst in Epetrans Zeit enden die letzten Rückzugsgefechte.*

Erster Wissenschaftler des Großen Rates, 3909 Terrajahre vor der Zeitenwende verstorben! Epetran, der Mann, der die schon in meiner Jugend gelegten Grundstrukturen der Großpositronik von Arkon III in jene Gestalt goß, die schließlich als Robotregent oder Großer Koordinator die Macht übernehmen sollte.

Die unwillkürliche Assoziationskette hin zu diesem beeindrukkenden Mann war naheliegend. Persönlich lernte ich ihn immerhin durch Einsatz des akonischen *Zeitumformers,* des sogenannten *Epotrons,* kennen, damals Anfang Februar 2106, als wir versuchten, das positronische Ungeheuer, durch akonische Manipulationen quasi außer Kontrolle geraten, zu vernichten.

Perry und ich wurden bei der persönlichen Begegnung mit Epetran einem zunächst unbemerkten Test auf parapsychischer Ebene unterzogen. Wie sich später herausstellte, gelang Epetran die Aufnahme von Parapsychogrammen, einschließlich einer weitgehenden Erfassung unserer Gedächtnisinhalte. Epetran war es dann, der die Vernichtung des eigenen Werkes bewirkte! Vom photographischen Gedächtnis wurde seine sonore Stimme heraufbeschworen, die machtvoll durch meinen Kopf hallte:

»... obwohl ich aus dem Psychoverhör entnommen habe, woher Ihr kommt und was Ihr beabsichtigt, habe ich mich nach dem Studium der Zukunft entschlossen, den Regenten dann zu zerstören, wenn er von fremden Mächten beeinflußt wird und damit wider das Interesse des Reiches handelt ... Euer Gedankengut ist mir bekannt. Ich bin über die Situation in Eurer Zeitepoche informiert. Wenn Ihr meine Stimme hört, werdet Ihr Euch wieder auf Eurer Ebene befinden ...«

Erst im nachhinein erkannten wir erschüttert, wie groß dieser Mann gewesen war! Er hatte uns, die Besucher aus der Zukunft, anerkannt und durch sein Wissen und seine Planungen eine mehr als sechstausend Jahre umspannende *Zeitschleife* geschlossen. Und erst an jenem 15.2.2106 wurde mir endgültig klar, wieso mehrmals in meiner Imperatorenzeit hilfreich wirksame Sonderschaltungen der Mammutpositronik hatten aktiviert werden können: Epetran hatte sie, im Bewußtsein der zukünftigen Entwicklung, programmiert!

Und nun befinde ich mich abermals in der Vergangenheit, dachte ich fröstelnd. *Ohne allerdings zu wissen, ob mir eine Rückkehr gelingt. Zu viele Unwägbarkeiten können alle Mühen umsonst sein lassen!*

Gelang es, den Steuerchip zu ersetzen? Und selbst wenn – funktionierte die Zeitstation trotz ihres irren Zentralrechners, wie sie sollte? Was machte ich, wenn mir auf diesem Weg *keine* Rückkehr gelang? Noch schob ich diese Gedanken und Überlegungen weit weg; über kurz oder lang würde ich aber vielleicht doch mit dieser Frage konfrontiert werden.

Dank des Zellaktivators war ich unsterblich! War ich unter Umständen gezwungen, die Zeit bis in die Realgegenwart des Jahres 1290 NGZ zu durchleben? Oder mußte ich, wie damals auf Larsaf III alias Terra, erneut eine unabsehbare Folge von Tiefschlafphasen über mich ergehen lassen? Oder die Gefahr eines Dilatationsfluges auf mich nehmen?

Keine dieser Alternativen kann begeistern! Kälte kroch die Wirbelsäule hinauf und zog mir die Kopfhaut zusammen; heftiges

Pochen ging vom Zellaktivator aus. *Nein! Ich muß mit aller Kraft versuchen, die Zeitstation zu reaktivieren!*

Als ich aufsah, begegnete mir Tamarenas durchdringender Blick, der wegen der weißen Gesichtsmaske eher noch an Ausdruckskraft gewann. Meinen Monoschirm hatte sie auch diesmal nicht durchdringen können, aber weder meine Nachdenklichkeit noch das Frösteln entgingen der Prinzessin.

Wärme und Zuneigung strahlten mir plötzlich aus ihren hellroten Augen entgegen, eine liebevolle Welle, die mein Schaudern weiter verstärkte. Für Augenblicke spannte sich zwischen uns eine immaterielle, empathische Brücke auf. Sie beseitigte die Trennung, die körperliche Distanz und zeitliche Herkunft darstellten. Amors Pfeile hinterließen ein schmerzhaftes Stechen in der Brust, zumal der Extrasinn äußerst giftig signalisierte: *Verliebter Narr!*

Der Impuls besaß überaus ernüchternde Wirkung, der Zauber des Augenblicks zersprang abrupt. Mit einem unmerklichen Seufzer wandte sich Tamarena ab, und in mir stieg ein lasterhafter Fluch auf. Phönizische Seefahrer hatten diesbezüglich einen bemerkenswert umfangreichen Wortschatz besessen.

Ich ballte die Hände zu Fäusten und konzentrierte meine Aufmerksamkeit auf die Landschaft TAI MEREN MOAS, durch die unser Gleiter weiterhin flog: Tunnel und Kanalpassagen, manchmal aus transparentem Panzertroplon geformt, so daß der Blick ins All oder auf verschachtelte Gebäude der Orbitstadt möglich war. Blitzende Lichter und Holopiktogramme, schwebende Kristallansammlungen, von Scheinwerfern beleuchtet, dann filigrane Gerüststrukturen und Streben und von Spiegelfassaden überzogene Türme und Säulenbauten, die weit in den Weltraum hinausragten. An anderer Stelle von Kraftfelddomen überspannte Plattformen, überzogen von Hügeln, Wiesen und Wäldchen. Der Blick auf eine andockende Springerwalze. Weiter entfernt Zubringerkapseln und Beiboote, deren Impulstriebwerke wiederholt aufblitzten.

Schließlich eine letzte Röhre – und der leicht nach unten gewölbte Park unter dem Schutzschirm des eigentlichen Residenzbereichs war erreicht. In seinem Zentrum ragte auf einem winzigen Stielfundament der weit ausladende Trichter aus weißbeschichtetem Metallplastik auf.

Der Gleiterpilot zog die Maschine hoch. Wir flogen die außen schlicht und glatt gestaltete Fassade entlang, überquerten die schmale Kelchoberkante und sanken in den Innenhof, der in der auf Arkon üblichen Bauweise abgestuft und prächtig bepflanzt war. Die Eskorte nahm neue Formation ein, bevor der Gleiter auf einer Terrasse landete. Beamte erwarteten uns unter dem Torbogen.

Kurze Blicke genügten, um mich mit meinen Begleitern zu verständigen. Gemächlich stiegen wir aus, heuchelten maßvolle Begeisterung und ließen die Begrüßung des Empfangskomitees über uns ergehen. Ich zeigte mich betont gelangweilt und musterte ebenso betont Riaals üppige Weiblichkeit, winkte arrogant und erklärte mit übertrieben weinerlicher Stimme:

»Mir scheint, der Tato ist ein vielbeschäftigter Mann. Wie war doch gleich sein Name? Rups? Rupiks? Ihr Sternengötter, sogar auf den Extrasinn ist heutzutage kein Verlaß mehr.«

»Tato Rupiak erwartet Euch, Hochedler Ta-Camlo«, beeilte sich ein Beamter zu versichern und neigte demütig den Kopf. »Er wird Euch sofort empfangen, hochedler Herr.«

Gleich zweifach hatte ich sie zusammenzucken lassen: Die fast an Beleidigung grenzende Verhöhnung ihres Vorgesetzten war ein Grund, der andere die Erwähnung eines bei der dritten ARK-SUMMIA-Stufe aktivierten Gehirnsektors. Mein Tonfall konnte nicht darüber hinwegtäuschen, daß ich das Ende meiner Geduld zum Ausdruck gebracht hatte.

Im Spiel um die Feinheiten im Agieren und Reagieren waren die Leute des Tatos geschult und wußten genau, wann sie wie aufzutreten hatten. Ich lächelte versonnen und dachte an Truk Drautherb; der Zeremonienmeister zu meiner Imperatorenzeit hatte stets größten Wert auf die Exaktheit des Kristallprotokolls gelegt. Damals empfand ich das alles eher als nervend und zeitraubend. Aber es war eine Schule gewesen, die mir jetzt in jeder Hinsicht hilfreich war.

Ich winkte gönnerhaft und trippelte, bei Laair untergehakt, hinter den Beamten her, während Rena, Khari und Anesh Flankenschutz und Nachhut übernahmen.

»Individualabsorber! Gedanken des Tatos sind nicht zu erfassen!« raunte die Prinzessin, als uns Rupiak auf halbem Wege entgegenkam und uns höchstpersönlich in den Empfangssaal führte.

Das edelsteinbesetzte Stirnband war unübersehbar. Der Tato war also ein äußerst vorsichtiger Mann, obwohl mir klar war, daß diese Schutzmaßnahme vermutlich weniger wegen uns als vielmehr in Erwartung des Besuchs der Raumnomaden angelegt worden war.

In jedem Fall zeigte der untersetzte, rötlichblonde Mann Anzeichen von Nervosität. Dies auszunutzen würde bestimmt hilfreich sein. Es stellte allerdings auch eine Schwachstelle dar, die unter Umständen zu unseren Ungunsten wirksam wurde. Diese erste Unterredung war eine Gratwanderung, die maßgeblich Einfluß auf die weitere Entwicklung nahm.

Nach der Absolvierung der Einstiegsphrasen – Erkundigung nach Befinden, Austausch von Höflichkeiten und Schmeicheleien, den übertriebenen Trinksprüchen des Begrüßungstrunks und dergleichen Allgemeinplätzen – schaltete ich behutsam auf den knallharten Geschäftsmann um und brachte mit zwei, drei Andeutungen zum Ausdruck, daß es an der Zeit sei, zum Wesentlichen zu kommen.

Rupiak ging bereitwillig darauf ein. Während Laair und Kommandant Anesh mit delikaten Häppchen versorgt wurden und die langweilige Unterhaltung mit den Beamten fortsetzten, schlenderte der Tato mit mir durch den Saal, bis wir den Durchgang zu einer Sitznische im Wintergarten erreichten und endlich ungestört waren.

»... von den bemerkenswerten Verdienstmöglichkeiten dieses Raumsektors gehört«, schloß ich die Ausführungen. »Leider erweist sich die Erschließung einer Welt wie Camlo als sehr aufwendig. Schon seit einiger Zeit suche ich für meine mehrere hundert Einheiten umfassende Handelsflotte neue Märkte.«

»Da sind Otreilian und vor allem die legendären Orbitstädte von Schemmenstern genau das richtige für Sie, Hochedler«, sagte der Tato beflissen und reagierte erwartungsgemäß auf meine Andeutung. Fast unmerklich war er bei der Nennung der Flottengröße zusammengezuckt. Ohne Zweifel dachte er daran, daß Leute wie ich gerngesehene Zahler von Steuern, Abgaben und Zöllen waren.

»Sollten die hiesigen Standortbedingungen nach eingehender Prüfung geeignet erscheinen, ziehe ich die Eröffnung eines Kontors durchaus in Erwägung.«

Rupiak beugte sich vor; wie sehr es hinter seiner Stirn arbeitete, war ihm problemlos anzusehen. »Es gäbe eine Möglichkeit, Zhdopanda, die fixen Kosten zu minimieren, weil gleichzeitig mit einer Reduzierung der übrigen Abgaben verbunden ...«

»Sie sprechen von direkter Ansiedlung oder Einbürgerung, Tato?«

»Genau.«

»In welcher Größenordnung habe ich mir die Reduzierung vorzustellen? Bei einem zunächst geplanten Umsatz von, sagen wir, fünfhundert Millionen pro Periode!«

Er zögerte, ein Netz feiner Schweißperlen erschien auf seiner Stirn. Plötzlich befanden wir uns mitten in einer harten Geschäftsverhandlung.

»Hhm. Das hängt von verschiedenen Faktoren ab. Unter Berücksichtigung der üblichen Abschreibungsmöglichkeiten gelten für ehrenwerte Kaufleute wie Sie dreißig Prozent als Abgabenlast. Und die Reduzierung ... Im allgemeinen können Sie von einem Drittel bis maximal der Hälfte ausgehen. Rein netto gerechnet.«

Beinahe hätte ich laut gelacht. Der Zusatz, von treuherzigem Augenaufschlag begleitet, war schon ein Wink mit dem Lattenzaun, nicht nur mit einem Zaunpfahl. Auch ohne die Kenntnis von Lesantres Dossier hätte ich spätestens jetzt gewußt, welcher Natur dieser Tato war.

»Ein ganz akzeptables Angebot«, sagte ich nachdenklich. »Ich werde es überdenken.«

Verstohlen folgte ein Tasten in der Anzugbeintasche. Mit leisem *Kloing* landete das Chronnerbündel auf dem Perlmarmorboden und rollte bis knapp vor Rupiaks Fußspitze. Ich tat, als habe ich nichts bemerkt, während der Tato verstört blinzelte und kreidebleich wurde.

Kamen Chronners nicht per Kreditchips als reine Verrechnungseinheit zum Einsatz, sondern in Form von Bargeld, handelte es sich um Lochmünzen aus Cholitt-III, einer Edelmetall-Luurs-Legierung mit einem 0,3prozentigen Anteil von absolut temperaturstabilem Luurs-Metall. Auf genormte Stäbe mit Verschraubung gezogen, wurden entsprechende Münzeinheiten zu sogenannten *Bündeln* zusammengefaßt.

Das, was dort vor Rupiak auf dem Boden lag, war problemlos als Ansammlung großer Zehntausender-Münzen zu erkennen. Bei einer Dicke von einem Millimeter je Lochscheibe umfaßte das Zweizentimeterbündel also 200.000 Chronners in bar!

Er steht knapp vor einem Herzinfarkt! wisperte der Extrasinn trocken. *Der Betrag reicht für eine hübsche Luxusjacht.*

Rupiaks Gesicht war von Kreidebleich zu Puterrot gewechselt, und sein Atem ging schwer. Der Mann war sich seiner unzureichenden Selbstbeherrschung bewußt, und das machte es ihm jetzt noch schwerer. Zeigte er ein zu auffälliges Interesse, kam das einer Beleidigung gleich, unter Umständen gefolgt von einem sofortigen Abbruch aller weiteren Verhandlungen. Also versuchte der Tato abzulenken und kam von sich aus auf die geplante Delegation nach Arkon zu sprechen.

Ich hörte ihm eine Weile lang ruhig zu. »Das klingt recht interessant«, sagte ich dann und spielte den Neugierigen. »Ist schon ziemlich lange her, daß ich im Arkon-System war.«

Das ist nicht mal gelogen, spottete meine innere Stimme.

Ich ignorierte die Zwischenbemerkung und versicherte treuherzig: »Ich könnte mir vorstellen ...«

Etwas blitzte in Rupiaks Augen auf. Schweiß rann ihm den Hals hinab und versickerte im Kragen. »Es ist nicht so leicht, Hochedler, obwohl das Auswahlverfahren eigentlich recht unkompliziert ist.«

Eingehend erklärte er die Bedingungen, welche die zehn Meistbietenden zu Teilnehmern neben den offiziellen Delegationsmitgliedern rings um den Otreilian-Kur machten. Je länger er redete, desto klarer wurde, daß er eingehend über die bisherigen Gebote informiert war.

Mehr noch, mein Lieber: Anscheinend will er selbst mitbieten! Der Logiksektor lieferte in gewohnter Schnelligkeit die Auswertung aller meiner bewußten wie unbewußten Sinneseindrücke. *Ein Mann wie er wird sein Angebot aber erst bei letzter sich bietenden Gelegenheit abgeben.*

Betont leise und zurückhaltend fragte ich, gleichzeitig einen dezenten Blick auf das weiterhin unberührte Bestechungsgeld werfend:

»Diese Angebote – in welcher Höhe sollte man bei ihnen kalkulieren? Um ganz sicher zu sein, daß man auch sicher zu den Auserwählten gehört, versteht sich.«

»Versteht sich …« Sein Echo klang etwas kläglich. Dann gab er sich einen Ruck und versicherte hinter vorgehaltener Hand: »Um ganz sicher zu sein, Hochedler Altao von Camlo, also für Platz eins, müßten Sie fünfzehn Millionen Chronners …«

Er brach ab. Offensichtlich war er über diesen astronomischen Betrag, einmal laut ausgesprochen, selbst erschrocken. Kaum verständlich kam der Zusatz: »Und natürlich in bar!«

Ich nahm die Auskunft, ohne mit der Wimper zu zucken, zur Kenntnis und nickte.

»Nichts anderes, selbstverständlich bar«, sagte ich mit einer wegwerfenden Handbewegung. »Kein Problem! Da ich ohnehin eine Reihe von Einkäufen tätigen wollte …« Ich wies mit dem Daumen über die Schulter und zeigte ein verlegenes Lächeln. »Die derzeitige Dame meines Herzens erweist sich als recht anspruchsvoll, Sie verstehen, Tato? Also sind wir uns einig? Ich werde morgen mein Angebot machen und ein ausreichendes Chronnersbündel deponieren. In der Vertretung des Kurs? Sind Sie so nett und übernehmen die damit verbundenen Formalitäten? Mein Dank ist Ihnen sicher.«

Kloing! Ein zweites Chronnersbündel landete vor Rupiaks Füßen, woraufhin der Arme förmlich nach Luft schnappte wie ein an Land zappelnder Fisch.

6.

Die Orbitbahn von TAI MEREN MOAS war mit der arkonidischen Standzeitrechnung synchronisiert. Zwanzig Tontas beanspruchte ein Umlauf, so daß der Tag- und Nacht-Rhythmus dem von Arkon III gleich war – dem ursprünglichen Arkon, dem wegen Totalausbaus später die Planeten zwei und vier auf gleicher Umlaufbahn beigefügt wurden. Aber weiterhin wurde, wie man in der *Öden Insel* munkelte, nicht die technologische Großtat offiziell gefeiert, sondern propagandistisch die *natürliche Einzigartigkeit* der Dreieckskonstellation hervorgehoben.

Es war diese an Hybris grenzende Arroganz, die Betonung der Auserwählung durch die Sternengötter, die gewisse Kreise der Hocharistokratie vermehrt propagierten. Der Adel – von den Großen über die Mittleren bis hin zu den Kleinen Kelchen – kapselte sich stärker ab, das System von Titelvergaben und Belehnungen erstarrte zunehmend.

Die vormals recht durchlässige und offene Art, in den Zeiten der Hauptexpansion auch berechtigt und allgemein anerkannt, orientierte sich inzwischen weniger an Leistung als vielmehr an Beziehungen, Schmiergeldhöhe und dubiosen Praktiken.

Kommst du nach Arkon, lautete ein geflügeltes Wort, *denke, handle und lebe wie die Arkoniden!* Gleiches galt im übertragenen Sinne für das Große Imperium insgesamt. Arkonide sein, das hieß, über allem und jeden zu stehen! Und alle anderen hatten sich dem anzupassen.

Wenn er sich dieses vor Augen führte, drohte Tato Rupiak manchmal am plötzlich in ihm geysirhaft hochschießenden Haß zu ersticken. Die Orbitalen Städte florierten so wie der gesamte Otreilian-Sektor. Und nicht zuletzt rechnete sich Rupiak diesen ungebrochenen Aufschwung dem eigenen Konto zu. Mochten seine Methoden auch häufig an der Grenze zur Illegalität angesiedelt sein, unter dem Strich war er, dessen war er überzeugt, ein guter und erfolgreicher Tato.

Aber Leistung zählt ja nicht, zuckte es durch seinen Kopf. *Hochwohlgeboren muß man sein, einen Stammbaum mindestens bis zu den Archaischen Perioden aufweisen. Aufstieg verpönter Neureicher? Niemals!*

In seinem verletzten Stolz dachte Rupiak ungerecht, und das

war dem Mann bei nüchterner Betrachtung durchaus bewußt. Springerpatriarchen schätzten ihn ob seines knallharten Verhandlungsgeschicks, auch bei den anderen Kaufleuten und Händlern war er angesehen. Hätte er sich auf diese Kreise konzentriert und wäre nicht Träumen von einer Etablierung in Adelskreisen hinterhergehetzt – wer weiß?

Vielleicht wären ihm dann innere Ruhe und Zufriedenheit zuteil geworden. So aber ...

Der 31. Prago des Tedar hatte für Tato Rupiak keineswegs berauschend begonnen, doch mit jeder verstreichenden Tonta verstärkten sich Ärger, Anspannung und Nervosität. Die Schockwelle des rematerialisierenden Raumnomaden-Habitats schien mit mächtigem Paukenschlag nur der Auftakt gewesen zu sein. Dann kam dieser Fürst von Camlo.

Arkonide! dachte Rupiak bitter, und hätte er das Wort laut ausgesprochen, wäre es einem Fluch ähnlicher gewesen als einer Speziesbezeichnung.

Nach der Unterredung war der Ta nur kurz in sein Raumschiff zurückgekehrt, um danach mit umfangreicher Begleitung durch die Orbitstadt zu flanieren. Rupiaks anfängliche Freude, Altao von Camlo für eine Teilnahme an der Otreilian-Delegation interessieren zu können, verwandelte sich langsam in Unmut.

Das pompöse Auftreten des Hochedlen konnte nicht verschleiern, daß er ganz genau wußte, was er tat. Großzügige Beträge wechselten fast unbemerkt von einem Kreditchip zum anderen. Altao besichtigte Büroräumlichkeiten und standesgemäße Unterkünfte. Er zog Erkundigungen ein, agierte dabei stets erschrekkend souverän und selbstbewußt und lachte sogar herzhaft zu den Einkäufen seiner Mätresse, die in kürzester Zeit Kleidung, Schmuck, Parfüm und sonstigen luxuriösen Schnickschnack im Wert von fast 150.000 Chronners erstand.

Parallel dazu waren die Begleiter des Fürsten höchst rege. Vor allem die Angebote an Hyperkristallen wurden von einem zweifellos wissenschaftlich ausgebildeten, kompetenten Mann geprüft und verglichen. Altao und seine Leute ließen durchblicken, daß der Planet Camlo ein Ort der Veredlung werden solle.

Schliff und Programmprägung, einschließlich der gesamten Softwareentwicklung, waren vor allem von guten Spezialisten abhängig, weniger von teuren Maschinen oder sonstigen Großinvestitionen. Und der Ta ließ keinen Zweifel daran, daß er solche Spezialisten besaß. Daß sich überdies die Mätresse mehrfach als Wirtschaftsexpertin erwies und einige Händler ziemlich ins Schwitzen brachte, erstaunte Rupiak nur im ersten Augenblick.

Bei genauerer Betrachtung wurde das Bild dagegen schlüssig: Ein Mann wie Altao war nicht der Typ, der sich nur mit einem

Liebchen fürs Bett und schönen Tontas zufriedengab, sondern mehr erwartete, verlangte und erhielt.

Die hohen Ansprüche der Dame, dachte Rupiak, *amortisieren sich langfristig auf vielfache Weise!*

Kaum weniger Effizienz zeigten des Hochedlen Leibgardisten: Aufdringliche Bittsteller, schleimige Geschäftemacher und ein flinker Taschendieb wurden auf eine Art vom Garrabobrett befördert, daß ihnen Hören und Sehen verging.

Als der Fürst von Camlo mit seinen Leuten drei oder vier Tontas in der Orbitstadt unterwegs war, zeigte sich ein weiterer Effekt seines Auftretens, der dem Tato jedoch deutlich weniger recht war. Daß Altao keinen Hehl aus seinem Reichtum machte, ließ sich verkraften – zumal er sich, wie das Beispiel mit dem Taschendieb gezeigt hatte, durchaus zu wehren verstand. Viel brisanter wurde es allerdings, weil er mehrfach erwähnte, im Auswahlverfahren für die Otreilian-Delegation mitbieten zu wollen. Rupiaks Spitzel und Horchposten konnten bald sogar mit genannten Summen aufwarten, und das brachte den Tato dann doch an den Rand der Fassung.

Die Auswirkungen waren nämlich sofort zu erkennen, denn ähnlich wie der Tato sahen es auch viele Mitbieter: Die Teilnahme eines Adligen aus den Reihen der Großen Khasurn konnte sich auf die Erfolgsaussichten bei Hofe nur positiv auswirken.

Innerhalb einer halben Tonta erhöhten zwanzig Mitbieter deshalb ihre bisherigen Angebote, andere, die bislang noch gezögert hatten, gaben die ihren ab oder stellten eine solche Abgabe in Aussicht. Rupiaks Blick auf die Anzeige der Datenbank verdüsterte sich mehr und mehr. Nun lagen schon sieben Angebote bei mehr als zehn Millionen Chronners!

Das Höchstgebot eines in TAI MEREN MAOS ansässigen Springerpatriarchen von 14,5 Millionen wurde zwar nicht erreicht, und wenn Altao von Camlo tatsächlich die genannten fünfzehn Millionen deponierte, würde ihm Platz eins sicher sein. Doch Tato Rupiaks persönlicher Spielraum wurde langsam knapp.

Neben der Summe für die *schwarze Kasse* war immerhin ein persönliches Spesenkonto einzukalkulieren, das – je nach Ambitionen – ebenfalls Millionenhöhe erreichte. Sein Ziel, einen Adelstitel zu erwerben, kostete nochmals viel Geld. Andererseits mußte Rupiak, um überhaupt teilnehmen zu können, unter den zehn Höchstangeboten sein.

Was nützt es, wenn ich anschließend nichts mehr zur Verfügung habe? Er fluchte leise und starrte auf die Displays, deren Zahlenkolonnen erneut in Bewegung gerieten. *Wenn es so weitergeht ... Bei Thantur-Loks Glanz! Offiziellen Kredit kann ich bei keiner Bank beantragen, jede wüßte sofort, was ich vorhabe. Und die Wu-*

cherer? Sie würden mich bis ans Lebensende ausquetschen, erpressen, zu Grunde richten.

Auch in der siebzehnten Tonta dieses Pragos hatte Tato Rupiak keine Lösung gefunden. Sein seelischer Zustand glich einem kurz vor der Eruption stehenden Vulkan. Er rannte aufgebracht durch die Arbeitssuite, fluchte, jammerte, sah sich um seine Pläne und Vorhaben betrogen und steigerte sich mehrfach in Haßausbrüche, die ihn, hätte er sich selbst sehen können, entsetzt hätten.

Geld zu besorgen stand plötzlich ganz oben auf der Dringlichkeitsliste. Sicher, es gab einige Leute, die ihn um einen Gefallen gebeten hatten. Deren Erfüllung hatte Rupiak immer hinausgezögert, weil sie an illegale Aktivitäten geknüpft waren, die sich sogar mit seiner korrupten Grundeinstellung nicht recht vereinbarten. Je mehr er nun in Bedrängnis geriet, desto mehr schwanden die Skrupel.

Er rechnete hin und her, entschloß sich zur ersten, dann zur zweiten Maßnahme. Kaum waren aber die dafür zu zahlenden Summen bei ihm eingegangen – bar natürlich, von dezenten Boten überbracht –, war der erzielte Erfolg schon wieder hinfällig. Erneut hatten zwei Mitbieter höhere Summen deponiert.

In einem hemmungslosen Wutausbruch zertrümmerte Tato Rupiak eine kostbare Zalitvase – die Ornamente bestanden aus nur auf Zalit zu findendem, grünlich fluoreszierendem Zalos-Metall! –, schrie Vorzimmerordonnanzen und nachgeordnete Beamte in Grund und Boden, erlitt fast einen Zusammenbruch und trat den hilfreich herbeieilenden Medorobot so heftig, daß er sich eine Zehe brach.

Das absonderliche Verhalten des Tatos blieb überdies nicht unbeobachtet. Informanten anderer Gruppen gab es in seinem Umfeld ebenfalls, und ihre Auftraggeber wußten sich ihren Teil zu denken. Rupiak schnappte fast nach Luft, als ihm Krenor del Conon, ein stadtbekannter SENTENZA-Clanführer, zwar verklausuliert, aber dennoch unmißverständlich, eine Offerte zukommen ließ. Motto: *Eine Hand wäscht die andere!*

Keines seiner Verbrechen war dem SENTENZA-Mann nachzuweisen gewesen, nie hatte es zur Anklage gereicht. Vor kurzem jedoch war es zu einem claninternen Fehdemord gekommen, und die Indizien verdichteten sich, daß er von Krenor eigenhändig ausgeführt worden war.

Man lasse also gewisse Beweise verschwinden, und die blütenweiße Robe würde auch weiterhin unbefleckt bleiben. Im Gegenzug könne man sich vorstellen.

Tato Rupiak rang die Hände, wischte Schweiß von der Stirn und bemühte sich, den stechenden Schmerz in seinem Zeh zu ignorieren. Er zermarterte sich das Hirn, suchte nach Auswegen, fluchte auf alles und jeden, war zeitweise kurz davor zu resignieren, und rappelte sich dann wieder auf. Zunächst beantwortete er die SENTENZA-Offerte nicht, doch er fühlte, daß seine Standfestigkeit schwand …

7.

Bald nach dem Essen hatte sich die Orbtonenmesse der STERN VON CAMLO geleert, und im Zuge der einprogrammierten Nachtphase wurden etliche Beleuchtungskörper herabgedimmt. Im kleinen Kreis waren die Ereignisse des Tages besprochen worden. Gemderal äußerte sich zuversichtlich, recht bald geeignete Hyperkristallrohlinge erwerben zu können.

Unter dem Strich konnten wir mit den erreichten Ergebnissen zufrieden sein. Noch lief alles nach Plan. Der Logiksektor warnte mich zwar mit üblicher Hartnäckigkeit vor verfrühtem Optimismus, aber ich war, bei aller gebotenen Skepsis, dennoch sehr zuversichtlich.

In Erinnerung deutlich komplexerer und schwierigerer Fälle, die ich beispielsweise als Lordadmiral der USO zu meistern gehabt hatte, fiel es mir vergleichsweise leicht, einen recht ausgeglichenen Zustand zu erreichen.

Tamarenas Gegenwart tut das Ihre dazu, mein Lieber! bemerkte der Extrasinn spöttisch.

Ich ignorierte den unqualifizierten Einwand standhaft, trank einen Schluck lieblichen Roten aus Traversans milden Anbaugebieten der östlichen Yscan-Küste, sah der Prinzessin tief in die Augen und lauschte dem Klang ihrer rauchig-dunklen Stimme. Von Tag zu Tag faszinierte sie mich mehr.

Tamarena strich nachdenklich platinblondes Haar hinters Ohr, erwiderte meinen Blick und versuchte einen telepathischen Vorstoß, der wie alle vorherigen an meinem Gedankenblock abprallte. Ein Glitzern erschien in ihren Mandelaugen, übertrieben schmollend verzogen sich ihre Lippen.

»Du bist gut, Admiral!« flüsterte sie rauh. »Seit du von meiner Fähigkeit weißt, erhasche ich außer Emotionsbruchstücken und kaum verständlichen Bildsequenzen gar nichts mehr.«

»Ich hatte Zeit, meine psychische Abwehr zu vervollkommnen, meine Liebe.«

Tamarena nickte. Nach belanglosem Geplauder schien sie nun

entschlossen, einige Fragen zu stellen, die ihr ohne Zweifel auf der Zunge brannten.

»Du hast viel erlebt, nicht wahr?«

Ich lächelte. Weiblich geschickt beschritt sie den indirekten Weg, tastete zunächst das Terrain ab. Längst war ich mir sicher, daß sie die Vermutungen und Überlegungen ihres Vaters kannte. Und sie hatte sich, intelligent, wie die Prinzessin war, ihre eigenen Gedanken gemacht.

Gib nicht zuviel preis! beschwor mich der Logiksektor. *Du kommst aus der Zukunft und willst in deine Zeit zurück. Die Gefahr von Paradoxien wird um so größer, je mehr Informationen ...*

Schon gut. Das weiß ich alles selbst!

Manchmal verfluchte ich die Aufdringlichkeit der inneren Stimme. Eigentlich hätte ich mich in fast 13.000 Lebensjahren an sie gewöhnen müssen.

Der Kommentar des Extrasinns gewann an beißender Schärfe: *Zieh neunhundert davon ab – an die zwei Jahrhunderte hinter den Materiequellen hast du keine Erinnerungen, und 695 Jahre habt ihr im Stasisfeld des Tarkanverbandes überbrückt, weil DORIFER dichtmachte!*

Mein Seufzen quittierte Tamarena mit einem herzhaften Lachen. Die Abwesenheit meines Blicks war ihr nicht entgangen, und sie konnte sich ausmalen, welche Art Warnhinweis ich erhalten hatte. Atlan, Admiral aus unbekannter, ferner Zukunft! Ein Mann, der verblüffende Ähnlichkeit mit einem vor fast zweitausend Arkonjahren ermordeten Imperator besaß. Jemand, der vielleicht gar das Geheimnis um die Welt des ewigen Lebens kannte ...

Die Prinzessin hob ihre Hand, machte das *Wolf*-Zeichen und bewegte den Zeigefinger als wackelndes Wolfsohr auf und ab.

»Wie ist sie – deine Zeit?«

Sie fragt nicht nach dem Großen Imperium! dachte ich berührt. *Nicht nach der Zukunft der Arkoniden.*

»Anders«, murmelte ich. »Und doch sehr ähnlich. Die technologische Entwicklung ist weitergegangen, die Bedürfnisse der einzelnen, ihre Wünsche, Träume und Hoffnungen dagegen bleiben gleich.«

»Zuneigung, Wärme, Geborgenheit, Vertrauen?«

Es war mehr Feststellung als Frage. Ein Wort ließ sie unausgesprochen, doch wir beide wußten, daß es plötzlich wie Sphärenklang im Raum schwebte: *Liebe!*

»Sicher. Am Streben nach persönlichen Glück hat sich nichts verändert. Warum sollte es auch? Es gehört zum Leben, wie wir es kennen.«

Gedanken an Milliarden Tote im Zuge der Invasion von Tolkandern und Goedda unterdrückte ich ebenso wie die Erinnerung an das Wüten der Dscherro in Terrania, das vernichtete Heliotische Bollwerk oder die mit Shabazza verbundene Bedrohung. Das waren Dinge, von denen Tamarena nichts zu wissen brauchte, Dinge auch, von denen ich hier und jetzt scheinbar unendlich weit entfernt war.

»Dein Streben hat die Rückkehr in deine Zeit als Ziel.« Ein vorwurfsvoller Ton schwang in ihren Worten mit.

»Nicht nur, Prinzessin. Traversans Wohl zählt nicht weniger.«

Ihre Augen funkelten in einem ärgerlichen Anflug.

Falsche Antwort, alter Mann, kritisierte der Extrasinn ironisch. *Typisch männlich sprichst du nur von Problemlösungen. Sie dagegen von Nähe, Gefühlen und Bindung – beziehungsweise deinem Ausweichen davor.*

Fast körperlich glaubte ich den Spannungsbogen zu fühlen, der zwischen uns entstand. In ihrem Ärger wurde sie um so reizvoller. Noch allerdings tasteten wir einander vorsichtig ab; Sehnsucht war eines, die eigentliche Annäherung etwas anderes.

»Deine Motive sind sehr ehrenwert, Admiral«, flüsterte Tamarena. Dann betrachtete sie ihre Hand, schwenkte sie herum und tat, als hielte sie stumme Zwiesprache mit dem dargestellten Wolf. »Ich weiß, daß ich aus guten Gründen gewisse Fragen besser nicht stellen sollte. Aber es fällt nicht leicht. Ich möchte dich besser kennenlernen, dich verstehen. Du aber ... Du blockst ab, genau wie durch das Aufrechterhalten des Monoschirms! Das schmerzt.«

Unser Gespräch nahm eine Wendung, über die ich nicht sonderlich glücklich war. Die Prinzessin sprach nicht von mangelndem Vertrauen, doch zwischen den Worten schwang dieser Vorwurf mit.

Leider erhielt ich keine Gelegenheit, eine passende Antwort zu geben, denn plötzlich stöhnte Tamarena auf und preßte die Hände gegen die Schläfen. Ihr Gesicht verzerrte sich, fiebriger Glanz flackerte in den Augen.

»Starke Aggressionsimpulse ... kommen näher«, sagte sie heiser. »Viele Leute. Sie denken an die STERN VON CAMLO. Gewalt. Gier. Wirre Wunschbilder von Reichtum und Macht.«

Ich ergriff ihre rechte Hand und drückte sie fest. »Überfall?«

»Ja, Admiral!« Sie nickte mehrmals, schloß die Augen. »Mehrere schwere Gleiter, abgespeckte Leka-Version. Alle Angreifer tragen Kampfanzüge. Schwer bewaffnet.«

»Wo und wann?«

»Sie nähern sich im Schutz der Orbitstadtausleger. Nicht mehr als ein zehntel Tonta. Sie wollen durch die unteren Frachtschleusen eindringen. Haben Störsender dabei, die unsere Nahortung verwirren sollen. Auch Mikroroboter, welche die positronischen Steuer- und Regelkreise lahmlegen können ...«

Modernste Ausstattung! Profis! signalisierte der Extrasinn, während ich die Interkomverbindung zur Zentrale herstellte und scharf sagte:

»Atlan spricht: Wir sollen geentert werden! Tamarena hat gewarnt! Stiller Alarm! Uns bleibt nicht mehr sehr viel Zeit!«

»Verstanden, Admiral.« Eshveran verzog das Gesicht und schaltete ab.

Hasten und Betriebsamkeit empfingen uns, als Tamarena und ich aus der Orbtonenmesse hetzten. Kampfanzüge wurden angelegt, Waffen verteilt und kontrolliert, Laufbänder und Expreßlifte benutzt. Zwischendurch rief Tamarena abgehackte Meldungen, informierte uns über Vorrangfrequenz über die Handlungen der Angreifer.

Sechs bauchige Diskusgleiter hatten sich in der Deckung des Andockauslegers angenähert und schwebten nun oberhalb des Tunnels vor den Frachttoren des Raumschiffs. Die Ausstrahlungen von Orbitstadt Eins überlagerten die Emissionen der Kampfgleiter ebenso wie die der sechzig Gestalten in schweren Schutzmonturen.

Während sie entlang den Außenschotts Stellung bezogen, strahlten spiralige Antennen die Störimpulse aus. Kaum faustgroße Metalleier schwirrten zu Dutzenden aus Luken und hefteten sich an die Hülle der STERN VON CAMLO.

Nach nur wenigen Augenblicken war die Schottverriegelung überwunden, ein Tor fuhr lautlos zur Seite.

Zwei Drittel der Gestalten drangen ein, von den Mikrorobotern umgeben. Der Rest sicherte mit erhobenen Waffen Diskusgleiter und Rückzug. Wiederholt glitten Blicke hinter geschlossenen Raumhelmen die Raumerwölbung entlang, doch keine Waffenkuppel wurde ausgefahren, nichts Verdächtiges regte sich.

Kaum war das Außenschott geschlossen, fuhr das innere auf. Schon durch den breiter werdenden Spalt huschten Metalleier, stoben davon und verteilten sich blitzschnell. Winzige Sensorfäden fuhren aus, tasteten sich durch Ritzen, suchten die richtigen Kontaktstellen.

Programmpakete wurden in wenigen Augenblicken eingespeist; ihre positronische Virenstruktur erledigte den Rest: Lähmung und Verwirrung der Überwachungs- und Sicherungsanlagen, Vordringen über die optopositronischen Datenkanäle, Infiltration der peripheren Rechnereinheiten, von dort aus weiter zu den Primärsektionen …

Seit dem Eindringen war keine Minute vergangen, und das Raumschiff hatte sich in kaum mehr als eine träge Metallmasse verwandelt. Zwar reagierten automatische Sicherungen und Antivirenprogramme, doch als Folge der positronischen Auseinandersetzung fielen Geräte aus oder reagierten nicht auf Eingaben.

Unterdessen verteilten sich die Angreifer. Zylinder wurden an Schutzgittern der Innenklimatisierungsröhren befestigt. Geruch- und farbloses Gas strömte aus, folgte dem Sog der Turbinen, passierte unbeeindruckt Filter und wurde über immer größere Bereiche des Raumschiffes verteilt.

Erst als die Angreifer den Frachtraum verließen, trafen sie auf Gegenwehr: Besatzungsmitglieder der SHEA DA CAMLO, ebenfalls in Kampfanzüge gehüllt und in Korridornischen verschanzt, empfingen die düsteren Gestalten mit konzentriertem Desintegratorsperrfeuer.

Sofort glühten Individualfelder auf, Funkenkaskaden umsprühten die hochgespannten Schirme, grünlich irrlichternde Fehlschüsse trafen Gangwände und hinterließen verwehende Feinstaubwolken. Im Gegenzug feuerten die Angreifer mit schweren Hochenergie-Luccots, deren sonnenheiße Plasmakometen gewaltige Auftreffdetonationen erzeugten.

Innerhalb weniger Augenblicke röhrten und krachten Dutzende Explosionen. Sie zerfetzten Metallplastik und schmolzen Kunststoffe zu brodelnden Fladen. Überall waberte fettschwarzer Qualm.

Eine Miniraksalve jaulte rauchschweifig den Korridor entlang. Glutbälle expandierten rings um drei Verteidiger, die trotz ihrer Schutzschirme haltlos davongewirbelt wurden, gegen Wände und Decken schlugen und benommen abrollten. Ins Donnern, Pfeifen und Schmettern mischten sich unverständliche Schreie.

Mit keinem Zögern zeigten die Angreifer, daß ihr Überraschungsschlag abgeblockt worden war. Wild entschlossen rückten sie vor, schossen auf alles, was sich ihnen in den Weg stellte oder bewegte, und sie ließen sich auch durch die erbitterte Gegenwehr nicht beeindrucken.

Fünf Impulsstrahlen vereinten sich zum Punktbeschuß. Das IV-Feld eines Besatzungsmitgliedes brach abrupt zusammen, Kindonan verschwand in einer aufzuckenden Glutwolke. Klirrend barsten Deckenbeleuchtungskörper, nur Schüsse und Explosionen erhellten stroboskopisch die plötzliche Finsternis. Brennende und schmorende Plastikmassen verbreiteten Flackerschein zwischen hochwallenden Schwaden.

Erneut rückten die Angreifer vor. Von den Ausstrahlungen ihrer Antigravaggregate getragen, flogen sie ein Dutzend Meter weit, landeten mit nachfedernden Beinen und schossen. Hinter ihnen rollte vielfacher Donner genau plazierter Sprengsätze und zerstörte den Korridor. Durch das zurückbleibende Gewirr verbogener Träger, zerschmetterter Deckenverkleidung und funkenumsprühter Leitungsreste konnte niemand mehr vordringen.

Auf wirkungsvolle Weise hatten sich die Angreifer so den Rükken frei gemacht und konzentrierten nun ihren Vormarsch auf eine Richtung. Knappe Gesten und kurze Befehle, die in den Helmen aufklangen, genügten zur Abstimmung und Verständigung.

Der Korridor verwandelte sich in eine Feuerhölle, vor der die Besatzungsmitglieder zurückwichen, um an der nächsten Kreuzung neu formiert die Verteidigung aufzunehmen. Zwei Männer bedienten die Handkurbel; das Sicherungsschott bewegte sich nur ruckend und schwerfällig in halb zerschmolzenen Dichtungslagern.

Ein Angreifer starb im Schnittpunkt haardünner Desintegratorstrahlen, nachdem sein Schutzfeld überlastet und auch die zusätzliche Kristallfeldintensivierung der Raumrüstung überwunden war. Staubumflockt dehnte sich plötzlich ein Riß vom Halsring bis zur Brustmitte, Blut pulsierte in breiter Bahn hervor. Fast lautlos sank die Gestalt zu Boden, von zwei anderen übersprungen, deren Hochenergiewaffen grelle Impulse spien und im Gegenzug ein Besatzungsmitglied töteten ...

Schreie, Befehle, Kreischen, Krachen und Donnern mischten sich in meinem Helm zur bedrückenden Kakophonie. Meine Hand war um den Griff des TS-17-Luccots geballt, die Kehle war ausgedörrt und kratzig.

In meinem langen Leben hatte ich zu viele Kämpfe erlebt, um nicht genau zu wissen, was nahe den Frachthallen der STERN VON CAMLO vor sich ging. Fast kam unbewußt die monotone innere Litanei: *Keine Emotionen im Kampf!*

Während Eshveran-Anesh die Abwehr im Schiffsinneren organisierte, schwebten Rena, Irakhem-Khari mit mir und weiteren dreißig traversanischen Soldaten an der Außenhülle entlang zu den Gleitern, um den Angreifern den Rückweg abzuschneiden. Bis zu einem gewissen Punkt hatte uns die Kugelwölbung Schutz geboten. Nun wurden wir in erbitterte Schußwechsel verwickelt.

Fast unsichtbar waren die Waffenstrahlen im Vakuum des Weltraums. Nur wenn Mikromaterie getroffen wurde, gab es Leuchteffekte. Oder beim Auftreffen auf die Schutzfelder, die im Gegensatz zum Einsatz im Schiffsinneren nicht auf Kontur, sondern auf sphärische Projektion geschaltet waren. Verbunden damit war eine Leistungssteigerung um rund zwanzig Prozent.

In meinem Rückentornister dröhnten Mikromeiler und Umformer unter Höchstbelastung. Die gleichzeitige Versorgung von Antigrav und IV-Schirm überforderte die Geräte fast, und ich dachte kurz mit einem bedauernden Anflug an die modernen SERUNS. Von diesem technischen Niveau war die jetzige Zeit weit entfernt.

Dennoch war auch die arkonidische Technologie nicht zu unterschätzen. Rot leuchtend wanderte das eingeblendete Fadenkreuz über die Helminnenseite; jede meiner Handbewegungen wurde von der kleinen Positronik ausgewertet und in Zieldaten umgerechnet. Gelbe Silhouetten umgaben die Gestalten der Angreifer, digital waren Entfernung und Schildindex angegeben; jener Quotient, der den angemessenen Schutzfaktor ins Verhältnis zur Volltrefferwirkung meiner Waffe setzte.

0,3 ... 0,4 ... 0,7 ...

Die letzte Gestalt wurde von zwei Impulsstrahlen unserer Soldaten getroffen. Ich schoß ebenfalls. Der Schildindex schnellte auf eins hinauf, erreichte für Sekundenbruchteile einen höheren Wert – dann dehnte sich vor mir lautlos eine Glutkugel aus.

Keine Emotionen im Kampf!

Neben mir starb Maskom und trieb haltlos, von rotem Perlenstrom umgeben, ins All hinaus. Weitere Angreifer wurden mit Punktbeschuß eingedeckt. Eine Feuerspur zog sich über einen Gleiter, fraß sich in das Chassis und ließ den Diskus detonieren. Glühende Metallreste prasselten in mein Schutzfeld. Durch den Helm drangen knatternde Geräusche des Umformers. Kurzfristig setzte der Antigrav aus.

Keine Emotionen im Kampf!

Weitere Schußwechsel, hin und her jagende Miniraks. Ein zweiter Gleiter explodierte in blendender Glut, die von den Helmscheibenfiltern kaum abgeschwächt wurde. Drei oder vier Angreifer trudelten nach Streifschüssen, die ihre Schutzfelder hatten zusammenbrechen lassen, leblos zwischen Andocktunnel und Gleitern. Aus klaffenden Rissen in ihren Anzügen entwich eiskristalldurchsetzte Luft.

Erneut wurde einer unser Soldaten getroffen: Funken zeichneten Zerfaans Schutzfeldhülle nach, die sich mit düsteren Zacken überzog, kurz flackerte und sich dann wieder stabilisierte, weil wir Feuerschutz gaben und die Angreifer in die Deckung der Gleiter zurücktrieben. Die nächste Salve aber tötete Zerfaan ...

»Sie wollen sich absetzen!« schrie Tamarena, hob ihren ZZ-5 und beschoß einen Diskus, so daß sich meterbreite Stücke in Staub und Gas verwandelten.

Die Fahrzeuge verfügten über keine Kristallfeldintensivierung, die über Schutzfelder hinaus Sicherheit gegen Desintegratorwirkung bot. Und das Chassismaterial war kein Arkonstahl, sondern *nur* ein weniger stabiles Metallplastik, denn die molekularverdichtete Legierung war widerstandsfähiger als leichte Energieschirme.

Gestalten schwangen sich durch Luken, letzte Waffen wurden auf uns gerichtet. Dann rasten zwei der verbliebenen Gleiter mit aufblitzenden Triebwerken davon.

»Hinterher!« Ich winkte und wies mit dem Luccot auf einen Diskus. Tamarena und Irakhem reagierten sofort.

Nachdem es Gemderal und anderen Technikern gelungen war, auf Antigravlafetten befestigte Schutzfeldprojektoren in Stellung zu bringen, wurde der Vormarsch der Angreifer zunächst gestoppt und dann zurückgeworfen. Zwischen den Containern des Frachtraums kam es zum abschließenden Schußwechsel.

Plötzliche Stille – nur vom scharfen Knacken überlasteten Metalls durchdrungen – ließ die Traversaner nach und nach verstört aufsehen. Aufgeputschte Nerven ließen sie verzögert auf das Fehlen weiterer Angriffe reagieren.

»Verdammt, haben wir gesiegt?« knurrte Eshveran und wechselte einen irritierten Blick mit Gemderal, der, das Gesicht rußgeschwärzt, hinter dem Projektor hockte und die Handgriffe so fest umklammerte, daß seine Knöchel weiß hervortraten.

»Oder sie sind geflohen.«

»Auch möglich.« Eshveran hustete, winkte einigen Arbtanen der Mannschaft und zeigte auf das verbogene Zugangsschott zum Frachtraum. »Wir verschaffen uns Klarheit! Vorsichtig, aber doch – vorwärts, Leute!«

Sie stürmten los, gaben einander Feuerschutz, huschten zwischen qualmenden Containern oder ihren zerschmolzenen Resten dahin, fanden die ersten Toten und waren nach wenigen Augenblicken sicher: Kein Angreifer lebte mehr.

Weitere Besatzungsmitglieder kamen herbei, einige schulterten grimmig ihre Waffen und stießen die Toten mit den Stiefelspitzen an, so als müßten sie sich vergewissern. Gemderal kauerte bei einer Leiche und öffnete deren Helm.

»Kommandant«, rief er. »Sie haben sich selbst umgebracht. Gift!«

Lesantre eilte herbei, beugte sich vor und zischte, einer durch seinen Kopf zuckenden Vermutung nachgebend: »Öffne den Anzug. Ich will seine Brust sehen!«

»Warum? Oh, ich verstehe.«

Wenige Handgriffe genügten, dann besaßen sie Gewißheit: Die Angreifer waren SENTENZA-Leute gewesen! Die bläulichen Tätowierungen bewiesen es ohne jeden Zweifel. Jeder kannte das Yillds-Symbol, das den lange ausgestorbenen Riesenreptilien, halb Schlange, halb Drache, nachempfunden und Kennzeichen der SENTENZA-Zugehörigkeit war.

Entstanden war diese Struktur galaktisch organisierten Verbrechens schon in der Frühzeit des Tai Ark'Tussan. Durch Zusammenschluß hatten Familien der Khasurn zunächst versucht, gegenüber den vor allem wirtschaftlich erstarkenden Kolonien ein Gegengewicht zu bilden.

Später folgte dann das Abgleiten in die Illegalität. Seit rund zweitausend Jahren war die Entwicklung hin zu einem Staat im Staat kaum mehr zu bremsen gewesen, weil Korruption, Bestechlichkeit und – bei Ehrbaren und Standfesten – Erpressung bis hin zum Mord ein Verbindungsgeflecht bis zur Imperialen Ebene und dem Hof des Imperators schufen.

»Leute!« Sek'athor Eshveran sah müde auf. »Verändert nichts, bis wir sämtliche Beweise sichergestellt haben. Funkzentrale: Stellt eine Verbindung zur Orbitstadt her. Die dortige Polizei bekommt Arbeit ... Verflucht, dieses Verbrechergeschwür wuchert und wuchert!«

Er lauschte kurz den durch seinen Helm klingenden Bestätigungen, dann sagte er mit belegter Stimme: »Und führt ja einen Zählappell durch!«

»Verstanden!«

Schon nach einer Zehnteltonta erhielt der Einplanetenträger die furchtsam erwartete Meldung: »Erhabener, wir haben vierzehn Tote zu beklagen. Zwanzig weitere Besatzungsmitglieder sind leicht oder schwer verletzt ... Korrektur: Zwei weitere Arbtanen aus Atlans Trupp sind ebenfalls tot. Maskom und Zerfaan. Der Admiral verfolgt mit der Erlauchten und Irakhem zwei geflüchtete Gleiter. Die anderen schleusen soeben ein.«

Eshveran senkte den Kopf. Seine Stimme glich splitterndem Kunststoff, als er leise sagte: »Traversaner: Sprecht mit mir die Rhudhinda zu Ehren der Gefallenen!«

Ich handelte schnell und ohne Zögern: kurzes Hochfahren der Antigravlamellen zur maximalen Vektorierung, dann Abbremsen und Festklammern. Ich schwebte zur geöffneten Luke hinüber, stieß die halb heraushängende, leblose Gestalt zur Seite und schwang mich, nachdem ich die Waffe ins Gürtelholster geschoben hatte, hinter die Kontrollen in den Pilotensitz.

Jemand schlug auf meine Schulter; Irakhems Stimme erklang: »Los!«

Der Reaktor zeigte volle Leistung. Die Triebwerke kamen nach der Drosselphase auf Touren. Auf dem Cockpitfenster wechselten alphanumerische Datenzeilen. Weit voraus verschwanden die Flüchtenden unterhalb der Orbitstadt. Ich beschleunigte und jagte hinter ihnen her, riß den Diskus in eine scharfe Kurve und tauchte unter der riesigen Raumstation hindurch. Warnanzeigen blinkten den Kollisionsalarm. Im letzten Augenblick wich ich einem Balkon aus, drehte den Gleiter um die Längsachse und zog ihn hoch, um zwischen zwei Türmen aufzusteigen.

»Verflucht! Wo sind sie?«

»Halbrechts, fünfhundert Meter voraus!« rief Tamarena.

Ich nickte, folgte dem geschwungenen Verlauf einer Transportkapselröhre und sah, daß die Gleiter ein semipermeables Kraftfeld durchstießen. Wenige Sekunden später erreichten wir ebenfalls das Stationsinnere, rasten einen Tunnel entlang, passierten mehrere Kreuzungen und hätten fast einen Zusammenstoß mit einem Frachtcontainer gehabt, der gemächlich von links auf die dreißig Meter breite Hauptbahn einschwebte.

Zwar schaffte ich es, den Diskus hochzuziehen, dennoch schrammten wir mit der Unterseite den Container entlang. Lautes Kreischen war zu hören, irgendwo riß Metallplastik.

»Sie teilen sich, fliegen in verschiedene Richtungen!«

Ich beantwortete Tamarenas Ruf mit einem Fluch. Dann folgte ich dem über eine Y-Verzweigung nach links jagenden Gleiter und überholte mit halsbrecherischen Manövern zwei unbeteiligte Stationsgleiter. Ich kam dem Verfolgten für Augenblicke etwas näher und grunzte verärgert, weil dieser nach rechts abbog.

Der Pilot vor mir war ein Meister seines Fachs, das mußte ich neidlos anerkennen. Er schaffte es, Prallfelder, Antigrav und Triebwerke so perfekt auszusteuern, daß der Diskus sich beim abrupten Abbremsen aufstellte, über den *rechten Flügel* abkippte und die 90-Grad-Kurve fast ohne Blessuren absolvierte.

»Festhalten!«

Mein Manöver war deutlich weniger elegant. Beim Ausscheren streifte ich zunächst die linke Wand und riß einen Großteil der Korridorecke mit. Ich hatte anschließend Probleme, den Gleiter unter Kontrolle zu bekommen, weil wir wiederholt zwischen Wänden, Decke und Fahrbahn hin und her geschleudert wurden, Kunststoffverkleidung abscheuerten und als funkensprühendes Ungetüm durch den Kanal schlitterten, bis ich wieder einigermaßen die Mitte halten konnte.

»Sie nutzen ihre Ortskenntnis!« knurrte ich grimmig. »Kannst du sie noch ertasten, Tamarena?«

»Es wird schwieriger. Die Orbitstadtbewohner überlagern mit ihren Gedankenimpulsen eine exakte Peilung Weiter geradeaus. In dreihundert Metern die Rampe nach links runter.«

»Verstanden.«

Noch konnten wir den Flüchtenden folgen, doch mit jeder Minute im Gewirr der Orbitalen Stadt vergrößerte sich der Abstand. Schließlich resignierte ich, drosselte Triebwerke und Prallfelder und brachte den stark lädierten Diskus in einer breiten Parkbucht zum Halten.

Hinter mir atmete Tamarena zischend ein; fast unverständlich, tränenerstickt erklang ihre Stimme:

»Eshveran ... In der STERN haben sie gesiegt ... Aber um welchen Preis! Sechzehn Tote, viele Verletzte ... Die letzten Angreifer haben sich selbst umgebracht ... Es waren SENTENZA-Leute, kein Zweifel! Alle tragen sie die Schlangentätowierung auf der Brust.«

Müde öffnete ich den Helmverschluß und streifte das zur Kapuze zusammensinkende, formvariable Spezialglassit nach hinten.

Mein Magen wurde hart, kupfriger Geschmack lag plötzlich auf der Zunge. Zu viele hatten den Angriff nicht oder nur schwer verletzt überlebt! Wie stets kam das Zittern des Schocks erst im Anschluß, nach Ende der Anspannung.

Dagegen waren sogar Unsterbliche mit all ihrer Lebenserfahrung nicht gefeit. Mein Vorteil war nur, daß ich besser und schneller damit fertig wurde.

SENTENZA! dachte ich. *Sie hatten es zweifellos auf den Reichtum des Hochedlen von Camlo abgesehen.*

Meine innere Stimme ergänzte: *Und es wird bestimmt nicht der einzige Überfall bleiben! Wenn die SENTENZA mal Blut geleckt hat ...*

Ich hatte oft genug mit den Clans zu tun gehabt, als Imperator von Arkon ebenso wie später als Lordadmiral der USO. Sie hatten sogar die Monosherrschaft im Untergrund recht gut überstanden und trieben auch im Kristallimperium von Imperator Bostich noch ihr Unwesen.

Daß Tato Rupiak bei der Vertretung des Otreilian-Kuriats die notwendigen Formalitäten in die Wege geleitet hatte, die mich als Mitbieter auswiesen – Indiz genug, daß sich an Bord der STERN VON CAMLO einiges holen ließ! –, war *gewissen Kreisen* schwerlich entgangen.

Das Vorgehen war professionell gewesen, fast von militärischer Exaktheit, die Angreifer tödlich entschlossen, absolut ohne Skrupel.

Ähnlich, wie es mir auch von den altterranischen Organisationen wie der *Onorata Società* – der »Ehrenwerten Gesellschaft« –, der japanischen Yakuza oder den chinesischen Triaden her bekannt war, galt auch hier das typische Sozialverhalten von bedingungsloser Loyalität gegenüber dem *Paten.* Und natürlich *Omertà* – Schweigen ...

Mit der Sicherheitsbehörde von TAI MEREN MOAS gab es zum Glück keine nennenswerten Probleme. Die Beweislage war eindeutig, wir hatten in Notwehr gehandelt.

Noch in der Nacht sandte uns Tato Rupiak seine Beileidsbekundung und versprach hoch und heilig, alles in seiner Macht Stehende zu tun, um die feigen Attentäter ergreifen und verurteilen zu lassen.

Es könne schließlich nicht angehen, daß ein Hochedler, der sich überdies für die bevorstehende Otreilian-Delegation bewarb, auf solch schmähliche Art und Weise um seine wohlverdiente Ruhe gebracht werde und nicht mal im eigenen Raumschiff sicher sei.

Für meine Begriffe trug Rupiak etwas zu dick auf. Aber ich war lange genug auf galaktopolitischer Bühne aktiv gewesen, um nicht die üblichen Standardphrasen zur Genüge zu kennen.

Großes Bedauern, furchtbare Katastrophe, abscheuliches Verbrechen, Durchgreifen mit aller Härte – den Schlagworten offizieller Verlautbarungen haftete leider zu häufig der Ruch der Krokodilstränen an. Solange es keine persönliche Betroffenheit gab, wurde die wohlfeilste Formulierung den schalen Beigeschmack nicht los.

Trauer und Niedergeschlagenheit durchzogen die STERN VON CAMLO. Nur der Gedanke, daß wir nicht aufgeben durften, daß von unserer Mission Traversans Schicksal abhing, ließ uns diese bedrückenden Stunden einigermaßen überstehen.

Prinzessin Tamarena war mir ausgewichen. Sie hatte sich zunächst in ihre Kabine eingeschlossen und geweint. Als sie dann zur gemeinsamen Totenfeier kam, war sie gefaßt, verlas die Liste und spendete anderen so viel Trost, daß ich mir nun meinerseits äußerste Zurückhaltung auferlegte.

Der Zauber des Augenblicks in der Orbtonenmesse war brutal von der Wirklichkeit hinweggefegt worden. Hätten wir weiter miteinander gesprochen …

Vielleicht besser so! meldete sich der Extrasinn rauh. *Aber deine Art, dir zu hundert vorhandenen Problemen noch ein weiteres freiwillig aufzubürden, ist ja wohlbekannt. Die Zeit bei den Larsaf-Barbaren hätte dir eigentlich eine Lehre sein müssen.*

Das ist eben der Unterschied zwischen deiner reinen Logik und dem wirklichen Leben, Quälgeist, antwortete ich grimmig. *Du wirst deshalb nie verstehen, daß es genau jene zusätzlichen Probleme waren, die mir die Kraft gaben, auch mit den anderen fertig zu werden! Und daß ich noch lebe, beweist, daß meine Art, an die Dinge heranzugehen, nicht die schlechteste gewesen sein kann!*

8.

Als zur zehnten Tonta des 32. Prago der Tedar-Periode ein Flugpanzer mit aktiviertem Schutzschirm und ausgefahrenen Bordwaffen aus der Bodenschleuse der SHEA DA CAMLO rumpelte, mit mahlenden Gleisketten den Andocktunnel passierte, erst dann auf flimmernde Prallkissen stieg und ins Verkehrssystem der Orbitstadt einschwenkte, wunderte sich niemand, der dem Fahrzeug begegnete und das schwarze Raubtierwappen des Fürsten von Camlo entdeckte, über das martialische Auftreten.

Der nächtliche Überfall hatte sich wie ein Lauffeuer herumgesprochen. Die Sympathien waren geteilt: Entsetzen bei den einen, Schadenfreude bei den anderen; dritte wiederum fühlten sich in der eigenen Sicherheit gefährdet und beantragten verstärkte Schutzmaßnahmen für die Händler und ihre wertvollen Güter.

Die ganz Forschen schlossen erste Wetten ab: Wann gab es den nächsten Überfall? Wer steckte wirklich dahinter? Würde der Ta überleben? Jede nur denkbare Antwort besaß entsprechend hohe oder niedrige Quoten.

Und die rege Beteiligung an diesem makabren Spiel warf ein bezeichnendes Bild auf den Zustand der arkonidischen Gesellschaft; nicht wenige, die sich hier durch geringen Einsatz maximalen Gewinn erhofften …

Der Flugpanzer, dessen Panzertroplon-Dachkuppel geschwärzt war und keine Einblicke gestattete, hatte etwa die Hälfte des Weges bis zur Kuriat-Vertretung zurückgelegt, als es tatsächlich zu jenem Ereignis kam, das viele befürchtet und manche erhofft hatten.

Der Zusammenbruch eines positronischen Knotenpunkts der Verkehrssteuerung hatte ein Chaos zur Folge, das die Attentäter brutal nutzten. Eine Reihe von Frachtkapseln versperrte dem Flugpanzer den Weg, hinter ihm erschien aus der Seitenstraße ein Prallfeldtruck und stellte sich quer.

Die Rolltore des Aufliegercontainers fuhren hoch. Drei Kraftfeldmörser verschossen armlange Desintegratorgranaten, die beim Auftreffen grün-schwarz klaffende Risse, von knatternden Lichtbögen umwabert, in den Schutzschirm des Flugpanzers sprengten.

Schwerfällig drehte das gepanzerte Fahrzeug halb herum und

versuchte, die Bordwaffen in Stellung zu bringen. Weitere Granaten schlugen ein, gefolgt vom blendenden Impulsstrahl-Fünferburst einer mittelschweren Luccot-Kanone.

Das brachte die schillernde Blase endgültig zum Zusammenbruch, zumal eine Salve von Miniraks, die lange Rauchfahnen hinterherzogen, im Fahrwerk explodierte und die Prallfeldprojektoren auf der linken Flugpanzerseite zerstörte.

Nur vom klirrenden Gleiskettenantrieb der rechten Seite bewegt, schwang das Fahrzeug, nachdem es schwer abgesackt und polternd aufgeschlagen war, noch mannsweit herum.

Ein violettleuchtender Thermoschuß traf den Truck und verwandelte einen Teil des Aufliegers in ein brodelndes Feuermeer, das von dunklem Rauch gekrönt war. Zu einem zweiten Schuß ließen die Angreifer dem Flugpanzer keine Gelegenheit.

Armlange Raketen, Desintegratorblitze und ein weiterer Fünferburst der Luccot-Kanone verwandelten ihn in ein brennendes und qualmendes Wrack. Die linke Stummeltragfläche hing halb abgerissen herab, die Bordwaffen waren zerfetzt, und anstelle der Dachkuppel gähnte ein kohliger Krater im Fahrzeug.

Dunkle Gestalten in Kampfanzügen überbrückten, sich gegenseitig sichernd und den flammenumleckten Torso keine tausendstel Tonta aus den Augen lassend, die Distanz mit schrill aufheulenden Antigravaggregaten. In Rauch und Feuer erschienen die Konturen sphärischer Individualfelder als Enklaven, in die nichts eindringen konnte.

Die Gestalten verteilten sich und stimmten das weitere Vorgehen mit knappen Gesten aufeinander ab. Einige bezogen rechts und links der kleinen Mannschleuse Aufstellung, eine kleine Haftladung wurde angeklinkt. Zum Blitz der Explosion kam krachender Donner, und finstere Schwaden kräuselten aus dem gezackten Loch, das fast die Größe des Schotts besaß.

Blitzschnell enterten zwei, drei Angreifer den Flugpanzer. Im Herumfahren und Hochspringen gaben sie Schuß um Schuß aus ihren Desintegratoren ab. Sie ließen etwaigen Überlebenden keine Chance. Weitere Gestalten drangen ein, die übrigen übernahmen die Rückendeckung.

Dann erscholl der wutentbrannte, gellende Schrei: »Leer! Beim Zentralloch der Galaxis! Dieser Bastard hat den Flugpanzer ferngesteuert! Vorsicht! Er wird bestimmt ...«

Mehr war nicht zu verstehen, denn plötzlich wurden die Attentäter ihrerseits angegriffen: Scheinbar mitten aus der Luft erschienen Waffenstrahlen und Thermoblitze. Die im Truck Verbliebenen wurden schneller außer Gefecht gesetzt, als sie reagieren konnten, und auch die, die zum Flugpanzer vorgedrungen waren, waren der Attacke aus dem *Unsichtbaren* fast hilflos ausgesetzt.

Deflektoren waren eine feine Sache! Zumal in dieser Zeit, die noch nicht die hochempfindlichen Ortungsmethoden meiner Realgegenwart kannte, so daß schon geringe Emissionen aus der Umgebung ein Anmessen des durch ein Deflektorgerät Unsichtbaren nahezu ausschlossen. Ein weiterer Vorteil war, daß tragbare Deflektorgeräte selten größere Dimensionen aufwiesen als Etuis, die auf eine Handfläche paßten.

Daß Deflektoren fast ausschließlich in der arkonidischen Flotte eingesetzt wurden und auf dem freien Markt nur schwer und für immens hohe Beträge zu bekommen waren, bildete die Grundlage meines Plans. Nert Kuriols Soldaten waren nur in geringer Zahl mit ihnen ausgestattet gewesen. Aber uns steht ja die Flottenausrüstung von BRY 24 zur Verfügung!

Sollte es zum erwarteten Überfall kommen, dann rechneten die Angreifer mit großer Wahrscheinlichkeit nicht damit, daß der Fürst von Camlo dem unbemannten und von Irakhem ferngesteuerten Flugpanzer mit einem schwerbewaffneten Trupp Unsichtbarer folgen und mit dem Überraschungsmoment auf seiner Seite angreifen würde.

Unsichtbar und von exakt ausjustierten Antigravausstrahlungen getragen, die im Streustrahlungsgewirr von TAI MEREN MOAS total untergingen, flogen wir in ausreichendem Abstand hinter dem gepanzerten Fahrzeug her.

Ein zartes Pochen an meinem Monoschirm war plötzlich mit vagem Erkennen verbunden. Ich wußte, daß es nicht Tamarena war, dazu war das Potential zu stark. Zuversicht durchrieselte mich abrupt als warmer Strom, und ich dachte:

Um der Wahrnehmung anderer zu entgehen, gibt es mehrere Möglichkeiten: durch Suggestion, so daß man übersehen wird, materieprojektiv durch ein pseudomaterialisiertes Trugbild ähnlich der Paramodulation der Cynos, durch Pigmentumstellung in der Art der biologischen Mimikry oder aber mittels eines Hyperfeldes, dessen Grundprinzip ziemlich simpel erscheint.

Alles, was Licht nicht brach, reflektierte oder absorbierte, konnte von keinem anderen gesehen werden. So simpel das Prinzip war, so kompliziert gestaltete sich die tatsächliche Umsetzung. Sie erzwang eine überaus komplexe, mehrfach gestaffelte Feldlinienstruktur, die konturnah und bewegungsflexibel zur Wirkung kommen mußte und überdies als Rückkopplungseinheit fungierte, um dem Träger selbst das Sehen zu ermöglichen.

Meine abschweifenden Überlegungen lenkten mich ein bißchen von der typischen Einsatznervosität ab. Jede Nervenfaser schien bis zum Zerreißen gespannt, im Magen tanzten Schmetterlinge, und die Handflächen waren feucht.

Bei anderer Gelegenheit nannte man es Lampenfieber, uns

stand jedoch leider eine Auseinandersetzung mit tödlichem Ernst bevor.

Über die Helmfunkverbindung erklang vereinzelt schweres Atmen. Wir hatten die Sender auf minimale Leistung eingestellt; zur Zeit die einzige Möglichkeit der Verbindung, denn sehen konnten wir einander ebensowenig, wie wir von Außenstehenden gesehen werden konnten.

Sofern nicht auf hyperenergetische Masse- und Konturtaster zurückgegriffen wurde, blieb dem Deflektorträger zwangsläufig die Sicht auf andere Getarnte verborgen. Erst die Konfrontation mit den Laurins im 22. Jahrhundert bescherte uns mit der Antiflex-Brille ein Mittel, das Deflektorfelder anhand der Eigenemission erkannte und per positronische Berechnung eliminierte.

Um dennoch eine halbwegs brauchbare Koordination zu erreichen, war ein Kodesystem vereinbart worden, das als Koordinatenursprung den Flugpanzer besaß, Relativbezüge angab und die Teilnehmer durch Zahlen kennzeichnete.

»Standortkontrolle!« sagte ich leise und nannte als erster meine Position: »Eins – siebzehn, halblinks.«

Siebzehn Meter halblinks hinter dem Flugpanzer; Eins gleich Atlan – so lautete die vollständige Übertragung. Ich lauschte den eingehenden Meldungen.

»Zwei – fünfzehn, rechts.«

Das war Irakhem, der wegen der Flugpanzersteuerung am weitesten vorgerückt sein mußte.

»Zwei – zwanzig, links.« – Tamarena.

»Drei – achtzehn, Mitte.« – Eshveran.

Während nach und nach die Positionen durchgegeben wurden und daraus mit Hilfe des Extrasinns ein Schaubild vor meinem inneren Auge entstand, glitt ein Teil der Gedanken, von Erinnerungen überlagert, zum Deflektor zurück, dessen Randbedingungen und Handhabung maßgeblichen Einfluß auf die Umsetzung meines Vorhabens hatten:

Einfallendes Licht im Wellenlängenintervall zwischen 200 und 800 Nanometern wird von den äußeren beiden Feldhüllen zunächst ungehindert passieren gelassen, dann aber von der dritten aufgehalten und zwischen diesen beiden ähnlich einem fiberoptischen Leiter quasi-hydrodynamisch herumgebogen. Es wird an dem Ort geradlinig aus dem Bann entlassen, der dem Eintrittspunkt exakt gegenüberliegt.

Fern erklang dazu die Stimme eines meiner Ausbilder an der Galaktonautischen Akademie von Iprasa: »… ist wegen dieser Totalumlenkung natürlich Dunkelheit für den Träger die Folge! Um ihm eine Beobachtung der Umgebung zu gestatten, dient die äußere Feldhülle der Rückkopplung. Der paramechanischen Emission eines Psychostrahlers vergleichbar, werden jene Informationen direkt an das Trägerbewußtsein übermittelt, die normalerweise die Augen erreichen würden. Die mentaloptische Simulation beinhaltet sämtliche Parameter – von der Intensität über Wellenlänge, Frequenz, Einfallswinkel, Streumaß bis zur Modulation und Polarisation ...«

Weil das Licht durch die Umlenkung einen geringfügig längeren Weg zurücklegte, konnte es mitunter zu leichten Flimmererscheinungen kommen. Ein exakter Nachweis erforderte allerdings hochempfindliche Geräte wie beispielsweise solche zur lasergestützten Laufzeitmessung.

Meine Überlegungen und Erinnerungen fanden abrupt ihr Ende, als vor uns der Truck aus der Seitenstraße raste – und der Überfall begann.

Der Kampf Mann gegen Mann war kurz und von erbitterter Härte. Im Blitzgewitter der Waffenstrahlen starben zuerst die Insassen des Trucks, dann jene Attentäter, die außerhalb des Flugpanzers Stellung bezogen hatten.

Punktbeschuß überlastete ihre IV-Schirme. Nur vereinzelt reagierten sie rasch genug, um ihre Desintegratoren oder Luccots auf jene Punkte in der Luft zu richten, von welchen ihnen tödliches Feuer entgegenbrandete.

Weil die Energieversorgung des Anzugs nicht ausreichte, um Antigrav, Deflektor und Schutzfeld gleichzeitig bei Beschuß aufrechtzuerhalten, wurden die Getroffenen konturenhaft oder ganz sichtbar, brachten sich jedoch durch Ausweichen und blitzschnellen Stellungswechsel meist früh genug in Sicherheit.

Aus den Augenwinkeln bekam ich allerdings mit, daß mindestens zwei unserer Männer getötet wurden, und das stachelte die kalte Wut in mir an. Schwieriger als bei den Ungedeckten war das Niederkämpfen der im Flugpanzer Verschanzten. Geschickt nutzten sie den Schutz des armierten Fahrzeugs aus und hätten uns ohne unsere Unsichtbarkeit bestimmt in ernste Bedrängnis gebracht.

Es wird Zeit, daß wir zum Ende kommen! dachte ich grimmig. Erneut berührte ein heftiges Pochen meinen Gedankenblock. Für Sekundenbruchteile glaubte ich sogar ein goldenes Leuchten hinter dem Truck aufsteigen zu sehen.

Ich stieg zur Tunneldecke auf, vektorierte den Antigrav neu und jagte im Zickzack zum zerschossenen Rest der Dachkuppel hinunter. Verschmort qualmten die Sesselfragmente, weiterer Rauch quoll auf dem Leiterschacht hinter ihnen.

Im Bewußtsein, daß ich auf diese Weise zumindest konturenhaft sichtbar wurde, schaltete ich den Deflektor aus, schwang mich in die Öffnung und landete, den ZZ-5 im grünleuchtenden Dauerfeuer hin und her schwenkend, am geschwärzten Boden.

Wabernde Schwaden und flackernde Deckenbeleuchtung erschwerten die Sicht, dennoch erkannte ich, daß rechts und links der kleinen Schleuse nur noch zwei Personen kämpften. Zwei weitere lagen leblos da, aus Thermostrahldurchschußlöchern fauchten meterhohe Flammen.

Mit meinen Schüssen brachte ich den Schutzschirm eines Attentäters zum Aufleuchten. Er fuhr herum, geriet halb vor die Schottöffnung und wurde von hinten getroffen. Die Arme hochreißend, trieb ihn mir die Auftreffwucht entgegen. Die auf die intermolekularen elektrostatischen Anziehungs- und Bindungkräfte fester und flüssiger Stoffe einwirkende Energieladung meines Desintegrators zerriß sein IV-Feld endgültig.

Nadelfein durchschlug die grüne Lichtbahn die Brust des Taumelnden, verwandelte das Material des Kampfanzuges ebenso wie den Körper darunter in Feinstaub und fraß sich, während die Gestalt vornübersank, auch durch den so gespaltenen Kugelhelm.

Ins Poltern mischte sich ein Schrei. Der letzte Überlebende warf seine Waffe fort und hob die Arme, nachdem er seinen Schutzschirm deaktiviert hatte.

»Atlan spricht«, rief ich heiser. »Statusmeldung!«

Tamarenas rauchige Stimme erklang: »Außerhalb keine Gegenwehr mehr. Alle tot. Im Flugpanzer aber ...«

»Bis auf einen Gefangenen ebenfalls alle tot. Ich komme jetzt mit ihm raus. Schaltet die Deflektoren aus. Laßt die Schutzfelder hochgespannt.«

»Jawohl, Admiral.«

Ich bedeutete der Gestalt mit kurzer Bewegung des im Projektordorn endenden ZZ-5-Laufes, er solle aussteigen, kletterte über die Toten und sprang zu Boden. Im Halbkreis erwarteten uns die Traversaner. Ihre Mündungskraftfelder drohten.

Nachdem ich, von eisiger Wut durchdrungen, meinen Helm geöffnet hatte, befahl ich knurrig: »Runter mit dem Helm, Kerl! Ich will wissen, wer so vielen guten Leuten aus meiner Mannschaft den Tod gebracht hat!«

Die Bewegungen waren langsam und kraftlos, und als das zur Kapuze zusammensinkende, goldbedampfte Material nach hinten gestreift wurde, sahen wir das Gesicht von – *Tato Rupiak!*

9.

Sein wahres Sein ist verschleiert, ehrenwerter Großmeister, signalisierte jemand mit ruhiger, aber machtvoller *Stimme* in meinen Gedanken.

Ich nickte und lächelte matt. Schon das wiederholte Pochen hatte mir ihre Annäherung offenbart. Nun kamen sie für alle sichtbar näher. Die zwölf Feuerfrauen trugen traditionelle, sandfarbene Roben; ihre Köpfe und Gesichter waren in Shedar-Tücher gehüllt.

Während sich die Zhy-Famii des Raumnomaden-Habitats zum Meditationskreis aufstellten und in ihrer Mitte mit wachsender Dagor-Konzentration goldenes Licht entstand, trat mir die kleine, nur auf den ersten Blick unscheinbare, hominide Gestalt entgegen.

Ich neigte den Kopf und sagte: »Es ist mir eine Ehre, Thi-Laktrote Zerbeloraan!«

Der Mann im weißen Lacksuit, kaum 150 Zentimeter groß, das Runzelgesicht mit pflaumenblauer Haut unbewegt, erwiderte höflich die Verneigung.

Zerbeloraan – ein Hochmeister des Dagor und ein Gijahthrako! Er wies auf den Tato und sagte: »Zuviel Ehrgeiz! Zuviel Verblendung des Egos! Das trieb ihn so weit, daß er sich denkbar schlechtester Hilfe versicherte, die ihn nur noch tiefer in Verblendung und Abhängigkeit stürzen mußte.«

Rupiak befingerte das Stirnband des Individualabsorbers. Ich wußte, daß ihm das nicht viel helfen würde. Es war sehr, sehr lange her, daß ich zuletzt mit Gijahthrakos zu tun gehabt hatte, aber die Erinnerung daran …

Namen fielen mir ein: Tokoontlameer, Kontaclatiis …

Ich räusperte mich. »Was habt Ihr vor, Meister?«

Zerbeloraan sah zu mir auf. Ein schmerzliches Lächeln erschien auf seinem Gesicht. Ringsum standen die traversanischen Freunde und folgten der Szene mit mehr oder minder großem Staunen. Prinzessin Tamarena kam an meine Seite, ihre Hand umklammerte meinen Unterarm.

Das goldene Leuchten der Zhy-Famii dehnte sich aus, gewann fast wolkige Dichte, ließ alle Konturen im weiten Umkreis verschwimmen. Man mußte nicht über aktive Parakräfte verfügen, um das machtvolle Schwingen und Dröhnen im Bewußtsein zu bemerken.

Als einzelne besaßen die Feuerfrauen keine sonderlich ausgeprägten psionischen Fähigkeiten. Diese waren keine Mutantengaben, sondern entsprangen vielmehr dem durch Dagor-Meditation geweckten Potential, über das letztlich jedes Bewußtsein verfügte.

Zum paranormalen Block vereint, potenzierte sich diese Macht jedoch, und es wurden Leistungen möglich, die denen eines Supermutanten kaum nachstanden. *Zhy* – das *übersinnliche Feuer*, auch als *transzendentales Licht* übersetzt – stand bereit, um vom Potentiellen ins Reale umzuschlagen. Welche Wirkung es dann zeigen würde – ich begann es zu ahnen und fröstelte plötzlich.

»Siehe das Leben in seinen mannigfaltigen Verknüpfungen und erkenne die Muster seiner Existenz!« Der Hochmeister zitierte leise aus den *Heiligen Überlieferungen* der Gijahthrako-Weisen. Sein durchdringender Blick besaß eine Macht, die mich im Innersten erschütterte. »Im Fokus vitaler kosmischer Kräfte zu stehen hat häufig Randbedingungen zur Folge, deren Ausmaß den egozentrierten Blickwinkel normaler Geschöpfe übersteigt ...«

Sein Zeigefinger tippte an meine linke Schulter, berührte mich genau dort, wo sich der Chip des Zellaktivators befand – eineinhalb mal zwei Zentimeter groß, modifiziert hervorgegangen aus dem ursprünglich eiförmigen Modell. Verstärktes Pulsieren durchzog meinen Körper mit belebenden Reizströmen. Ich glaubte es in jeder einzelnen Nervenfaser zu spüren.

Er weiß es! Er weiß alles! durchzuckte es mich.

Zerbeloraans schmerzliches Lächeln verstärkte sich als Reaktion auf meine Gedanken. Er sagte: »Zu umfangreiches Wissen zur falschen Zeit stört das Gefüge, kann es erschüttern oder gar zum Einsturz bringen! Die Quelle solcher Störung ist zu beseitigen! Ihr wißt, Großmeister, daß mir keine andere Wahl bleibt, als radikal zu handeln! Sogar mein Volk und ich würden durch das von Euch auf mich übergegangene Wissen überfordert. Die zukünftige Entwicklung darf nicht gefährdet werden ...«

Ich schwieg. Im Gedankenaufruhr tobten in meinem Kopf wirre Erinnerungsszenen, rasende Überlegungen und aufgewühlte Emotionen. Das photographische Gedächtnis reproduzierte einen Ausschnitt von Tokoontlameers Abschiedsbotschaft:

Uns Gijahthrakos ist eine erweiterte Zustandsform zu eigen, die nicht der üblichen materiellen Bewußtseinszentrierung entspricht. Wenn wir die Letzte Grenze überschreiten, ist es nicht das Ende, sondern die Einheit. Eine Schneeflocke, höchst ästhetisch strukturiert, bleibt Wasser, auch wenn sie verdunstet ...

Der Gijahthrako wandte sich Tato Rupiak zu, der dem Blick des kleinen Mannes nur für einen Augenblick standhielt, dann zu Boden sank und leise wimmerte. Embryonal zusammengerollt, preßten sich seine Hände gegen die Schläfen. Zittern und Beben befielen den Körper.

Umfassende Selbsterkenntnis ist die beste Läuterung!

Das Signal erreichte uns nun nicht länger auf akustischem Wege; nun sprach der Hochmeister in der ihm eigenen, *paraverbalen* Art auf telepathischer Übermittlungsbasis.

Sie gleicht einem Kleinen Tod – doch mit der Wiedergeburt gibt es eine neue Chance. Nutze sie, Tato, eine zweite wirst du schwerlich erhalten!

Statt des zwergenhaften Leibes erschien für Augenblicke die eigentliche Struktur, die normalerweise durch die materialisierte »Maske« überlagert wurde: ein mannshoher, halbdurchsichtiger Kristall; rot leuchtend, an den Kanten vielfältig funkelnd, geformt als geometrisch exakter Tetraeder – ein von vier gleichseitigen Dreiecken begrenzter Körper.

Der Riesenedelstein wurde matt, zerfiel zu Staub. Gleichzeitig gewann das Goldleuchten der Feuerfrauen nebelhafte Konsistenz, verwandelte alle Objekte der Umgebung in vage Schattenrisse. Während die Raumnomadinnen in der gemeinsam induzierten Teleportation verschwanden, schwoll die freigesetzte, übergeordnete Kraft zur Woge an, erfaßte Tato Rupiak, die Traversaner, mich selbst.

Ich erkannte, was den Tato bewegt hatte, wie er in die Fänge der SENTENZA geriet, so daß er schließlich höchstpersönlich am zweiten Überfall teilnahm – halb aus eigenem Antrieb, halb wegen der schließlich massiv gewordenen Erpressung von Clanführer Krenor del Conon.

Und dann ... *Für den Bruchteil einer Sekunde wurden wir alle Teil des Kosmischen Bewußtseins, erfaßten in Demut die wahre Größe, unglaubliche Vielfalt und grandiose Schönheit des Ganzheitlichen ...* – und unvermittelt war es vorbei, so daß wir mit einem Ruck in die Enge und Eingeschränktheit körperlichen Seins zurückkehrten. Nur ein zarter Nachhall hielt sich, das vage Gefühl, den wahren Puls des Kosmos gespürt zu haben.

Tamarenas entsetzter Blick war eine einzige Frage. *»Dagor-Großmeister ...?«*

»Ich kann und will nicht darüber reden«, murmelte ich schwach. Eisschauer erzeugten Gänsehaut, so daß ich mich schüttelte.

Der Hochmeister hatte das eigene Leben beendet, um keine Gefahr zu sein!

Mit seinem Tod kam es allerdings zur Freisetzung des gesamten Parapotentials. Welche Auswirkungen das im einzelnen haben würde, mußte sich erst noch erweisen.

Die Wandlung des Tatos jedenfalls war augenfällig: Er hockte weinend am Boden und wiegte den Oberkörper vor und zurück. Ich war sicher, daß er fortan ein ganz anderer sein würde.

36. Prago des Tedar 12.402 da Ark gleich 16. April 5772 vor Christus:

Unsere Gepäckcontainer waren schon an Bord der MOND VON OTREILIAN verstaut. Wir würden nun zusammen mit den übrigen Teilnehmern der Delegation folgen. Meine Begleiter waren Tamarena, Riaal, Irakhem, Eshveran und Lesantre. Der Countdown zum Start lief; in einer Stunde würden wir Richtung Arkon unterwegs sein. Die vergangenen Tage waren ruhig verlaufen. Nachdem ich das Bewerbungsgeld deponiert hatte, kam gestern die Bestätigung, daß ich mit meiner Begleitung zum auserwählten Kreis gehören würde.

Tato Rupiak war kaum wiederzuerkennen gewesen. Nach dem Eingreifen der Raumnomaden gestand er uns im Gespräch, in seiner Verzweiflung die Offerte der SENTENZA angenommen zu haben, ohne in jenem Augenblick zu ahnen, daß der erste Angriff schon geplant und eingeleitet worden war.

Als er vom Clanführer informiert wurde, war er ein Mitwisser, dem eigentlich keine andere Wahl blieb, als nun auch den zweiten Schritt zu tun. Wir trafen eine Übereinkunft, die allen Seiten gerecht wurde: Unsererseits gab es keine Anklage – sie machte die Toten nicht wieder lebendig! –, im Gegenzug leitete der Tato die Verhaftung der SENTENZA-Leute ein, sogar auf die Gefahr hin, daß der Clanführer ihn verriet.

Daß er es nicht tat, ja nicht einmal mehr von Rupiaks Aktivitäten zu wissen schien – *ich* wußte, daß dies eindeutig auf den machtvollen Paraeinfluß des sterbenden Gijahthrakos zurückzuführen war!

Für die Öffentlichkeit stellte sich der Vorfall so dar, als habe Rupiak von Anfang an mit Altao von Camlo einen gemeinsamen Plan verfolgt, um der SENTENZA eine Falle zu stellen. Dies bescherte uns eine öffentliche Belobigung durch den Otreilian-Kur.

Rupiaks Vermittlung war es schließlich auch zu verdanken, daß wir für einen äußerst günstigen Preis zwei Hyperkristallrohlinge erstehen konnten, die genau den Anforderungen entsprachen. Zusammen mit dem Originalsteuerchip trug ich sie fortan in einem kleinen Beutel bei mir. Zumindest diese Hürde hatten wir vergleichsweise problemlos gemeistert.

Im Anschluß an unsere Abreise würde die STERN VON CAMLO auf Schleichwegen nach Traversan zurückkehren und Nert Kuriol da Traversan informieren. Sollte es sich als notwendig erweisen, würde er mit Verweis auf die Freundschaft zum Fürsten von Camlo beim Tato der legendären Orbitalen Städte von Schemmenstern bedingungslose Unterstützung erhalten.

Ein nicht zu unterschätzender Faktor, von dem wir allerdings hofften, nicht auf ihn zurückgreifen zu müssen.

Und Tamarena ... Ich schnitt eine Grimasse. Die Prinzessin wich mir seit den Ereignissen aus. Sie hatte auf geschäftsmäßige Nüchternheit umgeschaltet.

Daß sich der Hochmeister trotz seiner beeindruckenden Kräfte das Leben nahm, um sogar die kleinste Möglichkeit eines Zeitparadoxons auszuschalten, schien sie tief erschüttert zu haben. Ich sah ihr ihre Nachdenklichkeit an, obwohl sie diese gut zu verbergen wußte.

Über die Vermutungen ihres Vaters hinaus ahnte Tamarena nun, daß mit dem *rätselhaften Mann aus der Zukunft* vermutlich noch viel mehr verbunden sein mußte, als sie bislang geglaubt hatte.

Es blieben die wachgerufenen Erinnerungen an die Raumnomaden, Gijahthrakos und das, was mit ihnen zusammenhing – aber das war eine andere Geschichte ...

Ich beendete abrupt die Überlegungen, sah den Andocktunnel zur MOND VON OTREILIAN entlang, reckte die Schultern und winkte meinen Begleitern. Langsam gingen wir los, einer ungewissen Zukunft entgegen.

ENDE